中美兩家出版社联手推出

中国经济与资源管理研究报告2010

U0095658

国际金融危机下的中国经济发展

北京师范大学经济与资源管理研究院
西南财经大学发展研究院

李晓西 等著

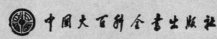
中国大百科全书出版社

图书在版编目(CIP)数据

中国经济与资源管理研究报告 2010:国际金融危机下的中国经济发展/李晓西等著. —北京:中国大百科全书出版社,2009.12
ISBN 978 - 7 - 5000 - 8261 - 3

Ⅰ.中… Ⅱ.李… Ⅲ.经济发展—研究报告—中国—2010
Ⅳ.F124

中国版本图书馆 CIP 数据核字(2009)第 222836 号

责任编辑	郭银星　裴越芳
责任印制	张新民
装帧设计	海马书装
出版发行	中国大百科全书出版社
地　　址	北京市阜成门北大街 17 号
邮政编码	100037
电　　话	010 - 88390635
印　　刷	北京佳顺印务有限公司
开　　本	787×1092　　1/16
印　　张	22.75
字　　数	375 千字
印　　次	2010 年 1 月第 1 版　2010 年 1 月第 1 次印刷
定　　价	37.00 元

本书如有印装质量问题,请与出版社联系调换

序

惊险的瞬间最好能拍下来，转折的关头最好能录下来。2008～2009年，这是一段不平凡的日子，半个世纪没有遇见过的经济大危机猝然而至。中国人在这个时候，想些什么？做了什么？效果如何？本书就是想纪录下来，让我们永远记住。

但2009年最令人难忘的不是灾难，而是合作。各国政要在寻求合作，其中包括中美两国领袖2009年的合作诚意与多项成果。我们看到，当中国政府采取应对危机冲击的重大措施时，欧美乃至整个世界慷慨地表示了赞赏，这是多年来罕见的一幕。

摆在各位面前这本印制精美的著作也是合作的产物。美国纽约NOVA出版社与中国大百科全书出版社在最短的时间内，与我们达成合作协议，并同意以中英文分别在中国与美国出版。其间充满着信任与合作的精神，让我回忆起来仍然充满着愉快与感激之情。

写作的过程更是合作的过程。年轻的老师与更年轻的研究生们在愉快地合作，北京师范大学与西南财经大学、哈佛大学的学者们在高效地合作，国内的博士与海外学成的博士在互补中合作，校内外不同专业的学者们也在交流中合作。

为什么大家对合作有如此的认同，是因为面临的风暴太猛烈需要抱团过冬，或是因为中国强大了因而有了更多的伙伴，抑或是面临的事物更复杂需要共同来探索？总之，大家的共识是：合作出成果，合作迎机会，合作创未来！

合作的道路还很长，这本《国际金融危机下的中国经济发展》仅是中国经济与资源管理研究报告系列丛书的第一本。我们期待着与出版社、与作者们继续合作，也期待着与国内外读者们供需合作，再续新篇！

让我们祝福合作精神普惠人间！

本报告负责人　李晓西　胡必亮

课 题 协 调 人　甘　犁　刘方健　曾学文

课 题 联 系 人　樊纲治　林永生　刘一萌

目　　录

第八章 新引擎——绿色经济在中国的兴起
(邵晖 林永生 秦健 肖怀洋)

第九章 新医改——医疗卫生体制的新起点
(王诺 任苒 丛雅静 侯蕊)

第十章 综合配套改革试验区——体制改革的新平台
(赵少钦 范丽娜 王溪薇)

第十一章 新阶段——民族地区经济发展的现状与展望
(章文光 张庆安 董晓宇 王颖)

第十二章 新举措——港澳应对金融危机
（郑艳婷 赵峥 吴文施 杜亚敏）

专 栏

表

图

总论 中国模式与绿色新政

《中国经济与资源管理研究报告 2010》以"国际金融危机下的中国经济发展"为主题来展开论述。顾名思义，就是既要对国际金融危机有所认识，更要对受此影响中国发展近况展开分析与论述，自然重点要放在"中国发展"上。这本身又包括很多内容，我们就选择了诸如中国政府"四万亿"经济刺激方案出台的背景、内容及进展等一批话题来与读者们分享。看了很多章节后，大家可能会问，这方方面面的问题中，体现今年中国经济最大的特点到底是什么？或说，中外人士对中国当前发展最关心、讨论最热烈的话题是什么？我们的回答是：中国模式与绿色新政。

一、金融危机激化"中国模式"讨论

中国改革开放 30 年来，人均国内生产总值从 1978 年的 381 元，增长到 2008 年的 22 640 元，30 年间人均 GDP 几乎翻了 60 倍。[①] 2007 年，世界银行前行长沃尔夫威茨表示，过去 25 年来在全球脱贫所取得的成就中，约 67% 的成就应归功于中国。[②] 当世界为中国经济快速发展而感慨的时候，社会各界包括各国学者们，都高度评价着使中国步入世界之林的"中国模式"。2004 年 5 月，美国《时代》周刊高级编辑、美国投资银行高盛公司资深顾问乔舒亚·库伯·雷默（Joshua Cooper Ramo）在英国伦敦外交政策中心发表一份题为《北京共识》（*The Beijing Consensus*）[③] 的研究报告指出，中国通过艰苦努力、

---

① 1978 年数据来自《2008 年中国统计年鉴》，详见 http：//www. stats. gov. cn/tjsj/ndsj/2008/indexch. htm；2008 年数据来自《2008 年国民经济和社会发展统计公报》，详见 http：//www. stats. gov. cn/tjgb/ndtjgb/qgndtjgb/t20090226_ 402540710. htm。

② 中国中央电视台：《"老外看两会"世界银行前行长访谈》，2007 - 3 - 13，http：//news. cctv. com/china/20070313/106619. shtml。

③ 乔舒亚·库伯·雷默（Joshua Cooper Ramo）：《北京共识》（*The Beijing Consensus*），详见：http：//fpc. org. uk/fsblob/244. pdf。

主动创新和大胆实践，独立自主地摸索出了一种适合本国国情的发展模式，他把这一模式称之为"北京共识"。报告提出，中国正在朝一个大国方向建设，这不是简单模仿西方模式，而是建立在自己模式基础上，并成为许多国家和地区学习的榜样。新加坡《联合早报》评论员杜平在其题为《世界新秩序从伦敦峰会开始》的评论文章中指出，"在 G20 集团中可以看到很多不同的发展模式，特别是已经持续了 30 年的中国模式。谁都应该看到，假若没有中国模式，当前的全球经济就更加显得死气沉沉，其复苏前景就必定少了一个希望、少了一个动力"。① 一批著名学者也在关注这个问题，如著名经济学家、诺贝尔经济学奖得主、美国哥伦比亚大学教授约瑟夫·斯蒂格利茨（*Joseph Stigliz*）出版了专著《中国的新经济模式》（*China's New Economic Model*）。② 曾因一本预言美国社会走向的《大趋势》（*Megatrends*）享誉世界的未来学家约翰·奈斯比特（John Naisbitt）出版了新书《中国大趋势》 （*China Megatrends*）。③ 世界银行首席经济学家兼高级副行长林毅夫在 1994 年出版的《中国的奇迹：发展战略与经济改革》一书中，从中国发展和转型的经验视角探讨了中国模式。④ 这方面的论文与专著还有很多。⑤ 现在，无论是欧美发达国家，还是亚非拉发展中国家；无论是政府官员、专家学者，还是企业高管、商界领袖；无论是政治学家、经济学家，还是社会学家、历史学家，人们谈论中国话题时，都频频使用"中国模式"这个词。当中国人在庆祝改革开放 30 年和新中国建立 60 周年的时候，讨论"中国模式"的热情更在升温，评价更为肯定。

有趣的是，与此同时，国际金融危机激化了中国模式的讨论，学者们从正负两方面来再次认识和评判"中国模式"。因为说法太多，我的概括是：正面的评价是说，在国际金融危机前，不论是中国对金融监管较严而控制了国

① 杜平：《世界新秩序从伦敦峰会开始》，《联合早报》，2009 - 4 - 30，详见：http：//www. zaobao. com/special/forum/pages7/forum_ zp090403. shtml。

② 斯蒂格利茨（Joseph E. Stiglitz）：《中国的新经济模式》（China's New Economic Model），http：//www. project - syndicate. org/commentary/stiglitz86。

③ 约翰. 奈斯比北京发布《中国大趋势》 （Leading futurist John Naisbitt launches "China's Megatrends" in Beijing），2009 年 9 月 9 日，http：//chinaglobalspeakers. com/? p = 2582。

④ 庄俊举：《"中国模式"研究的回顾》，人民网，http：//theory. people. com. cn/GB/49154/49155/8992114. html。

⑤ 如：吴敬琏、林毅夫、胡鞍钢等从经济学视角对中国市场经济改革道路的研究，郑必坚、俞可平、林尚立等从政治学视角对全球化与中国发展模式的研究，黄平、李培林、孙立平等从社会学视角对社会转型与中国经验的研究，罗荣渠、章开沅、钱乘旦等从历史学视角对中国现代化发展道路的国际比较研究，都产生了重要影响。

际上的金融赌博大渗透,还是中国政府集中力量办大事的风格,均使中国经济明显摆脱外部不利影响,中国模式展现出了高效与实力。负面的评价主要是认为,本次金融危机源自国际经济的不平衡,重点在美国经济高消费与无节制的金融衍生品,加上中国经济的高储蓄、高投资与高出口,因此,从国际经济角度看,中国模式是不可持续的。正是在这种背景下,激发了学者及社会各界对"中国模式"的大讨论。

面对国际金融危机,中国政府出台各项强有力的举措,引起国际社会的高度肯定。尤其是中国政府宣布的"四万亿"经济刺激计划,更是引起世界的惊叹与关注。美国《华盛顿邮报》刊出文章认为是"中国特色的新政"(A New Deal with Chinese characteristics)。① 英国《经济学家》把中国这次财政刺激方案称作"中国式新政"(A New Deal, Chinese-style)。② 这些举措起了什么作用? 是否会引发新的问题? 是否是反映"中国模式"的典型案例? 本书第一章将系统讨论这些问题。同样,我们在第四章中分析了中国政府新出台的"十大产业振兴规划",也是基于同样的目标。国际金融危机起源于次贷危机,与金融发展紧密融合的房地产,在中国又有什么样的表现呢? 这是第五章要探讨的问题。香港、澳门是中国最国际化的两个特区,国际金融危机的影响如何? 中国政府有没有相应的支援措施? 相信大家也很感兴趣,本书最后一章将展示这个问题。

"中国模式"是理论界的一种概括,那么民众是否认可"中国模式"的提法呢? 人民论坛杂志社联合人民网、人民论坛网等进行了"你如何看待中国模式?"的专题调查,该问卷调查共有4970人参与。此外,《人民论坛》记者还随机调查了192位社会人士,共计5162人。本次问卷调查结果显示,75%的受调查者认为有"中国模式"。调查显示,56%的受调查者认为,"成为世界上经济增长最快的国家"是"中国模式"所取得的最大成就。对"中国模式"的主要特点,排在前三位回答的是:强有力的政府主导(2918票,占总57%),以渐进式改革为主的发展战略(2424票,占总48%),对内改革与对外开放同时进行(2276票,占总45%)。这一理解,与美国企业公共政策研究所(American Enterprise Institute)罗文·凯里克(Rowan Callick)

---

① Ariana Eunjung Cha, Maureen Fan:《中国的5860亿美元经济刺激计划》(China Unveils $586 Billion Stimulus Plan),《华盛顿邮报》,2008 – 11 – 9,http://www.washingtonpost.com/wp-dyn/content/article/2008/11/09/AR2008110900701.html。

② 《东方巨龙复苏——世界增长最快的经济体能否避免陷入衰退?》(Reflating the Dragon: Can the world's fastest-growing economy avoid a sharp downturn?),《经济学家》,2008 – 11 – 9,http://www.economist.com/world/asia/PrinterFriendly.cfm? story_id = 12606998。

把"中国模式"（The China Model）概括为"经济自由加上政治压制"（economic freedom plus political repression）[1] 内容上有些接近，虽然用词上的褒贬倾向是绝不相同的。这是西方一些国家对于中国模式的代表性观点。调查结果还显示，民众认为"中国模式"主要指"中国特色的市场化"（3172 票，64%），其他回答均不超过调查人数的 40%。调查还显示，认为不存在"中国模式"的理由，一是认为中国的发展路径还不能形成一种模式，二是认为"中国模式"的提法还没有得到世界公认。[2]

本人认为对"中国模式"的多种概括都有其道理，并深表尊重。但是，过分的"多元化"容易造成概念的过分"模糊化"，也使"中国模式"成为非常难以交流的概念。比如，"中国模式"是否等同于包括政治体制改革在内的"中国道路"？是否就类似于"东亚模式"？是否是中国 60 年的发展经验总结？"中国模式"是"经济增长模式还是社会发展模式"，抑或是有的学者概括的"高投资、高出口与低消费模式"（"两高一低"模式）？国际金融危机之所以激化了人们对"中国模式"的争论，源于这个"两高一低"的模式概括。不论这种概括会得出多少有利于未来的结论与建议，但冠以"模式"的概括是不能接受的，是以偏概全的。显然，全盘否定使一个经济落后的国家迅速成为影响世界经济的国家的"中国模式"肯定不能说服中国人甚至世界的多数人；全盘肯定也有问题，因为中国经济高速增长中存在着资源过度消耗和环境严重恶化的重大问题，而这是不能不解决的。因此，在肯定"中国模式"的同时，我希望这个模式的颜色变得多些绿色，不要太重于灰色甚至黑色。

如果归纳民众的理解，比较学者们的各种观点，加上我平时的思考，我想是否可以强调：中国模式主要是指中国改革开放以来的经济发展模式，其核心是社会主义市场经济。中国社会主义市场经济既超越了资本主义，又扬弃了传统社会主义；既实行政府对经济的宏观调控，又充分发挥市场的活力，使"看不见的手"与"看得见的手"同时发挥作用。中国特色特在哪里？就特在"社会主义"与"市场经济"的结合上。"中国模式"是积极参与经济全球化发展的社会经济发展模式，她坚持社会主义、强调民族特色，同时又

---

① Rowan Callick：《中国模式》（The China Model），美国企业公共政策研究所（American Enterprise Institute），《美国人（双月刊）》，2007 年 11/12 月刊，http：//www. american. com/archive/2007/november–december–magazine–contents/the–china–model/？searchterm＝China model。

② 《74. 55% 民众认可"中国模式"》，人民网，2009–1–13，http：//politics. people. com. cn/GB/143465/143480/8669715. html。

倡导不同社会制度的和谐互利。中国模式是史无前例的，是中国人民的伟大创造。她丰富和发展了世界发展模式。在这一点上，我以为不少外国学者和中国民众的解读，尽管是从亲身感受出发，却抓住了"中国模式"的本质特点。

二、"绿色新政"应对金融危机

当人们热烈讨论"中国模式"之时，另一个名词也进入人们的视野，这就是"绿色新政"。

让我简单地回顾一下：1971 年加拿大工程师麦克塔格（Mctaggant）发起成立"绿色和平组织"（Green Peace Organization）。1984 年夏，美国弗吉尼亚州成立了"绿色联络委员会"（Green Committees of Correspondence, GCOC），该组织旨在组建当地"绿色团体"（Green Groups）。[①]"绿色经济"则是由英国经济学家皮尔斯（David Pearce）于 1989 年出版的《绿色经济蓝皮书》（*Blueprint for A Green Economy*）中首先提出的。绿色经济主张：经济发展必须从社会及其生态条件出发，使之"可承受"，自然环境和人类自身可承受，不会因盲目追求生产增长而造成社会失衡和生态危机，不会因为自然资源耗竭而无法持续发展。[②]

随着社会的发展，"绿色观念"已经逐渐成为公共政策领域的主流思想[③]，并逐渐国际化、全球化。联合国环境规划署（UNEP）在 2008 年 10 月提出的"全球绿色新政"（Global Green New Deal），认为 21 世纪是聚焦环境保护投资模式的有利时期，这能够保证经济繁荣并创造就业机会[④]；2009 年 4 月，该机构公布《全球绿色新政政策概要》报告（*A Global Green New*

---

① Green Committees of Correspondence—Green Politics, 详见：http：//greenpolitics. wikia. com/wi-ki/Green_ Committees_ of_ Correspondence。

② 英国保守党《绿色经济蓝皮书》（*UK Conservatives' Blueprint for a Green Economy*），

③ 资料来源：《亚洲的"绿色新政"：亚太国家如何扩展绿色经济部门》（*A Green New Deal for Asia：How Asia-Pacific countries are expanding the green sector in their economies*），详见：http：//www. spireresearch. com/pdf/archive/ejournaljun09/A% 20Green% 20New% 20Deal% 20for% 20the% 20emerging% 20world. pdf。

④ 资料来源：《联合国环境规划署："全球绿色新政"——21 世纪聚焦环保投资的有利时期，创造繁荣和就业》（*Global Green New Deal-Environmentally-focused Investment Historic Opportunity for 21 st Century Prosperity and Job Generation*），详见：http：//www. unep. org/Documents. Multilingual/De-fault. asp？ DocumentID = 548&ArticleID = 5957&l = en。

Deal)①,并阐述了"全球绿色新政"所具有的六大内容:(1)清洁能源和包括再循环在内的清洁技术(Clean energy and clean technologies including recycling);(2)包括可再生以及可持续的生物数量在内的乡村能源(Rural energy, including renewables and sustainable biomass);(3)包括有机农业在内的农业可持续发展(Sustainable agriculture, including organic agriculture);(4)生态系统基础设施建设(Ecosystem Infrastructure);(5)森林采伐和森林退化减少二氧化碳排放(Reduced Emissions from Deforestation and Forest Degradation);(6)包括城市规划、交通和绿色建筑在内的城市可持续发展(Sustainable cities including planning, transportation and green building)。报告呼吁各国领导人实施绿色新政,在两年内将全球国内生产总值的1%、约7500亿美元投入发展风能、太阳能、地热、生物质能源这些可再生能源等5个关键领域。报告指出,以提高新旧建筑的能效为例,利用现有节能技术,可将目前建筑物能耗降低80%,该领域的相关投资不仅将刺激建筑业及其他相关行业的复苏,也将创造大量的绿色就业机会,仅在欧洲和美国就可能因此增加200万至350万份工作,发展中国家在这方面的潜力将更大;到2030年前向可再生能源领域投资6300亿美元将能够至少新增2000万个就业岗位。② 2009年6月,联合国秘书长潘基文在墨西哥出席以"你的星球需要你——联合起来应对气候变化"为主题的世界环境日活动的致辞中指出,当今世界需要一个"绿色新政"(Green New Deal),着眼于投资可再生能源,建设生态友好型基础设施并提高能源利用效率,将庞大的新经济刺激计划中一部分投资于绿色经济,便能将今天的危机转变成明天的可持续增长,并且使向低碳社会过渡的国家获得更丰厚的回报,并处于优势,与别国分享新技术。③ 世界银行《2010年世界发展报告》④ 的主题是"发展与气候变化",其中提出建设"气候明智型"社会(climate-smart world)。发展中国家可以走低碳道路来促进发

---

① 资料来源:《联合国环境规划署:全球绿色新政》(*A Global Green New Deal*),详见:http://www. unep. org/greeneconomy/docs/ggnd_ Final%20Report. pdf。

② 资料来源:《联合国环境规划署:"全球绿色新政"——21世纪聚焦环保投资的有利时期,创造繁荣和就业》(*Global Green New Deal-Environmentally-focused Investment Historic Opportunity for 21 st Century Prosperity and Job Generation*),详见:http://www. unep. org/Documents. Multilingual/Default. asp? DocumentID = 548&ArticleID = 5957&l = en。

③ 资料来源:《联合国报告:你的星球需要你——联合起来应对气候变化》(*Your Planet needs You-Unite to combat climate change*),详见:http://www. unep. org/wed/2009。

④ 摘自世界银行《2010年世界发展报告》,2009年9月,详见:http://econ. worldbank. org/WBSITE/EXTERNAL/EXTDEC/EXTRESEARCH/EXTWDRS/EXTWDR2010/0,, menuPK: 5287748 ~ pagePK: 64167702 ~ piPK: 64167676 ~ theSitePK: 5287741, 00. html。

展和减少贫困，这需要各国共同合作，促进全球经济可持续发展。

"绿色新政"的浪潮在全球经济危机的大环境下日益升温，各国正在加大投入，推进绿色经济发展，一方面借此摆脱经济衰退，另一方面寻求新的发展机遇。有专家指出，如果将气候、经济和金融体系融为一体来看，全球经济正面临一个"不可能三角"①：信贷风险下的金融体系，气候问题不断加速以及能源价格尤其是石油价格高企，这是自 20 世纪 30 年代大萧条之后未曾有过的严峻形势。

"绿色新政"在各国迅速展开。首先看美国。奥巴马总统的"绿色新政"可细分为节能增效、开发新能源、应对气候变化等多个方面，其中新能源的开发是"绿色新政"的核心。2009 年 2 月，奥巴马总统在美国丹佛签署了以发展新能源为重要内容的经济刺激计划，总额达 7870 亿美元。② 2009 年 4 月，奥巴马总统在一次演讲中提出，美国必须进行全面改革，其中一个重要方面就是要建立新的经济增长点，这便是绿色经济（Green Economy）。③ 此后，美国政府相继出台各项政策：加大对新能源的投入；制定严格汽车尾气排放标准；出台《美国清洁能源安全法案》（*Clean Energy and Security Act*）。《清洁能源和安全法案》④ 中提出，以 2005 年碳排放量为基准，以期在 2020 年减少17%，到 2050 年减少 83%。此外，还将建立一个碳交易市场以促进替代能源发展。于是，有人称奥巴马总统为"美国绿色总统第一人"；他签署的"新政"也被视作"绿色新政"（New Green Deal）。⑤⑥

其他国家也先后启动"绿色新政"。在英国，"绿色新政"对于促进就业、替代能源的发展、可持续发展的交通系统以及节能具有重要作用，同时

---

① 资料来源：《绿色新政团队：英国需要"绿色新政"应对信贷、油价和气候危机"不可能三角"》（*UK needs 'Green New Deal' to tackle 'triple crunch' of credit, oil price and climate crises*），详见：http://www.neweconomics.org/gen/greennewdealneededforuk210708.aspx。

② 《奥巴马签署 7870 亿美元经济刺激计划》，新华网华盛顿，2009 - 2 - 18，http://news.xinhuanet.com/photo/2009 - 02/18/content_ 10838401.htm

③ 资料来源：Gerald F. Seib：《奥巴马的"绿色新政"》（*Obama's House Upon a Rock*），《华尔街日报》，2009 - 4 - 17，http://online.wsj.com/article/SB123991149634726345.html

④ 资料来源：美国《清洁能源和安全法案》（*Clean Energy and Security Act*），详见文件原文：http://www.pewclimate.org/acesa。

⑤ 资料来源：Anna Fifield：《美国：奥巴马是美国绿色总统第一人吗？》（*United States：Is Obama the first green US president*），金融时报网，http://www.ft.com/cms/s/0/81e7ed9a - a3e9 - 11de - 9fed - 00144feabdc0, dwp_ uuid = c3def9ac - a3ec - 11de - 9fed - 00144feabdc0.html? nclick_ check = 1。

⑥ John M. Broder：《奥巴马绿色新政是政治和经济赌博》（*Obama's Greenhouse Gas Gamble*），《纽约时报》，2009 - 2 - 27，http://www.nytimes.com/2009/02/28/science/earth/28capntrade.html? ref = business。

要求经济发展向低碳经济转型;①在新西兰,以"一个温暖的家园和一个凉爽的星球"(a warm home and a cool planet)为口号,出台了"绿色新政"刺激计划,在未来 3 年共提供33 亿美元的刺激计划,并且保持城市和农村地区的均衡发展和转型。②在日本,太阳能发电、低油耗汽车、电动汽车等方面具有世界领先的技术,而目前日本面临的问题是能否建立向下一代人交接具有国际竞争力的产业并通过实现低排碳社会的关键技术实用化,为全世界解决环境和能源问题做出巨大贡献。③

中国经济在长期的发展过程中,坚持走可持续发展道路,坚定地走绿色经济的发展模式。面对国际金融危机,中国政策的绿色印记醒目鲜明:中国能源发展新探索、排放权交易以及绿色经济成为经济发展的新引擎。

先看新能源的发展:为应对经济社会发展中的能源供需矛盾和环境压力,中国正加大新能源与可再生能源的发展力度,积极探索一条适合于中国国情的能源发展道路。中国 2005 年和 2007 年分别出台了《中华人民共和国可再生能源法》和《可再生能源中长期发展规划》,中国政府又制定了一系列新能源与可再生能源政策,极大地促进了风能、太阳能、生物质能和核电④等新能源和可再生能源的发展。本书的第六章,专门分析中国在发展新能源方面的探索,也指出了发展新能源在技术与制度方面的障碍,值得读者们用心品味。在分析中我们也提醒注意,当前中国新能源的产业化发展也面临自主技术创新不足、能源开发利用体制改革滞后、融资渠道不畅和市场空间有限等诸多约束。如何突破各种技术与制度障碍,提高新能源在终端能源消耗中的比重将是中国能源发展战略中的一个核心内容。

其次,有关排放权交易问题也是本书的重点之一,第七章即以排放权交易为主要论述的主题。开展排放权交易是实现低碳发展的有效模式,是中国经济社会实现可持续发展、积极主动应对全球气候变化、有效落实中国节能减排发展目标的需要。排放权交易在中国的发展具备了一定的基础。20 世纪90 年代,国家环保部门已经开始对美国电力行业的 SO_2 排放权交易进行研究。

---

① 资料来源:《绿色新政团队:以人为本:互换绿色新政》(*Put People First:demand a Green New Deal*),详见:http://www.greennewdealgroup.org/? p = 125。

② 资料来源:《新西兰:一个温暖的家园和一个凉爽的星球》(*A Green New Deal for New Zealand:A Warm Home and A Cool Planet*),详见:http://www.greens.org.nz/greennewdeal。

③ 资料来源:尾崎雅彦:《日本版绿色新政的效果——有助于维持技术优势》,《日本经济新闻》,2009-4-20,http://www.rieti.go.jp/cn/papers/contribution/ozaki/01.html。

④ 严格意义上,核能不属于新能源,但考虑到其在中国未来能源结构调整和能源战略选择的重要性,本文将核能作为中国"新能源"的一部分。

中国已经成为《京都议定书》规定的清洁发展机制（CDM）下 CO_2 核证减排量最多的国家。2008 年以来，中国在北京、天津和上海等地成立了多家排放权交易所，积极探索排放权交易试点。当然，一切正在开始，目前仍存在法律基础薄弱、市场条件不成熟、全球市场框架存在变数等困难和障碍。但展望未来，中国排放权交易市场可望在法律、政策明确的基础上形成较为成熟的市场框架，在全球气候变化中期目标确定的基础上设定市场模式，有望通过提高减排技术和金融支持力度扩大市场空间。

发展新能源和开展排放权交易，都是发展绿色经济的有机组成部分。发展绿色经济是时代的选择，是转变增长模式的根本性要求，决定着一国未来发展的竞争力。发展绿色经济是中国优化经济结构、提升竞争力的良好机遇。中国政府以及社会各界广泛关注和支持绿色产业，积极参与国际组织有关的活动，签订了多个相关协定。如 1989 年 1 月生效的《关于消耗臭氧层物质的蒙特利尔议定书》、京都议定书和巴厘协定等等。中国还积极参与了很多全球性的技术合作，与各国广泛开展关于清洁碳等问题的研究。但是作为发展中大国，要改善民生、增进福利，发展绿色经济又面临着各种矛盾。绿色经济是一套完整的体系，需要各方面的支持和行动。中国目前正在致力于建设和完善保障绿色经济发展的制度体系，包括相关法律的修订和财政、金融、排放权交易等绿色经济政策体系的建设。为应对国际金融危机，中国公布的1.18 万亿元投资计划中，有 2100 亿元用于环保领域。这些内容，我们将在本书第八章"新引擎——绿色经济的兴起"中做详尽的讨论。

三、农村原本是绿色的

当我们用绿色标尺来衡量时，我们发现了农村的新魅力。我们的高山、大河与森林，是穿过广袤农村的田野而纵横神州的；我们可爱的草原，是与农牧民生存息息相关的；那无穷多的小河与绿树，是与我们农村家乡的小村庄紧密相联的。当一座座城市用大楼和烟囱取代了一棵棵大树的时候，当工业污水把我们的小溪变成臭水沟的时候，当灰蒙蒙的天空吞噬了蓝天白云的时候，我们怀念起农村，怀念起小时候的生态，怀念起虽贫穷但清爽的日子。现在将农村生活与城市生活相比较，人们产生了新的感受。正如一位网民写的，"城市生活的弊端很多：一是危险，二是污染，三是拥挤和干扰。"可以说，城市生活是最不利于健康、不利于生命。人类只有与大自然最密切地连在一起、尽量分散地居住，才能保持健康长寿，保证生活的高质量。如果人们把主要精力不放在城市化上而是放在尽快地缩小城乡差别、尽量发展信息和交通工具、尽量实现乡村化的发展上，那我们的效率或进步程度一定会更高。① 正是在这个意义上，我要大声呼吁，农村原本是绿色的！

但是，多少年来，绿色的农村不是与贫穷分不开吗？人们主张城市化和工业化，不正是为了摆脱贫穷的生活吗？多少年了，在大家心目中，城市化是世界潮流，缩小农村面积与减少农民数量是合理的；一个国家的强大与人民的幸福，要靠工业化与城市化。虽然，对此，我们曾有过担心。担心过分强调城市化会造成农民权益的损失。比如，推行城市化，政府力求从土地资源重组中获利。② 有的专家一针见血地指出，中国推行的城市化过程中，一个动力来自地方政府从将农民土地转为城镇用地过程中获取税外财源，另一个动力则是城市化有助于官员们的"行政升级"。专家认为，不同的体制和动力机制将产生极其不同的城市化。应推行的是"市场自由流动组合"的城市化，而不是"行政规划和权力租金驱动"的城市化③。还有专家同意城镇化，大家都有同样的国民待遇，都可以得到大致相等的公共服务，但认为中国全面的城市化是没有条件的。④ 还有一位专家，很清楚地表达了自己的观点，他说：我反对通过鼓励农民进城买房或者建贫民区来推进积极的城市化战略，而主张一种农民可以进城又可以返乡、城乡互动的稳健的城市化战略。否则，一旦发生世界性的经济危机，出口减少，沿海加工企业倒闭，大批农民工就没有了退路，中国也就失去了应对大危机的能力。⑤ 总之，专家们并不是没看到城市化和工业化带来的社会繁荣，他们并不反对城市化，不反对工业化，只是反对城市化中不能兼顾农民利益的倾向，反对工业化中污染环境的做法。

综上，我们不忘曾经的绿色，但我们要求有一个既富饶又环保的新绿色。显然，我们现在提倡的这个"绿"，是与现代化联系的"绿"，已超越了传统的农村和农业绿。然而，在长期经济发展和建设的过程中，农村的资源和生态环境问题日渐突出，新绿没长成，旧绿也难保了。怎么办？我们不能让农村失去绿色，也不能让农村游离于现代绿色文明之外，因此，提出"建设新

① 光第：《城市，这件人类作品》，口碑网，http：//bbs. koubei. com/thread＿ 178＿ 3211＿ 1. html。

② 李晓西著：《中国：新的发展观》，中国经济出版社，2009 年版，第 16 页，这是作者 2007 年 6 月 9 日在"中国经济五十人论坛成都城乡统筹发展研讨会"上的发言。

③ 周其仁：《城市化是副产品》，2001－10－8 文章，详见：http：//zhouqiren. org/archives/ 268. html。

④ 温铁军：《30 年中农业政策从务虚走上务实》，http：//www. caogen. com/blog/Infor＿ detail. aspx？ ID＝95&articleId＝13467。

⑤ 贺雪峰：《中国城镇化战略反思》，转载自"三农中国"，2008－5－16，http：// www. chinavalue. net/Article/Archive/2008/5/16/115662. html。

农村"就非常重要了。我们可以在这种意义上，加深对中国政府于 2006 年提出这一思路意义的理解。中国政府为今后中国农村勾画出了"生产发展、生活富裕、乡风文明、村容整洁、管理民主"的新蓝图，不仅要提高农民收入，提升农民生活质量，也要改善农村的整体面貌和生态环境，重现村庄的田园风光和山水美景。在本书第二章中，就专门介绍和分析中国人建设新农村的问题，相信大家会非常感兴趣的。

需要指出的是，正在中国成都市与重庆市试点的城乡统筹，是一个非常有价值的思路。城乡统筹与单纯的城市化或单纯的新农村建设有不同，它是同时做好城市化与建设新农村的重要途径。城乡统筹需要平等对待市民与农民的问题，首先保护弱者的农民，这种操作，就使城市化有了长远基础。城乡统筹需要有经济实力，而不仅是立足于从农民土地上获额外收益，因此，还必须引入市场力量来操作，这就促进了政府管理和协调能力的大提高。

话说回来，到了今天，穷困地区的人们仅靠绿色经济就能告别贫穷吗？2009 年夏天，我去了中国西部的一个大省青海，这里面积相当于 4 个广东省，但人口仅有 500 万。当我们这些专家呼吁青海人民发展绿色经济的时候，就要回答一个问题，绿色能养活 500 万青海儿女吗？我充满自信地回答说，肯定可以。我的理由很简单：一是青海的绿色不同寻常，这里有中国长江、黄河的源头，被称为中华水塔，这里有雪山、高原，被称为中国的生态屏障。因此，青海生态不仅关系自身，更关系全国。二是青海的绿色有广袤土地为基础。虽然沙漠化的压力很大，生态脆弱的压力很大，但有土地就有希望，就有绿化的空间，这是东部很多省难以比拟的。三是青海有绿色农牧业、绿色工业和生态旅游业，有三江源生态圈、青海湖生态圈、柴达木生态圈、祁连山南麓生态圈、湟水流域生态保护圈。还有正在成为青海生态经济建设中重要部分的新能源。这些构成了青海绿色经济的物质基础。最后一点，就是青海的非绿产业也在绿化，这是绿色理念下的全面发展。这里已有两个国家级的循环经济基地；一批环保型的工业大企业。当然，各级政府要支持绿色产业发展和优势产业的绿化，要搞好生态补偿等各种绿色项目的实施（包括退耕还草、湿地保护、荒漠治理、生态移民等），要保护和壮大绝色经济发展的民众基础（如扶贫、社会事业、民生工程等）。在此基础上，我相信，青海经济不仅需要做绿而且可以做绿，绿色经济将保证青海人民现在和未来的持续幸福！① 说到这里，当然要追加一句话：每个地方情况有不同，但都有发展绿色经济的理由，都有靠绿色经济带来幸福的途径。

为了应对金融危机给中国农村建设带来的不利影响，2008 年 11 月国务院常务会议提出 10 项扩大内需的政策措施。其中，以新农村建设为突破口，扩大农村消费和农村基础设施建设是这些措施的内容之一。此后，中国政府为启动农村消费出台了一系列政策，如家电下乡、汽车下乡等，由于中国的农村消费市场潜力巨大，这些刺激政策很快见到成效，2009 年上半年，农村消费连续 6 个月增速超过城市消费。这说明，中国政府为应对国际金融危机，实施的启动农村消费政策是十分必要和正确的。

国际金融危机对我国农业金融也有影响，其重要表现是农业贷款的份额有所下降。我国农户贷款占各项贷款的比例在 2008 年第三季度之前一直保持在 4.2% 左右，2008 年第四季度开始迅速下降，于 2009 年第一季度降到最低点 3.84%。2008 年第三季度以来，中国农产品批发价格总指数急剧下降，直接影响农产品资金链的可持续性，从而导致金融机构不良贷款率趋于上升，经营风险加大，这必将削弱金融机构对农业贷款投放的规模。中国政府及时在政策层面上加大了对"农村、农业和农民"的政策支持力度，农村金融取得重大进展。农业发展银行加大了农村基础设施建设的支持力度，农业银行开发了各类特色"三农"信贷产品，2009 年上半年涉农贷款比年初增加 881 亿元，占全行贷款增量的 40%；农村信用社加强服务"三农"，资产质量显著改善。2009 年 6 月末，全国农村信用社不良贷款余额和比例分别比 2008 年下降 238 亿元和 0.7 个百分点。2009 年上半年，中国农业保险实现原保险保费收入 70.03 亿元，同比增长 59.81%。在本书第三章中，针对农村发展的困难，特别深入地分析了农村金融的困境与变革，提供了详细具体的事实与数据，清晰地勾画出中国农村金融在金融危机下的有所作为。

四、民族地区的绿色生机

欧美发达国家的学术界和社会各界，对绿色有多年深入的思考，也有保护和发展绿色的丰富实践，这些非常值得我们学习。

---

① 见李晓西：《中国市场化进程的思考》第五章，人民出版社，2009 年版，这是笔者作为北京专家顾问团参加青海 2009 年 8 月 10 日 "西部大开发回顾与展望" 论坛上的发言稿，题目是《发展绿色经济的战略思考》。

欧美生态思维强调整体性、系统性，强调多元化。[①] 这是非常有启发性的。我们主张绿色的时候，难道不同样在偏爱着大自然中的其他颜色吗？我们爱万紫千红的花朵，我们爱终年白雾缭绕的积雪，我们爱大自然创造的一切颜色，这同样都可以归纳入我们的绿色生态思维中。记得 2007 年某一天，我参加中国科学院关于中国生态现代化的报告，会上我提出一个关于生态现代化和生态原始化的关系问题。我说，当我们去到西藏，到那些没有人烟的地方，看到那里的蓝天，那里的雪山，那里的湖水，那里的草地，如此圣洁与安祥，感到那里的生态状况太好了，感到需要把这一片静土保持下去。那么，这种生态的原始化，是不是比生态的现代化还要好？是不是属于生态现代化要去追寻的目标？[②]

让我把这个话题延伸下去。西藏、新疆等少数民族地区，其生态状况，其经济发展现状，是中国绿色经济和中国发展模式中非常重要的组成部分。离开了民族地区的分析，就使我们的眼光只能局限于半个中国大地。中国是一个拥有 56 个民族的多民族国家，截至 2008 年底，我国民族地区总人口19156 万，占全国总人口的 14.42%；但其分布却在中国面积占了一大半。比如，中国的西南和西北是少数民族分布最集中的两个区域。西部 12 个省、自治区、直辖市居住着全国近 70% 的少数民族人口，边疆 9 个省、自治区居住着全国近 60% 的少数民族人口。中国少数民族聚居区大都地广人稀，资源富集。民族地区的草原面积，森林和水力资源蕴藏量，均超过或接近全国的一半。全国 2.2 万多公里陆地边界线中的 1.9 万公里在民族地区。全国的国家级自然保护区面积中民族地区占到 85% 以上，是国家的重要生态屏障。[③] 因此，讲绿色新政和中国模式，不能不特别强调分析中国的民族地区。本书第十一章，就专门介绍与分析了中国民族地区经济发展的现状，并对当前金融危机下民族地区经济发展表现出来的特征进行了深入分析。

让我们继续结合着欧美学者们的生态思维来讨论中国民族地区的经济与发展模式。欧美生态思维非常看重人与自然的关系，甚至上升到政治的高度。生态问题在欧美国家的绿党看来，不仅仅是一般的技术问题、科学问题，也不仅仅是经济问题、法律问题，而是有关人类和生态共同健康生存与可持续

---

① 王建明：《"红"与"绿"：展现新全球化时代生态政治哲学新思维》，《自然辩证法研究》，2008 年第 12 期。

② 2007 年 1 月 27 日我在中国科学院中国现代化报告会上的发言。

③ 摘自《中国的民族政策与各民族共同繁荣发展》白皮书，2009 年 9 月 27 日国务院新闻办公室发表（记者魏武、卫敏丽、傅双琪）。

发展的大问题，是必须上升到政治高度加以认识和处理的重大政治问题。① 这确实很有道理。当前生态环境、气候问题已经成为全球各国领袖列为最重要议程的特大问题。事关人与人、人与自然的和谐，更关系人类赖以生存的地球是否允许人类继续生存下去的大问题。事实上，本文提出讨论的"绿色新政"，不正是在回应着这个问题吗？

我们先讨论一下人与自然的关系问题。我们看到，自然之神，不论是上帝，还是东方人信奉的神或佛祖，或者说是老天爷，创造出了一个充满绿色的世界。假设没有人类，地球上广袤的土地上将是绿色的海洋。在今天成为沙漠的地方，早年也是水和植物的天堂。但上帝也在发威，通过地震、雷电等，在控制着绿色的蔓延。人类出现后，在大自然的庇护下，获得了生存的基本条件。远古的中国，哲人们提出天人合一，道法自然，强调了人与自然的和谐共处，强调了人对自然规律的敬畏。工业化以来的世界，人类有了较强大的力量来利用自然界，来创造人类的现代世界。然而，自然界也开始了对人类的报复。直至今日，人类才真正联合起来，通过绿色新政，向大自然表示了善意与合作。中国的民族地区，经济上相对落后，但在天人协调方面，在保护自然方面，是领先的，不论其理念是来自天性还是来自宗教，都让我们尊重。

下面自然需要讨论一下绿色生态中人与人的关系问题了。人类之间的关系中，对大自然破坏最厉害的要数战争。在炮火面前，绿色被成片成片地摧毁，被永远地不可挽回地消灭。在错误理念与政策下，贪婪地索取与愚蠢地规划，也在吞噬着自然的本色。为了绿色，我们需要和平；为了绿色，我们需要生态新政，因而需要国家发挥更好的作用。我们看到，现代的国家，成为了保护生态、保护绿色、保护气候的最大责任人。一系列的保护地球、保护生态、防止大气污染的国际公约是以国家为基础来签署的。由此引发一个问题，一个各国都面临的问题，就是如何能让一个国家内的人们之间、民族之间和谐相处，不要仇恨，不要战争。中国的回答是，那就需要民族平等和民族团结。中国政府为尊重少数民族而实施的民族区域自治，是这种善意最集中的表达。当然，这种民族区域自治，是在国家统一领导下实施的，是以国家认同为前提的。为什么要国家认同，可以请历史来回答，请我们的先辈也请民族兄弟的先辈来回答；还可以请欧美的政治家与学者们来回答，请他

① 王建明：《"红"与"绿"：展现新全球化时代生态政治哲学新思维》，《自然辩证法研究》，2008 年第 12 期。参考程容宁：《析绿色政治——一种新的发展观》，《求实》，2003 年第 5 期。

们告诉一个现代国家是如何保持统一并实现繁荣的。我认为，没有对国家的认同，就不配享受民族自治的权利。此外，不妨提到，美国民族大熔炉的做法，也是非常值得中国人思考的。

　　近年来，为加快少数民族和民族地区的发展，中国采取了西部大开发战略、"兴边富民行动"以及重点扶持 22 个人口较少的民族发展，并通过培养少数民族干部、发展少数民族科教文卫事业以及充分尊重和保护少数民族宗教信仰自由，加大对少数民族地区的投资力度，加快少数民族地区对外开放的步伐，使少数民族地区的经济发展呈现新的活力。截至 2008 年，西部大开发以来民族地区固定资产投资累计达到 77 899 亿元。其中，2008 年达 18 453 亿元，比 2000 年增长 5 倍，年均增长 23.7%。建成了"西气东输"、"西电东送"等一批重点工程，修建了一批机场、高速公路、水利枢纽等基础设施项目。国家还规定，对输出自然资源和为国家生态平衡、环境保护作出贡献的民族地区，要给予一定的利益补偿。1994 年，国家将中央与自治区对矿产资源补偿费的分成比例调整为 4∶6，其他省市为 5∶5。2004 年，国家开始建立生态建设和环境保护补偿机制。在开发新疆丰富的石油、天然气资源时，注重带动当地发展，仅"西气东输"项目，每年可为新疆增加 10 多亿元的财政收入。与此同时，是发展民族地区的绿色经济。多年来，国家重视民族地区生态环境的保护和建设。特别是实施西部大开发战略以来，出台一系列政策措施，包括在大江大河上游禁止森林采伐，实行退耕还林还草、封山绿化以及以粮代赈等。国家妥善解决生态建设补偿问题，对退耕还林还草的农牧民国家给予粮食补助，对因禁止森林采伐而减少财政收入的地方，国家给予财政补助。1999 年，中国政府强调，要把草原建设摆到与农田基本建设同等重要的位置。这将使蒙古、藏、哈萨克等十几个少数民族受益，因为中国的主要牧区都是这些少数民族的聚集地，而畜牧业是他们世代经营并赖以生存和发展的基础产业。①

　　进入 2008 年，国际金融危机不断蔓延、加深，对中国经济产生了严重影响。在这样的宏观背景下，民族地区的经济发展有什么特点呢？本书第十一章的作者们归纳了如下特点：一是民族地区 GDP 高位增长，高于全国平均水平。2008 年以来，全国国内生产总值比上年增长 9%，而民族地区的经济增长率平均为 12.15%，个别地区如内蒙古高达 17.2%。二是民族地区固定资产投资保持较快增长。民族地区所属的西部地区是中国 4 万亿经济刺激计划的

---

　　① 国务院新闻办公室：《中国的民族政策与各民族共同繁荣发展》白皮书，2009 年 9 月。

重要投向区域。西藏 2008 年固定资产投资总额 303.33 亿元，比上年增长 12.5%；新疆 2008 年固定资产投资总额 2314 亿元，比上年增长 25.0%；内蒙古 2008 年固定资产投资总额 5596.45 亿元，比上年增长 27.1%。三是民族地区外贸进出口保持稳定增长。2008 年民族地区实现外贸进出口总额 607.5 亿美元，比 2007 年增长近 37%，高于全国增速。四是民族地区消费需求保持稳步增长等。

五、追求绿色是为了人类的世代幸福

有一段精彩的话愿与大家分享："所谓绿色经济，按照专家的定义是：以市场为导向、以传统产业经济为基础、以经济与环境的和谐为目的而发展起来的一种新的经济形式，是产业经济为适应人类环保与健康需要而产生并表现出来的一种发展状态。它与传统产业经济的根本区别在于，不再是以破坏生态平衡、大量消耗能源与资源、损害人体健康为特征的损耗式经济，而是以维护人类生存环境、合理保护资源与能源、有益于人体健康为特征的平衡式经济。发展绿色经济不仅是各国走出金融危机的现实选择，也是保护地球环境的中长期必然战略。也正因为此，绿色经济被称为人类历史上第四次工业革命，其意义和影响甚至超越前三次工业革命。在今后的 50 年到 100 年中，全球经济将面临从工业文明走向生态文明的转变。"① 从中我们对发展绿色经济的内涵和历史定位有了清楚的认识。但我们仍然想继续搞清楚一个问题，追求绿色到底是为了什么？

答案会有很多种，其中较为普遍的回答是：追求绿色是为了实现人类的可持续发展。实现绿色发展可以节省资源，保护人类赖以生存的空间，造福全人类。这里，我想特别推荐一种回答请读者们关注，这种回答有高度的概括性，那就是中国政府提出建设"和谐社会"和"和谐世界"。在我们讨论绿色新政和中国模式时，我们常提起中国古代文明中的"天人合一"观，即尊重自然，顺应自然，与自然和谐相处。但"和谐"的意义不仅在此，中国早在伏羲时代，就明白了"阴""阳"这一对立物的和谐，是使万事万物蓬勃发展之根源，这是古老中华文明贡献给今日世界的伟大理念。因此，"和谐"还是处理矛盾的一种思路，即依此协调关系、化解矛盾、统筹兼顾、整合社会，努力形成全体人民各尽其能、各得其所而又和谐相处的社会氛围。

---

① 资料来源：谢利：《发展绿色经济，中国已上路》，《金融时报》，2009 - 9 - 12，http://finance. sina. com. cn/g/20090912/04166740347. shtml。

可以说，"和谐"是万事万物矛盾运动的潜在均衡点，是传统美德的新发展，是完善制度的指南，是社会文明的要求。因此，信仰和谐，追求和谐，这既符合世界进步之潮流，也反映了人类孜孜以求的一个社会理想。

追求和谐又是为了什么？归根到底是为了人民的幸福。中国把"以人为本"作为目标，以城乡、区域、经济社会、人与自然、国内国外五个方面的统筹为基本内容，而以"走向和谐社会"为最高境界，从中贯穿着一个红线就是为了人民的幸福。实行"绿色新政"就是要为人民创造更多的就业机会，就是要带动新一轮经济增长，就是要为了人类的幸福生存和发展。绿色新政与以前的环境保护经济政策有着很大的区别。前者重视花费财力物力，保护和恢复生态环境，后者则强调投资于环境项目从而带动经济发展。

进一步我们看到，追求绿色不仅是为了应对金融危机，不仅是为了当代人民的幸福生活，更重要的还在于追求未来人类世世代代的生活幸福。如果我们水和空气都污染了，把大地挖得千疮百孔，把自然资源都消耗完了，我们的后代如何继续生存与发展？为了未来，为了子孙后代，我们就必须让发展模式变成绿色的，把生活方式变成绿色的。中国在这方面下了很大决心，做出了很多努力，并在继续努力。2009 年 9 月联合国大会期间，中国国家主席胡锦涛在联合国气候变化峰会上向国际社会承诺：今后，中国将进一步把应对气候变化纳入社会经济发展规划，并继续采取强有力的措施；争取到 2020 年非化石能源占一次能源消费比重达到 15% 左右，到 2020 年森林面积比 2005 年增加 4000 万公顷，森林蓄积量比 2005 年增加 13 亿立方米。这些庄严而重大承诺，得到国际社会高度的评价。各国政要均认为，中国的选择将对其他国家产生决定性的影响——正如全球规则、法律和市场的变化也会影响中国一样。[①] 另一方面，我们也看到，世界各国的专家们都在对绿色经济的未来进行思考，并有许多预测。前世界银行首席经济学家尼古拉斯·斯特恩（Nicholas Stern）于 2006 年 11 月发表的《斯特恩报告》显示，到 2050 年，世界能源产业中的碳含量将降低 60% ~ 75%，以将温室气体排放稳定在 550ppm 二氧化碳当量的水平或之下，届时低碳能源产品的年产值可能达到 5000 亿美元以上。[②] 据麦肯锡报告预测，从目前到 2030 年，中国将掀起一场"绿色革命"，这包括绿色发电、绿色交通、绿色工业、绿色建筑以及绿色生

---

① 陶志彭：《国际社会积极评价中国"减排"承诺》，新华网，2009 - 09 - 25，http：// news. xinhuanet. com/world/2009 - 09/25/content_ 12109923. htm。

② 英国财政部：《斯特恩报告》 *Stern Review Report*，详见：http：//www. hm - treasury. gov. uk/ stern_ review_ report. htm。

态系统五大领域。① 许多预测显示，绿色经济将会创造上千万的就业机会。但有一点是肯定的，即绿色经济的某些领域很难实现快速转变——尤其是需要大量投入的能源和交通系统。

有一个话题需要展开，当我们在大谈为了人民的幸福时，我们不能忘记把经济增长与社会发展结合起来，其中一个重要组成部分是人民的健康问题。医疗卫生体制是直接关系到生命的维系与人类的世代幸福。当今世界，各国都把公共卫生和基本医疗作为一个重要的民生问题。在奥巴马总统签署的经济刺激计划中，除了能源和教育，医疗改革是另一个重头戏。而中国政府的四万亿经济刺激方案中，也将公共医疗卫生改革和投入作为重点之一。为说明中国绿色新政以人为本的目标，本书第九章特别简介了 2009 年出台的新一轮卫生体制改革，这既是为了解决近期问题，也是为了安排好长期的人民福利。中国政府拟在 3 年内投入 8500 亿元支持医改的实施方案，不仅体现了积极应对金融危机的决心，也充分体现追求和谐社会的理念。

在中国这样一个大国，推行任何重大的举措都需要一步步前进。在中国 30 多年的改革开放进程中，试点探索发挥了十分重要的作用。深圳市等试办经济特区的试点，取得了让全世界瞩目的巨大成就。进入新世纪，要走以人为本、和谐与统筹协调的发展道路，进行试点探索就更重要了。本书第十章专门从体制改革新平台角度，分析了中国一批新的综合配套改革试验区，包括 2005 年和 2006 年先后开始的上海浦东新区和天津滨海新区的综合配套改革试点，2007 年批准设立的重庆市和成都市全国统筹城乡综合配套改革试验区以及武汉城市圈和长株潭城市群为全国资源节约型和环境友好型社会建设综合配套改革试验区。许多省份还开展了省级综合配套改革试验。通过开展综合配套改革试验，把解决本地区实际问题与探索全局共性难题结合起来，把实现重点突破与整体创新结合起来，把经济体制改革与其他方面改革结合起来，安全、平稳、有序推进改革，将会在中国走向城乡统筹、资源节约、环境友好、制度健全道路上取得新进展，也将会为人民带来更大的幸福。

绿色是生命的颜色，象征着希望、和谐与活力。保护绿色就是保护人类自己，追求绿色就是为了人类世代的幸福。今天，当中国的发展模式越来越追求绿色的时候，我们发现那正是理归古代先贤，道法神圣自然，符合天意民心，造福千秋万代，让我们为实现绿色新政与中国模式的伟大目标奋斗吧！

---

① Martin Joerss, Jonathan Woetzel：《中国的绿色机遇》Green Opportunities in China，《麦肯锡季刊》，2009 年 3 月，详见：http：//china. mckinseyquarterly. com/Chinas_ green_ opportunity_ 2364。

主要参考文献

[1] 联合国环境规划署.2009 年全球可持续能源投资趋势报告[EB/OL]. http://sefi. unep. org/fileadmin/media/sefi/docs/publications/Executive _ Summary_ 2009_ CN. pdf。

[2] Geoff Mulgan, Omar Salem. 绿色经济：背景、现状和前景[EB/OL]. http://www. shantoudialogues. cn/uploadfile/200812/22/124499025. pdf.

[3] 联合国环境规划署. 全球化与环境——全球危机：国家混乱？[EB/OL]. http://www. unon. org/confss/doc/unep/unep _ gc/gc _ 25/gc_ 25_ 16/k0843093. pdf.

[4] 国务院新闻办公室.《中国的民族政策与各民族共同繁荣发展》白皮书 2009 年 09 月 27 日 [EB/OL]. http://news. xinhuanet. com/politics/2009－09/27/content_ 12117333. htm.

[5] 奥巴马的"绿色新政"[N/OL]. 国际金融报, 2009－8－17.

[6] 马蒂·万哈宁·以"绿色新政"带动"绿色经济"[EB/OL]. 博鳌亚洲论坛主题午餐会上演讲, 2009－4－19, http://news. sina. com. cn/o/2009－04－20/064715494274s. shtml.

[7] Rowan Callick. 中国模式（The China Model）[J/OL]. 美国企业公共政策研究所《美国人》双月刊, 2007 年 11/12 月刊, http://www. american. com/archive/2007/november-december-magazine-contents/the-china-model/? searchterm = China model.

[8] 英国保守党. 绿色经济蓝皮书（UK Conservatives' Blueprint fo a Green Economy）[EB/OL]. http://www. worldchanging. com/archives/007254. html.

[9] 亚洲的"绿色新政"：亚太国家如何扩展绿色经济部门（*A Green New Deal for Asia：How Asia-Pacific countries are expanding the Green sector in their economies*）[EB/OL]. http://www. spireresearch. com/pdf/archive/ejournaljun09/A% 20Green% 20New% 20Deal% 20for% 20the% 20emerging% 20world. pdf.

[10] 联合国环境规划署. "全球绿色新政"——21 世纪聚焦环保投资的有利时期，创造繁荣和就业（*Global Green New Deal-Environmentally-focused Investment Historic Opportunity for 21 st Century Prosperity*

and Job Generation） ［EB/OL］．http：//www. unep. org/
Documents. Multilingual/Default. asp？DocumentID ＝ 548&ArticleID ＝
5957&l ＝ en.

［11］世界银行. 2010 年世界发展报告（*World Development Report
2010*） ［R/OL］. 2009 年 9 月，http：//econ. worldbank. org/WB-
SITE/EXTERNAL/EXTDEC/EXTRESEARCH/EXTWDRS/EXTW-
DR2010/0,，menuPK：5287748 ～ pagePK：64167702 ～ piPK：
64167676 ~ theSitePK：5287741，00. html.

［12］美国《清洁能源和安全法案》 （*Clean Energy and Security Act*）
［EB/OL］．http：//www. pewclimate. org/acesa.

［13］尼古拉斯·斯特恩. 斯特恩报告 (*Stern Review Report*) ［R/OL］.
http：//www. hm － treasury. gov. uk/stern_ review_ report. htm.

［14］Martin Joerss, Jonathan Woetzel. 中国的绿色机遇（Green Oppor-
tunities in China） ［J/OL］. 麦肯锡季刊，2009 （3），http：//
china. mckinseyquarterly. com/Chinas_ green_ opportunity_ 2364.

［15］胡鞍钢. "绿色崛起"：中国对世界的新贡献——中国应当对人类
发展做出五大贡献 ［J］. 人民论坛，2008 （9）.

［16］常修泽. 中国发展模式：人类文明发展多样性的一种探索 ［J］.
中国经贸导刊，2007 （22）.

［17］王金南，李晓亮，葛察忠. 中国绿色经济发展现状与展望 ［J］.
环境保护，2009 （5）.

［18］徐崇温. 国外有关中国模式的评论 ［J］. 红旗文稿，2009 （8）.

［19］王建明. "红"与"绿"：展现新全球化时代生态政治哲学新思维
［J］. 自然辩证法研究，2008 （12）.

［20］漆思. 中国模式发展问题的哲学反思 ［J］. 哲学动态，2009
（1）.

［21］方竹正. 用科学发展观推进经济发展方式的转变——基于我国 30
年来经济发展方式转变的探析 ［J］. 现代经济探讨，2009 （1）.

［22］庄俊举，张西立. 近期有关"中国模式"研究观点综述 ［J］. 红
旗文摘，2009 （2）.

第一章 "四万亿"——中国应对国际金融危机的经济刺激方案

2008 年下半年以来，由美国次贷危机引发的国际金融危机迅速蔓延，世界主要国家经济步入衰退。中国经济发展受到影响，加上中国经济长期以来积累的若干结构性矛盾，经济出现较大下滑。中国政府果断决策，及时调整中国宏观经济政策，实行积极的财政政策和适度宽松的货币政策，并快速出台了以"四万亿"投资为核心的一揽子经济刺激方案。这些措施正在实施并取得了阶段性成效。

第一节 "四万亿"经济刺激方案出台的背景

2003 年以来，中国经济连年保持 10% 以上的高速增长。在国家经济实力迅速增强的同时，也带来了通胀压力加大、经济增长结构失衡等问题。为了解决这些问题，中国政府自 2006 年开始实施了相对从紧的宏观调控政策。主要手段是控制两个"闸门"，提高一个"门槛"，即严格土地审批，控制货币信贷增长，提高行业准入标准。2007 年，中国政府的宏观调控力度继续加大。取消了"高耗能、高污染、资源性"产品的出口退税；先后 10 次上调人民币存款准备金率，6 次上调存贷款基准利率，将利息税率由 20% 下调到 5%，加大公开市场操作力度，控制货币信贷过快增长。尽管采取了这些措施，但中国经济增长速度还在加快，价格上涨压力加大，经济增长结构失衡加剧，因此 2007 年底召开的中央经济工作会议提出要把防止经济增长由偏快转为过热、防止价格由结构性上涨演变为明显通货膨胀作为宏观调控的首要任务，促进中国经济又好又快发展，确定 2008 年要实施稳健的财政政策和从紧的货币政策。这是中国政府 10 年来首次将货币政策由"稳健"改为"从紧"。

然而，2008 年下半年，国际金融危机传递到中国，经济下行压力加大，特别是对外贸易、工业生产和就业状况受到很大影响，政府及时调整了宏观经济政策，实施积极的财政政策和适度宽松的货币政策，推出了大规模的经济刺激方案。

一、国际金融危机对中国经济的影响

2007 年美国次贷危机爆发，并最终演变为一场全球性金融危机，进而影响实体经济，发达工业国家整体上陷入二战以来的首次经济衰退。由于中国经济依靠投资和出口拉动，国际金融危机通过金融、贸易、价格和心理预期等多种渠道不同程度地影响中国经济发展。

（一）出口贸易大幅下降

金融危机爆发导致全球信贷紧缩，并使投资者心理倍受打击，全球股市、房市、大宗商品等资产价格大幅下跌，从而导致发达国家需求大幅度萎缩。受此影响，2008 年第四季度中国出口同比仅增长 4.3%。进口同比下降 8.8%，是 2002 年以来季度增长的最低点。中国与美国、欧盟、日本、东盟等主要贸易伙伴进出口增速均呈回落态势。中欧双边贸易全年增长 19.5%，比上半年回落 8.2 个百分点；中美双边贸易增长 10.5%，比上半年回落 2.1 个百分点；中日双边贸易增长 13%，比上半年回落 4.7 个百分点；中国与东盟贸易增长 14%，比上半年回落 11.8 个百分点。从中国的出口来看，对美国出口 2523.0 亿美元，同比增长 8.4%，回落 6 个百分点；对欧盟出口 2928.8 亿美元，增长 19.5%，回落 9.6 个百分点；对东盟出口 1141.4 亿美元，增长 20.7%，回落 11.7 个百分点。对上述国家/地区出口增幅是 2002 年以来最低点。只有对日本出口 1161.3 亿美元，增长 13.8%，加快了 2.4 个百分点。

2009 年上半年，中国对主要贸易伙伴进出口继续呈大幅下降态势，均为负增长。对欧盟贸易额为 1599.7 亿美元，下降 20.9%；其中，出口 1034.5 亿美元，下降 24.5%，进口 565 亿美元，下降 13.2%。对美国贸易额为 1320.9 亿美元，下降 16.6%；其中，出口 970 亿美元，下降 16.9%，进口 350.1 亿美元，下降 15.6%。对日本贸易额为 997.3 亿美元，下降 23.1%；

其中，出口 440.3 亿美元，下降 20.3%，进口 557 亿美元，下降 25.1%。对东盟贸易额为 880.6 亿美元，下降 23.8%。

表 1 - 1 2008 ~ 2009 年上半年中国与主要贸易伙伴的贸易情况

（单位：亿美元,%）

	2008 年 1 ~ 6 月		2008 年 1 ~ 12 月		2009 年 1 ~ 6 月	
	进出口	同比增长	进出口	同比增长	进出口	同比增长
进出口总额	12 338	25.7	25 616	17.8	9461.2	-23.5
中国—欧盟（27 国）	2021.4	27.7	4255.8	19.5	1599.7	-20.9
中国—美国	1583.1	12.6	3337.4	10.5	1320.9	-16.6
中国—日本	1296.1	17.7	2667.9	13.0	997.3	-23.1
中国—东盟	1157.9	25.8	2311.2	14.0	880.6	-23.8

资料来源：中华人民共和国商务部商务统计，http://www.mofcom.gov.cn/tongjiziliao/tongjiziliao.html 在线资料。

（二）工业增加值快速回落

受国际金融危机的影响，中国工业增长自 2008 年·6 月起就开始快速回落。工业增加值月同比增速从 2008 年 6 月份的 16% 一直下降到 11 月份的 5.4%，创下 2002 年 3 月份以来的最低增速。由于工业增加值占 GDP 的 43% 左右，工业就业人数占城镇就业总数的 35% 左右，工业增长的快速回落直接导致了 GDP 增速下降和失业人数增加。

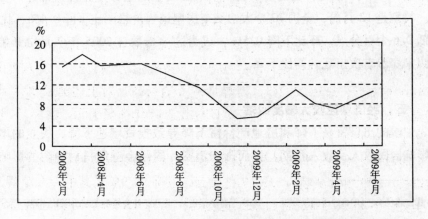

图 1 - 1 2008 ~ 2009 年上半年中国工业增加值当月同比增速

（三）劳动力市场遭遇较大冲击

由于中国经济对出口的依存度较大，出口的下降，导致很多工厂停工甚至破产，失业问题日益突出，尤其是大量农民工失业。2008 年末中国城镇登记失业率为 4.2%，比 2007 年末提高 0.2 个百分点，一反过去几年不断改善的常态。截至 2008 年底，中国 1.3 亿外出务工的农民工中，大约有 2000 万由于失去工作而返乡，这是由于沿海地区经营环境不断恶化，一些进出口工业企业的增长速度以及效益出现了较为明显的下行趋势，部分中小型出口导向的企业已经出现倒闭停产，使大量农民工失去就业机会。此外，新增就业的压力也逐步增大，2008 年大学生就业率在 65% 的水平，比 2005 年下降了近 8 个百分点。就业问题严峻的原因与全球金融危机对中国的劳动力市场造成的短期冲击有直接影响。[①]

（四）资产价格大幅下降

金融危机爆发导致全球股市、房市、大宗商品等资产价格大幅下跌。股市跌幅前十个国家下跌幅度在 97% ~68.81% 之间，中国股市也位居世界股指跌幅前列。2008 年第四季度上证综指跌幅为 20.62%，10 月 28 日更是创出了近两年最低 1664.93 点，较 2007 年 1 月 14 日全年最高点 5522.78 点下跌了 69.85%，创同一时间区间内的历史最大跌幅记录。沪深两市成交量急剧萎缩，从年初日均成交 2100 亿元，下跌到 9 月份的 500 亿元左右，而后回升至第四季度的 800 亿元左右。

2008 年中国房地产投资下跌趋势明显，从第一季度的 32.27% 下降到第四季度的 9.97%。房价也延续了前三个季度的下降趋势，并且降幅进一步扩大。特别是 12 月份，全国 70 个大中城市房屋销售价格同比下降 0.4%，比 11 月低 0.6 个百分点，环比下降 0.5%，成为这一指数自 2005 年 7 月份开始公布以来房价首次出现的同比下降。[②]

（五）经济增速较大幅度回落

中国的出口贸易下降和房地产价格下降导致投资增速下降，失业的增加又影响居民收入及收入预期，进而影响消费。国际金融危机对中国的影响由

---

① 陈佳贵：《中国经济前景分析——2009 年春季报告》，北京：社会科学文献出版社，2009 年，第 4 页。

② 李晓西主编：《新世纪中国经济轨迹——2007~2008 年分季度经济形势分析报告》，北京：人民出版社，2009 年，第 606、623 页。

最初的出口逐步扩大到投资和消费领域,导致了总需求的下降,经济增长速度从第三季度开始出现下滑,第四季度增长只有 6.8%。2008 年全年国内生产总值达 300 670 亿元,比上年增长 9.0%,比 2007 年回落了 4 个百分点。如果仅从经济增长速度上看,9% 的年增长速度仅稍低于 1979~2007 年 9.8% 的平均增速,并不算低。但从波动幅度来看,一年之内增速下降 4 个百分点是近 10 年来经济增长波动幅度最大的一次。

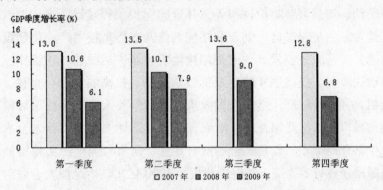

图 1-2 2007~2009 年上半年中国 GDP 季度增长率

上述情况表明中国面临的发展形势较为严峻。为了保证中国经济健康运行,避免大起大落,必须实施有效的经济刺激计划,通过投资、内需和外贸协调拉动,实现经济又好又快发展。

二、"四万亿"经济刺激方案正式出台

鉴于国内外经济形势出现重大转变,中国政府迅速做出反应,及时推出了"四万亿"的经济刺激一揽子方案。

(一)国务院常务会议首次提出"四万亿"

2008 年 9 月份,美国金融危机全面恶化,并迅速波及到全球实体经济,西方主要经济体先后陷入深度衰退。中国出口和工业生产增速直线下降。鉴于这种日趋严峻的形势,2008 年 11 月国务院常务会议决定,实行积极的财政政策和适度宽松的货币政策。会议确定了进一步扩大内需、促进经济增长的 10 项措施:

一是加快建设保障性安居工程。加大对廉租住房建设支持力度,加快棚户区改造,实施游牧民定居工程,扩大农村危房改造试点。二是加快农村基础设施建设。加大农村沼气、饮水安全工程和农村公路建设力度,完善农村电网,加快南水北调等重大水利工程建设和病险水库除险加固,加强大型灌

区节水改造。加大扶贫开发力度。三是加快铁路、公路和机场等重大基础设施建设。重点建设一批客运专线、煤运通道项目和西部干线铁路，完善高速公路网，安排中西部干线机场和支线机场建设，加快城市电网改造。四是加快医疗卫生、文化教育事业发展。加强基层医疗卫生服务体系建设，加快中西部农村初中校舍改造，推进中西部地区特殊教育学校和乡镇综合文化站建设。五是加强生态环境建设。加快城镇污水、垃圾处理设施建设和重点流域水污染防治，加强重点防护林和天然林资源保护工程建设，支持重点节能减排工程建设。六是加快自主创新和结构调整。支持高技术产业化建设和产业技术进步，支持服务业发展。七是加快地震灾区灾后重建各项工作。八是提高城乡居民收入。提高明年粮食最低收购价格，提高农资综合直补、良种补贴、农机具补贴等标准，增加农民收入。提高低收入群体等社保对象待遇水平，增加城市和农村低保补助，继续提高企业退休人员基本养老金水平和优抚对象生活补助标准。九是在全国所有地区、所有行业全面实施增值税转型改革，鼓励企业技术改造，减轻企业负担 1200 亿元。十是加大金融对经济增长的支持力度。取消对商业银行的信贷规模限制，合理扩大信贷规模，加大对重点工程、"三农"、中小企业和技术改造、兼并重组的信贷支持，有针对性地培育和巩固消费信贷增长点。初步匡算，实施上述工程建设，到 2010 年底约需投资四万亿元。

专栏 1-1   中国政府领导人应对金融危机的表示

中国国家领导人多次在参与国际重大活动中表明了中国应对金融危机和刺激经济的信心、决心和行动。2008 年 11 月 15 日，胡锦涛主席在华盛顿举行的二十国集团领导人金融市场和世界经济峰会上发表题为《通力合作　共度时艰》讲话。他说：为了推动经济发展，中国政府已经采取了降低银行存款准备金率、下调存贷款利率、减轻企业税负等措施，最近又出台了更加有力的扩大国内需求措施，决定 2008 年中央财政增加投资 1000 亿元人民币，用于加快民生工程、基础设施、生态环境建设和灾后重建，预计可带动社会总投资规模 4000 亿元人民币。从 2008 年第四季度到 2010 年底，中国仅这些项目的建设就将投资近 4 万亿元人民币。这些措施的实施，必将有力推动中国经济发展，也有利于促进世界经济发展。

资料来源：根据中国国家主席胡锦涛在华盛顿出席二十国集团领导人金融市场和世界经济峰会时的讲话资料整理，人民网，《人民日报》，2008 年 11 月 16 日，http://politics. people. com. cn/GB/8346583. html。

（二）中央经济工作会议提出"保增长，扩内需，调结构"

2008 年 12 月，中央经济工作会议又明确提出，把保持经济平稳较快发展作为明年经济工作的首要任务，要把扩大内需作为保增长的根本途径，把加快发展方式转变和结构调整作为保增长的主攻方向，把深化重点领域和关键环节改革、提高对外开放水平作为保增长的强大动力，把改善民生作为保增长的出发点和落脚点。

会议提出了 2009 年经济工作的 5 项重点任务：一是加强和改善宏观调控，实施积极的财政政策和适度宽松的货币政策，要较大幅度增加公共支出，实行结构性减税，促进货币信贷供应总量合理增长。二是巩固和发展农业农村经济好形势，保障农产品有效供给、促进农民持续增收，要高度重视农民工就业和促进农民增收出现的新情况，最大限度拓展农村劳动力就业渠道和农村内部增收空间。三是加快发展方式转变，推进经济结构战略性调整，强调加快发展方式转变、推进经济结构战略性调整的大方向不能动摇，要调整国民收入分配格局、优化产业结构、改善城乡结构、调整地区结构。四是深化改革开放，完善有利于科学发展的体制机制，要完善资源要素价格形成机制，推进公共财政管理体制改革，加快金融体制改革。五是着力解决涉及群众利益的难点热点问题，切实维护社会稳定，实施更加积极的就业政策，全方位促进就业增长。

（三）政府工作报告提出促进经济平稳较快发展的一揽子计划

2009 年 3 月，温家宝总理在十一届全国人大二次会议上作政府工作报告时说，2009 年的政府工作，要以应对国际金融危机、促进经济平稳较快发展为主线，统筹兼顾，突出重点，全面实施促进经济平稳较快发展的一揽子计划。主要包括：大规模增加政府投资；大范围实施调整振兴产业规划；大力推进自主创新；大幅度提高社会保障水平。

2009 年将以实施一揽子计划为重点，着力抓好以下几方面工作：加强和改善宏观调控，要坚持灵活审慎的调控方针，实施积极的财政政策和适度宽松的货币政策，保持经济平稳较快发展。拟安排中央财政赤字 7500 亿元，发行 2000 亿元地方债券。保证货币信贷总量满足经济发展需求，广义货币增长 17% 左右，新增贷款 5 万亿元以上；积极扩大国内需求特别是消费需求，增强内需对经济增长的拉动作用；巩固和加强农业基础地位，促进农业稳定发展和农民持续增收；加快转变发展方式，大力推进经济结构战略性调整；继续深化改革开放，进一步完善有利于科学发展的体制机制；大力发展社会事业，着力保障和改善民生；推进政府自身建设，提高驾驭经济社会发展全局的能力。

对于中国推出的经济刺激计划，一些国际媒体也做了评论。美国《华盛顿邮报》刊出文章认为：北京推出的基础设施升级、农村土地改革、扩大社会保障等措施是"中国特色的新政"（A New Deal with Chinese characteristics）。① 英国《经济学家》把中国这次财政刺激方案称作"中国式新政"（A New Deal, Chinese-style）。② 法国《费加罗报》2008 年 11 月 11 日发表社论，认为中国愿意为寻求国际金融危机的解决方法作出努力。③

第二节　经济刺激方案的具体内容

2008 年第四季度以来，为应对国际金融危机，中国政府及时调整宏观经济政策，出台了一揽子计划并在实践中不断丰富和完善。一揽子经济刺激计划主要包括 5 个方面的内容。

一、实施以"四万亿"投资为核心的积极财政政策

积极财政政策的主要内容是：实施总额"四万亿"人民币的两年投资计划，其中中央政府拟新增 1.18 万亿元，占总投资的 30%；实行结构性减税，扩大国内需求；提高出口退税，稳定出口。

（一）以中央投资引导地方资金

"四万亿"经济刺激方案中，中央投资总额为 1.18 万亿元，其余资金将来自地方政府预算、中央财政代发地方政府债券、政策性贷款、银行贷款和民间投资等。④ 从投资构成可以看出，投资方向一是民生工程，二是农

---

① China Unveils ＄586 Billion Stimulus Plan, 华盛顿邮报（Washington Post），2008 - 11 - 10。

② 李旭章：《扩大内需与宏观经济政策选择》，人民网，2009 - 7 - 19，http://theory. people. com. cn/GB/49154/49155/9679301. html。

③ 《国际舆论继续积极评价中国的经济刺激措施　世界银行调低全球经济增长预期》，新华网，2008 - 11 - 12，http://news. xinhuanet. com/world/2008 - 11/12/content_ 10348969. htm。

④ 发改委首次公布四万亿投资清单，《南方周末》，2009 - 05 - 22，http://www. infzm. com/content/28912。

村农业农民的需要，三是基础设施的建设，四是医疗卫生、文化教育的投资，五是生态保护、保护环境的建设，六是用于自主创新和结构调整的投资。

资金投向规划如下：一是廉租住房、棚户区改造等保障性住房约4000亿元；二是农村水电路气房等民生工程和基础设施约3700亿元；三是铁路、公路、机场、水利等重大基础设施建设和城市电网改造约15 000亿元；四是医疗卫生、教育、文化等社会事业发展约1500亿元；五是节能减排和生态工程约2100亿元；六是自主创新和结构调整约3700亿元；七是灾后恢复重建约10 000亿元。其中铁路、公路、机场、水利等重大基础设施建设投资最大，占37.5%；其次是地震灾后恢复重建，占25%；第三是保障性住房建设，占10%。

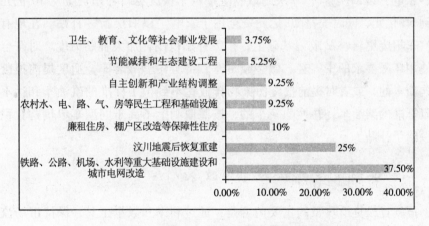

图1-3 中国"四万亿"经济刺激方案的主要投向领域

（二）财政部代理发行地方债券

2009年3月全国"两会"召开，基本确定了由政府代发2000亿元地方债券，并且确定了各省额度。本次地方债券通过现有的国债销售渠道由财政部代理发行，拟定为三年期限，利率与国债利率水平持平或略高于国债利率，以招投标的方式来实现。从偿债能力、经济实力来说，东部沿海地区占据明显优势，但本次地方债额度将更多支持中西部地区基础设施、环保、民生等方面的发展成为一大特点。

（三）实施结构性减税政策

全面实施消费型增值税，减轻企业税负，促进企业增加自主创新和技术改造投入。实施成品油税费改革，公平税费负担，推动节能减排。实施提高个人所得税工薪所得减除费用标准、降低证券交易印花税税率并实行单边征收、暂免征收储蓄存款和证券交易结算资金利息所得税、降低住房交易税收、大幅度调高部分产品出口退税率、取消和降低部分产品出口关税等一系列税费减免政策。

（四）采用财政补贴方式鼓励汽车、家电"以旧换新"

2009年5月19日，国务院常务会议决定，采用财政补贴方式，鼓励汽车、家电"以旧换新"。中央财政将老旧汽车报废更新补贴资金从10亿元增加到50亿元，同时安排20亿元资金用于家电"以旧换新"补贴。在现有老旧汽车报废更新补贴政策基础上，扩大补贴范围，加大补贴力度。对符合一定使用年限要求的中、轻、微型载货车和部分中型载客车，适度提前报废并换购新车的，或者对提前报废污染物排放达不到国Ⅰ标准的汽油车和达不到国Ⅲ标准的柴油车，并换购新车的，按照原则上不高于同型车单辆购置税的金额给予补贴。

二、实施适度宽松的货币政策

适度宽松货币政策的主要内容是：通过利率和数量工具，保持市场流动性合理充裕，着重调整信贷结构，提高信贷质量和效益，努力增强信贷对经济社会发展支持的均衡性和可持续性。

（一）利率连续下降

为了保证银行体系的流动性、支持经济增长，中国人民银行从2008年9月中旬至年底密集下调存贷款基本利率。短短4个月内，连续5次降息。1年期贷款基准利率累计下调198个基点，从年初的7.47%下降至12月底的5.31%；一年期存款利率也由4.14%降至2.25%。其中，11月26日的降息幅度高达108个基点，这在历史上是从未有过的。作为"适度宽松"货币政策的主要内涵，利率的密集调降是提高民间资本的投资意愿，制造宽松的货币环境，确保市场流动性的传统手段。

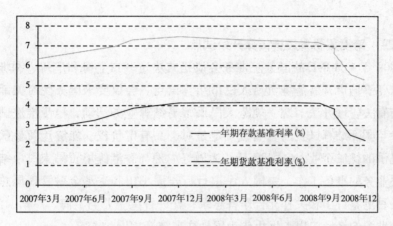

图 1 - 4 2007~2008 年历次利率调整情况

（二）法定存款准备金率由升转降

作为一种数量型货币政策工具，存款准备金率对流动性有着最直接的调控作用。2008 年上半年，为落实从紧的货币政策要求，加强银行体系流动性管理，引导货币信贷合理增长，中国人民银行 5 次上调法定存款准备金率，累计上调了 3 个百分点至 17.5%。然而，9 月份以后，为了应对日益严峻的国际经济金融形势，保持国内经济快速增长，中国人民银行先后于 9 月 25 日、10 月 15 日、12 月 5 日和 12 月 25 日 4 次下调法定存款准备金率，其中大型金融机构累计下调 2 个百分点至 15.5%，中小型金融机构则下调了 3 个百分点至 14.5%。特别是 12 月 5 日，对大型、中小型金融机构存款准备金率分别下调 1 个百分点和 2 个百分点，这种调控力度历史罕见。

（三）增加货币供应量

确定实施适度宽松的货币政策后，2009 年 3 月末，广义货币供应量（M2）余额为 53.06 万亿元，同比增长 25.51%，增幅比上年末高 7.69 个百分点，比上月末高 5.11 个百分点；狭义货币供应量（M1）余额为 17.65 万亿元，同比增长 17.04%，增幅比上年末高 7.98 个百分点，比上月末高 6.41 个百分点；市场货币流通量（M0）余额为 3.37 万亿元，同比增长 10.88%。

另外，中国人民银行公开市场操作打破了 6 年以来"奉行"的一季度净回笼资金的惯例，通过公开市场操作净投放了 1492.25 亿元资金。2009 年上半年中国人民银行通过公开市场操作净投放资金 2755 亿元，这在一定程度上为保增长提供了强有力的金融支持。

（四）跨境贸易人民币结算开始试点

2009 年 4 月 8 日的国务院常务会议正式决定，在上海和广州、深圳、珠海、东莞等城市开展跨境贸易人民币结算试点。会议要求国务院有关部门尽快发布有关管理办法，统一规范人民币贸易结算业务活动，稳步推进试点工作。参与国际结算试点的企业也一定是对产品有定价权、能够让贸易伙伴接受人民币的优质企业。6 月 29 日，为做好内地与香港跨境贸易人民币结算试点有关业务的准备工作，中国人民银行行长周小川和香港金融管理局总裁任志刚在香港签订了相关补充合作备忘录，允许香港企业与上海、广州、深圳、东莞和珠海的企业，以人民币作为贸易往来结算货币。

三、大范围实施产业振兴规划

产业振兴规划的主要内容是：全面推进产业结构调整和优化升级；实行兼并重组，淘汰落后产能，防止重复建设；促进中小企业的发展。

（一）出台十大产业振兴规划

为提升企业投资信息，促进社会投资增长，2009 年国务院密集出台了钢铁、汽车、船舶、石化、纺织、轻工、有色金属、装备制造、电子信息和物流十大重点产业调整和振兴规划。十大产业振兴规划的关键内容主要包括 5 个方面：一是扩大国内需求和出口政策，为行业发展开拓国内外市场，稳定市场需求；二是合理调整企业各项税收，减轻企业和产业使用者的税收负担，降低经济运营成本；三是支持生产企业发展自主品牌，争取在未来获得行业主导权；四是在扩大先进技术装备投资的同时，淘汰落后产能，促进产业结构升级；五是推进企业兼并重组，提高大型企业为龙头的产业国际竞争力。同时，国家还研究出台中长期科技发展规划，把重大科技专项的实施与经济发展紧密结合起来，增强科技对经济的支撑能力。

（二）着力解决中小企业融资难的问题

2009 年上半年，中央财政下拨了 10 亿元的担保基金，分到 330 个担保机构里，可以为 4 万个中小企业提供 2500 亿元贷款。同时，工业与信息化部、中国人民银行、银监会等部门也采取了多项措施，促进中小企业融资。

（三）调整固定资产投资项目资本金比例

国务院决定自 2009 年 5 月 25 日起，调整固定资产投资项目资本金比例。降低城市轨道交通、煤炭、机场、港口等项目资本金比例，同时适当提高属于"两高一资"的电石、铁合金等项目的资本金比例。此轮调整后，钢铁、电解铝项目的最低资本金比例上调至 40%，其中电解铝项目比 2004 年的 35% 提高了 5 个百分点；水泥项目则继续保持 2004 年资本金比例 35% 的高位。同时，煤炭、电石及内河航运等项目的最低资本金比例设置为 30%，其中煤炭项目比此前标准降低了 5 个百分点。铁路、公路等项目的最低资本金比例则下调至 25%。普通商品住房项目投资的最低资本金比例从 2004 年的 35% 调低至 20%，成为此次调整受惠最大的行业之一。

四、大力推进科技进步和创新

2009 年 5 月份召开的国务院常务会议要求，要进一步发挥科学技术在扩内需、促增长、调结构、上水平、惠民生中的重要支撑作用。

一是明确任务。全面展开科技支撑经济发展、服务企业的各项工作，启动实施一批自主创新产品规模化应用示范工程，加快实施技术创新工程，培育新的经济增长点。二是增加投资。中央财政预算 2009 年安排 328 亿元，2010 年安排 300 亿元左右，同时带动企业投资。三是确定重点。主要推动高档数控机床与基础制造装备，大型飞机，新一代宽带无线移动通信网，核心电子器件、高端通用芯片及基础软件产品，极大规模集成电路制造装备及成套工艺，大型油气田及煤层气开发，大型先进压水堆及高温气冷堆核电站，水体污染控制与治理，转基因生物新品种培育，重大新药创制，艾滋病和病毒性肝炎等重大传染病防治等 11 个科技重大专项的实施。

五、大幅度提高社会保障水平

提高社会保障水平包括提高企业退休人员基本养老金、失业保险金和工伤保险金标准，提高城乡低保和农村五保等保障水平，在全国开展新农保试点，积极推进医药卫生体制改革。

一是推进制度建设。完善基本养老保险制度，继续开展做实个人账户试点，全面推进省级统筹。制定实施农民工养老保险办法。新型农村社会养老保险试点要覆盖全国 10% 左右的县（市）。出台养老保险关系转移接续办法。

完善失业、工伤、生育保险制度。健全城乡社会救助制度。二是扩大社会保障覆盖范围。重点做好非公有制经济从业人员、农民工、被征地农民、灵活就业人员和自由职业者参保工作。农村低保要做到应保尽保。多渠道增加全国社会保障基金。切实加强社会保障基金监管，保证基金安全。三是提高社会保障待遇。2009～2010 两年继续提高企业退休人员基本养老金，人均每年增长 10% 左右。继续提高失业保险金和工伤保险金标准。进一步提高城乡低保、农村五保等保障水平，提高优抚对象抚恤和生活补助标准。大力发展社会福利事业和慈善事业。四是保障资金投入。中国政府将在三年内使用 8500 亿实行医药卫生体制改革，而所有这些资金还没有包括在 4 万亿当中。① 中央财政 2009 年拟投入社会保障资金 2930 亿元，比 2008 年增长 17.6%。

专栏 1 - 2　美国经济刺激方案的主要内容

推出时间	经济刺激方案内容	总规模 亿美元	实施期间
2008.2	2008 经济刺激法案：1、向个人退税约 1200 亿美元，惠及 1.3 亿户家庭；2、企业税务减除（加速折旧和新投资）约 480 亿美元；3、提高对单亲家庭的贷款限额。	1680	2008～2009（2008 年支出 1520 亿，2009 年支出 160 亿）
2008.3	紧急经济稳定法案：1、问题资产解救计划（TARP）；2、提高联邦存款保险上限：从 10 万美元提高到 25 万美元。	7000	颁布起至 2009.12.31（2009 年 6 月已支出约 5500 亿美元）
2008.7	2008 住房与经济复苏法案：1、购买政府出资企业的债务和证券；2、"房屋所有者希望"计划；3、首次购房者税收返还；4、新的抵押担保计划（2008.10.1～2011.9.30）。	3000	
2009.2	2009 美国复兴与再投资法案：1、约 37% 用于个人和企业减税；2、约 30% 用于卫生、教育科研等投入；3、约 20% 用于基础设施建设和新能源等投资；4、约 13% 用于房地产"止赎"和弱势人群（低收入者、失业者、退休者等）救助等。	7870	未来十年内

① 《温家宝总理记者会实录》，《南方周末》，2008 - 11 - 12，http://www.infzm.com/content/25438。

资料来源：根据 http：//www. usbudgetwatch. org，http：//www. financialstability. gov，http：//en. wikipedia. org/wiki，www. fdic. gov，http：//www. newyorkfed. org，http：//www. cbo. gov，http：//www. cbo. gov，http：//www. federalreserve. gov 等官方网站的信息整理而成。

第三节 经济刺激方案的进展与初步效果

中国的经济刺激方案从出台到逐步实施，其进展情况、初步效果以及未来宏观经济发展趋势一直都受到国内外政府、企业、媒体和研究机构的关注。

一、经济刺激方案的进展

中国的一揽子经济刺激方案实施期限是两年。截至到 2009 年上半年，仅仅过去半年多的时间，中央投资已有 32% 拨付到位，接近预计投资 1.18 万亿的 1/3。财政资金主要投向重大建设项目和民生工程，同时建设项目的审批和进程不断加快，减税措施和信贷支持配合力度也不断加强。

（一）财政资金快速拨付到位

2008 年第四季度中央新增投资 1000 亿元，并于 2009 年第一季度全面拨付到位，对经济止跌回升起到很大作用。2009 年上半年又下达了 2800 亿元，总计拨付到位了 3800 亿元。其中农村民生工程和农村基础设施 1043 亿，重大基础设施建设 871 亿，卫生、教育等社会事业 573 亿，保障性住房建设 375 亿，节能减排和生态环境建设 396 亿，自主创新和结构调整 542 亿，详见表 1 - 2。投资资金拨付到位后正在逐步地发挥效应。[1]

---

[1] 2009 年 8 月 7 日国务院新闻办公室举行的新闻发布会，2009 - 8 - 7，http：//gb. cri. cn/news/live/20090810. htm 在线资料。

表1-2 2008年第四季度~2009年上半年财政资金到位情况与效果

(单位：亿元)

投资领域	投资金额	投资效果
农村民生工程和农村基础设施	1043	解决了1960万农村人口的饮水安全问题；建成农村沼气项目178万个；改造农网线路7.5万公里
保障性住房建设	375	已基本建成廉租住房25万套，开工建设了105万套
重大基础设施建设	871	哈大、武广、南广、贵广四条大的铁路干线；南水北调工程；已经基本建设成了1360个大中型水利项目
卫生、教育等社会事业	573	建设了7800多个基层医疗卫生服务项目。农村初中校舍的改造已经完成了300万平方米
节能减排和生态环境建设	396	营造林3700多万亩，同时还新增污水处理能力400万吨/日
自主创新和结构调整	542	176个高技术产业化项目和146个产业技术进步项目加快推进，部分项目进入主体工程建设和设备安装调试阶段

资料来源：根据2009年8月7日国务院新闻办公室举行的新闻发布会内容整理，http://gb. cri. cn/news/live/20090810. htm在线资料。

（二）加快重大项目的审批进度

在"四万亿"投资中，有些项目是原来"十一五"规划当中的项目，如公路和铁路等基础设施建设。这些项目前期是经过充分论证的，2009~2010年期间主要是加快速度推进。对于新增重大项目的审批，国家发改委加快了审批速度。2008 年总计审批通过了 18 项重大铁路建设项目和可行性研究报告,总里程 7389 公里。其中,10 月和 11 月通过了 6 项,总里程 1992 公里,均占到全年项目数和里程约 30%,具体见表 1 - 3。另外,2008 年全年审批通过了重大公路建设项目 45 项,总里程 4536.3 公里,其中 10 ~ 12 月三个月审批通过 18 项,总里程 1664.3 公里,均占到全年项目数和里程的近 40%。

表 1 - 3 2008 年 10 ~ 11 月中国发改委审批的重大铁路项目

序号	审批时间	项目名称	起止地点	里程(公里)
1	2008 年 10 月	新建锡林浩特至乌兰浩特铁路	锡林浩特—乌兰浩特	651
2	2008 年 10 月	新建南宁至广州铁路黎塘至广州段工程	南宁—广州	471
3	2008 年 10 月	新建重庆至利川铁路可行性研究报告	重庆—利川	261
4	2008 年 10 月	京包铁路集宁至包头段增建第二双线工程可行性研究报告	集宁—包头	263
5	2008 年 11 月	金华至温州铁路扩能改造工程项目建议书	金华—温州	188
6	2008 年 11 月	新建上海至杭州铁路客运专线项目建议书	上海—杭州	158

资料来源:国家发改委"政府信息公开目录"相关资料整理,http://zfxxgk.ndrc.gov.cn/PublicItemFrame.aspx 在线资料。

2009 年 1 ~ 7 月审批通过了 18 项重大铁路建设项目,其中 1000 公里以上的特大铁路建设项目三项,一是兰新铁路第二双线项目建议书;二是新建长沙至昆明铁路客运专线项目建议书;三是新建山西中南部铁路通道项目建议书。均位于中国的中西部地区，这也体现了中央加大中西部地区建设的力度。①

从重大项目审批中可以看出区域发展协调性增强。一系列促进区域经济发展的规划和政策措施的出台，中西部和东北地区可以抓住机遇，加强基础设施建设，承接产业转移，发展优势特色产业；东部地区则需要努力克服金融危机冲击的影响，在推进转型升级、自主创新和提升竞争力上不断取得新进展。

（三）结构性减税力度不断加强

中国的经济刺激一揽子计划，除了增加投资外，实行结构性减税，减轻企业和居民税收负担，也是重要的内容。一是全面实施消费型增值税，减轻企业税负，促进企业增加自主创新和技术改造投入。二是减轻中低收入者的税收负担。2008年税收调整力度加大。如工薪所得费用扣除标准提高至2000元/月、暂免征收居民储蓄存款利息所得税和证券市场个人投资者交易结算资金利息所得税、降低证券交易印花税税率继而改为单边征收；下调个人首次购买90平米及以下普通住房契税税率、暂免征收印花税和土地增值税，减轻了居民购房负担。三是提高部分商品出口退税率。2008年8月1日实施出口退税政策调整，部分纺织品、服装的出口退税率由11%提高到13%；部分竹制品的出口退税率提高到11%。11月1日起再次调整纺织品服装商品的出口退税率。涉及3486项商品，约占中国海关税则中全部商品总数的25.8%，是自2004年以来中国调整出口退税政策涉及税则号最多、力度最大的一次。12月1日起第三次上调出口商品的退税率并调整部分产品的出口关税，涉及3770项产品，约占全部出口产品总数的27.9%。减税措施实施后，2008年下半年财政收入增长幅度下滑，全年为19%，而上半年增长为33%。

2009年上半年，除继续执行2008年已实施的减免税措施外，又实施了成品油税费改革，推动节能减排。取消和停征100项行政事业性收费。对住房转让环节暂定减免一年营业税。对1.6升及以下排量乘用车暂减按5%征收车辆购置税。4月1日起，再次对3802则税号的商品提高出口退税率，涉及纺织品、服装、轻工、电子信息、钢铁、有色金属和石化等商品。同时，取消部分钢材、化工品和粮食的出口关税，降低部分化肥出口关税。预计2009年

---

① 国家发改委"政府信息公开目录"，http：//zfxxgk. ndrc. cn/PublicItemFrame. aspx 在线资料。

减税额将达到 5000 多亿元。

此外，根据中华人民共和国财政部公告，截至 2009 年 9 月 4 日，2000 亿元地方政府债券已全部发行完毕，涉及除香港、澳门和西藏以外的全国各省和自治区。

（四）大幅度放宽信贷规模

2008 年下半年开始，中国人民银行放松商业银行信贷规模，实施宽松的货币政策，多次下调存贷利率和商业银行的存款准备金率。12 月上旬，在经济形势加剧恶化的情况下，中国人民银行明确宣布取消银行信贷限额，并且从数量上和投向上给各银行以明确的"窗口指导"。自"四万亿"经济刺激计划出台后，金融机构年底的信贷投放出现激增。2009 年上半年，人民币各项贷款增加 7.37 万亿元，是 2008 年全年新增贷款 4.91 万亿元的 1.5 倍，是 2008 年上半年人民币新增贷款 2.45 亿元的 3 倍。大量的流动性进入了经济领域，对促进经济企稳回升起到了积极的作用。

二、经济刺激方案的初步效果

随着刺激经济的一揽子计划的贯彻落实，中国经济在不断向好的方向运行，积极因素不断增多，总体形势企稳向好，经济明显复苏。

（一）中国经济企稳复苏

按照"四万亿"一揽子计划的总体要求，在扩大投资和消费方面、稳定出口方面、调整优化经济结构方面、改善民生和促进农民增收方面取得较大进展，经济运行明显企稳复苏。

第一，GDP 增速稳步回升。2009 年上半年国内生产总值同比增长 7.1%，其中第一季度增长 6.1%，第二季度增长 7.9%，第二季度比第一季度加快了 1.8 个百分。这一变化从工业生产看得更清楚，1～2 月，规模以上工业生产增长 3.8%，3 月份增长 8.3%，4 月份虽有所回落，但 5 月份又继续回升，增长 8.9%，到 6 月份，增长 10.7%。

第二，国内需求增长加快。扩大内需是经济企稳回升的动力和抓手，2009 年上半年，社会消费品零售总额增长 15%，扣除价格因素，实际增长 16.6%，同比加快 3.7 个百分点。而且内需增长中有两个较为突出的亮点，即商品房销售增长明显，汽车销售增长较快，分别增长 31.7% 和 17.7%。

第三，经济结构调整积极推进。推进结构调整是保持经济平稳较快发展的需要和要求。一是基础设施和基础产业进一步得到加强，上半年基础设施投资（不包括电力）增长57.4%，其中铁路运输业增长126.5%，道路运输业增长54.7%，水利、环境和公共设施管理业增长54.5%；卫生、社会保障和社会福利业增长71.3%；文化、体育和娱乐业增长57.1%。二是装备工业较快回升，上半年装备工业同比增长6.7%，比第一季度加快3.0个百分点。三是区域发展协调性有所增强，中西部地区投资和工业生产增长都明显加快。城镇固定资产投资方面，中部地区增长38.1%，西部地区增长42.1%，都快于东部地区的26.7%；工业生产方面，规模以上工业增加值中部地区增长6.8%，西部地区增长13.2%，也都快于东部地区的5.9%。

第四，民生继续得到改善。一是就业基本稳定，尤其是农村外出务工人数有所增加。上半年城镇新增就业569万人，完成全年目标的63%，第二季度末，农村劳动力外出务工人数比第一季度增加了378万人，增长2.6%。其中，东部地区增加56万人，增长1.6%；中部地区增加80万人，增长1.8%；西部地区增加242万人，增长6.5%。二是居民收入增长平稳。上半年，城镇居民人均可支配收入8856元，同比增长9.8%，扣除价格因素，实际增长11.2%。农村居民人均现金收入2733元，同比增长8.1%，扣除价格因素，实际增长8.1%。三是社会保障支出进一步增加，上半年在财政收入压力较大的形势下，财政用于社会保障和就业的支出同比增长29.2%，中央财政对城市居民最低生活保障和农村居民最低生活保障补贴支出分别增长49.9%和140%以上。[①]

（二）市场信心指数回升

政府经济刺激计划就是要传达了一个清晰的信号，即保持经济增长8%。这一信号比任何具体投资数字更重要，因为它可以帮助家庭和企业部门恢复信心，鼓励企业保持投资。

2009年第二季度，中国国家统计局网站、宏观经济信息网、中国物流与采购联合会网站发布的五大指数全面回升。其中，企业家信心指数回升至110.2，比第一季度提高9.1点；企业景气指数从2008年第三季度开始回落，2009年第二季度企业景气指数为115.9，比第一季度回升10.3点，实现了转降为升。2009年消费者信心指数持续走低，5月份较4月份的数据有所回升，

---

① 《实施一揽子计划成效显著我国经济总体企稳向好》，财政部网站，2009 - 07 - 17，http：//www. mof. gov. cn/mof/zhengwuxinxi/caijingshidian/jjrb/200907/t20090717_ 182756. html。

说明消费者心理已趋于稳定，并稍有恢复；全国制造业采购经理指数（PMI）为53.2%，位于50%的临界点以上，表明随着中央一系列扩大内需、促进国民经济平稳较快增长的政策措施的贯彻落实，制造业经济总体呈现稳步回升态势；宏观经济景气预警指数反弹上升，说明中国经济的当前运行和未来走势趋好。

（三）对经济可持续增长的思考和担忧

随着经济刺激方案的落实，2009年第二季度中国经济出现止跌回升的迹象，经济运行除了对外贸易还是负增长以外，其他指标都已大幅回升，中国经济刺激的一揽子方案的效果已经显现出来。但经济回升主要依赖投资拉动，消费的拉动力仍显不足，而且信贷投放过多，引发人们对通货膨胀和经济增长可持续性的思考和担忧。

首先，通货膨胀出现的可能性加大。持续的宽松货币政策导致市场流动性充裕，过多的流动性必然会进入投资回报率较高的资产市场，并由此推高资产价格。与此同时，实体经济复苏是一个相对缓慢的过程，从信贷投放增加到投资增加、从投资增加到经济增长都需要一定传导时间，因此物价水平短期内并不会由通缩转为通胀。结果，资产价格与物价走势就会出现背离。由于资产价格上涨脱离了实体经济增长，隐藏着泡沫风险，如果风险得不到控制，泡沫经济的崩溃将给经济带来更大的冲击。

其次，基础设施建设对就业拉动作用有限。就业得不到进一步改善的一个重要原因是新增的投资高度集中于资本密集型的重工业和基础设施建设，而这些部门能够创造的就业机会有限。事实上，保经济增长，归根结底是为了保就业、保民生、保社会稳定。解决就业问题，再加上合理的收入分配格局问题格局和有效的社会保障体系，才能从根本上解决老百姓的后顾之忧，实现社会和谐稳定。

第三，投资拉动型经济可能使收入分配格局问题进一步恶化。2009年上半年在GDP增长的三大需求中，资本形成总额，主要是固定资产投资，还包括库存，对经济增长的贡献率为87.6%，拉动GDP增长6.2个百分点。最终消费对经济增长的贡献率为53.4%，拉动GDP增长3.8个百分点。净出口对经济增长的贡献率为−41%，下拉GDP增长2.9个百分点。投资的主要来源是中央政府、地方政府和银行贷款。重大项目的建设拉动经济增长作用明显，但多数劳动者得到的实惠仍然有限，收入分配格局问题可能进一步恶化。①

第四，社会保障体系投资力度偏小。借鉴美国的罗斯福新政，其目的就是经过几年的努力建立了一系列的经济保障体系，使老百姓"免于（经济）恐惧的自由"（freedom from fear），核心是建立社会保障体系，实现经济长期平衡稳定增长，而不是花很多政府的钱来修建基础设施。虽然中国的"四万亿"经济刺激计划包含了大量的民生工程，但是与支持基础设施建设，拉动经济增长相比，仍然比重很小。如果继续当前这种投资支撑经济增长的模式，一方面经济增长非常快，一方面结构性矛盾越来越突出。家庭住户和工人的收入在经济中的比例越来越低，消费意愿低迷。所以，只有完善收入分配格局，建立起一个完善的社会保障体系，中国经济最终才能走上一个可持续的长期增长的道路。②

三、未来国民经济发展趋势

随着世界各国的经济刺激方案的进一步落实，2009 年上半年世界经济出现了积极变化，资产价格企稳回升，中国面对的外部经济环境有所改善。2009 年第一季度中国经济增长速度出现回升，第二季度经济增长已接近全年目标 8%。未来财政和货币政策将会发挥更大的作用，推动经济平稳较快发展。只要对世界经济发展作出准确判断，认识到可能会出现的问题，减少不稳定因素对中国经济的影响，中国经济会走向健康发展之路。

（一）固定资产投资对经济增长的拉动作用将进一步加大

长期以来，中国的投资对经济增长起到重要的拉动作用。尤其是经济刺激方案的出台和落实，投资增速进一步加快。具体表现为基础设施投资加大，新开工项目增加，新开工项目计划总投资持续高速增长，意味着投资增长后劲很足。特别是一揽子经济刺激计划中加大了民生工程项目的建设，可以解决低收入人群的后顾之忧，对扩大消费，优化经济增长结构产生好的影响。

（二）消费将持续平稳增长

金融危机爆发以来，中国以提高居民收入水平和扩大最终消费需求为重

---

① 《中国式复苏能否持续》，《南方周末》，2009 - 07 - 30，http：//www. infzm. com/content/32207。

② 黄益平：《最困难的时候是改革的最好机会》，2009 - 07 - 30，http：//www. infzm. com/content/32224。

点，不断出台相关政策，着力调整国民收入分配格局，提高居民收入在国民收入中的比重，调整企业退休人员养老金，提高居民财产性收入，大力促进农民消费，城乡居民消费支出比重持续提高。国家采取的一系列金融和财税等措施，如发放消费券、家电、汽车下乡和以旧换新等扩大内需项目的实施，以及增加农民种粮补贴等政策措施，都有利于扩大国内消费需求，从而拉动经济增长。这些措施将引导消费不断增长，并在投资结构优化的前提下，实现消费和投资共同拉动经济增长。

（三）进出口贸易出现积极变化

国际金融危机不仅使发达国家国民财富大幅缩水，减少居民即期消费支出，影响未来经济增长前景预期，还加剧了许多国家的贸易保护主义情绪，对中国的进出口造成了持续不利的影响。中国的进出口形势十分严峻，对经济的增长率贡献为负，但是也应该看到积极的变化：一是民营企业应对危机能力强于国营企业和外商投资企业。2009 年上半年，民营企业进出口降幅约为国营企业和外商投资企业的一半，而且在全国进出口总额中所占比重呈现上升趋势。二是内资企业的发展势头预示着今后改善出口企业市场主体结构的良好方向。金融危机对加工贸易为主的外商投资企业的影响大于内资企业，应该抓住机遇，支持内资企业培育自主知识产权的出口品牌。在国家支持外贸增长的政策不断发挥作用下，中国外贸将呈现恢复增长的态势。

综合国内外的研究，预计 2009 年中国经济增速能够实现 8% 的预定目标，2010 年中国经济仍可能保持较快增长。但由于国内外经济环境的不确定性依然较大，"四万亿"投资的最终效果仍有待继续观察。

主要参考文献

［1］陈佳贵．中国经济前景分析——2009 年春季报告［M］．北京：社会科学文献出版社．2009.

［2］德怀特·H·珀金斯．旁观者的视角：中国现行及可行的经济刺激方案［J］．中国发展观察，2009（4）.

［3］甘行琼．"退税"与"减税"——中美两国经济刺激方案之比较［J］．财贸经济，2008（12）.

［4］高培勇．财政与民生［M］．北京：中国财政经济出版社．2008.

［5］韩光宇．国际金融危机背景下的中国发展［M］．北京：中国人民大学出版社．2009.

［6］贾康.2009 年财政政策的要领［J］.今日中国论坛，2009（Z1）.

［7］李晓西等.新世纪中国经济轨迹——2007～2008 年分季度经济形势分析报告［M］.北京：人民出版社.2009.

［8］唐纳德·科恩，康以同.当前形势下货币政策与财政政策的关系［J］.中国金融，2009（13）.

［9］王小鲁，樊纲，刘鹏.中国经济增长方式转换和增长可持续性［J］.经济研究，2009（1）.

［10］ANDREWS E L. *Tracking the Bailout：Summary of U. S. bailout efforts. The New York Times*. http：//www. nytimes. com/2008/11/26/business/economy/26fed. html? _ r = 1.

［11］DOLLAR D. *China's stimulus plan also aims to improve quality of life*. November 12，2008. http：//eapblog. worldbank. org.

［12］LEE D. *China's ＄586 – billion stimulus plan could boost world economy. Los Angeles Times*. http：//articles. latimes. com/2008/nov/10/business/fi – china10.

［13］ROUBINI N. *The Rising Risk of a Hard Landing in China：The Two Engines of Global Growth-U. S. and China-are Stalling*. http：//chineseculture. about. com/.

评论

凯恩斯理念在中国:
评说四万亿投资的经济刺激方案

舒 艳

由 2007 年 4 月的美国次贷危机引发的金融危机已经席卷全球。尽管中国没有遭受西方式的金融危机,但他被危机所带来的外部需求的急剧下降深远地影响着。中国是一个劳动力丰富的国家,它在国际贸易中的比较优势就在于劳动密集型的制造性商品。制造性商品的出口部门长期以来一直是中国经济增长的重要驱动力。因此当金融危机导致的国际产品需求大幅下降时,中国的出口部门陷入困境,成千上万的出口型企业被迫关闭,失业率上升,2008 年 GDP 增长率与 2007 年相比少了 4 个百分点。因此,中国经济从一定意义上讲确实面临危机。中国政府反应迅速,在 2008 年 11 月出台了为期两年(2009 年和 2010 年)的四万亿经济刺激方案,旨在激增国内需求以弥补出口的下降,维持高速的经济增长和促进就业。这是凯恩斯主义逆周期经济政策的具体体现。从目前的情况来看,这一刺激政策正逐步显现出它的功效。

本章详细地介绍了这一刺激方案出台的背景、主要内容以及实施进展和初步效果。通过一揽子刺激计划的逐步落实,中国经济正表现出改善的迹象。以 GDP 增长为例,官方数据表明:2009 年第二季度 GDP 增长 7.9%,这与"保八"(保证 8% 的经济增长率)的目标非常接近。对于中国宏观经济统计数据质量持怀疑态度的人可以去看其他一些相关联的的统计数据,譬如说 2009 年 6 月电力生产提高了 5.2%,扭转了前 8 个月的下降局面。尽管如此,现在欢呼刺激方案的成功还为时过早,刺激方案落实过程中的问题倒是很值得我们注意,譬如说报告所指出的可能出现通货膨胀和资产泡沫的情况,拉动就业和促进消费的力度有限等。笔者在这里主要是针对这些担忧和国内外关心的围绕经济刺激方案的一些其他问题进行简要的评论如下。

一、关于新增投资问题

中国的四万亿投资项目包括了一部分原有的"十一五"规划中的项目

·45·

（尤其是规划中余下两年的项目），因此实际新增投资额很可能会小于四万亿这个目前已广为人知的数据。尽管在凯恩斯理念中只有新增的政府投资才能对提升总需求的水平和增长率产生正的作用，但中国坚称"四万亿经济刺激方案"是存在合理性的。首先，对于一个国家层面的经济刺激方案，我们不但要保证实现它的短期目标，同时还要关注它对实现经济长期增长的作用。四万亿投资只有符合国家的"十一五"规划，才能发挥它相对较长的积极效果。其次，我们要认真总结10年前亚洲金融危机过程中中国实施财政刺激方案的经验教训。其中一个重要的问题就是由于当时有些投资项目急速上马以期对GDP增长产生较快影响，结果出现了一定程度上的重复建设和资源浪费的现象。由于"十一五"规划中的投资项目是在危机出现之前就已经过充分论证过了的项目，把它包括在经济刺激方案中具有一定的合理性。最后，一个国家刺激方案成功的关键在于它对于提升市场信心的影响力。通过"四万亿刺激方案"，中国政府向公众传递了这样一个信号：政府有能力应对危机，保证经济持续、稳定增长。从这一角度来说，刺激方案的规模就不像理论上那么重要了，毕竟我们很难知道财政刺激的乘数效应到底有多大，以及多大规模的新增投资才能使经济真正能够走出下滑或衰退的状态。如果需要的话，正如一些其他国家那样，中国也可以追加第二轮财政刺激投资。但在那之前，我们必须等待进一步的宏观经济数据，用以评判第一轮刺激方案的效果，然后作出相应对策。

二、关于资金来源问题

国内外极为关注的另一个与四万亿经济刺激方案相关的重要问题，就是其资金来源问题。2009年5月，中国发改委首次公布了这一方案的资金来源细目：四万亿投资中来自中央的投资为1.18万亿，约占总投资的30%；余下的2.82万亿资金将来自地方财政、地方债、政策贷款（包括贴息）、企业公司债和中期票据以及银行贷款和民间投资，但没有详细地说明各项资金所占比例。从2008年第四季度和2009年前6个月的情况看，中央的财政资金下达非常迅速、及时，是拉动整个投资快速回升的主要力量。过去10年间，中国的财政赤字一直都非常低，2007年甚至还有财政盈余。即使需要增发国债来满足这1.18万亿的中央投资额，应该是有足够空间的。相反，我们倒是发现2.82万亿的社会配套资金似乎存在一些不确定性。目前贡献比较大的是银行贷款、财政部代理发行的地方债券、企业债券和政策性贷款，其中尤以银行贷款最为重要。民间资本参与四万亿经济刺激方案的比例很小，主要原因在于：没有钱赚的项目，民间资本不想进入；而对于有钱可赚的项目，民间资本又没有机会进入。因此，制定激发民间资本投资热情的政策是必要的，比如说税收减免的政策、财政补贴政策等。从理论上讲，吸引外资也应该是筹募资金的一个重要考量，但鉴于目前全球金融危机导致的流动性紧缺，各国实体经济受到重创，这一资金来源将非常有限。

三、关于信贷资金去向问题

为了配合四万亿经济刺激方案，央行放松了对信贷规模的控制。2009 年上半年，银行新增贷款高达 7.37 万亿，超过了先前官方所确定的 5 万亿的目标。同样，广义货币 M2 也以罕见的速度增长，结果给市场造成了相当充足的流动性，因此有人认为这样的政策可能带来通货膨胀的风险。当然，由于目前大部分行业生产能力过剩，这将在一定程度上延缓通货膨胀的到来。但伴随如此大规模的广义货币增长，通货膨胀可能由于内部或外部的因素冲击而随时发生。尤其是当流动性快速增加并伴之以有效监管措施的缺失时，就会出现有些获得信贷资金的企业不将资金用于改进生产和促进就业的实体投资中，而是违规投放到回报率高的股市和房市，推高资产价格不断上涨，形成资产泡沫。因此目前关键的工作是加强信贷资金的监管，以避免重蹈这次西方国家金融危机的覆辙。

四、关于就业促进问题

中国政府当前一个重要顾虑是高达 2000 万的农民工在 2008 年失去了他们的工作或者是不能找到工作。根据中国社会科学院的报告，2009 年将有780 万大学毕业生涌入劳动力市场。这当中可能有 40% 的人（大约 300 万人）将找不到工作。现在不少人将解决就业方面的这些问题的希望放到了四万亿经济刺激方案上面，但实际上这一刺激方案对就业拉动作用将非常有限。首先，正如本报告所指出的那样，基础建设的投资项目大多是资本密集型而不是劳动密集型。其次，许多信贷资金最终流向了大型的国有企业，加剧这些企业的生产力过剩局面，比如钢铁，化工和通讯这些以国企为主导的行业，这又反过来挤压急需资金的民营尤其中小企业，而正是这一部分中小企业才是中国就业市场的发动机．因此为中小企业提供资金担保，保障中小企业正常运营对促进就业是非常有必要的。另一方面，中国也可以借鉴德国的做法，通过财政补贴来鼓励企业雇佣新员工或不辞退原有职工。

五、关于消费刺激问题

在相当长的一段时期内，中国居民的高储蓄率使得消费支出无法成为经济增长的动力。因为低收入人口比富人有更高的边际消费倾向，凯恩斯理念通常会运用对低收入层减税来刺激整体消费需求，但这在中国的作用并不大。不象美国，中国税收制度不是以所得税为主体，中国低收入层基本不缴税或缴很少的税。事实上，促进中国居民消费的关键还是在于完善社会保障体系。只有解决了老百姓的后顾之忧，如子女教育、医疗保障、养老保险等问题，老百姓才有可能放心地拿出储蓄去消费。中国政府早已认识到这个问题，所以尽管在四万亿刺激方案中用于社会保障体系的投资只占3.75%，但政府在四万亿之外又投入8500亿，分三年实行医药卫生体制改革。

六、关于外资企业的机会问题

由于中国经济政策的特点和对外商投资的约束条件，四万亿刺激方案的主要受益者将会是国有企业和国内的民营企业。但是，刺激方案的出台也为外资企业提供了部分机会，因为外资企业可以成为中国经济实体获得的大型合约的次级承包商。这样的机会主要集中于提供先进的知识产权和一些有附加值的服务方面，比如说提供洁净能源技术、农村基础设施建设或灾后重建过程中的项目管理服务等。

总之，无论从政治层面还是经济意义上来讲，中国的四万亿经济刺激方案都是应对全球金融危机的一个重要战略选择。随着各项具体政策、措施的逐步落实，刺激方案将逐步显示出它的积极功效。但我们同时也应该认识到实施过程中可能出现的问题和可能导致的风险，并及早加以防范和控制，充分抓住刺激方案带来的机会，促进"保增长，促就业，扩内需"目标的有效实现。

参考文献

［1］ERNST D. *China's Stimulus Package：A Catalyst for Recovery？*. East-West Center，June 3，2009.

［2］JACKSON J K. *The Financial Crisis：Impact on and Response by The European Union*. Congressional Research Service，June 24，2009.

［3］KWAN C. *A Balanced Approach-China's Economic Stimulus Plan*. U. S. Chinese Services Group，November 2008.

[4] PRASAD E., SORKIN I. *Assessing the G-20 Economic Stimulus Plans: A Deeper Look*. Brookings Series, March 2009.

[5] REVELLE G., CHIANG J. *China Stimulus Package*. Stoel Rives LLP, June 17, 2009.

[6] YU Y. *China's Stimulus shows the problem of success*. Financial Times, August 25, 2009.

[7] ZHENG Y., CHEN M. *How Effective will China's Four Trillion Yuan Stimulus Plan Be?*. China Policy Institute, University of Nottingham, March 2009.

（舒艳，美国佛罗里达国际大学博士，现为西南财经大学经济与管理研究院副教授）

第二章　建设新农村
——刺激内需的新突破

　　为了有效应对金融危机对中国经济的不利影响，2008 年 11 月 5 日，国务院常务会议提出了 10 项扩大内需的政策措施。其中，以新农村建设为突破口，扩大农村消费和农村基础设施建设是这些措施的内容之一。此后，中国政府为启动农村消费出台了一系列政策，如家电下乡、汽车下乡等，这些政策的实施有的已经见到了成效。但是扩大农村消费是一项长期而艰巨的任务，不仅需要不断改进政策实施中存在的问题，还需要其他宏观政策的配合，需要推进国民收入分配体制的改革。

第一节　新农村建设与国民经济

　　我国经济发展长期面临的一个主要问题就是内需不足，我国农村地区潜在消费能力非常巨大，但农民收入较低是制约农村消费扩大的主要因素，因此，增加农民收入的新农村建设战略具有非常重要的作用。

一、农村经济与国民经济

（一）农村经济在国民经济中的地位
　　中国经济改革始于农村，农村经济改革与发展曾是中国经济增长的重要推动力量。但是，由于城乡二元体制的制约，中国的农村经济与城市经济以及国民经济的发展不是同步的，自 20 世纪 90 年代以来，随着农业增长减缓和农村收入增速下降，农村经济在国民经济中的地位逐步下降。其中，第一

产业的下降最快，第二产业在近些年也陷入停滞不前，第三产业的地位也有
所下降（见表2-1）。

表2-1 1991~2008年国内生产总值三次产业的城乡结构分解（生产法）

（以全国GDP为100）

年份	第一产业	第二产业			第三产业			乡村合计
	I	II	城市II	乡村II	III	城市III	乡村III	
1991	24.5	41.8	28.2	13.6	33.7	23.3	10.4	48.5
1993	19.7	46.6	24.9	21.7	33.7	23.1	10.6	52.0
1995	19.9	47.2	27.2	20.0	32.9	22.6	10.3	50.2
1997	18.3	47.5	27.1	20.4	34.2	23.4	10.8	49.5
1999	16.5	45.8	25.2	20.6	37.7	25.8	11.9	49.0
2001	14.4	45.1	24.3	20.8	40.5	28.0	12.5	47.7
2003	12.8	46.0	25.0	21.0	41.2	28.6	12.6	46.4
2005	12.2	47.1	25.9	21.8	40.1	27.9	12.2	46.4
2007	11.1	48.5	26.5	22.0	40.4	28.9	11.5	44.6
2008	11.3	48.6	26.6	22.1	40.1	28.8	11.3	44.7

数据来源：中国社会科学院农村发展研究所，国家统计局农村社会经济调查司：《中国农村经济形势分析与预测2008~2009》，北京：社会科学文献出版社，2009年4月，第40页。

从表2-1中看，农村经济中的第一产业的下降最快，从1991年占GDP的24.5%下降到2008年的11.3%；第二产业在20世纪90年代还在增长，进入新世纪后陷入停滞不前，从2001年到2008年一直徘徊在40%左右。第三产业的地位也有所下降，从最高年份2003年的12.6%下降到2008年的11.3%。

（二）农村固定资产投资

农村经济在国民经济中地位的下降是与农村固定资产投资在全社会固定资产投资中的比重下降有直接关联，因为中国经济增长的动力在于投资拉动，投资增长缓慢，经济增长自然缓慢（见表2-2）。

表 2 - 2　1996～2008 年农村固定资产投资额及在全社会固定资产投资额中的比重

年　份	全社会固定资产投资额 （亿元）	农村固定资产投资额 （亿元）	农村固定资产投资占比 （%）
1996	22 913.5	5346.3	23.3
1998	28 406.2	5914.8	20.8
2000	32 917.7	6695.9	20.3
2002	43 499.9	8011.1	18.4
2004	70 477.4	11 449.3	16.2
2006	109 998.2	16 629.5	15.1
2008	172 291	24 124	14.0

数据来源：《中国统计年鉴 2008》，国家统计局网站，http：//www.stats.gov.cn 在线资料。

据表 2 - 2，从 1996 年到 2008 年，全社会固定资产投资额从 22 913.5 亿元增加到 172 291 亿元，增长了 7.52 倍，而同期农村固定资产投资仅从 5346.6 亿元增加到 24 124 亿元，仅增长 4.51 倍，12 年来，农村固定资产投资在全社会固定资产投资中所占的比重一直持续下降，由 1996 年的 23.3% 下降到 2008 年的 14.0%。

（三）农村消费

长期以来，农村消费的增长也一直慢于城市地区，在全国消费品零售市场中，农村地区的份额也在持续快速下降（见表 2 - 3）。

表 2 - 3　1978～2008 年县及县以下消费品零售总额及在全社会消费品零售总额中的比重

（单位：亿元）

年份	社会消费品零售总额	县及县以下社会消费品零售总额	占比的变化（%）
1978	1558.6	1053.4	67.6
1980	2140	1406.4	65.7
1985	4305	2430.5	56.5
1990	8300.1	4411.5	53.1
1995	23 613.8	10 634.4	45.0
1999	35 647.9	13 446.1	37.7
2005	67 176.6	22 082.3	32.9
2007	89 210	28 799.3	32.3
2008	108 488	34 753	32.0

数据来源：《中国统计年鉴 2008》，国家统计局网站，http：//www.stats.gov.cn 在线资料。

据表2-3，从1978年到2008年，全社会消费品零售总额从1558.6亿元增长到108 488亿元，增长了69.6倍，县及县以下消费品零售额从1978年的1053.4增长到2008年的34 753亿元，增长了33倍。速度慢了一倍多。可以说，改革开放的30年，是农村居民消费在整个国民消费中占比快速下降的30年，农村消费品零售总额在全社会消费品零售总额中的比例已从1978年的67.6%下降到2008年的32%。

（四）城乡居民的生活差距

农村消费萎缩的直接原因在于农村收入的增长速度慢于城镇居民的收入增长速度。1978年到2008年，农村人均收入从133.6元增长到4761元，增长了36倍，而城镇居民的人均收入从343.4元增长到15 781元，增长了46倍（见表2-4）。

表2-4　1978~2008年城乡居民人均收入情况及恩格尔系数

年　份	城镇居民家庭人均可支配收入（元）	农村居民家庭人均纯收入（元）	城镇居民家庭恩格尔系数（%）	农村居民家庭恩格尔系数（%）
1978	343.4	133.6	57.5	67.7
1980	477.6	191.3	56.9	61.8
1985	739.1	397.6	53.3	57.8
1990	1510.2	686.3	54.2	58.8
1994	3496.2	1221.0	50.0	58.9
1998	5425.1	2162.0	44.7	53.4
2000	6280.0	2253.4	39.4	49.1
2003	8472.2	2622.2	37.1	45.6
2005	10 493.0	3254.9	36.7	45.5
2007	13 785.8	4140.4	36.3	43.1
2008	15 781	4761	37.9	43.7

数据来源：《中国统计年鉴2008》，国家统计局网站，http://www.stats.gov.cn 在线资料。

据表2-4，虽然近些年来中国政府不断强调要提高农村收入水平，并出台了一系列的政策措施来致力于提高农村的收入水平，但是，从数字上看，城乡居民的收入差别还是在不断扩大。由于农村居民人均收入增长缓慢以及城镇居民人均收入增长过快，城乡居民的收入差距的绝对额已迅速扩大，2008 年，城乡居民的人均收入差距是 11 020 元。1978 年，城镇居民的人均收入是农村居民人均收入的 2.57 倍，到 2008 年，城镇居民的人均收入是农村居民人均收入的 3.31 倍。

收入水平决定生活消费水平，由于农村居民收入水平低，使得农村居民的消费水平一直大幅度地低于城市居民。恩格尔系数（居民家庭食品消费支出占家庭消费总支出的比重）可用来综合衡量城乡居民消费和生活水平之间的差距。从表 2－4 看，2008 年，由于食品消费价格的上涨幅度较大，导致城乡居民家庭消费的恩格尔系数都有所回升。农民家庭消费的恩格尔系数为 43.7，比上年升高了 0.6 个百分点；而城镇居民家庭消费的恩格尔系数为 37.9，比上年升高了 1.6 个百分点。从恩格尔系数来看，2007 年，农民生活消费水平还不及城镇居民在 1999 年时的生活消费水平，农村居民的消费水平比城市居民至少落后了 8 年。

二、新农村建设战略

建设新农村战略是中国政府于 2006 年提出来的，新农村战略的提出主要是基于以下几方面的考虑：

（一）我国城乡差距在不断扩大

到 2005 年，中国国内生产总值达到 182 321 亿元人民币，相当于 22 257 亿美元，人均国内生产总值达 1730 美元，进入了矛盾多发期，而在中国诸多社会矛盾中，城乡矛盾是易于引发社会分化与冲突的主要矛盾之一。在这种背景下，中国政府提出的社会主义新农村建设战略，旨在发展农村地区的经济，提高农民收入水平，从而缓解城乡矛盾。

（二）扩大我国内需的需要

金融危机发生之前，中国就已经出现了明显的内需不足，但是出口量的快速增长，使这个难题没有凸显出来。金融危机的发生使得中国不得不面对内需不足的困境。从生产消费的内需市场看，中国农村基础设施建设欠账太多；从生活消费内需市场看，目前，占全国总人口约 2/3 的农村，只消耗全国 1/3 的商品；农村日均人消费仅有 5 元多，相当于城市的 1/6。通过新农村建设可以提高中国农民的收入水平，增加农村地区的消费能力，从而解决制约中国经济发展的内需不足问题。

（三）中国经济发展已经到了"以工促农、以城带乡"的发展阶段

中国 2005 年时的人均国内生产总值是 1989 年的 4.73 倍，财政收入超过了 3 万亿元。与此同时，农业在国内生产总值中的比重从 25.6% 下降到 12.2%；居住在农村的人口也从占总人口的 73.79% 减少到 58.24%。从国际经验看，中国经济已到了"以工促农、以城带乡"的新阶段，实施新农村建设，已经成为中国现阶段经济社会发展的客观要求和迫切任务。

专栏 2 - 1　2020 年之前农村改革发展的目标任务

根据党的十七大提出的实现全面建设小康社会奋斗目标的新要求和建设生产发展、生活宽裕、乡风文明、村容整洁、管理民主的社会主义新农村要求，到 2020 年，农村改革发展基本目标任务是：农村经济体制更加健全，城乡经济社会发展一体化体制机制基本建立；现代农业建设取得显著进展，农业综合生产能力明显提高，国家粮食安全和主要农产品供给得到有效保障；农民人均纯收入比 2008 年翻一番，消费水平大幅提升，绝对贫困现象基本消除；农村基层组织建设进一步加强，村民自治制度更加完善，农民民主权利得到切实保障；城乡基本公共服务均等化明显推进，农村文化进一步繁荣，农民基本文化权益得到更好落实，农村人人享有接受良好教育的机会，农村基本生活保障、基本医疗卫生制度更加健全，农村社会管理体系进一步完善；资源节约型、环境友好型农业生产体系基本形成，农村人居和生态环境明显改善，可持续发展能力不断增强。

资料来源：摘自《中共中央关于推进农村改革发展若干重大问题的决定》。

第二节　政府扩大农村内需的政策

受国际金融危机的影响，中国经济需要提高国内消费需求，这就需要启动国内消费，尤其是启动并开拓农村消费市场。中国农村有 7 亿多人口，庞大的农村人口构成了世界上最大的消费群体，因此，农村消费市场的开拓不

论是为了应对国际金融危机带来的影响，还是为了实现中国经济的持续发展，都具有举足轻重的作用。政府扩大农村内需的政策。

为应对国际金融危机，中国政府先后出台了一揽子扩大内需、刺激经济的计划和措施，其中有以下扩大农村内需的政策和措施：

一、农村基础设施建设

在 2008 年 11 月中央推出的 10 项扩大内需措施中，提出中央财政将新增 340 亿元用于加快农村民生工程和基础设施建设，农业部与发展与改革委员会等部门已编制完成了新增 51.5 亿元农业建设项目的投资计划（见图 2－2），用于改善农业生产设施和农民生活条件。①

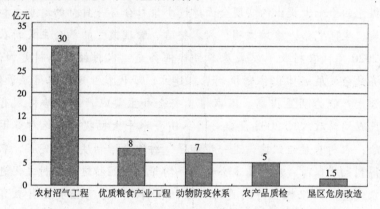

图 2－1　农业部 51.5 亿元农业建设项目的投资计划

资料来源：中央政府网，www. gov. cn 在线资料。

2009 年中央一号文件强调了 5 个重点领域：农村饮水安全工程建设、农村电网建设、乡村道路建设、农村的沼气建设和农村危房改造。具体措施为：调整农村饮水安全工程建设规划，加大投资和建设力度，把农村学校、国有农（林）场纳入建设范围；扩大电网供电人口覆盖率，加快推进城乡同网同价，加大农村水电建设投入，扩大小水电代燃料建设规模；加快农村公路建设，2010 年底基本实现全国乡镇和东中部地区具备条件的建制村通油（水泥）路，西部地区具备条件的建设村通公路，加大中央财政对中西部地区农村公路建设投资力度，建立农村客运政策性补贴制度；增加农村沼气工程建

---

① 《农业部等编制新增 51.5 亿元农业建设项目投资计划》，中央政府网，2008－11－13，ht-tp：//www. gov. cn。

设投资,扩大秸秆固化和气化的试点示范;发展农村信息化;加快国有林区、垦区棚户区改造,实施游牧民定居工程,扩大农村危房改造试点。①

二、农业直接补贴政策

2009年中央财政将进一步加大种粮补贴、良种补贴、农机购置补贴和农资综合补贴力度,拟安排补贴资金1230亿元,比上年增加200亿元,对农业的直接补贴可能会作为一项长期政策坚持下来,并不断完善农业补贴办法。具体措施是:加大良种补贴力度,提高补贴标准,实现水稻、小麦、玉米、棉花全覆盖,扩大油菜和大豆良种补贴范围;大规模增加农机具购置补贴,补贴范围覆盖全国所有农牧业县(场),中央财政拟安排资金130亿元,比上年增加90亿元;加大农资综合补贴力度,完善补贴动态调整机制,根据农资价格上涨幅度和农作物实际播种面积,及时增加补贴。②

三、轻纺工业振兴规划

轻工业中小企业要为农民工提供大量就业岗位,提高农村居民工资性收入;轻工业70%的行业和50%的产值要涉及农副产品的深加工,增加农产品需求,提高农村居民经营性收入;进一步扩大食糖国家储备,鼓励地方政府采取流动资金贷款贴息等措施,支持企业收储涉农产品,解决涉农产品收储问题;促进国内纺织品服装消费,积极开拓农村市场,增加对边远乡村的销售,便利农民消费。③

四、"家电下乡"政策

财政部、商务部于2007年12月开始在河南、山东、四川进行家电下乡试点,对农民购买彩电、冰箱、手机、洗衣机4类产品给予产品销售价格13%的补贴,其中地方财政负担补贴资金的20%,中央负担80%。自2008年12月起,"家电下乡"政策在全国14个省市区展开,将持续4年,并根据农民意愿和行业发展要求,进一步扩大"家电下乡"补贴品种,保证下乡家电质量,搞好售

---

① 《中共中央国务院关于2009年促进农业稳定发展农民持续增收的若干意见》(全文),新华网,2009-02-01,http://www.xinhuanet.com。

② 温家宝:《政府工作报告——2009年3月5日在第十一届全国人民代表大会第二次会议上》,新华社,2009-03-14。

③ 《十大产业调整振兴规划的实施意见》,新华网,http://news.xinhuanet.com。

后服务。① 2009 年中央财政安排"家电下乡"补贴资金预算 200 亿元，比 2008 年增长 9 倍。据财政部测算，在全国实施的"家电下乡"补贴政策实施预计 4 年累计可实现销售约 7 亿台（件），4 年拉动国内消费约 21 000 亿元。②

五、"汽车下乡"政策

根据 2009 年 1 月份公布的汽车产业调整振兴规划，2009 年国家将安排 50 亿元对农民报废三轮汽车和低速货车换购轻型载货车以及购买 1.3 升以下排量的微型客车，给予一次性财政补贴，具体标准是"按换购轻型载货车或微型客车销售价格的 10% 给予补贴，农民购买摩托车按销售价格的 13% 给予补贴，汽车摩托车下乡政策补贴资金由中央财政和省级财政共同负担，其中中央财政负担 80%，省级财政负担 20%，通过价格补贴，短期内刺激农村农用车、微型车消费；调整老旧汽车报废更新财政补贴政策，2009 年老旧汽车报废更新补贴资金总额将由 2008 年的 6 亿元增加到 10 亿元，通过加大补贴支持力度，提高补贴标准，加快淘汰老旧汽车，促进消费。③

六、农村物流建设政策

2009 年中央财政将增加农村物流服务体系发展专项资金和促进服务业发展专项资金，采取以奖代补和贴息方式，调动地方和社会投入积极性，支持农村流通体系发展。④ 2009 年商务部计划在全国新建和改造 15 万家农家店和 1000 个农村商品配送中心，覆盖全国 70% 的乡镇和 50% 的行政村，形成以城区店为龙头、乡镇店为骨干、村级店为基础的农村现代流通网络，提高网络配送能力，将农家店商品的配送率提高到 50% 以上；加速推进"农村商务信息服务工程"建设，推进"万村千乡"网络与供销、邮政、电信等网络的结合，为农民提供市场信息、购销对接等服务；增加统一配送商品品种，降低经营成本，引导生产企业开发符合农民消费特点的产品，更好地满足农村居民消费需求。⑤

---

① 家电下乡信息管理系统，http：//jdxx. zhs. mofcom. gov. cn 在线资料。

② 《2009 年中央财政安排"家电下乡"补贴资金预算 200 亿元》，中央政府网站，2009 - 03 - 07，http：//www. gov. cn。

③ 《汽车产业调整和振兴规划》，中国政府网，http：//www. gov. cn。

④ 《财政部、商务部关于做好支持搞活流通扩大消费有关资金管理的通知》，中华人民共和国财政部，2009 - 2 - 5，http：//www. mof. gov. cnl。

⑤ 《商务部、财政部关于加快实施"万村千乡市场工程"的通知》，商务部政府信息公开查询系统，http：//file. mofcom. gov. cn。

七、保障农业生产资料供应政策

在资源产地适当建设大型氮肥生产装置，优化磷肥资源配置，加大国内钾矿资源勘探开发，到 2011 年，化肥产量达到 6250 万吨，在原料产地生产的化肥比重提高到 60%；完善中央、地方两级化肥淡季商业储备制度，加强淡储化肥调运，建立健全科学合理的"淡储旺供"的调控体系，保障供给，稳定市场价格；调整农药产品结构，发展高效低毒低残留品种，推动原药集中生产；县乡农用柴油供应网络不断完善，满足季节性集中消费需要；落实农机具购置补贴政策，并尽快兑现到户。①

八、加快养老、医疗卫生、文化教育事业发展政策

新型农村社会养老保险政策：2009 年在全国 10% 的县（市、区）开展新型农村社会养老保险试点，新型农村社会养老保险制度采取社会统筹与个人账户相结合的基本模式和个人缴费、集体补助、政府补贴相结合的筹资方式。年满 16 周岁、不是在校学生、未参加城镇职工基本养老保险的农村居民均可参加新型农村社会养老保险。年满 60 周岁、符合相关条件的参保农民可领取基本养老金。②

新医改方案：2009 年 4 月政府出台新医改方案，把基本医疗卫生制度作为公共产品向全民提供，落实方案中的五项重点改革三年中将投入 8500 亿，这五项重点改革分别是：加快推进基本医疗保障制度建设、初步建立国家基本药物制度、健全基层医疗卫生服务体系、促进基本公共卫生服务逐步均等化、推进公立医院改革试点。到 2011 年，基本医疗保障制度全面覆盖城乡居民。③

农村义务教育：2009 年，财政部安排 662.5 亿元进一步提高农村义务教育经费保障水平，比去年增长 16.1%，并逐步对农村中等职业教育实行免费，安排补助资金 45 亿元，比去年增长 115.3%；加强县级职教中心和示范性中等职业学校建设，加快中西部农村初中校舍改造，改善农村寄宿制学校附属设施条件，安排建设资金 137 亿元；安排家庭经济困难学生资助及国家助学

---

① 《石化产业调整和振兴规划》，中华人民共和国国家发展和改革委员会，http://zfxxgk.ndrc.gov.cn。

② 中央政府网，http://www1.www.gov.cn，2009 - 06 - 24 在线资料。

③ 《医药卫生体制改革近期重点实施方案（2009～2011 年）》，中央政府网，2009 - 04 - 07，http://www.gov.cn。

贷款补贴经费 240 亿元。①

九、农村信贷政策

2009 年，中国人民银行将继续鼓励和引导各金融机构利用小额担保贷款等方式支持有实力的农民工自主创业和返乡创业，积极发展农村消费信贷，活跃农村消费市场。2009 年 8 月，银监会发布了《新型农村金融机构 2009 ~ 2011 年总体工作安排》，计划 2009 ~ 2011 年在全国 35 个省（区、市，西藏除外）、计划单列市共计划设立 1294 家新型农村金融机构，其中村镇银行 1027 家，贷款公司 106 家，农村资金互助社 161 家，将其主要分布在农业占比高于全国平均水平的县域、中西部地区、金融机构网点覆盖率低的县域、贫困县和中小企业活跃的县域。

专栏 2-2　新型农村社会养老保险试点

全国新型农村社会养老保险试点工作会议于 2009 年 8 月在北京召开，会议决定 2009 年在全国 10% 的县（市、区）开展新型农村社会养老保险试点，以后逐步扩大试点，到 2020 年前基本实现全覆盖。新型农村社会养老保险制度的基本原则是：一是从农村实际出发，低水平起步，筹资和待遇标准要与经济发展及各方面承受力相适应；二是个人、集体、政府合理分担责任，权利与义务相适应；三是政府引导和农民自愿相结合，引导农民普遍参保；四是先行试点，逐步推开。

新型农村社会养老保险试点的主要内容包括两个方面，一是实行基础养老金和个人账户养老金相结合的养老待遇，国家财政全额支付最低标准基础养老金；二是实行个人缴费、集体补助、政府补贴相结合的筹资办法，地方财政对农民缴费实行补贴。中央财政对中西部地区最低标准基础养老金给予全额补助，对东部地区补助 50%，并确保同一地区参保农民将来领取的基础养老金水平要相同，体现新型农村社会养老保险制度的基本性、公平性和普惠性。年满 16 周岁、非在校学生、未参加城镇职工基本养老保险的农村居民均可参加新型农村社会养老保险。年满 60 周岁、符合相关条件的参保农民可领取基本养老金。

---

① 《财政部关于 2009 年中央和地方预算草案报告全文》，搜狐新闻，2009 年 3 月 15 日，http：//news. sohu. com/20090315/n262802449. shtml。

　　国务院于 2009 年 9 月 4 日出台了新型农村社会养老保险试点的指导意见，确定了基础养老金标准为每人每月 55 元。地方政府可以根据实际情况提高基础养老金标准，对于长期缴费的农村居民，可适当加发基础养老金，提高和加发部分的资金由地方政府支出。年满 60 周岁、未享受城镇职工基本养老保险待遇的农村有户籍的老年人，可以按月领取养老金。

　　参加新农保的农村居民应当按规定缴纳养老保险费。缴费标准目前设为每年 100 元、200 元、300 元、400 元、500 元 5 个档次，地方可以根据实际情况增设缴费档次，国家依据农村居民人均纯收入增长等情况适时调整缴费档次，参保人自主选择档次缴费，多缴多得。新农保制度实施时，已年满 60 周岁、未享受城镇职工基本养老保险待遇的，不用缴费，可以按月领取基础养老金，但其符合参保条件的子女应当参保缴费；距领取年龄不足 15 年的，应按年缴费，也允许补缴，累计缴费不超过 15 年；距领取年龄超过 15 年的，应按年缴费，累计缴费不少于 15 年。

　　资料来源：《国务院 18 日召开新型农村社会养老保险试点工作会》，中央政府门户网，2009 - 08 - 18，http：//www. gov. cn。《国务院出台新农保试点指导意见　鼓励农民参保》，新华网，2009 年 9 月 4 日，http：//www. xinhuanet. com。

第三节　扩大农村内需政策的运行情况及存在问题

　　到 2009 年上半年，中国政府扩大农村内需政策多数已开始运行，并且已经见到了实际的效果。据国家统计局的统计数据，2009 年上半年，我国农村居民现金收入人均 2733 元，同比增长 8.1%，县及县以下消费品零售额增长 16.4%，上半年农村消费连续 6 个月增速超过城市①。农村消费对总消费的贡献率呈现增长之势，这表明政府扩大农村内需的政策已取得了一定的成效。但是从实际情况看，这些政策在执行中还存在一些问题。

一、我国扩大农村内需政策的运行情况

　　截止 2008 年底，全国开展新型农村合作医疗的县（市、区）达 2792

---

　　①　来源于国家统计局于 2009 年 7 月 24 日发布的数据。

个，合作率为 91.5%，基层计划生育服务项目 1140 个；改造农村初中校舍面积约 150 万平方米，建成中等职业学校校舍约 90 万平方米；预拨对农民的粮食直补、农资综合补贴、良种补贴和农机具购置补贴资金 1116 亿元；全国 31 个省区市都已建立农村最低生活保障制，覆盖农村人口 4306 万人。① 截至 2009 年 4 月底，中央投资项目解决了约 1460 万农村人口饮水安全问题；开工建设农村户用沼气 160 万户；建成农村公路约 2 万公里；农村电网线路 4 万多公里；基本建成基层医疗卫生服务项目约 6500 个。截至 2009 年 6 月，全国已执行农机购置补贴资金 78.1 亿元，全国补贴机具超过 179 万台，受益农户逾 167 万户，实施进度达到 78.1%；预拨城乡最低生活保障补助资金 274.47 亿元、基本养老保险补助资金 700 亿元、优抚对象等人员抚恤和生活补助资金 98.5 亿元，向城乡最低生活保障对象等人员发放一次性生活补贴 90.67 亿元。

据银监会统计，自 2006 年底到 2009 年 6 月末，全国已有 118 家新型农村金融机构开业，其中村镇银行 100 家、贷款公司 7 家、农村资金互助社 11 家，引入各类资本 47.33 亿元，吸收存款 131 亿元，累计发放农户贷款 55 亿元。新型农村金融机构的发展，有效缩小了城乡金融差距，改善了农村地区金融服务；农村信用社改革资金支持基本落实到位，截至 2009 年 6 月末，已累计向 2296 个县（市）农村信用社兑付专项票据 1596 亿元，兑付进度达到 95% 以上，发放专项借款 15 亿元。②

家电、农机、汽车（摩托车）下乡和 1.6 升及以下排量乘用车购置税减半等拉动消费政策成效显著，其中汽车行业是突出的亮点，前 7 个月全国累计生产汽车 711 万辆，同比增长 20.2%，产销量连续 5 个月超过 100 万辆。③ 自 2007 年 12 月开始在山东、河南、四川三省试点的"家电下乡"政策也取得了明显成效，2008 年，三个试点省份家电销售量同比增长近 40%，增幅提高 30 个百分点。

---

① 《中央投资项目建设进展顺利已建廉租住房 21.4 万套》，中国网，2009 - 05 - 27，http://www.china.com.cn。

② 来源于《中国货币政策执行报告（2009 年第二季度）》。

③ 《汽车下乡政策刺激产销量》，中国市场调研网，2009 - 8 - 13，http://www.cu - market.com.cn。

表 2 - 5 2009 年 1 ~ 6 月家电下乡销售情况统计

月份	销售数量（台）	销售金额（元）	销售额比重（%）
2009 年 1 月	338 135	479 418 972. 40	2. 95
2009 年 2 月	875 390	1 305 471 067. 66	8. 04
2009 年 3 月	1 484 517	2 238 428 402. 10	13. 79
2009 年 4 月	1 763 304	2 778 494 194. 41	17. 12
2009 年 5 月	2 227 725	3 946 132 921. 07	24. 32
2009 年 6 月	2 921 096	5 481 072 926. 46	33. 77
合计	9 610 167	16 229 018 484. 10	100

数据来源：家电下乡信息管理系统，http: //jdxx. zhs. mofcom. gov. cn 在线资料。

从表 2 - 5 中看，自 2009 年 2 月家电下乡正式在全国范围内推广，截至 6 月，家电下乡产品的销售数量已从 1 月的 33.8 万台升至 6 月的 292.1 万台，增幅达 764.2%，销售金额也从 1 月的 4.79 亿元上升至 6 月的 54.81 亿元，实现超过 10 倍的增长。家电下乡产品售后服务有保障，农民还能得到产品售价 13% 的补贴，因此受到农民的广泛欢迎。

二、现阶段中国扩大农村内需政策的运行中存在的问题

但是，政府扩大农村内需政策在实际运行中也还存在着一些问题，如在"家电下乡"中，一些商家违规销售、使用"家电下乡"包装和标识，假借"家电下乡"进行欺诈，致使商务部等部门在 2009 年 7 月 13 日，联合下发了"打假"政策，整顿家电市场，以维护消费者利益。另外，在农村沼气、公路、水、电等建设中，重数量、轻质量，一些设施建成后也会由于质量差而难以使用。惠农资金投入中存在着浪费、漏出、腐败等问题。综合各地情况，可以将这些问题归结为以下四个因素。

（一）基层政府执行政策不力

中央及各级政府制定的政策的执行主体主要靠基层政府，基层政府是最直接的责任者，基层政府在政策执行中，由于其自身存在的局限性会妨碍政策的实施。一些乡镇基层干部素质不高，一方面使得他们对政策法规认识不够，理解不清，对政策难以宣传到位，另一方面他们难以形成依法行政的思想观念，在政策执行中常出现以权代法、以人压法的现象。另外，由于地方政府与中央政府二者之间的信息不对称，中央政府与基层政府的政策制定的出发点不同、可利用资源不同、效用目标也不尽一致，从而导致基层政府在

政策的实际执行中出现偏差，出现敷衍甚至对抗执行中央政策的现象，从而影响到中央政策的有效运行。

（二）农民在政策执行中表现被动

农村政策的执行能否收到成效，也取决于农民接受政策的积极性及政策各主体间的有效沟通。如果在政策执行过程中，农民对农村政策执行比较消极被动，就会使得农村政策执行效果和评估难度加大。一方面，我国农村是以家庭为生产和生活的基本单位，在农民这种个体特性条件下，中央政府不可能全面了解每一个农民的意愿，而且这种信息获取工作的成本巨大，这导致了农民在中央政府政策制定上的被动性；另一方面，面对基层政府对中央政府制定的有利于农民的政策的执行不力或者是执行有偏差的状况，很多情况下农民是没有话语权的，反馈渠道的不完善也会妨碍政策的执行和落实。此外，由于农民的受教育程度还很低，再加上获取信息的不对称，使得他们对很多具体政策缺乏了解，在政策执行过程中，不能切实地享受到政府的优惠政策。

（三）政策执行所需物质条件不足

启动农村内需，扩大农民消费的基础在于农民的收入水平的持续提高和农村基础设施建设的完善，但是这两个方面的问题在短时间内一下子难以解决，这制约了扩大内需政策效应的稳定性和持续性。尽管各级一直在不断加大惠农资金投入力度，但资金总量仍然严重不足，农村社会保障体系还不完善，农村基础设施建设投入不足，主要表现在：农村的义务教育经费投入不足；农村医疗卫生仍面临着投入不足、效率低下、保障缺乏、公共卫生薄弱等主要问题，医疗压力不断加大；小型农田水利建设、农村道路建设、农业科技推广、农村社会化服务体系的完善及有关农产品市场供求信息的预告等依旧供给不足；农业保险和农村社会保障也没有完全建立起来，农业依旧面临着巨大的市场风险和自然风险。

（四）监督管理机制不健全

中央扩大农村内需政策牵涉到诸多群体的利益，这些利益群体包括政策制定机构、执行机构和受执行群体，由于各级监督管理力度不够，导致了不同群体为了自身的利益，使基层实施的政策与中央制定政策的初衷有偏差。目前，中央政策的执行过程中存在管理机制和监督机制缺失的问题。管理机制缺失表现为支农资金投入使用集中度低，支农资金使用效率不高。监督机制缺失表现为资金分配与管理监督不对称，忽视监督管理，资金使用效益评价体系不健全等。另外，政策受益群体如农民相对执行机构而言处于弱势，也很难进行有效监督。因此，要使中央政策在农村顺利推进，在政策执行过程中必须健全监督管理机制。

专栏2-3　黑龙江农村数亿元沼气池报废率超90%

《中国经济周刊》记者　崔晓林　马玉忠/黑龙江、北京报道：利用农村沼气国债项目推行的农村户用沼气工程从2003年开始在全国范围内铺开，被国家环保部列为"解决农村面临污染的核心技术"；被国家农业部列为"新农村再生清洁能源"；被中央新农村建设领导小组列为"社会主义新农村建设的综合技术"。兴建一座沼气池，政府给予4/5的补贴，对于直接受益者的农民群众来说，不能不说是一项惠民工程。但据黑龙江质监部门向《中国经济周刊》公布的一项调查结果显示，在黑龙江的很多村庄，已建好的农村户用沼气工程，其报废率超过90%；农民群众对这一工程避之惟恐不及。

记者在省农委能源办综合处提供的《全省农村能源建设2008年工作总结》中看到这样的叙述："2008年，全省新建户用沼气池11万个，户用沼气项目已覆盖全省所有市（地），并在83个县（市、区）的1549个村展开；2008年，争取国家各类农村能源建设资金1.77亿元，省级投入专项资金1.08亿元，市县安排扶持资金4000多万元，农民和企业自筹2.9亿元，均创历史最好水平。"但同样是这份报告，却令人高兴不起来：一面是新建的11万个沼气池和总金额超过6亿元的专项资金；一面却是大量的沼气池报废停用。

8月12日，《中国经济周刊》记者在黑龙江省质监局看到了这份名为"关于全省农村户用砖混沼气池建设和使用情况的调查报告"。沼气池报废的原因在报告中有详细描述：

一、不按技术标准施工，导致工程质量差，（工程）普遍存在严重的偷工减料问题，有的甚至采用红砖砌垒沼气池。其原因就是个人利益驱使，为了获得暴利，施工单位与部分政府人员相互关联，中饱私囊，在国家和省里投入的资金中，全部用于工程使用上的资金不足一半。

二、地方利益驱动。有些地方的领导明知红砖沼气池不适合在当地大面积建设推广使用，但是，他们采取了欺上瞒下的手段，在当地建几个或十几个超标准的沼气池，来应付上级领导的检查，给上级领导造成错觉，以为砖混沼气池真的可以在我省推广使用。

三、个别市县的农委、能源办乃至县领导，没有按照省能源办的指示精神、实事求是地开展工作，而是采用制造假花名册的办法，来套取、挪用、侵占甚至私分工程项目款，导致用在项目上的资金不足，建设数量不实。

　　四、个别市县的能源办工作人员，甚至采用了更加恶劣的手段，将项目资金贪污。

　　资料来源：《黑龙江农村数亿元沼气池报废率超90%》，《中国经济周刊》，2009 - 08 - 31，人民网，http：//energy. people. com. cn/GB/9959531. html。

第四节　政府宏观政策对新农村建设的影响

　　为应对国际金融危机，中国政府从 2008 年 11 月起，相继出台了一揽子经济刺激计划。农村经济作为国民经济的重要组成部分，这些宏观政策对新农村建设和扩大农村消费肯定会产生一定的影响，但这些影响究竟如何，由于时间很短，到目前为止还难以明确判断，这里仅根据这些政策的内容及以往的经验做一点简单的推断。

一、积极的财政政策对新农村建设的影响

　　2008 年第四季度中央财政新增投资 1000 亿元，并于 2009 年第一季度全面拨付到位，同时 2009 年上半年又下达了 2800 亿元，总计拨付到位了 3800 亿元。其中农村民生工程和农村基础设施 1043 亿，占 27.4%。截至 2009 年上半年，共解决了 1960 万农村人口的饮水安全问题，建成农村沼气项目 178 万个，改造农网线路 7.5 万公里。可以看到，积极的财政政策正对新农村建设产生着积极的影响。另外，在以"四万亿"投资为核心的积极财政政策中，投入到农村水电路气房等民生工程和基础设施的资金约 3700 亿元，占 9.25%，而其他方面的大量投资对新农村建设仍然会产生一些间接的有益影响，如重大基础设施建设和灾后重建会扩大农民工的就业；节能减排和生态环境建设会改善农村的生活环境；文化、卫生、教育事业、社会保障方面的投资和支出也会对农村居民和进城农民工子女会产生有利的影响。

　　但是，从四万亿的积极财政政策的实施来看，这一积极的财政政策还是以城市为导向的。可以说，在目前积极的财政政策下，以城市导向的四万亿

投资对农村的固定资产投资可能会形成挤出效应，尽管从绝对额上看 2009 年或今后几年中，农村固定资产投资额会不断增加，但是农村固定资产投资在全社会固定资产投资中所占的比重一直下降的趋势不会逆转。

二、宽松的货币政策对新农村建设的影响

在宽松的货币政策的刺激下，中国的各大金融机构的信贷投放出现激增。2009 年上半年，人民币各项贷款增加 7.37 万亿元，是 2008 年全年新增贷款额的 1.5 倍。但是从各种资料和数据看，中小企业贷款难的问题并没有解决，这些资金进入农村经济领域的很少，而是大量进入国有大型企业和国有垄断企业，甚至有相当一部分进入房地产市场和股票市场，造成了资产价格的膨胀。2009 年上半年，中国的上证指数从 1641 点快速涨到 3478 点，上涨幅度全球第一；而中国的房地产价格也一改去年下半年的低迷，重新开始上涨，7 月份，全国 70 个大中城市房屋销售价格同比上涨 1.0%，涨幅比 6 月份增加 0.8 个百分点；环比上涨 0.9%，涨幅比 6 月份增加 0.1 个百分点。[①] 资产价格的膨胀利于有资产性收入的城市居民的财富增长，而对于资产性收入很少的农村居民来说则是财富相对减少了。另外，由于信贷的快速增加，通货膨胀的迹象已越来越明显。一旦发生通货膨胀，则对农民的财富形成实质性的掠夺。因此，宽松的货币政策从目前看还没有对新农村建设产生积极的影响。

三、国家产业政策对新农村建设的影响

2009 年国务院相继出台了钢铁、汽车、船舶、石化、纺织、轻工、有色金属、装备制造、电子信息和物流十大重点产业调整和振兴规划。农业没有列入其中，因此，从直接影响看，国家产业振兴政策没有对新农村建设产生积极的影响，但是，从间接影响看，国家产业振兴政策对新农村建设有积极的影响，这主要表现在产业振兴政策扩大了农民工的就业，从而增加了农村居民的工资性收入，而工资性收入是近些年农村收入增长的主要来源。根据国家统计局的数据，上半年，农村外出务工人数有所增加。上半年城镇新增就业 569 万人，完成全年目标的 63%，第二季度末，农村劳动力外出务工人数比第一季度增加了 378 万人，增长 2.6%。

但是农业没有被列入产业振兴计划不意味着农业不需要振兴。因为影响

---

① 国家统计局：《2009 年 1～7 月全国房地产市场运行情况》，《中国信息报》，2009-08-10。

农业持续稳定发展的不利因素，如农业设施老化落后、农业科技水平不高、土壤退化等问题没有从根本上改变，政府不能因为粮食产量连续5年的丰收而忽视了对农业的投入和建设。今年中国从南到北的发生的旱灾就说明了这一点。

四、区域振兴政策对新农村建设的影响

继四万亿投资、十大产业振兴规划后，国务院区域振兴规划也陆续推出。仅仅在2009年上半年，国家就先后批准了海西区、横琴岛、江苏沿海经济带、关中—天水经济区发展规划、辽宁沿海经济带等等诸多区域振兴方案。中国政府希望通过区域振兴政策，把获批的区域，培育成带动我国经济社会发展新一轮大发展的新的增长带。从目前看，国务院批准或即将批准的区域振兴规划，多是沿海地区的经济薄弱地带，或欠发达省份。这对于获批地区的经济发展是一个很好的机会。但是从已有的区域振兴政策的内容看，区域振兴政策的主要重点还是集中培育当地的主导工业和支柱产业，这对于农业和新农村建设没有直接的积极影响。但是有利于扩大当地农民的非农就业，也有利于增强地方的经济实力，为新农村建设积累物质基础。

综上所述，中国政府为应对国际金融危机，而实施的启动农村消费的政策是十分必要和正确的，尽管在实施中还存在一些问题，但是总体上看已产生了明显的积极效果。但是要使这些积极效果能够持续稳定地发挥下去，仅靠这些已有的政策是不够的，还需要其他宏观政策的配合。而更重要的是调整国民收入分配格局，提高农民的收入水平，这才是扩大农村内需的根本。所幸的是，中国政府已经认识到这一点，目前，由国家发展和改革委员会撰写的《国民收入分配改革意见》已提交国务院，进入新一轮意见征求阶段。据了解，这次国民收入分配改革的核心内容是深化收入分配改革，逐步提高居民收入在国民收入分配中的比重，提高劳动者报酬在初次分配中的比重。

主要参考文献

［1］蔡跃洲．经济刺激计划与农村消费启动［J］．财经研究，2009（7）．

［2］陈锡文．为什么现在提出新农村建设［B］．www.jgny.net/news/200604/40633.htm.

［3］程亿．论"三农"政策执行中的障碍及其克服的路径选择［J］．求

实，2006（3）.

[4] 高辉清，熊亦智，胡少维. 世界金融危机及其对中国经济的影响 [J]. 国际金融研究　2008（11）.

[5] 李征. 当前启动农村消费市场的几点思考 [J]. 价格理论与实践，2009（2）.

[6] 罗莹，余艳锋，戴天放. 农村政策制定与执行中存在的问题及消解思路 [J]. 农村经济，2009（5）.

[7] 农村消费问题研究课题组. 关于农村消费的现状及政策建议 [J]. 财贸经济，2007（2）.

[8] 王锋. 我国农村消费市场发展现状、制约因素及其拓展对策 [J]. 农村经济，2009（03）.

[9] 殷萍，田卫民. 浅议完善我国财政支农政策 [J]. 农村经济与科技，2007（7）.

[10] 中国社会科学院农村发展研究所，国家统计局农村社会经济调查司. 中国农村经济形势分析与预测（1997~2002）. 北京：社会科学文献出版社，2002.

[11] 中国社会科学院农村发展研究所，国家统计局农村社会经济调查司. 中国农村经济形势分析与预测2008~2009 [R]. 社会科学文献出版社，2009.

评论

从数字看本质：对建设
新农村与扩大农村内需的初步思考

胡 蓉

本章介绍了中国农业经济的发展，特别是中国建设新农村的构想和扩大农村内需的一些具体政策。农业在国民经济中历来就占有重要地位，农业、农村、农民（三农）问题也直接关系到在当前严峻的国际经济形势下中国的经济发展和社会稳定。这一章在报告中所占的位置，充分显示出中国新农村建设对于促进国民经济的稳步持续发展的重要性，尤其是对于刺激农村内需、改善国内消费所具有的特殊重要意义。作者引用了大量数据，介绍了新农村建设在国民经济中的地位和作用、中国政府在扩大农村内需方面所采取的相关政策、这些政策的运行情况和存在的问题，还探讨了政府宏观政策对新农村建设的影响。数据表明，持续稳定发展中国经济、刺激国内消费离不开农业的振兴、新农村的建设和农民的致富。

文章指出，近十几年来，虽然中国国民经济发展的总体态势良好，而且农村经济发展水平也有所提高，但农业显然落后于其他产业的发展，而且农业和其他产业之间的差距还在继续扩大。持续扩大的城乡居民之间的收入差距成为三农问题的主要症结，制约着国民经济的可持续增长，并直接影响到社会的和谐与稳定。

2006 年底，中国共产党第十六届五中全会提出了建设新农村的发展战略，各级政府官员和学者都对此表现出了极大的关注，出现了众多的对这一问题在理论与实践两方面的研究与探讨。随着世界经济出现衰退、国际金融危机风险凸显，重点着眼于促进农业生产和农村经济发展、增加农民收入的新农村建设战略就显得非常应时与合宜。扩内需、保增长成为金融危机下中国经济发展的战略选择，而建设新农村自然也就成为刺激内需，尤其是刺激农村内需的突破口。

中国的改革开放使中国融入世界经济，中国农业的发展、农民的收入变化都会对国际农产品贸易产生影响，中国农业生产和农村消费的任何风吹草动都会对世界农业市场带来连锁反映（Lohmar et al. , 2009）。因此，中国农业经济改革不仅得到中国政府和学者的高度重视，也受到国际机构和学者的关注，他们对中国的农村政策及其对农业经济的作用进行了广泛的研究，如粮食市场价格的改革和粮食市场一体化（Rozelle et al.，1997）、农村劳动力市场（DeBrauw et al.，2002）、农民收入增长（Gale and Park，2002）等。

美国农业部农业经济研究局专门从事中国农业问题研究的专家指出（Lohmar et al.，2009），历经30年的改革发展，尽管中国农业经济发生了巨大变化，但农业经济发展还是面临着很多难题。除了农村土地和水资源的日益紧张、农业科技推广等问题外，发展现代的营销机制和基础设施建设、增加农民收入成为中国农业面临的棘手问题。农民收入的增长仍然落后于城市居民，中国城乡居民收入差异巨大。国际学者认为有必要刺激农民收入的增长，这将影响中国农业结构和农产品在国际市场的竞争力（Gale and Park，2002）。

由于农民收入较低且增长缓慢，尽管中国的农村人口占全国人口的大多数，但这一群体的消费还不及城市人口的一半，目前农村居民的消费水平和消费结构大大落后于城市。随着社会的进步和经济的发展，农村居民的消费需求也发生了变化，从过去的基本生存型消费向发展型、享受型消费转变，对商品的种类、质量和服务都有了新的要求，农村市场潜力不断扩大，农村的消费环境比过去也有了一定的改善。

中国政府针对扩大农村内需制定了具体的政策，涉及到农村的基础设施建设、公共服务体系、农业补贴、农村信贷等方面，为扩大农村内需奠定了基础。完善的农村社会保障体系和农村基础设施为农民解决农村教育、卫生、养老以及水、电、路、气等农民群众最关注的问题，从而改善农村的生活环境和农业生产条件，增强农民的消费意愿与消费信心。在农村推行"需求下乡"措施，使农村居民享受到原来只有城市居民才能购买到的家电、汽车、文化生活和居住条件。

由于农村受到地理位置、地质条件和资源禀赋的限制，为了增加农民收入、持续稳定发展农业经济，就要走高效农业、现代化农业和生态农业的道路。在有条件的地区，可以实行农业产业化经营、成立农民专业合作经济组织，建立标准化专业生产基地。扶持和建立具有地方特色和资源优势的农产品加工龙头企业，带动当地经济发展。加快城市化进程，摆脱户口限制，让农民合理流动、进城工作和生活，不仅可以增加他们的收入、改善家庭经济状况，还能为城市的工业和服务业提供充足的劳动力，实现农村剩余劳动力的转移（Huang et al.，2008）。此外，为留在农村从事农业生产和加工的农民提供信息、技术和培训，帮助他们提高生产力、寻找农产品销售渠道；农业技术的应用、推广和转化可以大大提高生产效率、降低成本，是增强市场竞争力的法宝。

在农业产业化、供应链管理、食品安全体系、农村社区发展、小城镇建设等方面，国外有很多先进的经验，值得我们借鉴。比如，很多发达国家实行的是生产加工的供应链管理，加工企业和农户定有长期合同，保证了原材料的稳定供应和质量，农户也锁定了收入，降低了风险，供应链管理可以合理有效地利用资金和共享技术，农户也容易获得贷款和技术帮助（Gale and Park，2002）。中国已经开始实行"公司＋农户"的生产模式，并已取得成效，但与国外的合同生产模式还是有差别。中国的模式里或多或少还有政府行为（Frederick and Gale，2003），还没有完全私有化。国际组织和企业在援助发展中国家和进军海外市场方面都有很多经验，中国的农业应该尽可能的抓住机遇参与国际合作和合资项目，为当地经济发展寻求捷径。

中国农民人均土地占有量很少，小农户众多，很难进行大规模集约化农业生产，无法满足城市里的大型超市、宾馆和餐厅对具有统一品质的产品的需求（Frederick and Gale，2003）。中国农村小规模的生产和销售模式对食品安全和质量也有影响（Lohmar et al.，2009），中国农村还存在大量作坊式加工企业，原材料和终端产品质量都没有保障，给低收入的农村消费者带来很大的健康隐患。如果实行从"农场到餐桌"的产供销一条龙产业化生产经营模式，就能够实现规模化效应，保证产品质量，并提供有效的销售模式和畅通的销售渠道。

正如本章作者所说，当前新农村建设中还存在许多问题，比如，宣传力度不够，基层政府执行不力，乡村干部认识能力有限，管理领导方法欠缺，对新问题不能及时发现，思路不够开阔，工作方法单一简单，甚至缺乏热情。农民在执行政策中表现缺乏主动性，农民所受的教育有限，对政策的理解也与政府官员、学者不同；不同地域、年龄的农民都会有不同的需求。农村的基层干部多为农民，但是他们和普通农民的看法和理解又不一样，所以对贯彻执行扩大内需政策在力度和效果上都有差别。政策执行所需的物质条件不足、监督管理机制不健全，也是运行扩大农村内需的问题之一。

中国政府着力发展经济，对三农问题也给予极大关注，但由于农村的问题很多，农村的矛盾也很突出，虽然市场机制可以解决很多难题，但建立这些机制并非易事，也不是短时间内可以做到的（Lohmar et al.，2009），还需要研究和实践。新农村建设运行时间不长，难免出现政策理解偏差和执行不力，政府部门和学者要倾听农民的呼声，及时反映农民的需求和愿望，及时解决农民最关心的问题，根据各地实际情况调整实施的具体方案。现在从农民视角研究新农村建设的成果还不多，基层干部向上级汇报情况可能只报喜不报忧，这就需要领导干部和研究人员深入农村实地考察，获取第一手资料，了解农民的真实想法和需求。

如果篇幅允许，本章可以就扩大农村内需的困难和建议进行深入的讨论，可以从农民的视角来分析扩大农村内需的难点和突破口；还可以介绍做得好的村镇的经验，加以讨论。如果配以更丰富的案例和国外观点阐述，或许可以给读者更多的信息和启发。把巨大的农村市场潜力转化成消费现实是一项长期而艰巨的任务，在执行这一任务的过程中，问题还会层出不穷，任重而道远，还需要政府和全社会各方面共同关注和努力。

参考文献

[1] DeBrauw, A., J. Huang, S. Rozelle, L. Zhang, and Y. Zhang. The Evolution of China's Rural Labor Markets during the Reforms. working paper02-003, Department of Agricultural & Resource Economics, University of California at Davis, 2002.

[2] Frederick, H., and F. Gale. China's Growing Affluence: How Food Markets are Responding. *Amber Waves*, U. S. Department of Agriculture, Economic Research Service, June 2003.

[3] Gale, F., and A. Park. Can Rural Income Growth Accelerate?. *China's Food and Agriculture: Issues for the 21 st Century*, F. Gale, F. Tuan, B. Lohmar, H. Hsu, and B. Gilmour (eds.), AIB-775, U. S. Department of Agriculture, Economic Research Service, 2002.

[4] Huang, J., K. Otsuka, and S. Rozelle. Agriculture in China's Development. *China's Great Economic Transformation*, L. Brandt and T. Rawshi (eds.), Chapter 13, New York: Cambridge University Press, 2008.

[5] Lohmar, B., F. Gale, F. Tuan, and J. Hansen. China's Ongoing Agricultural Modernization Challenges Remain After 30 Years of Reform. EIB-51, U. S. Department of Agriculture, Economic Research Service, 2009.

[6] Rozelle, S., A. Park, J. Huang, and H. Jin. Liberalization and Rural Market Integration in China. *American Journal of Agricultural Economics*, May 1997, 79 (2).

（胡蓉，美国德州农工大学博士，现为西南财经大学经济与管理研究院副教授）

第三章　面向"三农"
——农村金融服务的困境与变革

金融机构服务"三农"充满巨大的挑战和困难。从历史来看，中国农村金融历经发展、调整、徘徊和改革等艰难曲折的演变过程。近年来，中国农村金融进入一个新的大发展时期。2008年，尽管受国际金融危机的影响，中国农村金融在各方政策的支持下仍取得了较快发展。当然，农村金融改革发展也存在许多体制障碍、经营风险，面向"三农"的金融服务仍然需要继续变革与发展。

第一节　国际金融危机背景下的农村金融

伴随国际金融危机深入影响，我国农村经济和农村金融受到的冲击也在不断加深，主要表现在农业贷款的份额有所下降。由于出口需求的急剧下降，农民工返乡增加，导致许多外向型涉农出口企业和以农民工为消费群体的涉农食品加工企业开工不足，效益下滑，资金周转放缓，贷款风险增加。而涉农加工企业特别是龙头企业订单不足会导致对农产品原料需求的减少，进而降低对农户订单和价格，并影响金融机构对涉农企业和农户的信贷规模。在信贷资源相对有限的情况下，这意味着"三农"客户的信贷供给将在一定程度上被挤出（见图3-1）。

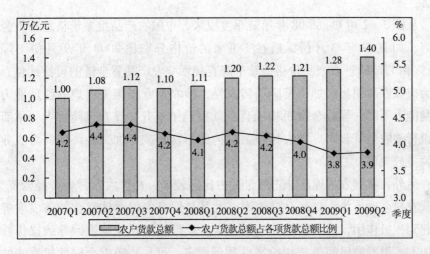

图 3-1 2007~2009 年第二季度金融机构人民币贷款总额与农户贷款总额对照图

资料来源：中国人民银行《金融机构人民币信贷收支表（按部门）2007~2009》。

从图 3-1 可知，中国农户贷款占各项贷款的比例在 2008 年第三季度之前一直保持在 4.2% 左右，2008 年第四季度开始迅速下降，于 2009 年第一季度达到最低点 3.84%。虽然农户贷款的投放有一定程度的增长，但相对贷款总规模有明显的下降趋势，这说明金融机构对农户的惜贷现象随着金融危机的演变在加剧。实际上，囿于农业产业生产周期长、收益低、风险大，在历次信贷紧缩周期中，"三农"贷款受到的影响都相当大。以农产品资金链为例，国际金融危机以来，国际农产品市场经历了一个需求大幅减少、农产品价格显著回落的过程（见图 3-2）。

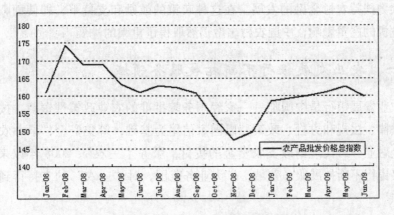

图 3-2 2008 年 1 月~2009 年 6 月农产品批发价格总指数趋势图

从图 3-2 可知，2008 年第三季度以来，中国农产品批发价格总指数急剧下降，如 2009 年 2 月份，稻谷、玉米的价格分别比 2008 年 9 月份下降了 5.1% 和 11.5%。农产品价格持续下降直接影响农产品资金链的可持续性，表现为应收账款明显增加，资金周转减慢，涉农企业和相关农户的偿债能力和盈利能力下降，导致金融机构不良贷款率趋于上升，经营风险加大，从而导致银行涉农信贷收紧。而农村金融机构的不良贷款增加，必将削弱对农业的贷款投放规模。

另外，我国农村地区非正规金融占比还较高，在扩大农村生产经营资金、活跃农村金融市场、提高金融效率，尤其是促进农村个体私营经济发展等方面起到积极作用，但因借贷关系复杂、放款形式不规范等原因导致操作性风险加剧，引发的民间借贷纠纷案件数量增多。可见，随着金融危机影响的深入，我国农村金融面临的形势比较严峻，不确定性因素在增加，对中国农村金融的健康发展产生不利影响。

第二节　中国农村金融服务"三农"的新进展

中国总体上已进入以工促农、以城带乡的发展阶段，进入加快改造传统农业、走中国特色农业现代化道路的关键时刻，进入着力破除城乡二元结构、形成城乡经济社会发展一体化新格局的重要时期。2008 年 10 月，中共中央《关于推进农村改革发展若干重大问题的决定》明确提出建立现代农村金融制度，大力扶持农村金融的发展。在这种政策的鼓励和支持下，即使面临国际金融危机的严重影响，中国农村金融仍然取得了重大的进展。

一、农业发展银行不断拓展服务领域

农业发展银行是中国唯一一家经国务院批准的农业政策性银行，按照国家的法律、法规和方针、政策，以国家信用为基础，筹集资金，承办农业政策性金融业务，代理财政支农资金的拨付，服务"三农"。2008 年以来，农业发展银行不断拓展服务领域，扩大业务范围，对"三农"的支持得到进一步加强。

第一，积极发放粮棉油收购贷款，支持农业产业化经营。农业产业化龙头企业和农产品加工企业受国际金融危机的冲击较大，经营面临的困难和潜在风险也较多，农业发展银行为其提供了大量的资金支持；同时对基本面好，信用记录无劣迹、有竞争力、有市场、有订单但暂时出现经营困难的龙头企业和加工企业加大了信贷保障，对小企业落实了企业主或主要股东个人有效财产抵（质）押。2009 年上半年，农发行累计发放粮棉油收购贷款 1983.1 亿元，同比增加 398.1 亿元；支持收购粮食 1938 亿斤，同比增加 68 亿斤，棉花 1187 万担，同比多收 351.2 万担；油脂 52 亿斤，同比多收 32.5 亿斤；累计发放产业化龙头企业和加工企业贷款 476.63 亿元。[1][2] 在稳定粮棉油市场稳定，支持农业产业化经营方面起到了重要的作用。

第二，加大了农村基础设施建设的支持力度，大力支持抗震救灾和灾后重建。2008 年以来，农发行配合国家经济刺激措施，对符合扩大内需政策导向、国家和省级政府关切、有财政资金配套的农业、农村基础设施重点项目给予优先支持。2009 年上半年，累计发放农村基础设施建设和农业综合开发中长期贷款 892.8 亿元，同比增加 406 亿元，支持新项目 816 个。[3] 在信贷规模限制的条件下，通过建立信贷"绿色通道"，增加灾区信贷规模，满足灾区粮油收购、灾民副食品供应等方面的信贷需求；对灾区企业给予信贷支持，加大了灾区农村路网、水网、电网等基础设施建设的支持力度，2008 年累计向灾区投放重建贷款 619.8 亿元[4]，有效地帮助受灾地区渡过难关。

第三，深化内部改革，加强风险管理和内控机制建设。2008 年以来，农发行通过深化内部改革，在帮助企业应对国际金融危机、强化风险管理方面做出了有效的调整。一是对使用准政策性贷款和商业性贷款的客户，根据企业亏损程度、亏损原因以及存在的风险隐患，按照"区别对待、有保有压"的原则，加大扶持力度，帮助暂时处于困难的企业渡过难关；二是根据企业的不同风险状况，分别采取限制、压缩、退出等策略，制定相应的预防性或补救性控制措施，有效防控风险。有效地保证了信贷资金在支持新农村建设上发挥出最大效益。

中国农业发展银行通过深化改革，业务领域得到迅速扩展，由过去单一支持粮棉油购销储业务，逐步形成以粮棉油收购贷款业务为主体，以农业产业化龙头企业贷款和新农村建设中长期贷款业务为两翼，中间业务为补充的

---

① 《农发行加大信贷支农力度》，《人民日报》，2009 年 8 月 16 日。

② 《农发行上半年支农贷款余额净增近 1400 亿》，《农民日报》，2009 年 08 月 14 日。

③ 中国农业信息网，http：//www.agri.gov.cn/gndt/t20090817_ 1332667.htm 在线资料。

④ 中国农业发展银行 2009 年金融债券募集说明书，http：//www.adbc.cn/1about/detail.asp? channelid = 100250&page = 2&id = 5085 在线资料。

多方位、宽领域支农格局,"支农、强农、惠农"功能不断增强,在农村金融中的骨干和支柱作用日益彰显,为促进农村基础设施建设,支持农村经济发展和解决"三农"问题提供了必要的支持。

二、农业银行成立"'三农'金融事业部"服务"三农"

十七届三中全会确定了商业金融、合作金融和政策金融并举的农村金融发展思路,中国农村金融改革的重点开始由农村信用社单一主线转向农村信用社和农业银行共同承担。农业银行是中国四大国有商业银行之一,同时也是农村金融体系中的重要组成部分。2009年1月,中国农业银行完成股份制改革,按照"面向三农,商业化运作"的原则,专门成立了"三农"金融事业部,开始逐步发挥其在"三农"领域的金融主渠道作用。

第一,创新事业部管理模式,探索大型商业银行服务"三农"新渠道。从2008年以来,农业银行提出"条线管理、单元经营、重心下沉、单独核算、正向激励、有效约束"的事业部制度改革思路,先后在甘肃、四川、福建、广西、浙江、山东、重庆7家分行开展了"三农"金融事业部制度改革试点,并在总行高管层成立"三农"金融部管理委员会,先后出台了"三农"信贷业务基本规程、"三农"业务风险管理政策纲要、"三农"客户信用等级评定管理办法、"三农"信贷业务授权、授信、担保管理办法等一系列信贷和风险管理基本制度。

第二,增强对"三农"的信贷支持。2008年累计投放涉农贷款7667亿元,年末涉农贷款余额达到9330亿元,其中,农户贷款80万户,贷款998亿元;农村企业及各类组织贷款3万多户,贷款余额6304亿元。[①] 2009年上半年,农行累计投放涉农贷款3789亿元人民币,占全行各项贷款累放额的26%;截至6月底,涉农贷款余额为1.36万亿元,比年初增加881亿元,占全行贷款增量的40%,初步扭转了多年来涉农贷款盈利能力不强的局面。[②]

第三,强化"三农"金融产品的研发。股改以来,农业银行对农业产业化龙头企业、农村基础设施项目、特色资源项目等客户群体,推出量创新产品体系和综合服务解决方案;对种养大户、个体工商户等,开发简单、标准化的小额贷款品种;对农村中小企业,开发不动产抵押贷款、动产融资、设

---

① 《农行经营绩效持续向好 已为上市做好准备》,《上海证券报》,2009 - 4 - 28。
② 农行重视县域网络,http://finance.qq.com/a/20080729/001884.htm在线资料。

备租赁、保理等产品，还设计开发了集中代发工资、务工汇兑、小额信贷、储蓄和消费等功能的金穗"惠农卡"，以适应农民的金融需求；另外，农业银行开办县域投资银行业务，提供县级政府财务顾问及涉农企业上市服务，下调准入门槛，增加农民财产性收入。通过一系列产品创新活动，大大增强了农村金融产品"三农"服务功能。

第四，完善"三农"业务的风险管理体系。一是为了适应审批权下放和较长的管理链条，加强"三农"金融服务的风险控制，采取垂直管理、独立运作来解决风险问题；二是着手建立了"三农"客户信用档案数据库，对诚信守约客户，采取贷款优先、手续简化等激励政策；三是对基层行实行正向激励机制，明确各类业务的风险容忍度，对正常范围内的风险损失设定合理的尽职免责条款，对尽职且无道德风险的，减轻或免除相关责任，以提高基层农行为"三农"服务的积极性。

农业银行探索服务"三农"新路径的尝试，不仅为农业银行面向"三农"、服务新农村建设提供了新的利润增长点，开辟了新的盈利空间，同时也为推动农业银行从同质化竞争转向城乡联动发展，培育差异化竞争优势，开拓县域和农村这个广阔的市场创造了条件；更为重要的是，为大型商业银行服务"三农"提供了一个可参照的模式。

专栏 3 – 1   农行推出"惠农卡"

金穗惠农卡是中国农业银行股份制改革之后，明确服务"三农"策略而推出的基于金穗借记卡业务平台研发的，面向全体农户发行的综合性银行卡产品。经过一年的七省试点之后，中国农业银行于 2008 年成立三农事业部，正式推出金穗惠农卡。

金穗惠农卡除金穗借记卡产品的全部功能及特点外，还承担了社会保障、小额贷款、财政补贴等多项重要功能。农行与农村养老保险、新型农村合作医疗等农村社保机构合作，以惠农卡为载体帮助农民缴纳保费、获得养老金，也作为农民参与合作医疗的"身份证"，集合了农民缴纳医疗费和纠正款、医疗费报销等功能。金穗惠农卡的实施降低了保费归集和保险金发放成本，方便了农民，也提高相关政府部门对参保人员信息的管理效率。另外，农行还通过惠农卡代理财政补贴的发放，按照政府部门提供的财政补贴发放名单、数额等，将相应的补贴款项直接发放至农户的惠农卡账户中，大幅降低财政补贴发放的成本支出。

与其他农户小额贷款不同的是，金穗惠农卡实现了农户小额贷款的自助可循环。农户一旦获得授信，就可在授信额度内，直接通过惠农卡在网点或自助机具办理农户小额贷款放款、使用、还款等业务，从而实现农户小额贷款一次授信、循环使用、随借随还，显著提高了贷款使用效率。惠农卡还为农户设置了小额贷款放款专用子账户，放款时普惠贷款按约定比例分别转入惠农卡卡账户和普惠贷款放款专用子账户。普惠贷款放款专用子账户的资金仅限于在省内指定的特约商户使用和用于归还普惠贷款。这一设置保证了普惠贷款资金被主要用于农业生产等贷款指定用途，防范了贷款信用风险，为贷款资金安全提供了保障。

资料来源：中国农业银行网站。

三、农信社通过深化产权制度改革加强服务"三农"

以 2008 年 2 月全国农村中小金融机构监管工作会议为标志，第二轮农村信用社产权制度改革正式拉开帷幕。会议明确了农信社改革要以产权改造为核心，坚持股份制方向为主导。在国家的大力支持下，新一轮农村信用社产权制度改革克服了国内外经济金融环境不稳定、历史包袱沉重等种种不利条件，产权制度改革稳步推进，并在股份制改革、省联社改革和农村合作金融机构跨区域经营等方面取得了重要突破。

第一，股份制改革顺利推进。截至 2009 年 6 月底，通过对农村信用社进行产权改革，中国共组建农村商业银行 27 家，农村合作银行 174 家，发展速度非常快（见图 3-3）。

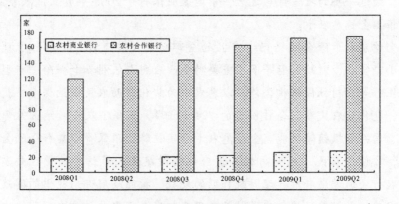

图 3-3　2008 年以来农村信用社股份制改革情况
资料来源：2008 年第 1 季度~2009 年第 2 季度的《中国货币政策执行报告》。

从图3-3可知，2008年以来农村信用社股份制改革的进程并没有因为国际金融危机的全面爆发而停滞，保持了比较快的发展速度。尽管2009年以来增速有所放缓，但总体来看呈现上升态势，农村信用社股份制改革推进比较顺利。

第二，省联社改革进展顺利。2008年6月，重庆农村商业银行挂牌，是首个由省级农村信用联社改制而成的农村商业银行。当年实现营业收入88.56亿元，同比增加23.92亿元，实现拨备前利润28.30亿元，较上年度增加11.7亿元，增幅达70.5%。① 重庆农商行的组建，在管理模式上实现了由分散经营向统一经营转变，由法人之间的间接干预向法人内部的直接管理转变，有利于发挥资源整合的积聚效应和管理优势，进一步提升核心竞争力。经过改革与发展，重庆农村信用社产权关系进一步明晰，财务状况与资产质量显著改善，内部管理有效强化，法人治理基本完善，服务功能明显增强，基本形成了可持续发展的长效机制。同年12月，宁夏回族自治区农村信用联社按照"股权多样股份制"原则，完成股份制改造，成立黄河农村商业银行。宁夏联社的模式是以资本为纽带，对下级信用社实现控股，下级联社也保持了独立性，在一定程度上改善了县级联社产权制度不清晰的局面。省级农村信用联社改革得以进一步推进。

第三，农村合作金融机构开始跨区域经营。2008年12月，江苏省常熟、张家港农村商业银行分别在南通市开设了常熟农村商业银行海门支行、张家港农村商业银行通州支行，拉开农村合作金融机构跨区域经营的序幕。农村合作金融机构跨区经营和跨区域股权整合的展开，将会拓宽资金回流农村的渠道，加大农村金融市场的竞争，促进农村金融的健康发展。

第四，农村信用社的资产质量有所改善。2009年6月末，按贷款四级分类口径统计，全国农村信用社不良贷款余额和比例分别为3203亿元和7.2%，与2008年年末相比，分别下降238亿元和0.7个百分点。

---

① 资料来源：《省联社从改革到职能转换》，《21世纪经济报道》，http://www.21cbh.com/。

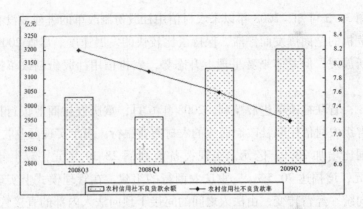

图 3-4　2008 年第二季度以来农村信用社不良贷款情况
资料来源：《银监会年报 2008》、《2008 年第四季度中国货币政策执行报告》。

从图 3-4 可知，农村信用社不良贷款率呈直线下降趋势，而 2008 年下半年以来，不良贷款余额却有反弹的趋势。不良贷款率的持续下降主要是由于央行向农村信用社兑付了大量专项票据，剥离了部分不良资产，农村信用社的资产质量得到改善；与此同时不良贷款余额的反弹说明农村金融机构受到国际金融危机的冲击。但总的来说，农村信用社的整体资产质量有所改善。2008 年，农村金融机构[1]税后净利润达到了 395.9 亿元，其中，农村信用社 219.1 亿元，农村商业银行 73.2 亿元，农村合作银行 103.6 亿元，经营状况也得到进一步改善。[2]

本轮农村信用社产权制度改革是中国金融解决"三农"问题的又一次重大尝试，与上一轮改革有明显的不同：一是产权改革的方向由股份制、股份合作制、合作制三大模式并存变更为股份化为最终改革方向；二是第一轮改革建立的省联社管理模式成为新一轮改革的对象。从总体情况来看，改革后的农村信用社[3]经营活力得到进一步激发，抗风险能力不断提升，支持"三农"服务的功能不断增强，对农村信用社实现健康可持续发展、全面改善农村金融服务、促进"三农"问题的解决和新农村建设意义十分重大。

四、邮政储蓄银行资金回流农村取得显著成效

2007 年成立的中国邮政储蓄银行是中国邮政集团总公司依托邮政网络成

---

[1]　包括农村信用社及由其改制重组而成的农村商业银行和农村合作银行。

[2]　资料来源：《银监会年报 2008》、《2008 年第四季度中国货币政策执行报告》。

[3]　此时已经改制为农村商业银行或农村合作银行，但为了与前文对照，还是沿用"农村信用社"这个名称。

立组建的，承继原国家邮政局、中国邮政集团公司经营的邮政金融业务及因此而形成的资产和负债的金融机构。2008 年以来，邮政储蓄银行业务取得了快速的进展，"三农"服务功能有所增强。

第一，向农村地区金融机构提供批发性资金。邮政储蓄银行在资本市场与农村金融机构开展资金交易，通过农村金融机构的资金运用渠道间接实现资金返还农村，支持新农村建设。2008 年 12 月末支农资金余额为 669.42 亿元，占邮政储蓄自主运用资产余额的 4.23%，其中，支农协议存款余额为 192.3 亿元，认购农发行债券余额为 409.25 亿元。[1] 在银团贷款领域，借助其他金融机构良好的资产营销和管理能力，通过参与银团贷款的方式，将大宗邮储资金投入到国家"三农"重点工程、农村基础建设和农业综合开发等领域，使资金间接回流农村。

第二，以小额信贷为突破口，加强农村信贷服务。2007 年 6 月，邮政储蓄银行开始小额贷款业务的试点，所有的省级分行和地市分行于 2009 年 1 月底前全面办理小额贷款业务，开办业务的县级支行已经达到了 1911 个。在业务量方面，截至 2009 年 1 月底，邮政储蓄银行累计发放小额贷款 377 亿元，农村地区的放款量占比 70%。[2] 针对农村地区的各类个体工商户、微小企业主和小经营者的需要，开展了如存单质押贷款、个人商务贷款、个人自建房贷款和二手房按揭贷款等多样的零售资产业务，丰富了农村信贷产品。

第三，改善基层网点服务能力，为农村居民提供全面的金融服务。2008 年以来，邮政储蓄银行着力改善基层网点的服务能力，在各方面均取得了不错的成效。在吸收存款方面，截至 2008 年底，全国邮政储蓄县城网点储蓄余额为 4911.53 亿元，占存款总额的 23.61%；农村网点余额为 8404.99 亿元，占存款总额的 40.41%；在汇兑业务方面，实现了 3.5 万个网点的全国联网，为打工农民、个体工商户、探亲及旅游者的存款和取款提供了极大的方便；在各项代理业务方面，依托农村地区的网点，开展代收农村电费、电话费、电视费等服务，2008 年金额达到 85 亿元。[3] 同时，邮政储蓄银行积极办理代发粮食补助金、退耕还林款、计划生育补助金等业务；在保险公司不能设立机构的地区开展代理农村保险服务，使有保险需求的农民能够便利地获得到保险服务。

邮政储蓄银行的成立彻底改变了它"只存不贷"的历史，有利于农村资

---

① 寇建平、李明：《结合自身优势 努力服务三农——专访中国邮政储蓄银行行长陶礼明》，《新远见》，2009 第 4 期。

② 《中国邮储银行"反哺"农村服务"三农"》，农博网，2009 - 3 - 16。

③ 寇建平、李明：《结合自身优势 努力服务三农——专访中国邮政储蓄银行行长陶礼明》，《新远见》，2009 第 4 期。

金回流，缓解农村金融市场的金融服务供需矛盾；有利于完善城乡金融服务功能，为城市社区和广大农村地区居民提供基础金融服务，从而促进农村金融市场的有效竞争；有利于银监会依法将邮政储蓄纳入银行业监管范畴，防范和化解邮政金融风险；有利于进一步加大邮储资金支农力度，提高农村金融服务的覆盖面和满足度，从而加快农村金融深化的步伐。

五、新型农村金融机构获得快速发展

2008年以来，银监会、财政部、人民银行出台了多项政策措施，确认和巩固了新型农村金融机构的合法地位，允许国际资本和民间资本进入农村金融市场，并通过以奖代补、定向费用补贴、降低存款准备金比率等优惠政策，拓宽了资金回流农村服务"三农"的渠道，为新型农村金融机构提高可持续发展能力，应对国际金融危机提供了强有力的支持。

（一）村镇银行快速发展

由于银监会放宽农村银行业金融机构的市场准入，村镇银行作为新型农村金融机构迅速发展。村镇银行依托现有银行金融机构、机制灵活，在众多新型农村金融机构中最受关注。自第一家村镇银行试点以来，村镇银行取得了快速的发展，对中国农村金融市场供给不足、竞争不充分的局面起到了很大的改善作用。

专栏3-2　上海首家村镇银行成立

上海农村金融机构改革又有新突破。2009年2月19日，上海第一家村镇银行——长江村镇银行在崇明正式开张营业，注册资本1亿元人民币。崇明长江村镇银行由上海农村商业银行作为主发起人，出资5100万元。其他发起人为上海崇明资产经营管理有限公司等5家企业。该村镇银行立足于"服务县域、服务三农、服务中小企业"，促进崇明县形成投资多元、种类多样、覆盖全面、治理灵活、服务高效的银行业金融服务体系，切实提高金融服务能力和服务效率，有效解决当地三农和中小企业贷款难的问题，将在支持农民增加收入、支持农村产业结构调整、支持崇明新农村建设方面发挥良好的作用。作为村镇银行的主发起人上海农商银行将通过自身较为成熟的管理经验和风险控制能力，给予村镇银行经营管理模式、技术平台、业务流程、产品开发、人才引进等各方面的支持和辅助，并帮助村镇银行抓好法人治理、经营发展和风险防范。

资料来源：《上海首家村镇银行开张》，《上海金融报》，2009年2月20日。

村镇银行资本来源多元化，中资银行多由一家银行发起、多家公司联合设立，外资银行则多为独资设立。2008年下半年，农业银行、交通银行、北京银行、民生银行、南京银行等开始在农村地区设立村镇银行。在外资银行方面，2007年12月汇丰在湖北随州设立了第一家村镇银行，随后，重庆大足、福建永安、北京密云、广东恩平等村镇银行相继开业；渣打银行在内蒙古发起设立的村镇银行也于2009年开业。2009年，银监会发布《新型农村金融机构2009～2011年总体工作安排》，宣布计划于2009年至2011年在全国设立1027家村镇银行。这些举措增加了对民间资本的吸引力，促进了农村金融发展。虽然村镇银行还存在着筹资、风险控制等问题，但已逐渐发展成一个既能盈利、又能有效服务"三农"的农村金融新模式，不断促进农村金融市场发展。

（二）贷款公司稳健发展

中国目前有两种类型的贷款公司，一是小额贷款公司，是由自然人、企业法人与其他社会组织投资设立，不吸收公众存款，经营小额贷款业务的有限责任公司或股份有限公司，受工商部门监管，并不属于金融机构范畴，2009年，银监会发文批准符合条件的小额信贷公司转为村镇银行，从而纳入新型农村金融机构的范畴；二是贷款公司，是指经中国银行业监督管理委员会依据有关法律、法规批准，由境内商业银行或农村合作银行在农村地区设立的专门为县域农民、农业和农村经济发展提供贷款服务的非银行业金融机构，属于新型农村金融机构。

自银监会放宽农村金融市场准入标准以来，在地方政府的积极推动下，小额信贷公司和贷款公司稳健发展。截至2009年6月末，全国各地小额贷款公司已纷纷成立并正式运营，贷款公司也达到了7家，两类机构通过各种创新模式，为活跃县域及农村金融市场发挥了积极作用，为破解"三农"资金困境开辟了一条崭新的途径。一是增加和拓宽引导各类资金流向农村的渠道，弥补了现有农村金融服务的不足，开辟了满足农民和农村小型企业资金需求的新渠道，对促进农村经济发展，增加农民收入，推动新农村建设发挥了重要作用；二是通过创新贷款方式，简化放贷手续，有效解决了部分农户的贷款难题；三是通过与当地商业银行、村镇银行、农村信用社的多方合作，形成分层次的、多样化的银行服务链，加大了农村金融供给力度；四是将贷款利率控制在远低于民间高利贷的利率水平，利率定价的示范效应使周边地区民间借贷的利率水平得到了有效平抑，压缩了高利贷的市场空间。

作为一种服务于"三农"的贷款服务组织，贷款公司已逐步成为农户和农村小企业融资的有效途径，有效缓解了部分"三农"融资难问题，补充完善了多层次农村金融服务体系，为促进县域经济和"三农"发展发挥了积极作用。

（三）农村资金互助社势头较好

银监会于2007年调整放宽农村地区银行业金融机构的准入政策，为乡村自愿加入资金互助社的农民和农村小企业提供存款和贷款及结算等农村金融服务。

目前中国农村的资金互助合作组织按规范程度可分为三类：一类是经银监会批准、工商部门登记注册的农村资金互助社，截至2009年6月底有11家；第二类是虽经工商部门登记注册，但未经银监会批准的农村资金互助社，截至2009年6月底有30多个；第三类是未在工商部门登记注册，也不纳入银监会的监管范围，仅由国务院扶贫办倡导发起的"贫困村村级发展资金互助协会"，目前已在中国14个省、28个县的140个贫困村建立。[①]

对整个农村地区而言，农村资金互助社的成立促进了多元化的经济发展，但是互助社封闭经营的特性，存、贷款业务限于社员，使得当地农民与小企业为了获得贷款而选择加入互助社。导致互助社与农信社等机构相比，在吸收社员的存款上处于劣势，加上存款受利率上限限制，造成其资金紧张。因此，除了适当放宽互助社利率限制，增强互助社的吸储能力以及与其他银行业金融机构联手，解决资金不足问题外，互助社的发展离不开各级政府的大力支持。由于互助社是贫困地区相互熟悉的个体为自谋出路而组建的一种股份合作制企业，政府应该免掉其各种税负，切实减轻其负担。

六、农业保险保持良好发展态势

2008年以来，在总结试点工作宝贵经验的基础上，财政部、保监会在扩大农业保险覆盖面、扩大保费补贴范围、落实保费补贴的发放等方面采取了一系列政策措施，极大地促进了农业保障长效机制的建立，农业保险保持了良好发展态势。

第一，农业保险业务规模迅速扩大，农业保险功能作用逐步发挥。2009年上半年，中国农业保险实现原保险保费收入70.03亿元，同比增长59.81%，其中政策性农业保险原保费收入67.14亿元，占农业保险原保费收

---

① 郝玉宾：《关于我国农村资金互助社的发展》，《理论探索》，2009年第2期。

入的比例高达 95.87%；参保农户 6152 万户，同比增加 49.2%；提供风险保障 1437 亿元，同比增加 89.9%；向 501.72 万农户支付赔款 34.07 亿元，同比增长 63.09%，其中，种植业保险赔款 13.88 亿元，同比增长 23.51%；养殖业保险赔款 20.19 亿元，同比增长 109.23 亿元。2009 年上半年，农业保险向 501.72 万农户支付赔款 34.07 亿元，同比增长 63.09%，在一定程度上缓解了农民"因灾返贫"的状况，保障了受灾地区农业生产的恢复和正常开展。①

第二，农业保险覆盖区域不断扩大，服务领域进一步拓宽。一是农业保险经营网络初步形成。截至 2009 年 6 月末，中国开办农业保险的保险公司已达到 20 家，全国性保险公司和专业保险公司组成的农业保险经营网络初步形成。二是保险责任范围不断扩大。种植业方面，将广大农户反映强烈的旱灾和病虫害纳入保险责任；养殖业保险方面，已基本承保所有动物疾病（疫病）、自然灾害、意外事故和政府扑杀保险责任。三是积极开发新型农业保险险种。2009 年，中央财政保费补贴支持的险种新增加了育肥猪保险和森林保险，中央政策性农业保险险种已达到 9 个；截至 2009 年 6 月，全国开展的农村保险险种达 160 多个，覆盖了"三农"的各个方面。②

在国家的大力支持下，中国农业保险业务克服了国际金融危机和汶川地震双重负面因素的影响，农业保险规模不断壮大，服务领域逐步拓宽，各项试点稳步推进，在提高农业防灾防损和灾后恢复生产能力，完善农村社会支持保护体系，确保农村社会稳定，服务社会主义新农村建设和和谐社会建设等方面，发挥了积极作用。

专栏 3-3　海南省"银保联动"新一轮试点

作为农村金融体系的一部分，农村保险在农村金融支持"三农"进程中起重要作用，而长期以来，农村并没有合理的风险分担机制，这也从很大程度上限制了农村信贷、农村担保、农村期货的发展，限制了农村经济的快速成长。通过政府公共财政的力量，探索农业保险与信贷途径相结合，是促进农村保险、信贷发展的新途径。海南省作为中央财政种植业、养殖业及渔业互助保险补贴试点省份，是"银保联动"的典范。

---

① 《上半年我国农业保险保持良好发展态势》，中国保险监督管理委员会网，http://www.circ.gov.cn/tabid/106/InfoID/107057/frtid/3871/Default.aspx。
② 数据来源：中国保险监督管理委员会网站：上半年我国农业保险保持良好发展态势（http://www.circ.gov.cn/tabid/106/InfoID/107057/frtid/3871/Default.aspx）。

2009 年 5 月起，海南省开始新一轮农业保险试点，创新建立用财政资金实行保费补贴的模式，财政部门给与参保农户和农（渔）业企业 10% ~ 80% 不等比例的保费补贴，取得了一定的成功经验。海南省自 2009 年起拟设立农业保险互助协会，并筛选 1~2 个市县作为农业保险互助试点，由省级财政统一安排启动和业务经费，探索建立以农业行业协会、产业化龙头企业和合作组织为依托的"共保体经营"模式和"农户（民）共济互助"增强农业保险自我积累功能和抗风险能力。同时，海南省还加大农业保险险种开发力度，促进银保联动。通过"以投保为放贷款条件、以保单质押"等方式，将保险业务与信贷业务联系起来，形成"农户买保险→保险有保障→银行愿放贷→农户更愿买保险"的良性互动局面，既拓展了保险业务、又推动了信贷发展。

将农村保险途径与信贷途径相结合，联合政府公共财政的力量，将农村金融各个组成部分构成有机联系的整体，可以推动农业产业化发展，活跃农村生产、生活消费市场，为农村信贷市场提供保障和授信质量，支持"三农"、解决"三农"问题。

资料来源：《海南省 4 大措施加大农业保险力度》，《海南日报》，2009 - 2 - 10。海南省人民政府办公厅文件：《海南省 2009 年农业保险试点方案》，琼府办〔2009〕92 号，2009 - 5 - 28。

第三节　当前农村金融改革与发展存在的主要问题

近年来，中国农村金融改革取得了重大进展。但是，也应该看到，农村金融发展面临许多新问题、新矛盾，特别是在国际金融危机的深刻影响下，农村金融发展正面临诸多考验和不确定性。

一、"三农"贷款风险有所上升

为应对国际金融危机，信贷规模快速膨胀。2009 年上半年，中国银行业金融机构新增本外币贷款 7.72 万亿元，同比增幅高达 32.8%，大大高于本外币存款的增速。① 尤其是自 2009 年 3 月以来,以农村信用社为代表的中小金融机构在新增贷款中的占比不断上升,信贷规模的快速膨胀意味着它们消耗了更多的流动性,其流动性的宽裕程度很可能因为激进的资产配置行为逐步发生改变,在世界经济形势并不明朗的情况下,这无疑是一次危险的赌博。与此同时,农村地区的贷款风险有所抬头。一是不良贷款出现了区域性反弹:2008 年,四川、湖南、浙江、河北、甘肃、山西、上海 7 省市信用社的不良贷款率都有所上升;而吴江农村商业银行、常熟农村商业银行、昆山农村商业银行等新型农村股份制金融机构,其不良贷款率也不同程度的出现了反弹。二是农村金融机构总体不良贷款结构有所恶化(见图 3 - 5)。

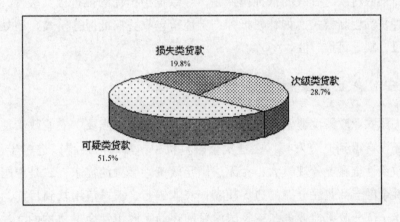

图 3 - 5 2008 年农村金融机构不良贷款结构

从图 3 - 5 可知,2008 年,在 5939 亿元不良贷款中,次级、可疑和损失贷款的比重分别为 28.7%、51.5%、19.8%,与 2007 年相比,可疑和损失类贷款比重分别上升了 2.3 个百分点和 0.5 个百分点②,不良贷款出现了向下迁移的趋势,贷款风险有所增加。

二、农村借贷缺乏有效的抵押担保物

从目前的情况来看,农村信贷担保主要包括农户联保贷款和抵押担保贷

① 银监会:《上半年银行业金融机构新增贷款呈七特点》,中华人民共和国中央政府门户网,http://www.gov.cn/gzdt/2009 - 08/09/content_ 1387243. htm。

② 数据来源:《喜忧参半,农村中小金融机构 2008 年成绩单出炉》,《21 世纪经济报道》,http://www.21cbh.com/HTML/2009 - 2 - 25/HTML_ 14VYD5XJI6QU. html。

款。农户联保贷款改善了农村信用环境，降低了信贷风险，在一定程度上解决了农民贷款难问题，但也存在很大的局限性：一是农户联保贷款手续繁锁，门槛较高；二是由于农户联保要在法律上承担连带责任，因此大部分农民只在自身有贷款需求的情况下才会加入联保小组，这就导致了农户联保小组的成员集借款人和担保人于一身，保证的效力将大打折扣，甚至出现贷户之间互相扯皮、赖债的情况；三是农户联保贷款存在排弱性，在寻找联保户的时候经济状况好的大户由于经济实力较强，违约风险较小，往往更受青睐，而贫困农户几乎没有人愿意与其联保贷款，"啄序"现象明显。另外，抵押担保贷款数额较大，期限也较长，能够满足部分农户和农村企业的大额贷款需求。但是目前农村缺乏有效的抵押担保物，导致抵押担保的推进极其缓慢，现有的抵押贷款创新模式（如林权抵押、土地承包收益权抵押等模式）还处于试点阶段，缺乏可推广性。

三、农业政策性金融制度不完善

中国农业政策性金融发展仍然滞后于农业发展的需要，农业政策性金融功能还没有得到充分发挥，在这次金融危机中，其局限性得以进一步显现：一是政策性金融业务规模太小，无法满足政策性金融的需求；二是中国目前政策性金融与商业性金融的边界模糊，农业银行、农村信用社到目前为止都还承担了部分政策性业务；三是国内目前还尚无政策性金融机构的立法，政策性业务经营范围、运行规则、违规处罚等没有得到有效监管，制约着政策性金融的健康发展；四是风险防控机制不健全。在当前金融危机的影响下，金融业的风险有所增加，而政策性金融在风险控制方面内控机制还不健全，缺乏风险预警体系，贷后管理相对薄弱，不良资产化解手段比较单一，这些问题严重影响政策性金融的效果。

四、农业商业性保险严重缺失

近年来，自然灾害有增多的趋势。据统计，2004 年至 2008 年，全国农作物平均受灾面积 4129 万公顷，其中成灾面积 2165 万公顷，占受灾面积的53%，占播种面积的 14%。[1] 自然灾害严重影响着"三农"的发展，削弱农产品在国际市场上的竞争力。当前，世界经济增长明显减速，保持农产品质

---

① 数据来源：中投顾问《2009～2012 年中国农业保险市场投资分析及前景预测报告》。

量进一步提升和规避经营风险的要求更加迫切。但中国农业保险特别是农业商业保险发展严重滞后,近两年农业保险的跨越式发展主要是在中央财政的支持下实现的,以 2009 年上半年为例,政策性农业保险原保费收入 67.14 亿元,占农业保险原保费收入的比例高达 95.87%,而商业性农业保险仅仅占 4.13% 的市场份额①,这与应对当前金融危机和发展农业产业化经营相距甚远。

五、民间资本回流渠道仍然缺乏

受国际金融危机影响,大量种养殖大户和农村中小企业面临着资金链断裂的窘境,宽松的货币政策环境并没有从实质上改变资金缺乏的困难局面,正规金融机构并不愿意把资金贷给抗风险能力较弱的群体,他们不得不转向非正规金融。尽管 2006 年以后中国农村金融市场有所开放,但开放力度还较小,民间资本只能通过入股贷款公司、新型农村金融机构等方式进入农村资金循环,包括私人借贷、合会、互助基金会等在内的非正规金融形式在中国仍然受到严格的管制,大量资金缺乏回流农村的渠道,大多数农户和企业的借贷需求得不到满足。这就造成了这样一种怪现象:一方面是民间有着大量的闲置资金,却苦于缺乏投资渠道;另一方面,又有企业对这种资金有大量的需求,却求贷无门。导致社会资金配置效率低下,也不利于"三农"的健康发展。

第四节 进一步深化金融服务"三农"的建议

当前,虽然中国经济实现了企稳回升,但国际金融危机的影响仍然存在,必须进行科学的监测与分析,采取积极的应对措施,加大对"三农"金融服务的政策支持,进一步深化面向"三农"的各项金融服务。

一、加大对"三农"的支持力度

国际金融危机对中国的经济体系和金融体系造成了较大的冲击,对中国

---

① 数据来源:《上半年我国农业保险保持良好发展态势》,中国保险监督管理委员会网,http://www.circ.gov.cn/tabid/106/InfoID/107057/frtid/3871/Default.aspx。

农村经济和农村金融的冲击虽不如城市那样直接和明显，但其影响正逐步显现。国际市场主要农产品需求萎缩、价格回落，部分农产品出口受阻，加上国际金融危机造成国内经济增速放缓，内需减弱，使农产品价格下行压力加大，农业生产效益下滑，保持农业稳定发展和农民增收困难加大。因此，政府必须统筹考虑国际金融危机带给城乡的综合影响。一是加大对"三农"的支持力度，积极破解民生性金融难题，满足广大农民基本的生活和生产需要；二是加大对农业产业化经营的财政和金融支持，保护农民生产积极性，稳定农业发展，促进农民增收，维护农村稳定。

二、加快建立"三农"金融服务的补偿机制

农村金融市场具有分散、分割和高风险的特征，而相应补偿机制的缺乏导致追求利润最大化的金融机构缺乏发放涉农贷款的积极性，在金融危机的冲击下，这种现象愈发明显。因此，必须加快建立商业性金融服务"三农"的补偿机制。一是对"三农"金融服务给予普惠制政策支持。比如直接按涉农贷款总额给予相关金融机构一定比例的财政补贴；农业贷款占贷款总额一定比例以上的商业性金融机构，可以在税收方面享受优惠待遇；给予农村金融机构更大的利率自主权，允许其在更大的利率范围内吸储和放贷等。二是完善农业保险的政策支持体系。在完善农业保险制度的基础上，研究推动建立中央财政支持下的农业巨灾风险分散机制，完善巨灾财政补贴机制、农业再保险体系、第三方担保机构等农业政策性保险体系，分担农村商业性金融的风险。

三、完善农村信贷模式和担保业务模式

农村金融需求多元化已经成为农村金融需求的显著特征，因此，农村金融供给要有的放矢。一是在继续大力推广农户小额信贷和农户联保贷款模式的情况下，加大农村信贷模式的创新力度，积极开发适合农村经济特点的信贷模式，如"公司＋农户"、"公司＋中介组织＋农户"、"公司＋专业市场＋农户"等促进农业产业化经营的信贷模式，充分发挥农业产业化经营的辐射拉动作用，推进优质高效特色农业加快发展。二是创新贷款担保方式，扩大有效担保品范围。加快林权抵押、存单质押、应收账款质押、动产抵押、农产品抵押等新型质押抵押方式的探索、试点和推广，提高农村金融需求满足率。

四、充分利用民间资本推进新型农村金融机构发展

加快村镇银行、小额信贷公司、农户互助信用合作等新型农村金融组织形式的试点和推广。进一步扩大培育和发展新型农村金融机构仍然非常必要：一是有利于缓解农村金融服务不足的矛盾，二是有利于提高农村金融服务覆盖率，三是有利于改进农村金融市场竞争状况，四是有利于发挥各方参与机构培育发展的积极性。各级政府、各类资本通过各种方式向监管部门表达了设立新型农村金融机构，发展农村金融业务，改善农村金融服务，缓解中小企业融资难的强烈愿望。为此，加大新型农村金融机构培育力度，有效促进金融支持社会主义新农村建设和中小企业发展显得十分紧迫和必要。在新型农村金融机构组建中，政府和监管部门应充分动员民间资本，使得农村金融机构的产权结构逐步多元化。

五、多管齐下构建农村资金回笼的激励机制

农村资金外流一直以来就是"三农"发展的瓶颈，金融危机以来，农村资金回流乏力现象更加明显。构建资金回流农村的有效机制，是保障对"三农"实施必要的扶持和保护的关键环节，应着力抓好以下三个方面：一是建立资金回流农村的财政投入机制。不仅要增加财政支农资金的总量，而且要提高财政支农资金在总支出中的比重，逐步形成国家支农资金稳定增长的机制，加大对农村地区的"输血"力度。二是建立资金回流农村的杠杆激励机制。综合运用税收、利率、存款准备金率等优惠政策引导商业金融机构进入农村金融市场，对涉农贷款比例较高的农村金融机构制定更为优惠的存款准备金政策，实行更为灵活的利率政策，增加支农再贷款额度。三是通过改革创新优化农村金融资源的配置。利用农业发展银行、农业银行和邮政储蓄银行改革转型机遇，做大、做强、做好农村金融服务，进一步完善县域金融生态环境，引导更多的金融资源注入农村。

主要参考文献

[1] 国际货币基金组织. 全球金融稳定报告 [R]. 北京：中国金融出版社，2009.

[2] 中国人民银行农村金融服务研究小组. 中国农村金融服务报告 2008 [R]. 北京：中国金融出版社，2008.

[3] 中国农村金融学会. 中国农村金融改革发展30年 [R]. 北京: 中国金融出版社, 2008.

[4] 韩俊等. 中国农村金融调查 [M]. 上海: 上海远东出版社, 2009.

[5] 李树生, 何广文. 中国农村金融创新研究 [M]. 北京: 中国金融出版社, 2008.

[6] 熊德平. 农村金融与农村经济协调发展研究 [M]. 北京: 社会科学文献出版社, 2009.

[7] 张晓山, 何安耐. 农村金融转型与创新 [M]. 北京: 社会科学文献出版社, 2007.

[8] 蒋定之. 农村金融改革发展三十年 [J]. 中国金融, 2008 (23).

[9] 臧景范. 农村金融的改革与发展 [J]. 中国农村信用合作, 2009 (7).

[10] 高圣平, 刘萍. 农村金融制度中的信贷担保物: 困境与出路 [J]. 金融研究, 2009 (2).

[11] 龚晶, 刘鸿雁. 从次贷危机看中国农村金融创新 [J]. 农村经济, 2009 (7).

[12] 郭武燕. 论金融危机对中国农村金融抑制的冲击——兼论中国农村金融的深化 [J]. 农村经济, 2009 (5).

评论

完善产业结构变迁下的中国农村金融体系

张 彤

第三章指出，在当前国际金融危机的背景下，农业银行引入了新的金融产品，在"三农"扶持政策的引导下加大了对农民的信用贷款力度；农村商业银行、村镇银行以及小额贷款公司也在逐步增加和发展。但因农村信用体系不完善、农民抵押担保物和农业商业保险的缺失，加大了潜在的贷款风险。作者建议：加快建立对农村金融机构的补偿机制，完善农村信贷体系和担保制度，充分利用民间资本并构建农村资金回笼的激励机制，从而加大农村金融对"三农"的支持力度。作者对农村金融体系的现状给予了明确的阐述，对其未来发展提出了合理建议，这对研究中国农村金融问题具有重要的参考价值。

我国农村金融体系改革需要从"结构性"到"功能性"上进行转变，以解决农村金融供需严重不平衡的问题，使金融机构更好地服务于我国的农村发展和农业建设。中国的农村金融体系和政策应配合我国长期的发展需要，包括产业结构变化形成的农林牧渔业生产规模化和产业化、城乡统筹的新农村建设、以及我国作为人口大国所需要保证的粮食安全问题。不同层次的目标需要农村金融的多层次服务进行配合。在现有的农村金融体系下，政府须进一步明确和完善当前农业政策性银行的服务范围、支持农业商业银行的惠农服务、加强农村信用体系建设、解决农民破产可能引发的福利保障问题、并建立健全相关的法律法规以保证农业基金会等类型的民间金融机构的合法性，从而促进我国农业产业健康稳定地发展。

与其他发展中国家一样，在我国的经济建设过程中，必然面临农业产业结构调整、劳动力转移以及城镇化问题，农村资金需求的比重和特性发生变化。目前，正规农村金融机构所提供的资金远远小于农户和农村中小企业的发展需要。改革开放 30 年，我国第一产业占 GDP 的比重由 1978 年的 28.2% 逐渐下降到 2008 年的 11.3%，第二产业所占比重由 1978 年 47.9% 升至 2008 年的 48.6%，第三产业由 1978 年 23.9% 升至 40.1%。在第一产业内部，农业由 1978 年 80% 下降到 2007 年的 50.4%，而牧业由 1978 年的 15% 上升到

30%，渔业由1978年的1.6%上升到2007年的9.1%。同时随着经济的发展，城镇化水平提高，农村人口由1978年的82.08%减少到2007年的55.06%，城市数量由132个发展到655个，并有大量乡村人口在城市务工或向城市迁移。① 当前我国农业加工行业产业集中度相对较低。近10年来，外资跨国公司将目标指向作为人口和农业大国的中国，采取并购行业龙头企业、合资以及设立驻华办事机构等方式迅速进入我国农产品市场并占据了相当大的市场份额（张晖，2008）。目前如何保障农业生产，扶植养殖业和经济型作物种植业，促进乡镇企业和农村中小企业发展，支持农业龙头企业的现代化，帮助转型的农村人口顺利由农民向产业工人过渡，以及保证粮食安全，是我国面临的长期问题也是农村金融服务的重点。

小型农户、农业企业和地方政府部门是我国农村金融的需求主体，对应的农村金融需求可分为生活生产需求，以及公共基础设施建设需求等多个层次（祝健，2008）。我国农村发展所带来的产业结构调整使农村资金需求比重和特性发生了变化。从结构上看，目前我国农村金融供给体系基本上形成了政策性金融、商业性金融和合作性金融并存，多层次分工协作的格局。但大多数农民和中小企业因抵押担保缺乏被国有金融机构排除在主要服务对象之外，转而寻求非正规金融借贷，民间借贷利率持续走高。为改变此现状，如"困境与变革"一文作者所指出，作为政策性农村金融机构的农业银行正做出重要努力。农行开发了新的"惠农卡"业务，部分地弥补了现有面对农户的信用贷款缺失问题。同时作为正规金融机构的补充，银监会调低农村金融的准入门槛，鼓励各类资本到农村地区创设为当地农户提供金融服务的村镇银行、小额贷款公司以及联保合作组织等微金融机构。目前我国农村信贷仍面临巨大的资金缺口，据估计，未来15年全国进行新农村建设的资金缺口仍在1.4万亿到4万亿之间（新岳，2009）。

为解决贫困农户的资金难题，在不发达的孟加拉、印度、肯尼亚、厄立特里亚等亚非国家，均普遍采用孟加拉乡村银行的联保模式或印度的自主组—银行链接项目（SHG-Bank Linkage）向那些无法从正式商业金融机构贷款的农户提供资金支持（Satyasai，2008；Gerge，2009；Bahta & Groenewald，2006）。联保贷款模式自1994年被引入中国农村以来，因违约率高而出现运作困境（张沁岚，2008；赵冬青等，2008）。联保贷款这小额信贷形式，出发点在于利用贷款小组中成员间的连带责任来解决信贷市场失灵问题，目前仅

---

① 参见《国家统计局2008年鉴》。

对我国少数非常贫困的正规金融不适合的农村地区具有借鉴意义。

从世界各国的发展经验看,各国政府多采取政策性金融的手段来纠正农村金融市场的失效或达到产业布局的目的。政府通过提供直接的农业生产补贴、出资建立政策性的面向农业的金融机构、制定税收等优惠政策来鼓励商业性金融机构和投资公司为农业提供贷款;同时建立担保机构、建设农村产业保险体系以规避因灾害或价格异常波动而产生的损失。例如在20世纪60年代初,欧共体开始执行共同农业政策,由欧共体出资向农民出售的农产品提供直接补贴。此政策促进了欧洲现代农业的规模化经营。作为农业出口大国的美国,它在农业金融方面的经验对中国更有借鉴意义。投资和信贷是美国政府为农业发展提供资金支持的两种重要方式,为形成发达健全的农业基础设施提供了必要的保证。在投资方面,联邦和地方政府以财政预算和举债方式筹集资金对公益性农业项目进行直接投资,同时对以营利为目的私人项目或基础设施建设投资给予一定资助和税收优惠。与此同时,发达的农村信贷已成为美国农村资金的主要来源。美国政府为服务农业,分别建立了商品信贷公司、小企业管理局、农村电气化管理局和农民家计局四种类型的政策性农业金融机构。政策性金融机构提供的农业项目贷款利率一般比工业贷款利率低30%到50%。农业贷款占贷款总额的25%以上的商业银行,也可以在税收方面享受优惠,农贷利率部分还可以享受政府提供的利率补贴。美国联邦项目还通过信用增级来帮助初始农户购买商业农场进行规模生产,同时利用农业保险来分散银行的风险(Matthew,2002;United States Department of Agriculture,1996)。

欧美等发达国家普遍采取的对农业的政策性补贴,使得这些国家出口到我国的农产品价格相对低廉,压低了中国的农产品价格,在生产成本不变甚至增加的情况下使得中国农民的收益进一步减少,从而降低了农民的生产意愿。仅对商业性金融机构的农业服务进行补贴还不足以保证我国的新农村建设和农产品生产的稳定。针对粮食生产者的直接政策性补贴,扶植本土粮食加工企业,同时通过财政支持来加强农业基础设施建设也应作为我国农业政策的重要一环。为防止外资食品企业在我国形成垄断局面从而危害我国的粮食安全,政府应吸取我国大豆产业的教训,制定应对战略并通过财政支持来保护我国本土粮食产品的市场份额。

综上所述,在农业产业化和国际化的背景下,我国的农村金融体系在结构进一步完善的基础上,更应注重功能性的强化,以更好地服务多层次的新农村建设和现代农业发展的需要。

参考书目

[1] 新岳. 浅析我国农村小额信贷存在的问题及对策 [J]. 世界华商经济, 2009 (5).

[2] 张晖. 外资对我国农业企业并购的影响及对策研究 [J]. 企业活力, 2008 (12).

[3] 张沁岚. 联保贷款农户还款行为的实证研究 [D]. 硕士论文, 2008.

[4] 赵冬青, 刘玲玲, 李子奈. 印度、孟加拉微金融的现状及对我国农村金融发展的启示 [J]. 清华大学经济管理学院工作论文, 2008, No. 200802.

[5] 祝健. 我国农村金融体系重构研究 [M]. 社会科学文献出版社, 2008.

[6] Bahta, Y. T., and Groenewald, J. A. Rural Credit for Resource-Poor Entrepreneurs: Lessons from the Eritrean Experience. *International Association of Agricultural Economist Conference*, Gold Coast, Australia, August 12～18, 2006.

[7] George, O. Is Micro-Finance Achieving Its Goal Among Smallholder Farmers in Africa? Empirical Evidence from Kenya Using Propensity Score Matching. *XXV11 International Conference of Agricultural Economists*, Beijing, China, August 16～22, 2009.

[8] Matthew A. Diersen, Editor. Financing Agriculture and Rural America: Issues of Policy, Structure and Technical Change. *Proceedings of the NC-221 Committee Annual Meeting*, Denver, Colorado, October 7～8, 2002.

[9] Satyasai, K. J. S. Rural Credit Delivery in India: Structural Constraints and Some Corrective Measures. *Agricultural Economics Research Review*, 2008, Vol. 21 (Conference Number).

[10] United States Department of Agriculture. Is More Credit the Best Way to Assist Beginning Low-Equity Farmers? . *Agriculture Information Bulletin* No. 724, August 1996.

(张彤, 美国俄克拉荷马州立大学博士, 现为西南财经大学经济与管理研究院副教授)

第四章 十大产业振兴规划
——结构调整的新战略

2008 年年底以来，在世界面临严重国际金融危机和经济衰退的背景下，为防止中国经济加速下滑，国务院陆续出台了包括十大产业调整和振兴规划在内的促进经济平稳较快发展的一揽子计划。十大产业调整和振兴规划涉及到钢铁、汽车、装备制造业、纺织、船舶、电子信息、石化、轻工、有色金属以及物流业，目前已出台 60 多项实施细则。这些措施扩大了国内消费、稳定了企业生产经营、加快了产业技术进步，规划的贯彻实施取得了初步成果。

第一节 十大产业振兴规划出台的背景

2009 年初，随着国际金融危机对中国实体经济的影响逐步加深，市场需求出现萎缩，市场销售不畅导致外贸出口较为困难，停产半停产的企业逐渐增多，亏损企业和亏损额明显扩大，形势比较严峻。根据国务院部署，由国家发展改革委与工业和信息化部会同国务院有关部门开展了钢铁、汽车、装备制造业、纺织、船舶、电子信息、石化、轻工、有色金属以及物流业十个重点产业调整和振兴规划的编制工作，作为应对国际金融危机，保增长、扩内需、调结构的重要措施，规划期为 2009~2011 年。十大产业振兴规划的出台，既是在中国经济面临改革开放 30 年以来前所未有的外部恶劣经济环境的大背景之下的自救之举，也是中国经济在新时代环境下寻求发展空间的转变之举。

一、十大产业振兴旨在缓解国际金融危机的冲击

2008 年 11 月，中国出口增速从上月的 19.2% 下降到 -2.2%，进口增速从上月的 15.7% 下降到 -17.9%，出口回落直接拉低工业增速。中国规模以上工业企业增加值同比增长 5.4%，同比回落 11.9 个百分点，环比回落 2.8 个百分点；生铁、粗钢和钢材产量分别下降 16.2%、12.4% 和 11%；汽车的产量为 71.4 万辆，下降 15.9%。工业增速下滑引发发电量下滑，发电量下降 9.6%，创出历史最大月度降幅。[①] 2009 年第一季度，中国规模以上电厂发电量同比下降 2.0%，全社会用电量同比下降 4%，其中，工业用电同比下降 8.4%；中国规模以上工业增加值同比微幅增长 5.1%，增速大大低于 2008 年第一季度的 16.4%；国内生产总值（GDP）同比仅仅增长 6.1%，增速大大低于上年同期，也大大低于 2008 年全年和当年第四季度的增速；进出口总额同比下降 24.9%，其中出口和进口分别下降 19.7% 和 30.9%，增幅分别同比回落 41.1 和 59.5 个百分点。

如果不改变这种经济增长低迷的状态，作为发展中大国的中国，就会产生很严重的经济社会问题。中国经济的增速下滑超出许多人的意料，产业需要振兴。正如有的专家所指出的：产业振兴的目的很大程度上是为了保八，经济增长如果达不到 8%，失业问题会变得更加严重，还会带来一些社会问题。[②] 正是在这种严峻的经济形势下国家出台了十大产业振兴规划。

单从选出来的这十大产业来看，国家在选择时是经过深思熟虑的。第一，这十大产业拥有撬动经济的力量。从经济总量看，2007 年，九大行业[③]的工业增加值占全部工业增加值的比重接近 80%，占 GDP 的比重达到 1/3，实际上，九个重要行业在确保国家产业、金融、社会就业和保障民生等方面发挥着不可替代的作用。第二，九大行业对税收贡献可观。2007 年中国税收 4.56 万亿，其中以九个行业规模以上企业上交的税金就达到了 1.7 万亿，约占 37.4%。第三，九大行业的振兴能够有力促进社会就业。即使不包括农民工，

---

① 朱国栋：《"保八"战役打响　十大产业振兴规划将火线出炉》，《中国证券报》，2009 - 01 - 16。

② 曹建海：《中国产业振兴路线图：近保增长　远调结构》，《经济参考报》，2009 - 03 - 11。所引的国家发改委经济社会发展研究所所长杨宜勇的观点。

③ 由于九大产业都是工业，而物流是生产性服务业，是为前九大行业提供服务的，所以分开研究。

九个产业的直接城镇从业人员也达到了 3615.6 万人, 占中国城镇单位就业人数的 30%。第四, 九大行业的振兴有助于更好地解决"三农"问题。仅轻工的食品、造纸、家具、家电、皮革、日化等行业, 相当的产值来源于农副产品深加工业, 涉及 3 亿农民市场, 吸纳进城务工近 6000 万人, 仅轻工行业就可吸收农民进城务工 2000 万。同时, 中小企业本身就是九大行业的组成部分, 这些行业振兴, 相应的中小企业也会活起来。第五, 物流业是融合运输业、仓储业、货代业和信息业等的复合型服务产业, 是国民经济的重要组成部分, 涉及领域广、吸纳就业人数多、拉动消费作用大, 其增加值占全部服务业增加值的 16.5%, 占 GDP 的 6.6%。① 我们可以毫不讳言的说, 如果这十大产业能够按照我们预想的振兴规划得以顺利实施, 中国经济将会实现保八的目标, 并且将比较快的从国际金融危机的泥潭中走出。十大产业振兴规划时间路线如表 4 - 1 所示。

表 4 - 1 十大产业振兴规划时间路线表

产业	规划出台时间及主要内容	主要影响
钢铁行业	1 月 14 日出台, 实施灵活出口退税政策, 刺激高端产品出口, 淘汰落后产能, 支持行业兼并重组。	规划尽管对目前钢铁行业内外需下降的状态改变不明显, 但淘汰落后产能和联合重组将会延缓行业周期性下滑。长期看, 大型优势钢企将成为钢铁行业的绝对龙头。
汽车行业	1 月 14 日出台, 1.6 升及以下排量乘用车按 5% 征收车辆购置税。大车企由 14 家减为 10 家, 安排 100 亿元支持技术改造和新能源汽车的发展。	规划着重以结构调整为主线, 意在推进汽车产业结构优化升级。具体来说, 一边推进企业联合重组, 一边以新能源汽车为突破口, 以增强企业自主创新能力, 形成竞争优势。

① 国家发展和改革委员会:《重点产业调整和振兴规划背景材料》, 2009 - 02 - 27, http: // www. china. com. cn/news/2009 - 02/27/content_ 17343584. htm。

（续1） 表4－1　十大产业振兴规划时间路线表

产业	规划出台时间及主要内容	主要影响
装备制造	2月4日出台，支持骨干企业联合重组。发展具有工程总承包、系统集成、国际贸易和融资能力的大型集团，重大工程项目优先采购国内生产设备。	联合重组使相关企业有望通过产业链的整合来进一步扩大自身的实力。要求提高国产设备采购比例和鼓励采购首台首套国产设备的政策有助于大型骨干企业市场份额提升及推广。
纺织行业	2月4日出台，将纺织服装出口退税率由14%提至15%，加大贷款和担保支持。	退税上调短期有助缓解企业压力，但全球需求萎缩的大背景下，规划很难直接及时地刺激扩大出口；信贷支持的执行仍存疑、专项资金的投资额度不明确，短期内难以为企业带来盈利能力的明显改善。
船舶行业	2月12日出台，淘汰落后产能，鼓励金融机构和大船舶出口买方信贷资金投放，将现行内销远洋船财政金融支持政策延长到2012年。	中国造船业订单以散货船为主，大约占比70%左右，规划将有利于扩大国内船舶市场需求，调整运力结构。目前全球油轮在手订单实际上已经包含了单壳油轮淘汰所新增需求，因此不会在国际范围产生较大的影响。
电子信息	2月18日出台，重点实验集成电路升级、第三代移动通信产业、数字电视推广、计算机提升和下一代互联网等工程。	规划对于通讯设备行业（3G及宽带）、电子行业、彩电行业以及软件行业构成利好。同时，将推动国内服务外包需求的成长及对本土基础软件企业需求的增长。

（续2）表4－1　十大产业振兴规划时间路线表

产业	规划出台时间及主要内容	主要影响
石化行业	2月19日出台，扩建产能，20项重大在建工程和20项重大新开工程项目被纳入规划，总体目标是到2011年产业增加值达到1.75万亿。	振兴计划旨在调整控制总量，进行产业布局，加快技术升级。振兴规划中，炼油、农业化肥与农药、化工新材料等子行业将得到有力扶持。
轻工业	2月19日出台，扩大城乡消费，加快造纸、家电、塑料等行业的技术改造。	轻工业总共涉及大约45个大小行业，"家电下乡"对大家电的需求有直接拉动作用。
有色金属	2月25日出台，合理调整税费，促进兼并重组，落实收储计划，未来终形成3~5家具有实力的综合性有色金属企业集团。	收储对于扭转国内有色金属骨干企业库存高企的困境有直接作用，由此可能使得市场抛售压力缓解，从而使得部分金属价格受到一定程度的支撑。
物流行业	2月25日出台，重点支持农业和农村物流、大宗生产资料和生活消费品物流，鼓励制造企业分离外包物流业务。	物流业受到了国际金融危机的严重影响，规划将在一定程度上减轻国际金融危机对物流体系的冲击。

资料来源：根据《工业产业调整和振兴规划》（http：//www.gov.cn/zwgk/2009－04/02/content_1276054.htm）的相关资料整理。

二、十大产业振兴将持续提升中国经济

中国经济经过30年改革开放的风雨洗礼和高速发展，其产业规模和经济实力已经跃居世界经济强国之林。然而，由于近些年来中国经济一直保持着近两位数的增长，高速的发展掩盖了中国经济内在结构中所存在的一些缺陷，如经济增长对外依存度过高；大多数的产品都处于国际产业分工体系的低端，产业的核心技术和尖端技术受制于外人，大而不强、强而不壮等问题。这次国际金融危机暴露出中国经济发展中存在的深层次结构性问题。即使没有这次国际金融危机，中国经济的这种粗放型发展方式也是难以为继的。国际金融危机使得中国经济在经过30年的高速长跑之后，能有一个立定稍息的机会

来重新审视我们所走过的发展之路。通过产业振兴规划，对十大产业内部的企业进行新的并购整合，把散乱的行业企业借助并购重组整合成为行业航母，以此获得产业持续竞争优势。①

（一）十大产业振兴规划将有效拉动内需，促进经济持续稳定增长

在国际金融危机中，欧美经济体纷纷陷入深度衰退，中国对外贸易的形势十分严峻。在外需萎靡不振的情况下，如果能有效启动中国 13 亿人口的巨大内需市场，显然是应对本次国际金融危机，扭转经济形势的不二选择。因此，毫无疑问，国务院出台的十大产业振兴调整规划无一不是为拉动内需服务的。轻工业调整振兴规划中第一条提出的就是积极扩大城乡消费，增加国内有效供给；纺织产业及钢铁产业开篇也是提出统筹国内外两个市场，扩大内需，拉动国内消费。而被更多目光所关注的汽车产业，其规划中也明确指出，加快汽车产业调整和振兴，必须实施积极的消费政策，稳定和扩大汽车消费需求。

（二）十大产业振兴规划将推动兼并重组，提升中国企业国际竞争力

十大产业中有过半的产业规划中都提及了并购重组的问题。如钢铁产业的调整振兴规划就提出，要发挥大集团的带动作用，推进企业联合重组，培育具有国际竞争力的大型和特大型钢铁集团，优化产业布局，提高集中度。

而实际上，早在中国加入 WTO 前后的一段时间，就有专家学者极力建议国内相关行业兼并重组，以应对入世后来自国外巨型跨国公司的冲击。中国的经济改革刚刚推进了 30 年，全面市场经济体制建设也仅十几年的时间，在此经济环境下成长起来的中国企业，缺乏国际化经营经验，与国际上同类公司相比大多没有拥有自己的核心技术，在国际上没有竞争力；再加之，中国地域辽阔，同行业的小公司遍布中国各地，"一盘散沙"。可见，国务院出台"产业振兴规划"要求相关行业进行并购来提升中国企业的国际竞争力，实乃是出于国家长远发展大计。

---

① 袁元：《十大产业振兴　点亮中国经济》，《21 世纪经济报道》，2009 – 03 – 05。

专栏4-1 九大产业2008年产值排名首位省份分布示意图

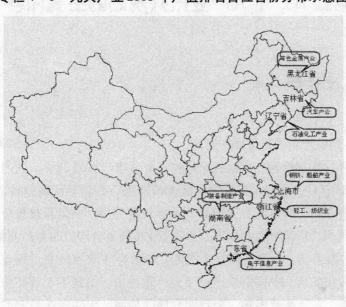

资料来源：根据中国统计年鉴（2008）相关资料整理绘制。

专栏4-2 房地产业缘何缺席十大产业振兴规划？

在物流业振兴规划出炉之前，前人大常委会副委员长成思危曾透露房地产将顶替能源业进入十大产业振兴规划，然而最终未能实现。国家发改委副主任刘铁男解释说，最终选择物流业进入产业振兴规划主要是考虑到物流业作为服务业的重要分支领域，跟九大产业密切相关。物流业既是九个产业行业之间联系的重要纽带，也是这些产业跟国内外市场相连的重要载体。同时作为服务业的物流业调整和振兴，不仅是物流业自身调整和振兴的需要，也直接关系到九个产业竞争力的提升，所以十大产业是有机联系的整体，更能够形成产业结构调整和振兴的组合拳。相对而言，房地产也虽是中国重要的支柱产业，但纽带作用并不突出。

资料来源：根据《发改委解疑：房地产为什么不在十大规划之列》（http：//news. xinhuanet. com/fortune/2009 - 02/27/content_ 10909094. htm）整理。

第二节 十大产业振兴规划的主要内容①

一、原材料工业

（一）钢铁产业调整与振兴规划

2008 年，中国粗钢产量达到 5 亿吨，占全球产量的 38%，国内粗钢表观消费量 4.53 亿吨，直接出口折合粗钢 6000 万吨，占世界钢铁贸易量的 15%。但是，钢铁产业长期粗放发展积累的矛盾日益突出。一是盲目投资严重，产能总量过剩；二是创新能力不强；三是产业布局不合理；四是产业集中度低；五是资源控制力弱；六是流通秩序混乱。2008 年下半年以来，随着国际金融危机的扩散和蔓延，中国钢铁产业受到严重冲击，出现了产需陡势下滑、价格急剧下跌、企业经营困难、全行业亏损的局面，钢铁产业稳定发展面临着前所未有的挑战。

钢铁产业振兴规划目标是：力争在 2009 年遏制钢铁产业下滑势头，保持总体稳定。到 2011 年，钢铁产业粗放的发展方式得到明显转变，技术水平、创新能力再上新台阶，综合竞争力显著提高，支柱产业地位得到巩固和加强，步入良性发展的轨道。产业调整和振兴的重点任务：1. 保持国内市场稳定，改善出口环境；2. 严格控制钢铁总量，加快淘汰落后；3. 促进企业重组，提高产业集中度；4. 加大技术改造力度，推动技术进步；5. 优化钢铁产业布局，统筹协调发展；6. 调整钢材品种结构，提高产品质量；7. 保持进口铁矿石资源稳定，整顿市场秩序；8. 开发国内外两种资源，保障产业安全。政策措施包括：调整部分产品的进出口税率；实施公平贸易政策；加大技术进步及技术改造投入；完善落后产能退出机制；完善企业重组政策；适时修订钢铁产业政策；提高建筑工程用钢标准；实现钢铁与相关产业协调发展；继续实施有保有压的融资政策；积极实施"走出去"战略；建立产业信息披露制度；发挥行业协（商）会作用。

---

① 本节内容根据《工业产业调整和振兴规划》，中央政府门户网站，2009 - 04 - 02，http：//www.gov.cn/zwgk/2009 - 04/02/content_ 1276054.htm 及相关资料整理。

（二）石油化工产业调整与振兴规划

进入 21 世纪以来，石化产业保持快速增长，产业规模不断扩大，综合实力逐步提高。工业增加值年均增长 20% 左右，拉动国民经济增长约 1 个百分点。但是，石化产业在快速发展过程中，长期积累的矛盾和问题也日益凸现，主要表现为：集约发展程度偏低，产业布局分散；创新能力不强，高端产品生产技术和大型成套技术装备主要依赖进口；产品结构不尽合理，中低端产品比重较大；资源环境约束加大，产业发展与环境保护的矛盾加剧；农资供给需要加强，低成本产品产能不足，市场调控体系不完善；一些地区不顾资源、环境条件，不注重能源转换效率，盲目发展煤化工。2008 年下半年以来，受国际金融危机影响，石化产业受到较大冲击，国内外市场萎缩，生产持续下降，企业库存增加、价格大幅下跌，行业经济效益下滑、生产经营困难。

石化产业振兴规划目标是：2009～2011 年，石化产业保持平稳较快增长。2009 年力争实现平稳运行，经过三年调整和振兴，到 2011 年，产业结构趋于合理，发展方式明显转变，综合实力显著提高。产业调整和振兴的主要任务：1. 保持产业平稳运行；2. 提高农资保障能力；3. 稳步开展煤化工示范；4. 抓紧实施重大项目；5. 统筹重大项目布局；6. 大力推动技术改造；7. 加快淘汰落后产能；8. 加强生态环境保护；9. 支持企业联合重组；10. 增强资源保障能力；11. 提高企业管理水平。政策措施包括：完善化肥储备机制；抓紧落实油品储备；加强信贷政策支持；完善成品油价格形成机制；加大技术改造投入；支持境外资源开发；实施公平税负政策；推进企业兼并重组；完善产业发展政策；依法做好反倾销和反走私等工作。

（三）有色金属产业调整和振兴规划

进入 21 世纪以来，中国有色金属产业迅速发展，在技术进步、改善品种质量、淘汰落后产能、开发利用境外资源方面取得明显成效，生产和消费规模不断扩大，已成为全球最大的有色金属生产和消费国。2008 年下半年以来，随着国际金融危机对实体经济的影响不断加深，中国有色金属产业受到较大冲击，产品价格大幅下跌，产量不断下降，国内消费疲软，企业流动资金紧张，行业全面亏损，产业平稳发展面临严峻挑战。同时，中国有色金属产业存在的深层次矛盾仍很突出，部分产品产能过剩，产业布局亟待调整，产业集约化程度低，资源保障程度不高，自主创新能力不强，再生利用水平较低，淘汰落后产能任务艰巨。

有色金属产业调整和振兴规划的目标是：力争有色金属产业 2009 年保持稳定运行，到 2011 年步入良性发展轨道，产业结构进一步优化，增长方式明显转变，技术创新能力显著提高，为实现有色金属产业可持续发展奠定基础。产业调整和振兴的主要任务：1. 稳定国内市场，改善出口环境；2. 严格控制总量，加快淘汰落后产能；3. 加强技术改造，推动技术进步；4. 促进企业重组，调整产业布局；5. 开发境内外资源，增强资源保障能力；6. 发展循环经济，搞好再生利用；7. 加强企业管理和安全监管，注重人才培养。政策措施包括：完善出口税收政策；抓紧建立国家收储机制；加大技术进步及技术改造投入；推进直购电试点；完善企业重组政策；支持企业"走出去"；修订完善产业政策；合理配置资源；继续实施有保有压的融资政策；严格执行节能减排淘汰落后产能问责制；建立产业信息的交流和披露制度；发挥行业协会（商会）作用。

二、装备制造业

（一）汽车产业调整与振兴规划

进入 21 世纪以来，中国汽车产业高速发展，形成了多品种、全系列的各类整车和零部件生产及配套体系，产业集中度不断提高，产品技术水平明显提升，已经成为世界汽车生产大国。但是，产业结构不合理、技术水平不高、自主开发能力薄弱、消费政策不完善等问题依然突出，能源、环保、城市交通等制约日益显现。2008 年下半年以来，随着国际金融危机的蔓延、加深和国际汽车市场的严重萎缩，国内汽车市场受到严重冲击，导致全行业产销负增长、重点企业经济效益下滑、自主品牌轿车发展乏力，中国汽车产业发展形势严峻。

汽车产业调整和振兴规划的目标是：汽车产销实现稳定增长；汽车消费环境明显改善；市场需求结构得到优化；兼并重组取得重大进展；自主品牌汽车市场比例扩大；电动汽车产销形成规模；整车研发水平大幅提高；关键零部件技术实现自主化。产业调整和振兴的主要任务：1. 培育汽车消费市场；2. 推进汽车产业重组；3. 支持企业自主创新；4 实施技术改造专项；5. 实施新能源汽车战略；6. 实施自主品牌战略；7. 实施汽车产品出口战略；8. 发展现代汽车服务业。政策措施包括：减征乘用车购置税；开展"汽车下乡"；加快老旧汽车报废更新；清理取消限购汽车的不合理规定；促进和规范汽车消费信贷；规范和促进二手车市场发展；加快城市道路交通体系建设；完善汽车企业重组政策；加大技术进步和技术改造投资力度；推广使用节能和新能源汽车；落实和完善《汽车产业发展政策》。

（二）船舶工业调整与振兴规划

2003 年以来，中国船舶工业进入了快速发展轨道。产业规模不断扩大，造船产量快速增长，造船完工量、新接订单量、手持订单量已连续多年居世界前列。但是，船舶工业在高速发展的同时，自主创新能力不强、增长方式粗放、低水平重复投资、产能严重过剩、船用配套设备发展滞后、海洋工程装备开发进展缓慢等矛盾日益显现。2008 年下半年以来，受国际金融危机影响，国际航运市场急剧下滑，造船市场受到很大冲击，新船订单大幅减少、企业融资出现困难、履约交船风险加大，中国船舶工业发展面临严峻形势。

船舶产业调整和振兴规划目标是：船舶生产稳定增长；市场份额逐步扩大；配套能力明显增强；结构调整取得进展；研发水平显著提高；发展质量明显改善。产业调整和振兴的主要任务：1. 稳定船舶企业生产；2. 扩大船舶市场需求；3. 发展海洋工程装备；4. 支持企业兼并重组；5. 提高自主创新能力；6. 加强企业技术改造；7. 积极发展修船业务；8. 努力开拓国际市场；9. 加强船舶企业管理。政策措施包括：加大生产经营信贷融资支持；增加船舶出口买方信贷投放；鼓励购买弃船；努力扩大国内船舶市场需求；加快淘汰老旧船舶和单壳油轮；严格控制新增产能；完善企业兼并重组政策措施；加大科研开发和技术改造投入。

（三）装备制造业调整与振兴规划

中国已经成为装备制造业大国，但产业大而不强、自主创新能力薄弱、基础制造水平落后、低水平重复建设、自主创新产品推广应用困难等问题依然突出。同时，受国际金融危机影响，2008 年下半年以来，国内外市场装备需求急剧萎缩，中国装备制造业持续多年的高速增长势头明显趋缓，企业生产经营困难、经济效益下滑，可持续发展面临挑战。

装备制造产业调整和振兴规划目标是：产业实现平稳增长；市场份额逐步扩大；重大装备研制取得突破；基础配套水平提高；组织结构优化升级；增长方式明显转变。产业调整和振兴的主要任务：1. 依托十大领域重点工程（包括：高效清洁发电、特高压输变电、煤矿与金属矿采掘、天然气管道输送和液化储运、高速铁路、城市轨道交通、农业和农村、基础设施、生态环境和民生、科技重大专项），振兴装备制造业；2. 抓住九大产业重点项目（包括：钢铁产业、汽车产业、石化产业、船舶工业、轻工业、纺织工业、有色金属产业、电子信息产业、国防军工），实施装备自主化；3. 提升四大配套产品（包括：大型铸锻件、基础部件、加工辅具、特种原材料）制造水平，夯实产业发展基础；4. 推进七项重点工作，转变产业发展方式：加快产业组织结构调整；增强自主创新能力；提高专业化生产水平；加快完善产品标准体系；利用境外资源和市场；发展现代制造服务业；加强企业管理和人才队伍建设。政策措施包括：发挥增值税转型政策的作用；加强投资项目的设备采购管理；鼓励使用国产首台（套）装备；加大技术进步和技术改造投资力度；支持装备产品出口；调整税收优惠政策；推进企业兼并重组；落实节能产品补贴和农机具购置补贴政策；建立产业信息披露制度；支持产品检验检测和认证机构建设。

三、消费品工业

（一）轻工业调整和振兴规划

2008 年，中国轻工业实现增加值 26 235 亿元，占国内生产总值的 8.7%，家电、皮革、塑料、食品、家具、五金制品等行业 100 多种产品产量居世界第一。但是，轻工业在快速发展的同时，长期积累的矛盾和问题也逐步显现。一是自主创新能力不强；二是产业结构亟待调整；三是节能减排任务艰巨；四是产品质量问题突出。2008 年下半年以来，国际金融危机对中国轻工业造成严重冲击，国内外市场供求失衡，产品库存积压严重，企业融资困难，生产经营陷入困境，轻工业稳定发展形势严峻。

轻工业产业调整和振兴规划目标是：生产保持平稳增长；自主创新取得成效；产业结构得到优化；污染物排放明显下降；淘汰落后取得实效；安全质量全面提高。产业调整和振兴的主要任务：1. 生产保持平稳增长；2. 自主创新取得成效；3. 产业结构得到优化；4. 污染物排放明显下降；5. 淘汰落后取得实效；6. 安全质量全面提高。政策措施包括：进一步扩大"家电下乡"补贴品种；提高部分轻工产品出口退税率；调整加工贸易目录；解决涉农产品收储问题；加强技术创新和技术改造；加大金融支持力度；大力扶持中小企业；加强产业政策引导；鼓励兼并重组和淘汰落后；发挥行业协会作用。

（二）纺织工业调整和振兴规划

中国已经成为世界纺织服装生产大国。但是，纺织工业在快速发展的过程中，长期积累的矛盾和问题也日渐凸显。主要表现在：自主创新能力薄弱；产业布局不尽合理；节能减排任务艰巨；产能规模盲目扩张。2008年下半年以来，国际金融危机对中国纺织工业造成严重影响，市场供求失衡，企业经营困难、亏损增加，吸纳就业人数下降，中国纺织工业陷入多年未见的困境。

纺织产业调整和振兴规划目标是：2009～2011 年，纺织工业生产保持平稳增长，产业结构进一步优化，自主创新能力、技术装备水平、品种质量有明显提高，产业布局趋于合理，自主品牌建设取得较大突破，落后产能逐步退出，由纺织大国向纺织强国转变迈出实质性步伐。产业调整和振兴的主要任务：1. 稳定国内外市场；2. 提高自主创新能力；3. 加快实施技术改造；4. 淘汰落后产能；5. 优化区域布局；6. 完善公共服务体系；7. 加快自主品牌建设；8. 提升企业竞争实力。政策措施及保障条件包括：继续提高纺织品服装出口退税率；加大棉花、蚕丝收购力度；加大技术进步和技术改造投资力度；进一步扩大国内消费；鼓励企业实施兼并重组；加大对纺织企业的金融支持；减轻纺织企业负担；加大对中小纺织企业扶持力度；加强产业政策引导；发挥行业协（商）会作用。

四、电子制造业

改革开放以来，中国电子信息产业实现了持续快速发展，中国已成为全球最大的电子信息产品制造基地。但是，受国际金融危机影响，2008 年下半年以来，电子信息产品出口增速不断下滑，销售收入增速大幅下降，重点领域和骨干企业经营出现困难，利用外资额明显减少，电子信息产业发展面临严峻挑战。同时，中国电子信息产业深层次问题仍很突出。必须采取有效措施，加快产业结构调整，推动产业优化升级，加强技术创新，促进电子信息产业持续稳定发展，为经济平稳较快发展做出贡献。

电子信息产业调整和振兴规划的目标：促增长、保稳定取得显著成效；调结构、谋转型取得明显进展。今后三年，电子信息产业要围绕九个重点领域，完成确保骨干产业稳定增长、战略性核心产业实现突破、通过新应用带动新增长三大任务：1. 确保计算机、电子元器件、视听产品等骨干产业稳定增长；2. 突破集成电路、新型显示器件、软件等核心产业的关键技术；3. 在通信设备、信息服务、信息技术应用等领域培育新的增长点。政策措施包括：落实扩大内需措施；加大国家投入；加强政策扶持；完善投融资环境；支持优势企业并购重组；进一步开拓国际市场；强化自主创新能力建设。

五、物流产业

2008 年，中国社会物流总额达 89.9 万亿元，比 2000 年增长 4.2 倍，年均增长 23%；物流业实现增加值 2.0 万亿元，比 2000 年增长 1.9 倍，年均增长 14%。但是，中国物流业的总体水平仍然偏低，还存在一些突出问题。一是全社会物流运行效率偏低；二是社会化物流需求不足和专业化物流供给能力不足的问题同时存在；三是物流基础设施能力不足，尚未建立布局合理、衔接顺畅、能力充分、高效便捷的综合交通运输体系；四是地方封锁和行业垄断对资源整合和一体化运作形成障碍，物流市场还不够规范；五是物流技术、人才培养和物流标准还不能完全满足需要，物流服务的组织化和集约化程度不高。2008 年下半年以来，随着国际金融危机对中国实体经济的影响逐步加深，物流业作为重要的服务产业也受到了严重冲击。物流市场需求急剧萎缩，运输和仓储等收费价格及利润大幅度下跌，一大批中小物流企业经营出现困难，提供运输、仓储等单一服务的传统物流企业受到严重冲击。

物流业调整和振兴的目标：力争在 2009 年改善物流企业经营困难的状况，保持产业的稳定发展。到 2011 年，培育一批具有国际竞争力的大型综合物流企业集团，初步建立起布局合理、技术先进、节能环保、便捷高效、安全有序并具有一定国际竞争力的现代物流服务体系，物流服务能力进一步增强；物流的社会化、专业化水平明显提高，第三方物流的比重有所增加，物流业规模进一步扩大，物流业增加值年均递增 10% 以上；物流整体运行效率显著提高，全社会物流总费用与 GDP 的比率比目前的水平有所下降。产业调整和振兴的主要任务：1. 积极扩大物流市场需求；2. 大力推进物流服务的社会化和专业化；3. 加快物流企业兼并重组；4. 推动重点领域物流发展；5. 加快国际物流和保税物流发展；6. 优化物流业发展的区域布局；7. 加强物流基础设施建设的衔接与协调；8. 提高物流信息化水平；9. 完善物流标准化体系；10. 加强物流新技术的开发和应用。重点工程有：1. 多式联运、转运设施工程；2. 物流园区工程；3. 城市配送工程；4. 大宗商品和农村物流工程；5. 制造业与物流业联动发展工程；6. 物流标准和技术推广工程；7. 物流公共信息平台工程；8. 物流科技攻关工程；9. 应急物流工程。政策措施包括：加强组织和协调；改革物流管理体制；完善物流政策法规体系；制订落实专项规划；多渠道增加对物流业的投入；完善物流统计指标体系；继续推进物流业对外开放和国际合作；加快物流人才培养；发挥行业社团组织的作用。

专栏 4 - 3　十大产业振兴规划之"最"

轻工业：惠及股市最广的规划

轻工业振兴方案中受益的遍及家电、皮革、食品等等，涉及的行业超过了 40 种，因此也是一直被市场称为惠及股市最广的规划。此次振兴规划重点为扶持白色家电，进一步扩大"家电下乡"补贴品种，并将每类产品每户只能购买一台的限制放宽到两台。

汽车业：最渴望自主品牌的规划

按照汽车产业振兴规划，未来自主品牌乘用车在国内市场份额将升至40% 以上，其中自主品牌轿车的市场份额达到 30%。此外，鼓励自主品牌汽车出口，未来自主品牌汽车出口约占销量的 10%。

船舶业：最看重订单的规划

船舶行业有自身的特点，单个船舶生产周期长，投入大，因此订单按期履约极为重要。金融危机下，撤单现象严重，订单下降很快。按照规划，目前重点是保船舶企业订单按期履约，主要通过采取积极的信贷措施，保住造船订单、化解经营风险。

有色金属业：退税率提升最快的规划

出口将成为有色金属产业振兴规划的重要内容之一，政府此前的税收调整中对一些金属制品的进出口限制出现了松动，规划进一步对高精铜管等的平均出口退税率由 5% 提高到 13%，对能够以国内生产的产品顶替进口产品的深加工产品可提高到 17%。

装备业：惠及上下游行业最多的规划

装备制造业具有极长的上下游产业链，规划首次将基础零部件放在了非常重要的位置。可以预期的是，未来政府在资金支持、购置国产设备税收优惠、研发经费支持、并购重组支持等方面，还将出台更为实际的措施，从而带动整个产业链发展。

纺织业：最"民生"的规划

从棉花到面料，从面料到服装，在中国没有哪一个产业有如此之长的产业链；2000多万的纺织工人，没有哪一个产业能吸纳如此之多的就业。将民生与支柱产业并提，反映了在金融危机形势下，保障就业成为应对金融危机最重要的工作。

物流业：最"幸运"的规划

物流业几乎是最后一刻被列入十大振兴规划的。其中过程一波三折，充满戏剧性，甚至有消息说房地产被选上。中国的物流行业应该说刚刚起步，能在最后一刻列入，是因为政府不希望金融危机对刚刚建立起来的脆弱的物流体系带来太大的冲击。

电子信息业：最立竿见影的规划

电子信息业振兴规划包括免除软件企业营业税，将彩管、玻壳等25种重点电子产品出口退税比例升至17%，扩大国内需求，推进第三代移动通信网络，形成6000亿元以上的投资规模等。这些具体措施将直接降低相关企业的成本，立竿见影地提升公司业绩。

石化产业：最注重结构调整的规划

石化行业上升周期累积的产能过剩、无序竞争等问题开始显现，一方面初级化工产品产能过剩，严重依赖出口；另一方面高端精细化工产品发展薄弱，依赖进口。因此，石化产业振兴规划将侧重于石化行业的整体规划，从宏观角度对整个行业的发展方向进行安排。

钢铁业：最注重重组的规划

钢铁业振兴规划中提出，要发挥大集团的带动作用，推进企业联合重组，培育具有国际竞争力的大型和特大型钢铁集团，细则的目标是，力争到2011年，全国形成宝钢集团、鞍本集团、武钢集团等几个5000万吨以上、具有国际竞争力的特大型钢铁集团。

资料来源：《国务院十大规划之最　轻工业惠及股市最广》，《国际金融报》，2006 - 02 - 26。

第三节 十大产业振兴规划的实施效果

十大产业振兴规划实施近半年来，促进经济平稳较快发展的政策效果逐步显现，工业增速下滑势头得到遏制，企稳回升态势趋于明朗，工业整体运行向好的方向发展。

一、原材料工业加快回升

原材料工业在固定资产投资强劲增长的拉动下加快回升。2009 年 1～7 月，原材料行业增加值同比增长 7.8%，其中 1～2 月增长 3.1%，3、4、5、6、7 五个月分别增长 8.8%、7%、8.9%、11% 和 13%。[1]

冶金、有色金属行业生产恢复加快，经营状况好转。2009 年 1～7 月，冶金、有色金属行业增加值同比分别增长 4.2% 和 7.9%，其中 7 月份分别达到 14% 和 11.5%。粗钢产量 3.17 亿吨，同比增长 2.9%，其中 7 月份达到 5068 万吨，产能已恢复到九成左右。7 月份，十种有色金属产量同比增长 2%，改变了去年 11 月份以来连续 8 个月同比下降的局面，电解铜、电解铝日均产量分别比第一季度上升 17.8% 和 29.5%。主要产品国内市场价格整体呈振荡回升趋势，冶金、有色金属行业效益状况得到改善。2009 年上半年，89 户重点大中型企业盈亏相抵实现利润 26.2 亿元，扭转了前 5 个月累计亏损的局面，其中 6 月当月实现利润 66.4 亿元；统计的 22 个省份的规模以上有色金属企业实现利润 139 亿元，其中 6 月当月实现利润 50 亿元[2]。

石油供应基本平稳，化工行业回升势头强劲。2009 年 1～7 月，中国原油产量 9349 万吨，同比下降 1%；进口原油 9077 万吨，与去年同期基本持平。原油加工量 1.75 亿吨，同比增长 1.5%，比第一季度回升 6 个百分点；6 月份，原油产量 1571 万吨，同比下降 1.8%；原油加工量 3192 万吨，增长 6%。化工行业增加值同比增长 9.4%；其中 7 月份增长 14.7%，增幅同比提高 0.1 个百分点，较 6 月份加快 3.5 个百分点，为去年下半年以来最高增幅。当月

---

[1] 工业与信息化部：《2009 年上半年工业经济运行情况之一：原材料工业》，2009 - 07 - 23，http：//www.miit.gov.cn/n11293472/n11293832/n11293907/n11368223/12472674.html。

[2] 工业与信息化部：《2009 年上半年中国钢铁行业运行特点》，2009 - 07 - 29，http：//www.miit.gov.cn/n11293472/n11293832/n11293907/n11368223/12481621.html。

纯碱、烧碱产量同比分别增长 6.5%、13.2%，比 6 月份加快 5.2 和 7.3 个百分点，已连续两个月保持增长；乙烯产量由 6 月份下降 3.3% 转为增长 2%。在国家支农惠农政策支持下，化肥、农药生产增长平稳，前 7 个月产量分别增长 10.4% 和 9.2%。

二、装备制造业呈现良好增长态势

装备制造业受益投资和政策等因素拉动表现出良好的增长态势。2009 年 1~7 月，装备制造业增加值同比增长 10.1%，其中 7 月份增长 15.9%，连续三个月保持两位数增长。[①]

汽车行业产销连创新高，农机行业增势良好。在 1.6 升及以下乘用车购置税减半、"汽车下乡"、"汽车以旧换新"等政策作用下，2009 年 1~7 月，生产汽车 710 万辆，销售汽车 718 万辆，同比分别增长 20.2% 和 23.4%（汽车协会统计数），产销量连续五个月超过 100 万辆，其中 1.6 升及以下乘用车产量同比增长 39.8%。效益状况有所好转。上半年，19 户重点汽车企业实现利润 422 亿元，同比下降 1.4%，降幅比 1~5 月缩小 8.6 个百分点。"农机下乡"政策调动了农民购置农机具的积极性，拉动了企业生产。截至 7 月底，已实施中央补贴资金 90.4 亿元，补贴农机具 206 万台（件），其中补贴大中型拖拉机 19.47 万台，补贴水稻插秧机、玉米收获机械、谷物收获机械合计 10.43 万台（农业部统计数据）；前 7 个月，大中型拖拉机产量 22.81 万台，同比增长 29.6%，农作物收获机械和场上作业机械分别增长 23.6% 和 37.3%。[②]

通用设备生产形势有所好转，专用设备增势平稳。2009 年 1~7 月，通用设备制造行业增加值同比增长 7.7%，其中 7 月份增速回升到 11.3%；专用设备制造行业增加值同比增长 12.1%，第二季度及 7 月份各月均保持在 12% 以上增长。随着国内各类工程项目大规模开工建设，工程机械国内需求量明显上升，前 7 个月，起重机械、输送机械、压实机械、混凝土机械产量同比分别增长 9.9%、12%、9.5% 和 30.6%，叉车、挖掘机、装载机等受出口大幅下降影响生产形势低迷；水泥、炼化、粮食、饲料、印刷等专用设备产量同比增长 15%~31.9%。

---

① 工业与信息化部：《2009 年 7 月工业经济运行情况之二：装备制造业》，2009 - 08 - 27，http://www.miit.gov.cn/n11293472/n11293832/n11293907/n11368223/12537204.html。

② 工业与信息化部：《2009 年上半年中国汽车工业经济运行情况分析》，2009 - 08 - 05，http://www.miit.gov.cn/n11293472/n11293832/n11293907/n11368223/12497380.html。

机床行业加速向高端和大型化方向发展。2009 年 1~7 月,金属切削机床和金属成型机床产量同比分别下降 18.6% 和 13.5%,7 月当月,金属切削机床产量同比下降 10.6%,金属成型机床产量增长 11.3%。普通机床、低档机床呈现大幅萎缩状态,而大型、重型和高档数控机床需求基本稳定。据中国机床工具工业协会对 179 家重点联系企业统计,今年上半年金属加工机床数控化率达到 53.7%,同比提高 7.7 个百分点;金属切削机床单价同比提高 36.7%,其中数控机床上升 46.7%。近期协会对 130 余家企业调查显示,目前行业内有三成以上企业正着手或准备上大型、重型机床项目。

船舶行业保持较快增长,新承接订单情况有所改善。据中国船舶工业协会统计,2009 年 1~7 月,中国造船完工量 1878 万载重吨,同比增长 78%。前 7 个月,新承接船舶订单 787 万载重吨,同比下降 78%,6 月份以来订货情况有所好转,其中 7 月份新接订单 199 万载重吨。截至 7 月底,各造船企业手持船舶订单 19 235 万载重吨,比年初下降 6%。据不完全统计,1~7 月,中国共撤消船舶订单 75 艘、388 万载重吨。

三、消费品工业平稳运行

消费品工业立足国内市场需求,表现出较为平稳的运行态势。2009 年 1~7 月,主要消费品行业中,轻工、纺织行业规模以上工业增加值同比分别增长 9.6%、8.5%。①

食品生产保持较快增长,健身器材、电动自行车增势良好。2009 年 1~7 月,农副食品加工、食品制造和饮料制造行业增加值同比分别增长 16.5%、11.9% 和 12.9%;主要产品中,精制食用植物油产量增长 25%,肉类和冷冻水产品产量分别增长 36.5% 和 34.8%,糖果、速冻米面食品、罐头产量增长 10.9%~13.8%,饮料酒和软饮料分别增长 8.2% 和 19.2%。前 7 个月,室内训练健身器材、电动自行车产量同比分别增长 23.2% 和 13.5%,其中 7 月份分别增长 65% 和 27.6%。

造纸行业生产增速回升,出口形势有所好转。2009 年 1~7 月,造纸及纸制品行业增加值同比增长 6.5%,其中 6、7 两个月增速分别回升到 10.9% 和 9.4%。另据海关统计,1~7 月,造纸及纸制品出口量同比下降 13.3%,但 6、7 两个月出口同比分别增长 11.5% 和 16.4%,改变了前 5 个月出口连续下降

---

① 工业与信息化部:《2009 年上半年中国工业经济运行情况之三:消费品工业》,2009-08-27,http://www.miit.gov.cn/n11293472/n11293832/n11293907/n11368223/12537201.html。

局面。

"家电下乡"稳步推进,对家电生产拉动作用增强。2009 年 1~7 月,累计销售"家电下乡"产品 1388 万台(件),销售金额达 251 亿元;其中销售冰箱 768 万台、空调 116 万台,销售金额分别占家电下乡产品总金额的 62.9% 和 24.6%。7 月当月,共销售"家电下乡"产品 427 万台,销售金额达 88 亿元,其中销售冰箱 256 万台、空调 92.8 万台。在"家电下乡"政策带动下,7 月份家电生产形势有所好转,当月家用电冰箱产量同比增长 32.7%,房间空调器产量增长 9.8%。受出口大幅下降影响,家电生产总体形势仍然低迷。

纺织品服装生产基本平稳,化纤生产增速加快。2009 年 1~7 月,纺织业、服装及鞋帽制造业增加值同比增长 7.2% 和 10.8%,其中 7 月份分别增长 8.6% 和 11.3%;化纤行业增加值同比增长 5.7%,其中 7 月份增长 18.4%。从主要产品生产情况看,1~7 月,纱、布、服装产量同比分别增长 10%、1.1% 和 4.8%,增幅同比分别回落 0.8、5.6 和 1.4 个百分点,其中 7 月份分别增长 13.4%、4.1% 和 8.9%,均高于去年 7 月份增幅;化纤产量增长 11.8%,同比加快 7 个百分点,其中 7 月份产量增长 22.6%。提高出口退税率减缓了纺织品服装出口下降的趋势,前 7 个月出口值同比下降 11.3%,降幅小于中国外贸出口整体降幅 11.3 个百分点。

四、电子制造业下滑趋势得以遏制

电子信息产业在"家电下乡"、提高出口退税率等鼓励消费、稳定出口政策和 3G 建设的带动下,生产下滑趋势逐步得以遏制。2009 年 1~7 月,规模以上电子制造业增加值同比增长 0.8%,扭转了上半年下滑的势头;5、6、7 三个月增速分别回升到 4.3%、6.5% 和 5.3%,出口交货值降幅由第一季度的 15.5% 缩小到 7.1%、5.8% 和 6.2%。[①]

内销市场拉动电子制造业回升。2009 年 1~7 月,电子制造业内销产值增长 12.0%,其中第二季度增长 19.6%,增幅比 5、6 月均提高 2 个百分点以上。"家电下乡"、"以旧换新"政策刺激城乡市场消费。1~7 月,累计销售"下乡"彩电 233 万台、计算机 24.9 万台、手机 54.6 万部,销售金额分别达到 29.45 亿元、8.31 亿元和 2.96 亿元;其中 7 月份销售"下乡"彩电 48.8 万台、计算机 13.9 万台、手机 12 万部。

---

① 工业与信息化部:《2009 年 7 月份工业经济运行情况之四:电子制造业》,2009 - 08 - 27,http://www.miit.gov.cn/n11293472/n11293832/n11293907/n11368223/12537198.html。

受 3G 建设及新业务开展拉动，通信和网络设备行业生产加快。2009 年 1 ~ 7 月，通信设备、计算机网络设备行业内销分别增长 10%、19.4%。主要通信产品生产快速增长，前 7 个月生产光缆同比增长 51.7%；移动通信基站信道增长 159.1%；程控交换机增长 3.3%。微型计算机产量 8849 万台，同比增长 14.6%，其中笔记本电脑 7426 万台，同比增长 31.3%。

彩电行业在调整产品结构中逐步复苏。2009 年 1 ~ 7 月，中国彩色电视机产量 5018 万台，同比增长 2%。其中液晶电视增长 77.1%，占中国彩电产量的比重由去年同期的 25.7% 上升到 44.7%；CRT 彩电下降 32.6%，占中国彩电产量的比重由去年同期的 46.2% 下降到 30.5%。出口形势好转。据海关统计，1 ~ 7 月，中国累计出口彩电 2483 万台，同比下降 6.6%，其中 6、7 两个月彩电出口同比分别增长 4.1% 和 16.8%，改变了前 5 个月单月出口连续下降的局面。

五、物流产业逆势上涨

国家统计局最新统计数据表明，2009 年 1 ~ 6 月，中国货运量合计 129.35 亿吨，比上年同期增长 2.5%；货物周转量合计 56 022.56 亿吨公里，比上年同期增长 4.3%；客运量合计 147.67 亿人，比上年同期增长 3.7%；旅客周转量合计 12 100 亿人公里，比上年同期增长 4.5%；沿海规模以上港口货物吞吐量 22.57 亿吨，比上年同期增长 1.9%。以上数据可以看出，在国际金融危机背景下，物流产业逆势上涨。[①]

从前几个月情况看，工业经济运行克服了国际金融危机的冲击影响，度过了最艰难的时期，稳步回升的力量正在聚集增强，总体向好的运行态势已经形成。

专栏 4-4 中国汽车销量：无限风光放眼量

《汽车产业调整和振兴规划》制定实施以来，中国汽车的销量进入高速发展期，2009 年 1 月的销量与 2008 年 1 月以及 2007 年 1 月销量持平，但是 2009 年 2 月中国汽车销量同比迅速高走，并于 3 月以后持续高位运行。从 2007 年以及 2008 年的数据看，汽车行业一般在三月后会有一段销售的平缓期，但是 2009 年的销量数据并未出现平缓期，而是持续高位运行。这说明在产业振兴规划的刺激下，汽车产业已经走出国际金融危机的泥潭，获得了更加广阔的发展空间。

---

① 中华人民共和国国家统计局：《全社会客货运输量》，2009 - 06 - 30，http://www.stats.gov.cn/was40/gjtjj_ outline.jsp。

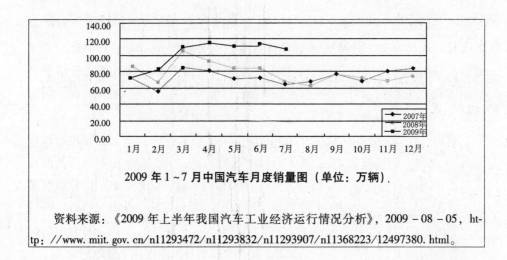

2009 年 1~7 月中国汽车月度销量图（单位：万辆）

资料来源：《2009 年上半年我国汽车工业经济运行情况分析》，2009 - 08 - 05，ht-tp：//www. miit. gov. cn/n11293472/n11293832/n11293907/n11368223/12497380. html。

第四节　十大产业振兴规划的改进方向

从中长期看，十大产业调整和振兴规划具有较强的前瞻性，在促进自主创新、产业升级、产品结构与产业组织结构调整方面将起到重要的引导作用。不过，从已经出台的实施细则来看，也存在一些需要改进完善的地方。

一、应更关注经济增长方式的转变

近年来，中国的经济增长严重依赖于投资和出口，这种增长方式是不可持续的。目前中国实施的超强度的财政刺激和投资拉动政策难以持续，经济的真正复苏还必须依靠经济增长方式的转变与经济结构的调整。经济增长方式的转变与经济结构的调整，会对工业各行业发展产生长期深远的影响，在某种程度上会改变工业行业现有的格局。目前振兴规划对此研究相对不足，迫切需要进一步详细深入的分析，为在振兴规划推进过程中调整和改进实施细则提供支持。

二、需要更多发挥市场机制的作用

四万亿投资和规划激发了地方政府上项目的积极性，但同时也可能会滋生腐败，带来低效率，并且对私人投资产生"挤出效应"。随着经济形势的好转，可以考虑从应对危机的短期手段转向注重完善市场机制的长期战略。"三下乡"政策对开拓农村市场有着积极意义，但这种间接补贴也可能会带来负面影响。可以考虑转为对农民直接补贴，减少政府控制领域，增加消费者选择范围。

三、在促进产业升级和产品结构调整过程中，应避免矫枉过正

产业振兴规划中对结构调整的考虑不足，可能导致过去已在推动的结构调整受阻。比如在十大产业中，不少产业都存在产能过剩的问题，如钢铁、纺织行业，由于出口萎缩，其产能过剩的问题日益严峻。这意味着振兴产业不是仅仅靠投资就能完成的，搞不好可能会引发更加严重的产能过剩。同时，作为产业升级的重要形式，在多数规划中都包含了推进产业内企业重组的内容。例如，汽车、钢铁、石化、装备制造等产业振兴规划里着重提出了发挥大企业的龙头作用，加快行业重组。这意味着大型国企从这些规划中肯定受益最多，而中小企业可能受到排挤和压制，导致新一轮的"国进民退"。此外，在支持自主研发与技术改造的相关财政资金的分配运用过程中，应避免"跑部钱进"，让有限的资金真正起到推动自主研发和技术改造的作用。这说明在产业振兴规划中应该充分考虑这些细节，让产业振兴规划在产业升级和产业结构调整中发挥更加积极的作用。

四、应密切关注环境保护问题

规划中所涉及的十大产业中，大部分都是典型的非环保产业，对环境的破坏和影响很大。尽管在这些产业振兴规划中，也都有一些环保的内容，如钢铁行业的技术改造和升级，淘汰落后产能；汽车产业未来 3 年将安排 100 亿元专项资金重点支持企业技术创新、技术改造和开发新能源汽车；轻工业提出要建立产业退出机制，推进节能减排和环境保护等。如何真正落实环境保护措施就显得非常关键。而且，在石化、钢铁、船舶等行业的振兴规划中，淘汰落后产能以设备规模作为主要标准，这可能会导致小企业为避免被淘汰而投资相对大规模的设备，使产能过剩问题加重。建议淘汰落后产能以环保、能耗等技术经济指标作为标准，不以企业、设备规模作为标准而进行一刀切。

主要参考文献

[1] 中国政务景气监测中心. 十大产业规划将带来产业政策喷井 [J]. 领导决策信息，2009 年 3 月第 9 期.

［2］邹德萍．解读中国十大产业振兴规划［J］．陕西统计与社会，2009（2）．

［3］朱国栋．"保八"战役打响 十大产业振兴规划将火线出炉［N］．中国证券报，2009 年 1 月．

［4］王一鸣．宏观调控：短期政策应与中期调整战略相结合［J］．宏观经济管理，2009（3）．

［5］曹建海．中国产业振兴路线图：近保增长 远调结构［N］．经济参考报，2009 年 3 月．

［6］袁元．十大产业振兴点亮中国经济［N］．21 世纪经济报道，2009 年 3 月．

［7］工业与信息化部运行监测协调局，中国社会科学院工业经济研究所．2009 年中国工业经济运行夏季报告［R］．2009 年 8 月．

［8］曾康华．税收政策助推十大产业振兴［J］．中国税务，2009（4）．

［9］十大产业振兴规划大盘点［J］．中国审计，2009（9）．

［10］徐晓庆．物流充当纽带，串联九大产业——第十大产业振兴规划"花落"物流运输［J］．新物流，2009（3）．

评论

产业振兴可以规划但如何实施更为重要

——基于国内外产业政策历史经验的一个观点

张 进

中国的十大产业振兴规划产生于全球金融危机背景之下，起源于推动经济复苏之初衷，而随着以美国为首的世界经济缓慢复苏，中国经济逐步企稳回升，产业规划推动复苏的使命俨然已经完成，而同时着眼相关产业近期与长远发展大计的十大产业振兴规划仍然任重道远，还有相当的实施空间。

实际上，从规划出台开始，与其说产业振兴规划是为了应对金融危机，不如说此次金融危机为中国相关产业的升级振兴提供了动力。一个基本的原因在于，中国经济在此次金融危机中所遭遇的冲击，主要是因为外部需求突降而引发。有鉴于此，中国政府出台了四万亿刺激计划以提升内需。而十大产业振兴规划的根本还在于改善与保障供给方面，并不能直接解决内外需求不足的问题（汽车行业与轻工业有所例外）。

在这一改善供给的产业振兴规划中，以结构调整带动产业升级的措施则又占有最为重要的分量。在产业振兴规划的几个方面，相当多的内容都是服务于这一目的的，包括支持生产企业发展自主品牌，争取在未来取得行业主导权；在扩大先进技术装备投资的同时，淘汰落后产能，促进产业结构升级；推进企业兼并重组，提高以大型企业为龙头的产业国际竞争力。[①] 这些措施出台的出发点在于解决国内这十大产业中普遍存在的过于散乱、竞争力不强、以及自主创新能力弱等诸多问题，这对产业的长远振兴无疑是至关重要的。

推动这些关键产业升级换代的目标虽然美好，而具体细则的制定与实施则需谨慎从事，以确保政策的初衷得以实现。例如，振兴规划中跨越多个行业的一个重要政策就是推行企业兼并重组，推动企业做大做强，这是一个可能造成重大影响的政策，其实施力度，值得商榷。以关键的汽车行业为例，汽车产业振兴规划要求，兼并重组要取得重大进展，"通过兼并重组，形成

---

① 曹建海：《中国产业振兴路线图：近保增长　远调结构》，《经济参考报》，2009-3-11。

2~3家产销规模超过200万辆的大型汽车企业集团，4~5家产销规模超过100万辆的汽车企业集团，产销规模占市场份额90%以上的汽车企业集团数量由目前的14家减少到10家以内"。这一政策的成功实施需要我们了解这样一个政策目标与整个汽车产业的发展壮大乃至社会福祉之间的关系。首先，"车企越大越好"，并不是必然的规律。虽然多数世界强大车企如大众、丰田都有位居前列的产销量，但也有美国巨无霸通用的轰然倒地，到了需要政府出手相救的地步；而反之，一些较小的汽车企业却也相当强大。第二，汽车工业发展有自身特定的规律。以中国汽车产业目前所处的快速发展阶段，如何保证过快的产业集中度不会损害整个产业的整体利益仍然是一个需要进一步认真研究的问题。在特定阶段，对企业而言，过大的规模超过合理管理幅度对企业自身不利；对行业而言，过高的产业集中度也会伤害公平竞争、技术与产品的创新，整个行业的竞争力其实也会受损。第三，在产业规划实施中，如何确保兼并重组会有效地进行而不至于产生负面结果？包括汽车产业在内的国内企业，尤其是国有企业之间兼并重组并不鲜见，而成功的先例却不多，这样的经历需要引起我们的足够重视。

历史的经验值得记取，以使我们在产业政策的目标与手段之间把握恰当的平衡，实现预想的结果。以十大产业中颇为关键的汽车产业为例，截止2008年，中国汽车市场年度最终销售达938万辆，其中乘用车销售675.56万辆，而自主品牌占26%。从企业角度看，销售排名前十位的轿车生产企业依次为：一汽大众、上海大众、上海通用、一汽丰田、东风日产、奇瑞、广州本田、北京现代、吉利和长安福特。十大车企中，基本都为合资车企垄断，自主品牌车企仅有奇瑞和吉利两家。而在大约十年前，当时的汽车工业产业政策其实是禁止其进入汽车行业的，两家企业也只是在克服了重重阻碍之后，才得以最终进入汽车行业，并顽强地生存发展到今天的地步。这是看得见的突破了产业政策而进入并存活的车企，而看不见的受制于政策而没能进入并发展起来的潜在企业又有多少？试想如果当初的产业政策被不折不扣地执行，没有奇瑞、没有吉利、没有比亚迪、长城、力帆，以及后起的更多民企，则今天的中国汽车产业不仅前十大全为合资所独占，中国也不会有自主的不依附于合资企业的自主品牌，那当然也绝不是1994年出台的汽车工业产业政策的初衷和应有目的。

国际的经验也可以为我们的产业振兴政策提供参考。相对欧美发达国家而言，日本几大关键产业在二战后，尤其是其在20世纪五、六十年代后的发展崛起过程，及其政府产业政策在这一过程中的作用对中国而言更为接近，也有更大的参考意义。在 20 世纪五、六十年代，日本几大产业崛起成熟之前，其产业组织也普遍存在企业规模偏小、价格竞争、投资过度、产能过剩、以及自主创新能力不足的问题。为促进产业结构尽快升级，日本通产省一度酝酿过推进合并、并使竞争所谓"合理化"的"特振法"。该法最终因为抵触《独占禁止法》（日本的反垄断法），招致在野党及产业界反对而三次提交国会而终未获通过。而在类似时期，日本通产省在促进本国汽车工业发展的初衷之下，也曾在 20 世纪 60 年代初酝酿过将国内现有汽车厂家改组集中为少数集团，同时禁止其他企业再进入的构想。通产省的该设想最终不了了之，而当时由摩托车行业进入汽车行业并获成功的本田创始人本田宗一郎则甚至认为，如果没有通产省的阻碍，他们还会取得更大的成功。

以上的事实表明，政府产业政策的制定与实施应当足够谨慎。如果不当干预，轻则不为产业界接受而不了了之，重则伤害产业发展进步，损害社会公共福利。在我国的国情之下，十大产业中国有企业占有相当的地位，中央及地方各级政府也具有更强的影响力，产业政策的制订应有更多的慎重。综合国内外产业发展规律，我们的产业振兴规划在细则实施过程中应足够灵活，在某些方面注意有所不为。有所不为不是因为政府能力有限，而是说如果过度强力推行也不会有理想的成效。尤其值得注意的是，为提升规模而施行的推动企业兼并重组计划，政府可以引导，实施一定的鼓励政策，但同时必须把最终决定权留给企业自身，让企业自己确定是否重组以及和谁重组；而一旦相关企业有意重组但面临障碍时，政府可以介入以提供支持而促成。这是市场经济条件下比较合适的做法。

而另一方面，国家产业政策在各个产业发展过程中可以而且应该有所作为，这样的政策已经体现在我们十大产业振兴规划中了，值得政府大力度予以推行。对于此类问题，日本产业学者小宫隆太郎等人于 20 世纪 80 年代写成了《日本的产业政策》一书，其中对于日本政府的产业政策包含有如下两方面的评价：一方面，这些学者对日本政府的以企业合并、纠正"不当竞争"为代表的直接介入政策予以否定；另一方面，他们认为一些扶持性的产业政策（包括财政投资、低息贷款、租税特别措施等政策措施）对产业发展有重要的正面作用。在我们的十大产业振兴规划中，其实也已经包括了相当部分这样的内容。体现在财税方面，这样的政策包括施用于钢铁与纺织行业的灵活出口退税政策、汽车行业的车辆购置税减半征收政策、船舶行业中鼓励金融机构和大船舶出口买方信贷资金投放以延长现行内销远洋船舶政财金融支持政策以及有色金属的调整税费与落实收储计划；等等。

此外，新能源问题在当今世界与中国所得到的重视，这一议题已体现在产业振兴规划中，将会有100亿元资金安排用于扶持新能源汽车的发展。对中国汽车产业来说，发展新能源汽车不仅是解决产业长远发展的出路，也是在国际汽车产业中提高竞争能力的一个机会。而发展新能源汽车不仅依赖车辆技术的进展，相关道路基础设施的建设也更是不可缺少。而这两个方面都是政府可以大有作为的地方，甚至是非政府不能为。汽车行业之外，钢铁行业与船舶行业的落后产能淘汰，电子信息产业的新技术推广，对行业技术水准的提升也有重要意义。以上诸如此类的方面，都值得我们在十大产业振兴规划实施中作为重点着力推行。

参考文献：

［1］曹建海. 中国产业振兴路线图：近保增长 远调结构［N］. 经济参考报，2009 – 3 – 11.

［2］贾新光. 对日本汽车产业政策不宜评价过高［EB/OL］. 中国工业信息网，2004 – 4 – 28.

［3］Komiya, R., M. Okuno, and K. SuzumuraIndustrial Policy of Japan［M］. Academic Press, 1988.

［4］Shirouzu, N. China Uses Green Cars To Bolster Auto Sector［N］. The Wall Street Journal, March 23, 2009.

［5］Wu, Y. 10 major industries to become China's economic eng ines［N］. People's Daily, 2009 – 2 – 27.

（张进，美国德州农工大学博士，现为西南财经大学经济与管理研究院副教授）

第五章 房地产
——国际金融危机下的新变化

由美国次贷危机而引发的国际金融危机中，作为与经济发展紧密相关、与金融发展紧密融合的房地产，不仅是这场融危机的爆发点和引燃点，同样也是金融危机影响扩散的聚焦点。可以说金融危机因房地产而起，而房地产又因次贷危机中的金融衍生品放大而膨胀，从而进一步加大了这种危机的深度和广度。因此，分析国际金融危机影响时，必须要分析房地产的变化。

从2008年开始，中国房地产也因国际金融危机影响而波荡起伏。上半年，延续2007年的下滑趋势，房地产开发投资逐月减少，市场交易量慢慢萎缩。下半年，在国际金融危机的影响下，市场状况进一步恶化，新开工面积、竣工面积、土地购置面积等增幅较上半年开始出现负增长。进入2009年，在政府宏观调控政策的促进下，房地产市场逐步回暖，交易量、成交价格都慢慢恢复到金融危机之前的水平。

第一节 金融危机与中国房地产

与世界性金融危机产生由美国次贷危机（即房地产贷款及其金融衍生品等虚拟经济盲目放大）引起相反，尽管中国房地产业发展速度也很快，房地产市场极其活跃，房地产金融信贷增长快速，甚至使房地产业成为国民经济的支柱性产业。在应对和抗击1997年亚洲金融危机中，中国房地产作为拉动经济增长、扩大内需、激动社会投资的产业，发挥了重要作用。应当说，正是中国政府的成功调控和恰当应用，中国房地产不仅不是经济危机和金融危机产生的根源，相反，中国房地产已经成为中国应对亚洲金融危机和本次世界金融危机的重要调控方式之一。但即使如此，金融危机对中国房地产的影响同样是非常明显的，2008 年就集中反映了这种影响变化过程。可以说，2008 年是中国近几年来宏观经济形势最为跌宕起伏的一年，从年初确立的防止经济过热过快增长到半年后为应对国际金融危机而采取的宏观调控措施，中间又经历了罕见的冰雪、地震灾害，可以说，中国房地产就是在这种一波三折的环境变化中经受着严峻考验。

一、房地产开发投资上下波动

在政府政策约束和金融危机的双重力量促使下，中国房地产行业自 2008 年以来，也进入了本轮发展周期的低谷。从房地产行业投资情况看，2008 年全年，我国房地产投资总量为 30 580 亿元，较 2007 年增长 5300 亿元；同比增长 20.9 个百分点，但其增幅却由 2007 年的 30.2% 跌至 20.9%，回落了将近 10 个百分点。[①] 这说明，2008 年全年我国房地产投资呈收缩状态。但与固定资产投资对比来看，上半年明显快于同期固定资产投资的增长幅度。而从第三季度开始，房地产投资总额增长幅度与城镇固定资产投资总额基本呈同向运动（见表 5 - 1）。

表 5 - 1　2008 年中国房地产投资与同期固定资产投资增速比较

时间	城镇固定资产投资总额		房地产投资总额	
	亿元	同比增长率	亿元	同比增长率
第一季度	18 317	25.9%	4688	32.27%
第二季度	40 119	27.5%	8508	34.14%
第三季度	41 436	28.8%	8074	16.55%
第四季度	48 241	32.3%	9310	9.9%
全年	148 167	26.1%	30 580	20.9%

资料来源：国家统计局网站年度和季度数据，http://www.stats.gov.cn/tjsj/jidusj/在线资料。

---

① 数据来源：《中华人民共和国 2008 年国民经济和社会发展统计公报》，《人民日报》，2009 年 2 月 26 日。

上述数据变化说明，2008 年上半年城镇固定资产投资总额的波动主要受房地产投资总额影响。房地产开发投资大幅回落，成交量逐步萎缩，房地产价格低于预期，银行限制信贷规模等都制约着开发企业投资热情，使得无论从供给还是需求的角度看，房地产市场都步入萧条。而进入下半年，政府为了应对金融危机及市场萧条，扩大了投资规模，但调控措施主要集中在加快民生工程、基础设施、生态环境建设和灾后重建等方面，对于房地产市场则主要依靠市场力量来实现自我调节与完善。所以，2008 年虽然中国固定资产投资规模平稳增长，国内市场销售增长加快，但国民经济增长明显放缓，房地产投资大幅回落，通货膨胀明显加剧，对外贸易持续减少，中国经济出现明显的缩水。这既与中国政府为了抑制物价持续上升采取的一系列紧缩性政策有关，也源于金融危机对中国出口导向型经济造成沉重打击，外需大幅度长期下滑严重影响了经济增长动力，给中国劳动就业增加了额外的巨大负担，也导致中国产业链较长的产业（如房地产、汽车等）的发展面临严峻危机。

二、房地产价格增速开始放缓

2008 年中国的居民消费价格继续增长，而商品住宅价格的增长却逐渐放缓。2008 年，居民消费价格比上年上涨 5.9%，居民消费价格指数为 111.0，比 2007 年增加 6.2 个点，这使得通货膨胀压力加大。其中，新建住宅价格上涨 7.1%，二手住宅价格上涨 6.2%；房屋租赁价格上涨 1.4%。[①] 另外，从房地产价格角度来看，2008 年房价总体依然上涨，70 个大中城市房价上涨幅度为 6.5%，但出现明显的下调趋势。1～11 月房价同比上涨，但增幅不断回落，12 月房价绝对价格出现明显下降趋势，70 个大中城市房屋销售价格同比涨幅由 1～2 月的 10.9% 逐步下降到 1～12 月的负增长（见图 5-1）。因此，可以看出，2008 年中国房地产市场价格下跌，一方面是由于金融危机造成购房者对房地产市场的悲观预期，观望情绪渐浓；另一方面央行从 2007 年 9 月开始加强了对个人"第二套房"购房贷款的管理，也在一定程度上抑制了房地产市场投机和投资行为。

---

① 数据来源：《中华人民共和国 2008 年国民经济和社会发展统计公报》，《人民日报》，2009 年 2 月 26 日。

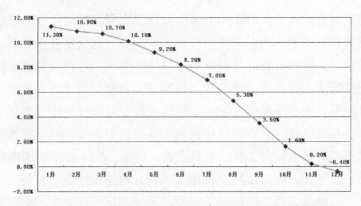

图5-1　2008年1~12月中国70个大中城市房屋销售价格同比涨幅情况

数据来源：国家统计局网站，http：//www.stats.gov.cn/tjsj/jidusj/。

三、新开工面积和竣工面积逐月下降，土地购置和开发面积逐步减少

金融危机影响着中国房地产开发投资规模，而开发投资规模的缩减又影响到了房地产新开工面积和竣工面积等指标。2008年，中国房屋新开工面积和竣工面积增速也有着大幅下降。截至2008年12月底，全国房屋新开工面积累计达到79 889万平米，与2007年同期相比增长了1.4%。增长速度逐月降低，从1月份的24.9%降到12月份的1.4%（见表5-2），预示着短期内房地产供给增速减缓。

表5-2　2008年房屋新开工情况

（单位：万平方米）

月份	房屋	同比增长（%）	新开工面积	同比增长（%）
1~2月	12 679	27.2	10 423	24.9
1~3月	23 971	25.9	19 862	24.8
1~4月	32 970	20.4	27 422	20.2
1~5月	42 526	19.8	35 266	18.7
1~6月	53 473	19.1	44 309	18.0
1~7月	60 510	15.1	50 171	14.6
1~8月	67 049	13.1	55 567	12.6
1~9月	73 521	10.2	60 840	9.6
1~10月	78 772	7.3	65 113	6.9
1~11月	84 290	5.4	69 538	5.0
1~12月	97 574	2.3	79 889	1.4

数据来源：《中国统计年鉴2008》，中国统计出版社，2008年9月。

　　而且，应该注意的是，房地产市场与土地市场密切相关，并受供地多少与价格高低的影响呈现波动起伏。从土地方面来看，2008 年全国土地购置面积 3.7 亿平方米，同比增长由 1～2 月的 35.8% 下降到 1～6 月的 7.6%，1～12 月则为 -8.6%，但土地购置费同比增长 10.9%。完成开发土地面积 2.6 亿平方米，土地开发面积同比增幅由 1～2 月的 21.3%，一路回落到 1～12 月的 -5.6%。同时，1～12 月土地购置未开发面积达 1.1 亿平方米，待开发土地面积近 4.4 亿平方米，同比增长 6.5%。与 2007 年购地狂潮以及"地王"不断涌现相比，2008 年全国房地产土地购置和开发总体出现普遍降温现象。

专栏 5-1　　"房董"变身"猪老大"

　　在中国房地产业近十几年的发展过程中，由于其对资金、信贷等金融产品的巨大需求，使得房地产企业对银行的依赖越来越大。可以说，资金链与现金流是房地产企业生存发展的血脉。但是，受 2008 年国际金融危机的冲击，许多银行纷纷紧缩银根，缩紧信贷阀门，给许多在市场萧条中备受资金压力的房地产企业雪上加霜。在这一背景下，许多企业纷纷转型以求发展，在南京，当初的"房董"如今变成了"猪老大"。

　　从 2008 年初楼市开始有拐点至今，南京一家开发商投入 2 个多亿，先后在省内三地投资生猪养殖业，成为南京开发商变身"猪老大"第一例。此后，又有一批开发商跟进，近期已有几十家开发商在生猪养殖上有了实质性举动。从"房董"到"猪老大"，开发商为"自救"所进行的角色转换，成为近期楼市奇观。

　　7 月 24 日，相关记者拨通南京市农林局畜牧处的电话，一位工作人员告诉记者，开发商把养猪当成事业来做，这在过去从来没有过。"这两年才出现的。从事生猪养殖的开发商，手上起码有上千万资金，比单纯的农业企业实力强多了。有一家公司做房地产 5 年时间，利润就有 3000 多万。"7 月 28 日，记者找到南京首家从事生猪养殖的富腾房地产开发公司相关负责人曹维峰。他说，2007 年底该公司与南农大合作，当年在徐州丰县投入 2000 万元建成占地 200 亩的标准化养猪场，今年又在六合投入 2 亿建设占地 1000 亩的养猪场，还将在高淳投入 1000 多万建设百亩生态养殖培训基地。"从事生猪养殖的土地都是当地政府特批的，均为租用性质，期限一般为 20 年。今年计划的生猪出栏目标是 15 万头。"说起公司养猪的原因，他称主要是看中这一行良好的发展预期。

和富腾一样，过去单纯从事房地产开发的江苏金东城集团，也欲和江宁横溪社区合作建养猪场。"目前正在做规划。既然有资金，干嘛不寻找别的投资机会呢？"一位工作人员说。

记者掌握的信息表明，转身当"猪老大"的开发企业多为纯项目公司，本来投机性较强，之前房地产市场火热时还能从市场上分一杯羹，但当前的市场环境下，却面临拿地难、贷款难、开发难、卖房难等等诸多问题，两相比较，养猪的确好过卖房。

资料来源：《新华日报》，2008年8月6日。

四、商品房销售面积大幅减少，空置面积不断增加

2008年，受国际和国内宏观经济形势影响，除房地产投资出现较大滑坡外，房地产交易情况也不容乐观。商品房销售面积和销售价格都有较大幅度下滑。国家统计局公布的国房景气指数[1]由年初的106.59下降到年末的96.46（见图5-2）。2008年商品房销售面积大幅下降，仅为6.2亿平方米，同比由1~2月的-4.2%，下降到1~12月的-19.7%，呈大幅下行态势，全年比2007年下降16.7%，为住房市场化以来的首降。其中，商品住宅销售5.6亿平方米，同比下降20.3%，亦为住房市场化以来的首降。另外，在商品房销售结构中，现房和期房销售面积均有较大幅度下滑，两者差距不明显。

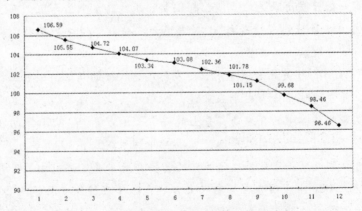

图5-2 2008年1~12月国房景气指数走势图

数据来源：国家统计局网站，http://www.stats.gov.cn/tjsj/jidusj/在线资料。

---

[1] 国房景气指数是全国房地产开发景气指数的简称，由房地产开发投资、本年资金来源、土地开发面积、房屋施工面积、商品房空置面积和商品房平均销售价格6个分类指数构成。国房景气指数以100为临界值，指数值高于100为景气空间，低于100则为不景气空间。

并且，伴随着商品房销售面积和销售额的大幅下滑，商品房空置面积也出现了大幅增加。根据国家统计局公布数据，截至 2008 年 12 月末，全国商品房空置面积达 1.64 亿平方米，由 1~3 月的同比 -3.9% 上升到 1~12 月的 21.8%，上升了 25.7 个百分点。其中，商品住宅空置面积涨幅更快，达到 0.91 亿平方米，上升了 42.8 个百分点，为 2003 年以来的最高值。而商品房空置面积的相关指数随之呈逐月下滑趋势[1]，到 2008 年 12 月底降为 100.4，比去年同期降低 10.8 个百分点（见图 5-3）。

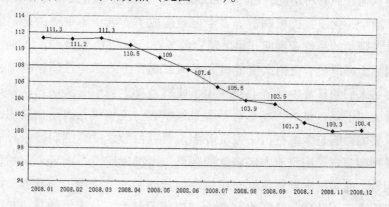

图 5-3　2008 年 1~12 月商品房空置面积指数

数据来源：国家统计局网站，http：//www.stats.gov.cn/tjsj/jidusj/在线资料。

五、房地产回落带来连锁反应，相关行业出现衰退迹象

金融危机对中国房地产发展的影响是很大的，而房地产对其他产业又带来一系列连锁反应。

（一）对金融业发展的影响

由于房地产市场与金融行业之间的关系相当密切，房地产发展减缓，势必会影响到以信用贷款和房地产抵押贷款为主的资金流转渠道，据房地产行业统计数据显示，2008 年 1~12 月全国房地产开发国内贷款为 7257 亿元，同比增长由 1~2 月的 36.9% 快速下降到 1~12 月的 3.4%，仅高于 2004 年 0.5% 的增长率。从第二季度开始，下降呈加快态势。1~4 月增幅比 1~3 月

---

[1] 商品房空置面积指数越高，表示空置面积越少。

猛降9.1个百分点。① 与此同时，房地产对金融业构成最大威胁就是信贷风险，由于房地产价格下跌，银行贷款的风险就必然增大，而2008年房地产萎缩着实给银行金融信贷带来风险隐患。贷款规模的下降，也反映了银行对风险控制更加重视。

（二）对关联产业及其投资者信心及未来发展预期的影响加大

与其他产业有所不同，房地产市场衰退，不仅对其相关联得上下游产业，钢铁、冶金、化工、机械制造等多个行业造成了影响，更重要的是，由房地产业萧条带动的消费者预期开始出现悲观态势。从2007年以来，特别是2008年，国际金融危机、美国次贷危机和我国宏观经济的结构性调整越来越多地影响到了人们的日常生活和心理预期，使得市场上观望态势明显，各类产品交易量大幅下降，整个市场形势呈不景气状态。应该说，国际金融危机对市场最重要的影响是严重打击了投资者和消费者信心，使得他们普遍对经济发展前景预期悲观。按照西方经济学的观点，市场预期是影响未来市场走向的重要因素。而美国次贷危机则对房地产信贷体系冲击严重，诱发了人们因担心还贷困难而不敢贷款进行投资和购买房屋的行为。更重要的是，它促使中国政府从社会、经济稳定的角度，去制定更为谨慎的住房信贷政策，以保证宏观经济不受房地产波动的影响。因此，在这些因素的综合作用下，市场上观望气氛浓厚，无论消费者、投资者还是房地产企业，都不愿也不敢轻易出手。

第二节 应对金融危机的房地产政策调整

中国政府继续从扩大投资、增加消费、刺激需求、鼓励出口这几个层面入手，对宏观经济形势进行调控。在出台经济刺激政策中，中国政府认识到房地产对相关行业的巨大关联作用和对投资与消费的带动效应，因此，本次调控的一个显著特征就是复苏经济从复苏房地产业入手，恢复房地产市场从扩大交易量开始，通过降低利率、减免税收、放低房地产企业开发门槛、加

---

① 数据来源：陈柳钦：《金融危机背景下中国房地产业发展》，《光明观察》，光明网，2009 - 03 - 13。

大土地供应等措施重新刺激需求和供给，从而带动房地产业的回暖与整个宏观经济的复苏。

一、降低抵押贷款利率

前文提到，房地产业与多个行业相关，在国民经济中的作用举足轻重。保持房地产业的健康发展，对于稳定经济发展大局具有重要意义。如果房地产市场持续低迷，相关行业都会受到影响。因此，恢复房地产市场活力的首要之举即刺激居民的住房需求，降低购房抵押贷款利率。

2008年10月，财政部和中国人民银行联合出台措施支持房地产行业，规定金融机构可将抵押贷款利率降低至中国人民银行基准利率的0.7倍，首次购买普通住房的首付比例下调至20%；并赋予地方政府自行制定鼓励房产交易减免政策的权利。同年12月，国务院出台进一步措施促进房地产业发展，规定如果第一套房小于当地平均水平，第二套房的抵押贷款利率下限调整为中国人民银行基准利率的0.7倍，首付比例由过去的30%调低至20%；并鼓励金融机构加大对中小套型住房建设项目开发商的信贷支持力度，为有信誉的开发商兼并重组过程中的再融资需要提供支持。此政策一出，央行随即将五年期贷款利率由7.83%降低至5.94%，同时将法定准备金比率从17.5%降低至15%。另外，对于使用住房公积金①购买房屋的消费者，下调个人住房公积金贷款利率，其中，五年期以下（含）由现行的4.32%调整为4.05%，五年期以上由现行的4.86%调整为4.59%，分别下调0.27个百分点。

应该说，提高或降低房地产抵押贷款利率是政府调节房地产市场常用的方式之一，其目的在于调节需求，从而间接调节供给与交易量。此次政府降低房地产抵押贷款利率有助于减轻消费者贷款买房的利息负担，刺激居民的住房需求，切实减轻贷款年限较长的消费者的买房负担。

二、减免各种房地产税费

在中国，目前房地产交易中所需要缴纳的税主要有营业税、土地增值税、个人所得税、契税和印花税，其中，营业税是针对房屋销售者的，购买普通

---

① 住房公积金是指国家机关、国有企业、城镇集体企业、外商投资企业、城镇私营企业及其他城镇企业、事业单位及其在职职工缴存的长期住房储金。这是中国住房福利的一种体现，也是解决城镇职工住房难问题的一种政策性措施。

住宅并居住超过 2 年的免征营业税，其他的要按照销售收入与购入原价差额的 3% ~ 5% 缴纳；土地增值税是针对房屋销售者的，按照不同情况分别有30%、40%、50%、60% 不等的税率；个人所得税也是针对房屋销售者的，按照房屋销售价格减去房屋原值和交易过程中发生费用后所剩差额的 20% 记取；契税和印花税都是针对房屋购买者的，其中契税税率在 3% ~ 5% 间浮动，印花税税率则为房屋交易合同总价的万分之五。另外，在房地产交易过程中，还有相关的行政性收费需要缴纳。总体来讲，整个交易过程中的税费种类和数量都比较多，这是不利于房地产交易的。

因此，国际金融危机发生之后，政府为刺激居民住房需求，促进房地产交易，除降低房地产抵押贷款利率之外，从 2008 年下半年开始，逐步采取了降低税费率、阶段性免税等措施。首先，中国政府出台文件暂免征收印花税和土地增值税，以刺激房地产企业购置土地，加大开发力度，增强市场供给。其次，为扭转消费者对未来的悲观情绪，增进市场需求，2008 年 10 月，财政部和中国人民银行联合出台措施支持房地产行业，规定从 2008 年 11 月 1 日起，首次购买 90 平方米以下住房的契税税率从 3% ~ 5% 调整至 1%。同时，中国银行还降低了首套房抵押贷款利率，其实际利率约为 4.16%，比 2008 年8 月的水平低约 250 个基点。另外，为推动二手房市场的发展，国务院出台措施规定房产交易免征营业税的年限从五年缩短至两年，征收营业税替代销售收入税。这些减税及免税政策，有利于减轻消费者购房负担，简化房地产交易程序，减少销售及购买双方的住房交易成本。

三、降低房地产开发项目资本金

调控房地产市场，不但要调节需求，还应调节供给。需求与供给相匹配，整个市场才能平稳运行。而调节供给，则主要从房地产开发企业投资、建设及销售住房方面入手。因 2008 年房地产市场上弥漫的"观望"情绪大大降低了房地产市场成交量，导致大量房地产开发企业还贷压力剧增，陷入了资金短缺困境，不少房地产项目出现了缓建甚至停建的局面。另外，在 2009 年上半年经历了快速去库存化之后，市场上现房及期房的供应量出现短缺，这不但直接关乎房地产的投资内需，也影响着整个房地产市场的平稳。因此，适当减低房地产投资及建设的门槛，提高企业运营房地产项目的积极性，是调控供给的主要内容。

而此次调节供给的着眼点，即放在了降低房地产投资项目资本金上。经营性项目资本金制度，是中国从 1996 年开始实施的，对各种经营性投资项目，包括国有单位的基本建设、技术改造、房地产开发项目和集体投资项目，为保证其建设资金而规定的在项目建设开始之前必须落实到位的资金保证制度。在过去的几年中，因房地产市场较热，在建项目较多，因此，2004年9月，中国政府为调控当时的房地产市场，要求申请贷款的开发企业自有资本金比例不得低于项目总投资的35%，这是对房地产企业投资项目的门槛规定。此次调控中，为加大房地产企业开发能力，增强房地产市场的后续供给力，中国政府于2009年4月将普通商品住房投资项目最低资本金比例从35%调低至20%，这是自2004年9月规定房地产开发企业最低自有资金比为35%之后的首次松动，也意味着房地产企业投资运营项目的资金压力减少很多，有利于提高房地产企业投资、建设与销售房地产的积极性，扩大市场供给规模。

四、地方政府出台配套措施

房地产市场是区域性市场，其发展状况与项目所在地的各种政策执行效力很有关系。在中国政府一系列复苏房地产市场的宏观调控措施出台之后，地方政府从自身及长远利益出发，积极配合，相应出台了不少符合地方房地产发展现状及环境的政策措施，确保宏观调控的贯彻落实。

在上海，政府规定第一次购买自住房且有2人以上参与贷款的，公积金贷款上限升至20万元，双职工家庭最多可贷款60万元。在重庆，首先，对小于等于90平米普通商品房免征契税。其次，对二手房交易征收综合税，税率为1.1%。如果购二手普通商品房，符合条件的，相关税收给予财政全额补贴。在河南，使用公积金贷款的只需两成首付，贷款最长期限调整为30年。对于省内购房，可异地申请住房公积金贷款。如购买经济适用房，免除房地产交易契税；购买普通商品房，可按一定比例减免房地产交易契税。在西安，政府对购房者予以直接的财政补贴，分1.5%、1%、0.5%三个等级。另外，对房地产企业所需要缴纳的城市基础设施配套费每平方米见面35元。在南京，凡是购买90平方米以下的商品住房，给予房款总额1%补贴；购买90~144平方米以下商品住房，给予房款总额0.5%的补贴。另外，房地产企业如资金紧张，可缓缴基础设施、人防等建设费用。在杭州，进一步放宽公积金贷款限制，最高额度由50万元提高到60万，最长期限调整为男65岁、女60岁。并且，暂停征收房产登记等相关收费。

五、通过土地储备调整土地供求规模

土地出让金历来是中国地方政府主要收入来源，除去征地、拆迁、补偿、税费等成本，土地出让的净收益一般在40%以上，有些地方甚至达到了60%。2008年中国房地产市场的低迷极大地遏制了开发商的"拿地"欲望，土地一级市场景气度随之降低，地方财政收入迅速减少。为推进房地产市场恢复，繁荣土地一级市场，增加财政收入，缓解财政压力，许多地方政府都加大了土地储备开发力度，大力提高土地市场供给量。从2008年下半年开始，全国各主要城市都开始了新一轮的土地储备开发热潮，大规模购买、征用、回购各类用地，以支撑基础设施建设需要。其中以北京市较为典型。根据2008年应对金融危机的统一部署，2009年北京将加大政府储备土地开发力度，土地储备开发年初结转8800公顷，年度新增4700公顷，年度基本完成开发3600公顷（其中年度供应1600公顷），年末结存9900公顷，并计划安排土地储备开发资金1000亿。这既是在国际金融危机的背景下，贯彻落实政府土地储备计划，保证北京市经济在2009年实现GDP增长9%的一项重要手段；同时也是落实国家重大项目和促进北京房地产市场健康发展，为限价房、经济适用房、廉租房和城市基础设施等民生工程建设配备土地来源的主要方式。上海市2008年在前几年土地储备的基础上，也进一步加大了储备开发量，重点向保障性住房倾斜。2008年上海市（市辖十区，不含闸北、普陀）计划供应住房用地最多将达4.9平方公里，预计将完全解决6万户城市低收入人群住房问题，同时供应商品住房用地2.5～4平方公里。

第三节　中国房地产发展的新变化

正是由于中国从2008年开始及时进行了政策大调整，加之中国政府四万亿经济振兴计划也都与房地产业密切相关。可以说，中国政府加大了对经济刺激的力度所通过的是约4万亿的十项经济复苏计划，而其去向都与房地产有着千丝万缕的联系。如加快建设保障性安居工程、农村基础设施建设、铁路、公路和机场等重大基础设施建设等等，即使加强生态环境建设和加快自主创新和结构调整等，也主要是通过增加固定资产投资来拉

动内需的，同样与房地产及土地供给密切相关。而保障性安居工程中所需要建设的经济适用房、限价房和廉租房等，更是房地产开发建设中的组成部分，可以预见，四万亿经济振兴计划出台政策的直接效应就是房地产。所以从 2009 年开始，不仅中国经济开始回暖，房地产市场更是出现了明显变化，这主要体现在，房地产市场供给迅速恢复，开发投资完成额、土地购置活动景气度、开发面积、开发资金来源等诸多方面的增速出现明显回升。

一、中国房地产投资与供给开始恢复与回升

2009 年随着政府应对金融危机的政策出台和坚定的救市信心，消费者的未来预期开始逐步好转，特别在大规模政府投资的带动下，企业渐渐恢复了生机与活力，市场交易与流通重新繁荣，沉淀已久的需求慢慢恢复，中国房地产开始出现复苏迹象。但是，需要指出的是，由于本次房地产衰退与萧条时间较长，波及范围较广，影响层面深远，因此房地产投资与供给的恢复过程也是艰难与缓慢的。而且，房地产产品本身建设周期较长，从开发企业感知市场变化到增加供给量往往需要一个较长的过程。所以，房地产市场的恢复尚需时日。

（一）中国房地产市场开发投资完成额增长率出现明显加速

2009 年上半年，中国房地产开发投资逐月增长，而且具有继续上升的趋势。据国家统计局数据显示，2009 年 1～7 月，中国完成房地产开发投资 17 720 亿元，同比增长 11.6%，增幅比 1～6 月提高 1.7 个百分点。其中，商品住宅完成投资 12 427 亿元，同比增长 8.2%，比 1～6 月提高 0.9 个百分点，占房地产开发投资的比重为 70.1%。这既与政府的宏观调控措施有关，更是因为消费者信心恢复，需求重新被激发，房地产市场成交量逐月回升，开发企业前景看好的缘故。

（二）土地购置活动景气上升

对于土地来说，2009 年 2 月份以来，随着房地产市场复苏，已低迷了多月的土地交易市场随之回暖。一方面是因为市场回暖，另一方面则是开发企业的库存已接近尾声，其注意力转向了增加土地购入、提升后期供给能力方面。（见表 5-3）

表5-3　2009年1~7月全国房地产企业土地购置面积

（单位：万平方米）

时间	房地产开发企业土地购置面积	同比增长
2009年1~2月	2288	-30%
2009年1~3月	4742	-40.1%
2009年1~4月	7266	-28.6%
2009年1~5月	9875	-28.6%
2009年1~6月	13 644	-26.5%
2009年1~7月	16 309	-25.8%

数据来源：国家统计局网站，http：//www.stats.gov.cn/tjsj/jidusj/在线资料。

从表5-3可以看出，自2009年1月开始，全国月度土地购置面积一直小幅上涨，土地购置面积逐月上升，单月增幅均超过10%。其中，3月、4月和5月的增长率分别为7.2%、2.9%和3.3%，而且，同比增长降幅回落，说明虽然较2008年上半年增幅仍然不够，但环比已经出现了土地购置面积持续增加的局面。另外，从完成开发土地面积来看，尽管近几个月一直处于下降之中，但是其绝对量仍然高于2008年的后半年。从2008年12月开始到2009年3月，完成开发土地面积一直高于土地购置面积，到4月和5月，二者的大小开始发生反转。开发企业土地保有量的持续性小幅度增加，显示出其对市场有较好预期。

（三）房地产开发资金增幅加大

自2008年下半年政府采取利好措施后，中国房地产市场形势出现逆转趋势。在购房需求和银行信贷的支持下，本年新增房地产开发资金来源增幅逐月增加。据统计，2009年1~7月，房地产开发资金来源同比增长28.7%，高于同期房地产开发投资6.8%的增幅。其中，本年新增房地产开发资金来源增幅为16.1%，上年末结余资金增幅为6%（见表5-4）。

表5-4 2009年1~7月房地产开发企业本年资金来源统计表

（单位：亿元）

时间	房地产开发企业本年资金来源	同比增长
2009 年 1~2 月	6046	6.9%
2009 年 1~3 月	10 070	9.2%
2009 年 1~4 月	13 512	12.4%
2009 年 1~5 月	17 523	16.1%
2009 年 1~6 月	23 703	23.6%
2009 年 1~7 月	28 639	28.7%

数据来源：国家统计局网站，http://www.stats.gov.cn/tjsj/jidusj/在线资料。

开发资金的大量增加，一方面是受适度宽松货币政策影响，房地产开发资金来源中的国内贷款增幅逐步增加；另一方面则是受房地产市场购房需求逐步趋旺的影响，定金及预收款和个人按揭贷款的增幅均逐月增加。据央行统计资料显示，截至2009年6月底，全国商业性房地产贷款余额为6.21万亿元，同比增长18.8%。其中，房地产开发贷款余额为2.35万亿元，同比增长20.5%；购房贷款余额为3.86万亿元，同比增长17.8%。[①]

二、中国房地产需求与消费逐步复苏

虽然2008年下半年中国房地产的消费和需求出现萎缩与回落，这是金融危机对中国经济发展和房地产市场带来冲击的必然反映，这说明中国居民的消费和需求对市场变化越来越敏感，反映了中国市场化程度在提升。但是，同样，随着房地产各项政策的不断出台，尤其是中国经济率先从世界经济萎缩中快速回暖，消费者开始对未来预期发生变化，沉淀已久的刚性需求在短期收敛后又开始重新集聚迅速释放，房地产销售面积逐渐增加就是例证。

另外，成交量是衡量市场繁荣与否的重要标准。成交量的大小，一方面受供求关系的影响，另一方面也与市场相关主体对市场预期有紧密的联系。2008年底2009年初出现的房地产市场成交量急剧萎缩，正是由于全球金融危机加之政府宏观经济调控所导致的市场信心不足。当时房地产成交量萎缩由深圳传导至全国，悲观的浓厚气氛打击了购房者和开发商的信心，使房地产

---

① 数据来源：《中国货币政策执行报告（2009年第二季度）》，中国人民银行，2009年8月5日。

市场走向谷底。2009年上半年，随着市场预期逐渐好转，市场信心逐步恢复，加之在通胀预期的作用下，保值增值使部分投资性购买者也开始入市，成交量出现了稳中有升的局面。同时，在国家利好政策的影响下，部分消费者消费预期得以改观，消费需求出现回暖，大部分消费者的消费欲望被调动起来，前期被压制的刚性需求得以迅速释放。应该说，是在鼓励购房政策和2009年初较低房价的双重刺激下，积压了近两年的刚性需求爆发，带来了市场交易量的快速上涨。

三、中国房地产价格出现快速上涨

反映中国应对金融危机和房地产政策效果的另一个重要指标就是房地产价格新变化。即房地产价格在2008年下半年的回落徘徊中，从2009年4月份开始出现新轮次上涨迹象。根据国家发改委、国家统计局统计，自2009年3月起，全国70个大中城市房屋销售价已经连续4个月环比上涨，且涨幅不断扩大，全国房价呈现触底温和回升，到6月份之后，房价出现"井喷式"暴涨，据测算，2009年6月份全国70个大中城市房屋销售价格同比上涨0.2%，7月上涨幅度更是达到0.8%。在本轮房价上涨中，也出现了独特现象，即二手房房价涨幅远远超出新建商品房、地区差异明显。据测算，自2009年3月起，除7月份新建住宅价格增速与二手房持平外，其余月份二手住宅销售价格同比增速都远高于同档期新建住宅价格，两者差距不断拉大，到6月甚至到了0.6%（见表5-5）。

表5-5 2009年3~7月70个大中城市房屋销售价格指数

月份	房屋销售价格指数		新建住宅价格指数		二手住宅价格指数	
	同比	环比	同比	环比	同比	环比
2009年3月	98.7	100.2	98.1	100.1	99.6	100.3
2009年4月	98.9	100.4	98.3	100.3	100.0	100.8
2009年5月	99.4	100.6	98.7	100.7	100.9	100.7
2009年6月	100.2	100.8	99.4	100.8	102.2	101.1
2009年7月	101.0	100.9	100.3	101.1	103.0	100.9

数据来源：国家统计局网站，http://www.stats.gov.cn/tjsj/jidusj/在线资料。

应该说，2009年上半年以来，全国各地商品房成交量同比增幅巨大，环比增量也十分明显，这主要是由市场供求关系逆转引起的。随着国家和各地出台的促进房地产市场健康发展的政策措施逐步落实，居民住房消费信心已经明显增强、需求释放；但前期因市场低迷，大多房地产企业便降低市场供给，减少开工项目，这样，需求的迅速爆发和供给滞后相互作用，导致全国范围内的市场成交量增长，房价回涨迅速。不过，需要注意的是，除了刚性需求大量入市，在对未来通胀预期的心理影响下，投资性需求甚至投机性需求大量进入热点城市的房地产市场，推高了房价。银行信贷对个人住房按揭贷款的相对宽松，尤其是一些城市对二套房按揭贷款人为降低准入门槛，有力支持了投资投机型需求大量入市。据测算，2009年上半年，个人住房按揭贷款达2829亿元，同比增长63.1%。这些因素进一步推动了楼市需求，从而导致了成交量上升、房价上涨。

专栏5-2 从"土地流拍"到"地王重现"

2008年，受国际金融危机影响，中国房地产和土地市场逐步进入衰退与萧条期，与房地产市场成交量走低相对应的是土地市场中"流拍"现象不断。

从全国来看，仅2008年前5个月，重点城市有统计的流拍地块就达到40宗。在厦门，上半年2次集中出让，第一次2月9日9宗土地全部流拍；第二次4月10日有4宗土地流拍。在广州，2月份南沙地块流拍；6月份的3宗土地出让中有1宗流拍，1宗举牌1次就成交了。在福州，5月12日两宗土地出让因报名人数不足流拍；5月19日两宗大地块即使政府将90/70政策下调为90/50后依然报名不足而流拍。另外，在流拍事件不断的同时，重点城市中心地块无人问津的现象时有发生。在北京，2008年号称"距离CBD最近"的朝阳区广渠路15号地流拍。在南京，5月份河西南部地区4号地块，位于已形成的高房价区域，地价17.7亿元，最终流拍。

然而时隔一年后，受国家应对金融危机的宏观调控政策影响，各地都纷纷加大固定资产投资与土地供应，在这一背景下，2008年土地流拍的事情不仅没有重现，在北京，"地王"又重新诞生了。2009年6月30日，北京广渠门15号地被中化方兴投资管理（北京）有限公司以40.6亿元的价格夺得，成为今年北京最新地王。而由于该地块被称作"CBD最后一块黄金地块"，所以吸引了万科、保利、SOHO中国等重量级开发商，上演了一场激烈的豪门争夺战。在不到2分钟的时间里，广渠门15号地，从最初的21.12亿元起拍价，被参加竞拍的地产大亨们叫到了 30 亿元。拍卖师不得不将竞价阶梯由 2000 万元调到了 1000 万元。现场竞争越来越激烈，在紧张的举牌中，价格以每 3 分钟一亿元的速度攀升。18 号保利地产、10 号 SOHO 中国、15 号远洋地产、28 号惠明地产各不相让，到 16 点 46 分，远洋地产直接将价格从 32.7 亿元，提高到 33 亿元。全场一片哗然。10 分钟后价格飙升到 36.7 亿元，28 号惠明退出，17 点，突然杀出一匹黑马，3 号中化方兴直接把价格叫到了 36.9 亿元。竞争在 18 号保利地产，10 号 SOHO 中国，和 3 号中化方兴之间展开，到 17 点 10 分时，SOHO 中国在报价到 39 亿元时退出。保利地产和中化方兴都表现出志在必得的决心。最终中化方兴以 40.6 亿拍下。北京新的地王诞生了。起拍价为 26.12 亿元的广渠门 15 号地，经过 35 分钟的激烈竞拍，最后以总价 40.6 亿元，刷新了全国地王的记录，成为北京实施招拍挂制度以来，成交总价最高的土地。

资料来源：《京华时报》，2009 - 7 - 10。

第四节　中国房地产未来趋势展望及建议

中国房地产发展正处于逐步回升阶段，未来发展不仅取决于中国宏观经济增长以及世界各国应对金融危机的效果，还取决于中国房地产政策落实程度以及房地产市场需求和价格变化的快慢和方向。但不管怎样，中国先于世界各国开始出现经济复苏和回升的趋势是不可否认的，中国房地产步入新一轮回升的趋势也是相当乐观的，而促进和影响着这一进程的关键是国家要努力把握调控好的力度和时机选择，这就为国家政策制定及其管理者提出了更高的要求。

一、房地产将进入新一轮上升期

房地产与宏观经济一样，存在周期性变化。从 2009 年开始，中国房地产逐步走出衰退与萧条阶段，开始进入了新一轮的复苏与繁荣期。这是因为：

（一）政策调控作用

中国政府自 2008 年第四季度以来扭转前期调控方向，出台了大量利好性政策，这些政策对于稳定房地产开发企业信心、增强消费者预期都起着较好推动作用。目前，中国房地产市场回暖仅仅是政策先导效应初步显现，随着国家四万亿投资的逐步到位，这种投资效应将会集中在 2009 年第三季度和 2009 年底得以集中释放，甚至到 2010 年第一季度或更长。

（二）产业联动作用

2008 年到 2009 年将近一年时间内，中国经济的刺激计划尤其是十大产业振兴规划出台，均从应对金融危机出发，但着眼于长远产业发展战略，所以，各个产业长期效应联动作用，从而将会带动房地产发展的持续活跃。

（三）经济正处在回升期

因房地产业复苏担负着拉动内需、带动投资、振兴经济的重担，在经济未出现明显企稳迹象之前，政府在房地产领域不会出台过于严厉的抑制性措施，保障了中国房地产市场在今后一两年中将继续以较快速度持续发展。

（四）中国仍处在城市化加速阶段

中国城市化仍处在加速阶段，这将为房地产市场发展提供持久动力。中国目前仍处于大规模城市化进程中，截止 2008 年底中国城市化率仅为 45%，和发达市场经济国家的差距依然较大。高速发展的城市化进程将继续对房地产市场产生强大需求。这些需求主要体现在以下几方面：一是大量农村人口迁到城市，需要新建房予以满足其基本生存，二是城市本身的旧城改造，使得大量被拆迁户迅速成为房地产市场需求方，三则是居民消费和投资的品质不断上升，对改善性住房的需求日益提高。因此，从长远来看中国房地产市场发展趋势依然良好。

由此可见，与受次贷危机影响而出现房地产市场低迷的其他国家相比，中国本轮房地产周期调整具有"萧条滞后、复苏迅速"的特点，从衰退到萧条再到复苏，用时不到一年，这是在其他任何国家都很难出现的。可以说，中国房地产市场确实已经完成了本轮周期调整，进入了新的上行期。

二、未来房价将持续平稳上升

房地产进入上升期的一个明显标志就是成交量和成交价格双增长，而未来中国房地产价格还会持续上升的原因就是：

（一）购房保值与规避风险的预期推动房价加速上涨

2008 年以来，许多国家为应对国际金融危机，纷纷推行扩张性的货币政策，大力增加货币投放力度，造成全球流动性不断泛滥，通货膨胀趋势明显。尽管中国目前并没发生通货膨胀，但因房地产历来是通货膨胀中最好的保值手段，在通胀预期不断增强的大环境下，为规避风险，许多原有持币待购的消费者将不断提升其购房欲望，为房地产市场注入新的活力。也正是这样才出现了 2009 年 5 月份以来中国房地产价格出现了比以往上涨更快的现象。例如，2009 年以来中国主要城市（如北京、上海、深圳）房地产价格上涨竟然超过了 2007~2008 年价格上涨最快时期，房价不断刷新。

（二）房地产政策的稳定性将有助于房价平稳上升

尽管 2009 年以来的中国经济开始迅速回升，房地产投资与消费开始恢复，而房价上涨速度甚至超过了 2007 年和 2008 年，但是，这并不能说中国经济已经进入到了快速稳定增长通道。中国目前仍然处在经济恢复的关键时期，消除金融危机的影响仍然是当前主要任务，因此，在未来的一段时间内，中国还将继续实施积极的财政政策与货币政策，所以，房地产政策也不会有太大变动，房地产价格稳中有升将仍是大势所趋。

三、政策性住房比例将不断加大

2008 年的金融危机虽然将中国经济和房地产市场带入了低谷，但同时也为政府调整房地产市场供需结构、缓和社会矛盾提供了良好机遇。在 2008 年 11 月国务院经济会议确定的"扩大内需、促进经济增长"十项措施中，第一项就是要加快建设保障性安居工程。加大对廉租住房建设支持力度，加快棚户区改造，实施游牧民定居工程，扩大农村危房改造试点。

（一）政策性住房力度加大

加大政策性住房力度，不仅是我国住房制度改革的主要任务，同样，也是促进中国房地产健康发展的有效手段，同时，也是稳定民生，调整房地产市场结构，促进房地产市场规范发展的最佳渠道。在中国政府提出的四万亿救市方案中，有近一成投向了政策性住房。除加大资金支持外，国家还加快调整住宅用地供应结构，降低普通商品住宅用地供应比例，大幅增加政策性住房用地供应。

（二）政策性住房建设将有助于平抑房价

在中国政府决心通过加大投资来拉动经济增长，促进消费与带动国民经济发展的背景下，政策性住房将作为固定资产投资主要对象之一而得到大力发展。可以预见，其在未来中国的住房结构中的比例将不断升高，因此，政策性住房其平抑房价、稳定房市的作用也会逐步增强。

四、国家在调控房地产市场中应更加注重调控节奏和力度

中国历次通过调控房地产市场来应对金融危机的成功经验表明，房地产行业的平稳发展，有利于一个国家和地区有效拉动内需，以抵御海外金融危机的冲击，增强经济发展后劲。但值得一提的是，在2008年房价进行了理性回调后，2009年房价随即出现强烈反弹，为避免房地产市场发生2007年式的非理性疯狂，遏制房地产投机，将房价增幅控制在合理范围内，政府对房地产的态度可能从原来的"全面刺激"转向"部分关注风险"。所以，房地产启动速度快，对国民经济复苏起着明显带动效应，但在这过程中还需控制好节奏和力度。

（一）宏观经济健康运行需要房地产市场理性发展

现阶段房地产市场的发展可以带动钢铁、水泥等基础产业的复苏，但房地产过快发展也势必会再带动这些产业复苏的同时引发新一轮投资高潮，加大能源、交通的短缺和通货膨胀的压力；另外，又会诱使低成本竞争下短期获利的高消耗高污染低产出的发展模式泛滥。

（二）防范金融风险重在控制房地产投资增长速度

中国现阶段房地产业投资资金过度依赖银行借贷，投资规模过大、投资速度过快所积蓄的风险，势必由以银行为主体的金融体系来承担。因此，控制房地产投资规模，缓解金融系统压力，以一个合理的增长速度，保持适度的房地产投资规模，已成为推动国民经济加快复苏时防范金融风险的一个重要方面。

（三）房地产市场本身可持续发展要求其发展要有节奏

保持适度的投资规模，合理调节房地产市场发展的节奏，涉及到中国经济运行的结构质量和预留房地产市场合理发展空间问题，关系到房地产市场

发展可持续性能否实现。

（四）实现社会稳定要求房价增速要适度

房地产市场已成为现阶段中国社会矛盾主要汇聚区，房价的持续快速增长势必会进一步冲击普通公众的心理防线，引发社会不公和诸多社会问题。因此，在肯定房地产行业的积极作用的同时，也要采取各种措施严控房价过快增长，平稳公众情绪，实现社会安定。

主要参考文献

［1］刘琳. 前5个月房地产市场运行呈现四大特征［J］. 中国投资，2009（7）.

［2］汪利娜. 房地产市场调整的迹象日趋明显［J］. 经济研究参考，2009（6）.

［3］肖元真，魏轶侃，陈敏. 论调整期我国房地产市场的构建与政策环境［J］. 中国住宅建设，2009（8）.

［4］约翰M·奎戈里，陈海秋. 房地产市场、泡沫与亚洲金融危机研究［J］. 管理观察，2009（2）.

［5］赵国华、张向军. 金融危机背景下我国房地产市场价格变动趋势［J］. 经营与管理，2009（7）.

［6］张红，马金军，孔沛. 基于动态计量经济学模型的房地产周期研究［J］. 清华大学学报（自然科学版），2007（12）.

［7］Grerfadier S. R. The Persistence of Real Estate Cycles［J］. Journal of Real Estate Finance and Economics，1995（10）.

［8］Kaiser R. The Long Cycle in Real Estate［J］. Journal of Real Estate Research，1997（14）.

评论

美国房地产市场次贷危机及其对中国的警示

袁 燕

本章以房地产市场为主线详细而深入地阐述了金融危机对中国经济的影响和为摆脱这种不良影响中国所采取的宏观政策及应对措施。在此我们不妨对美国次贷危机的形成原因、发展过程以及对世界经济和亚洲经济的影响做点探讨，这有利于我们从中吸取一些教训。

2009年9月15日是美国金融危机爆发一周年。2008年9月15日，拥有158年历史的华尔街巨头雷曼兄弟轰然倒地，成为当时美国以资产计算最大的破产案。为什么小规模的房地产市场的次贷危机会蔓延到银行业以致迅速演变成金融危机并席卷全球？什么是次级抵押贷款？次贷危机是如何发生的？金融危机爆发以来世界和中国发生了什么？我们应该反思些什么？

一、美国次贷问题的发生

美国次级抵押贷款是指美国金融机构向信用程度较差和收入不高的借款人提供的贷款。与传统意义上的标准抵押和按揭贷款的区别在于，次级贷款对贷款者信用记录和还款能力要求不高，因此贷款利率相应地比一般抵押贷款高很多。在美国抵押贷款市场，主要有三种信用等级不同的贷款，一是"优质"抵押贷款；二是"另类A级"抵押贷款；三是"次级"抵押贷款。判断优质贷款或次级贷款的标准是根据借款人的信用纪录、偿付额占收入比率（DTI）和抵押贷款占房产价值比率（LTV）。一般来说，DTI低于55%、LTV低于85%的借款人的房贷为优质贷款，而DTI超过55%、LTV超过85%的贷款人的房贷为次级贷款。"另类A级"房贷是介于优质和次贷之间的灰色地带，是指借款人符合优质贷款标准，但没能提供所有收入证明等法律文件。由银行或投资公司向信用较差的客户发放的次贷风险较大，一旦发生拖欠、违约或取消抵押品赎回权，都会给贷款机构造成损失。因此，次级贷款是一个高风险、高收益的行业。

2007 年初以来，美国次贷危机经历了这样几个发展过程：2 月，美国次贷市场危机初见端倪。由于借款方违约增多，美次贷放款机构出现亏损。4 月初，新世纪金融公司申请破产保护。5 月，瑞士银行下属 Dillon Read 资本管理基金因投资美国次贷市场出现严重亏损而宣告破产。6 月，美国知名的贝尔斯登资产管理公司因旗下两只对冲基金投资债务抵押债券而陷入困境。7 月，次贷问题导致私人股本运转失灵。投资者不仅担心信贷状况趋紧可能使收购热潮终止，还关切全球大型投资银行普遍面临的信贷问题。7 月至 8 月，次贷危机扩散至股市。投资者对于全面信用危机的担忧，引发股市和债市剧烈波动。9 月，次贷危机造成了全球性信贷紧缩，各国央行被迫入市干预。从 8 月 9 日到 31 日，主要国家央行共注资 5446 亿美元，其中欧洲央行注资 3434 亿美元，美联储注资 1472 亿美元，日本央行注资 400 亿美元。9 月 12 日，欧洲央行再向市场投放约 1000 亿美元的 3 个月期资金。9 月中旬，英国北岩银行（Northern Rock）出现了英国近 140 年来首次"挤兑现象"。12 月，美国财政部表示，美国政府已经与抵押贷款机构就冻结部分抵押贷款利率达成协议，超过 200 多万的借款人的"初始"利率有望被冻结 5 年。同时，美国、欧洲、英国、加拿大、瑞士央行宣布，将联手向短期拆借市场注资，以缓解全球性信贷紧缩问题。

二、次贷危机的根源和成因

国际观察家在分析此次金融风暴时普遍认为，美联储长期执行低利率政策、衍生品市场脱离实体经济太远，金融创新、金融全球化及西方的货币政策乃是此次金融动荡的主要原因。

1. 降低房贷初期偿债负担，放宽或实际上取消放款标准，为购房者提供轻松便捷的抵押贷款。放贷机构不仅不要借款人提供任何收入、资产等证明文件，不考虑其真实偿还能力，有时甚至纵容借款人弄虚作假；在借款人无力支付首付时，银行鼓励其使用第二次置留权贷款来凑足首付。因此，大量信用纪录较差的低收入家庭进入房贷市场。据估计，承保条件放松的房贷从 2005 年上半年的 100 亿美元增至 2007 年上半年的 1100 亿美元。《华尔街日报》载文认为，美国次贷危机折射出美国银行和债券评级机构的诚信沦丧。

2. 金融创新带来大量衍生产品，特别是抵押债务证券化使次贷市场风险丛生。据国际清算银行统计，全球金融衍生产品已从 30 年前区区几种发展到目前的 1200 多种；到 2007 年 6 月底，全球各种金融衍生品市场规模陡增至 516 亿美元。信用衍生品增长尤其突出。据国际货币基金会《全球金融稳定报告》，全球信用衍生产品总额从 1998 年几百万美元增至 2001 年约 1 万亿美元和 2003 年的 4 万亿美元，2006 年进一步增至 26 万亿美元。在次贷市场，银行原来将这些贷款保留在自己的资产负债表中，近年来却将其转换成债务抵押债券（CDO）等，并将其出售给新的投资者，投资者利用它们创造出衍生产品，之后衍生产品又不断被再次打包和出售，循环往复不已。近年来，80% 的抵押贷款通过资产证券化出售，其中债务抵押债券发放量从 2004 年的 1574 亿美元增至 2006 年的 5493 亿美元。金融衍生产品在创新过程中使债务链条过长，而基本面易被忽视，导致市场风险向信用风险及流动性风险转化，进而给整个金融市场带来不稳定。

3. 金融全球化步伐加快，使各国相互依存加深。金融衍生品的发展虽使单个金融机构面临的风险有所减轻，但也使遍布全球的许多金融机构形成环环相扣的"风险链"，如果其中任何一个环节出现问题，将引发全球市场多米诺骨牌式连锁反应。美国次贷市场的繁荣和高收益自然吸引了许多欧、日等金融机构特别是对冲基金等参与次贷市场。由于 CDO 一类证券不仅能赚钱和分散风险，且有美国政府的背景，信用度较高，外国投资者也趋之若鹜，这就为美国次贷危机的跨国蔓延留下了隐患。此外，西方国家间，特别是美国和日本间存在较大利率差，许多国际投资者进行套利外汇交易，在日本金融市场以低成本融资，然后在美国投资次贷债券，以获得较丰厚的收益。正是在这种情况下，德国产业银行及许多地区银行、法国、加拿大、澳大利亚、日本和一些亚洲经济体的银行或基金，也不同程度地陷入了美国的次贷困境。

4. 美国货币政策和与此相关的美国房地产行情变化也是次贷危机发生的重要因素。"911 事件"以后，美联储连续 12 次降息，使联邦基金利率降到 20 世纪 60 年代以来的最低水平。另一方面，美国次级抵押贷款市场通常采用固定利率和浮动利率相结合的还款方式，即：购房者在购房后头几年以固定利率偿还贷款，其后以浮动利率偿还贷款。在 2006 年之前的 5 年里，由于美国住房市场持续繁荣，加上前几年美国利率水平较低，美国的次级抵押贷款市场迅速发展。低利率和高房价促进了美国人的购房热，催生了许多为购房者提供融资便利和短期便宜的抵押贷款证券化工具，也导致了房贷机构放松对购房者借贷信用和资格的审核。

2004 年 6 月至 2006 年 6 月，美联储连续 17 次加息，使联邦基金利率从 1% 升到 5.25%，而过去 35 年房价年均增长率为 3.5%。利率上升和房价下降使美国次贷市场迅速恶化，许多借债过度的购房者的房产净值由正转负，既无力偿付房贷到期本息，又无法再融资，在借债头几年享受固定低利率或不付息的优惠期结束后，现在不得不按市场高利率支付。结果，2006 年以来，次贷市场违约拖欠债务事件大增。大批次贷的借款人不能按期偿还贷款，于是银行把房屋出售，但却发现得到的资金不能弥补当时的贷款和利息，甚至无法弥补贷款额本身，这样银行就会出现亏损，引起按揭提供方的坏账增加，进而引发"次贷危机"。

三、次贷危机对世界和中国经济的影响

在西方政府特别是央行的干预下，美国次贷危机初步有所缓解。除美欧政府紧急救援外，西方金融界也采取了一些防范危机深化的举措。次贷危机已经并将继续对全球金融和世界经济产生不可低估的影响。全球金融市场进入剧烈波动的"多事之秋"。大量房贷机构特别是与美国次贷市场相关的基金陷入困境或破产。西方主要金融机构亏损严重，债务大幅上升。受次贷危机影响，全球银行业损失 3000 亿到 4000 亿美元。再次，国际金融市场的各领域都出现剧烈动荡，股市、债市、汇市、商品市场均无一幸免，并造成了西方信贷市场一定程度的紧缩。次贷危机使美国房地产衰退雪上加霜，并将推迟其复苏时间。在次贷危机发生之前，美国房地产业已陷入衰退同时也逐步将美国经济"拖下了水"。

次贷危机引起美国经济及全球经济增长的放缓，对中国经济的影响也不容忽视，而这其中最主要是对出口的影响。2008 年第四季度中国出口同比仅仅增长 4.3%；进口同比下降 8.8%，是 2002 年以来季度增长的最低点。中国与美国、欧盟、日本、东盟等主要贸易伙伴进出口增速均呈回落态势。美国次贷危机造成我国出口增长下降，一方面将引起我国经济增长在一定程度上放缓，同时，由于我国经济增长放缓，社会对劳动力的需求小于劳动力的供给，将使整个社会的就业压力增加。

其次，次贷危机加大了我国的汇率风险和资本市场风险。为减缓次贷危机造成的负面影响，美国采取宽松的货币政策和弱势美元的汇率政策。美元大幅贬值给中国带来了巨大的汇率风险。在发达国家经济放缓、我国经济持续增长、美元持续贬值和人民币升值预期不变的情况下，国际资本加速流向我国寻找避风港，将加剧我国资本市场的风险。

四、中国应对措施

此轮次贷风暴还对现有美国金融体制提出了诸多挑战，而美国监管当局

应对危机的举措为我国的房地产市场和金融监管提供了可以借鉴的教训。我们认为，风险管理是此次金融危机最重要的教训之一。美国次贷风波中首当其冲遭遇打击的就是银行业，重视住房抵押贷款背后隐藏的风险是当前中国商业银行特别应该关注的问题。在房地产市场整体上升的时期，住房抵押贷款对商业银行而言是优质资产，贷款收益率相对较高、违约率较低，一旦出现违约还可以通过拍卖抵押房地产获得补偿。目前房地产抵押贷款在中国商业银行的资产中占有相当大比重，也是贷款收入的主要来源之一。然而一旦房地产市场价格普遍下降和抵押贷款利率上升的局面同时出现，购房者还款违约率将会大幅上升，拍卖后的房地产价值可能低于抵押贷款的本息总额甚至本金，这将导致商业银行的坏账比率显著上升，对商业银行的盈利性和资本充足率造成冲击。从长远看银行系统抵押贷款发放风险不可忽视，必须在现阶段实施严格的贷款条件和贷款审核制度。始于美国次贷危机的国际金融危机引发了世界各国对金融监管的全面反思，也催生了监管规则的新变革。正如第五章所述，中国政府已经采取了一系列措施应对金融危机对我国房地产的不良影响。而这些应对政策，包括降低利率、加大投资、减免房产税收、加强土地的调控等等，也已经收到明显的效果。认真体味此次风暴之教训，我们应尽可能避免类似危机在中国发生，否则将后患无穷。

参考文献

［1］Demyanyk，Y. and O. Van Hemert. Understanding the Subprime Mortgage Crisis. Social Science Research Network. December 2008.

［2］Kiff，J and P. Mills. Money for Nothing and Checks for Free：Recent Developments in U. S. Subprime Mortgage Markets. Working Paper，International Monetary Fund. July 2007.

［3］Kregel，J. Minsky's Cushion of Safety：Systemic Risk and the Crisis in the U. S. Subprime Mortgage Market. Public Policy Brief. The Levy Economics Institute. 2008.

［4］Mian，A. and A. Sufi. The Consequences of Mortgage Credit Expansion：Evidence from the 2007 Mortgage Default Crisis. Social Science Research Network. December 2008.

［5］Rudolph，B and J Scholz. Driving Factors of the Subprime Crisis and Some Reform Proposals. CESifo DICE Report. March，2008.

［6］Shiraieria，S. The Impact of the US Subprime Mortgage Crisis on the

World andEast Asia: Through Analyses of Cross-border Capital Movements. ERIA Discussion Paper. April, 2009.

[7] Taylor, J. B. The Financial Crisis and the Policy Responses: An Empirical Analysis of What Went Wrong. NBER working paper, January 2009.

[8] United Nations Multimedia, http://www.unmultimedia.org/.

[9] Wray, L. R. Lessons from the Subprime Meltdown. Working Paper, The Levy Economics Institute. December 2007.

[10] 凤凰网财经频道, http://finance.ifeng.com.

[11] 环球视野, http://www.globalview.cn.

（袁燕，美国德州农工大学博士，现为西南财经大学经济与管理研究院副教授）

第六章　新能源
——中国能源发展新探索

　　近年来，中国经济在持续高速增长的同时也面临着日益严峻的资源瓶颈与环境约束，为此中国政府作出了建设"资源节约型社会"和"环境友好型社会"的重大战略部署。相对于传统的化石能源，风能、太阳能、生物质能等新能源具有蕴藏量丰富、可循环利用和清洁等优点，从根本上克服了传统常规能源储量有限、污染严重的缺点，有利于经济的可持续发展。为应对经济社会发展中的能源供需矛盾和环境压力，中国正加大新能源与可再生能源的发展力度，积极探索一条适合于中国国情的能源发展道路。

　　本章分析金融危机下世界新能源发展的新趋势，介绍中国新能源发展历程与现状，以及政府促进新能源发展的公共政策，并展望中国新能源发展的前景。

第一节　金融危机下世界新能源发展

　　当今世界经济社会发展面临着严峻的能源约束与环境压力。一方面，煤炭、石油、天然气等传统能源供求矛盾日益突出：按照当前能源消耗趋势，预计世界上的石油只够再用40年左右，天然气60年左右，煤炭资源120年左右；[①] 另一方面，传统能源在消费过程中排放出大量的温室气体碳化物、硫化

---

　　① 《BP世界能源统计年鉴2009》，BP公司，2009年6月，http://www.bp.com/multipleimagesection.do? categoryId=4728&contentId=7047099。

物、氮氧化物，以及粉尘等，极大地影响人类的健康。风能、太阳能、生物质能、地热能、水能等新能源和可再生能源以其储量丰富、可循环利用、清洁高效等优点，被认为是解决能源瓶颈与环境约束的战略选择，世界各国加大了对新能源与可再生能源的投资力度，以减少对传统能源的依赖，增强本国经济发展的可持续性。

面对国际金融危机，发展新能源被各国认为是转"危"为"机"的重要选择。从历史的经验来看，每一次大的经济危机都会伴随一场新的科技革命，并导致世界各国产业的调整和全球分工格局的深刻变化。面对此轮金融危机，世界各国纷纷采取行动，出台相关政策，加大对新能源的投入，抢占新一轮科技进步与经济发展的制高点。

一、奥巴马新政与美国新能源发展

作为在金融危机中就职的美国总统，奥巴马选择以发展新能源作为化危为机、振兴美国经济的主要政策手段之一。其能源政策的短期目标是促进就业，拉动经济复苏；长期目标是摆脱美国对外国石油的依赖，在新能源领域占领制高点，继续使美国充当世界经济"领头羊"。为此，美国政府出台了一系列能源开发利用的计划，主要包括了发展新能源，修建支持替代能源的基础设施等。[1]

奥巴马政府加紧了新能源政策的制定和规划。开发新能源，降低对石油的依赖，是奥巴马新能源政策的核心。主要体现在以下五个方面：一是大力发展清洁能源。计划在未来 10 年内，每年投资 150 亿美元用于推动可替代性能源和节能型建筑、汽车的商业开发，同时给予从事这类研究的公司税收优惠。二是强调保护环境应对气候变化。实施"总量控制和碳排放交易"计划，2020 年前将温室气体排放降低到 1990 年的水平，2050 年前再减少 80%，使美国成为气候变化领域的领先者。三是实现能源资源多元化。到 2010 年 10% 的电力消耗将来源于清洁的可再生能源，2025 年该比重将达到 25%，同时在保证安全的前提下发展核能。四是提高汽车燃料效率。每年将汽车燃料经济标准提高 4%，到 2011 年开始采取新的能效标准；加速插电式混合动力汽车的商业化；加速引进低碳非耗油汽车。五是实现节能、节约成本和高能效。到 2020 年，美国能源部预测的电能需求水平应降低 15%。开展的节能方案包括：设立国家建筑物节能目标、对目前的联邦能效标准进行大幅调整、实施

---

① 周涛：《经济危机下的美国新能源》，中国电力网，2008 年 11 月 19 日。

新刺激方案促进公共事业公司提高能效等。①

美国新能源发展新形势对中国而言是机遇和挑战并存。目前的国际大环境将使新能源技术国际合作进一步增加，从而有利于刺激产业结构转型和新能源技术的开发。另外，在新能源领域的技术外溢也会逐渐凸显，从而有益于中国新能源技术的发展。奥巴马的能源政策对中国也是巨大的挑战。奥巴马能源新政实施后，中国在国际上面临的减排压力将会增加。奥巴马政府一方面表示，美国将积极参与国际社会应对气候变化挑战的努力；另一方面，多次重申发展中国家也要承担相应的减排责任。中国作为发展中国家中温室气体排放量最大的国家，受到的压力自然也最大。

二、欧盟"精明投资"与新能源发展

面对经济危机的严峻形势，欧盟委员会采取了名为"精明投资（Smart Investment）"的 2000 亿欧元欧洲经济恢复计划。经济恢复计划中有 3 项与节能环保直接有关：改善建筑的能源效率；推动绿色产品的快速发展；发展汽车和建筑的清洁技术。该计划有效地推动了低碳经济的发展，风能、太阳能是其中的重点。据欧洲风能协会发表的报告显示，目前欧盟风能开发居所有可再生能源之首，占欧盟电力供应的 4%。同时在全球太阳能发电总量中，欧洲就占了超过 80%。2009 年 4 月，欧盟公布了《气候行动和可再生能源一揽子计划》，承诺在 2020 年之前将欧盟温室气体排放量在 1990 年的基础上减少 20% 以上，并实现欧盟可再生能源占总能源耗费比例的 20%。

欧盟及其成员国一直是国际气候和环境问题的主导者，欧盟气候变化政策新动向的核心就是将气候变化和能源、环境等综合考虑，制定具体的可再生能源发展目标并将此列为减缓气候变化的重要措施，并将国内环境质量目标与减缓气候变化挂钩。金融危机爆发之后，欧盟各国为了强化其在新能源领域已经获得的相对优势，进一步加大了政策支持力度。例如，德国通过了温室气体减排新法案，将风能、太阳能等可再生能源的利用比例从现在的 14% 增加到 2020 年的 20%。法国环境部于 2008 年 11 月 17 日公布了一项旨在发展可再生能源的计划，政府希望能够通过一系列举措，大幅提高可再生能源在能源消费总量中的比例。欧洲议会于同年 12 月 17 日批准了欧盟能源气候一揽子计划，以保证欧盟到 2020 年把新能源和可再生能源在能源总体消

① 秦治来：《奥巴马的新能源政策及其对中美关系的影响》，《中国党政干部论坛》，2009 年第 4 期。

耗中的比例提高到 20%。与奥巴马的新能源战略几乎同步，2009 年 1 月 26 日，由德国、西班牙和丹麦发起的国际新能源组织（IRENA）在德国波恩成立。该机构正式成为可再生能源的"新代言人"，其宗旨是在全世界工业化国家和发展中国家扩大使用新能源。该组织将致力于推动全球性的能源结构转型，扩大新能源的使用量，同时帮助发展中国家获取技术，建立自己的新能源工业。①

三、日本的新能源发展规划

金融危机导致日本经济衰退，日本政府参考美国的救援方式，采取积极措施拯救日本的支柱产业，并且在考虑长远战略需要的同时，大幅降低对传统能源的依赖，开发新能源。

日本政府 2008 年版《能源白皮书》指出，有必要将日本的能源供应结构从以石油为主转变为太阳能、核能等非化石燃料。白皮书还建议推动对资源所有国的投资以稳定获取能源，必须对全球经济复苏后原油价格再次高涨做好充分的准备。白皮书指出，尽管经济衰退使全球石油需求在短期内有所下降，但今后以中国、印度等新兴市场国为中心的供不应求状况可能会使油价再次面临上涨压力。为此必须建立起一种不易受到石油等现存能源价格变动影响的经济结构，应站在长远的角度积极推动节能、新能源及核电的发展。

日本经济产业省表示，为了促进太阳能发电等新能源的普及和发展，2009 年度财政预算概算中的相关预算将比 2008 年度增加约 1300 亿日元，增长幅度为 50%。此外，增加预算还包括政府对企业为节能而进行设备投资的支持。另外，日本还出台补贴措施大力发展新能源。2009 年 7 月 20 日，日本政府发布了发展可再生能源的新目标，出台了新的补贴措施。同时还增加了推广家庭太阳能发电和地热发电这两项计划的财政支出。

四、其他国家的新能源规划

在严峻的金融危机面前，除了美国、日本和欧盟三大经济主体之外，世界还有很多国家也在进行新能源发展规划，大力发展新能源。

澳大利亚预计 2020 年可再生能源发电量占比为 20%，预计 2009 年中

---

① 《中国证券报》，2009 年 07 月 03 日。

期通过该法案的修正案，在法案通过后的 1 年半时间内将促使 5 亿澳元可再生能源基金，用于鼓励家庭安装太阳能系统，及风能、太阳能等方面的投资。韩国将在 2030 年之前投资 1030 亿美元用于开发新能源。印度在 2008 年 12 月 26 日通过了新的能源安全政策，其中之一就是倡导使用清洁、可再生能源。

专栏 6 - 1　新能源利用世界之最

新能源又称非常规能源。是指传统能源之外的各种能源形式。指刚开始开发利用或正在积极研究、有待推广的能源，联合国开发计划署（UNDP）把新能源分为以下三大类：大中型水电；新可再生能源，包括小水电、太阳能、风能、现代生物质能、地热能、海洋能（潮汐能）；穿透生物质能。[①]

1. 太阳能

最早的太阳能电站建在美国，在加利福尼亚州莫哈维沙漠的巴斯托太阳能 1 号电站。太阳能热发电、高温太阳能热发电，又称塔式太阳能发电。美国、日本、欧洲等已建成几座这样的电站。[②]

世界上最大的太阳能电站是美国能源部在加利福尼亚州莫哈维沙漠的巴斯托太阳能 1 号电站，功率 10 兆瓦，塔高 100 米，定日镜 39.9 米 2×1818 面。现在又在 1 号电站的附近，开始建 2 号太阳能热电站，也是 10 兆瓦，预计 1996 年完成，投资 4850 万美元。

2. 核电

世界上最早建造的核电站在俄罗斯的卡卢加州奥布宁斯克城，建于 1954 年 6 月。在从未出现过严重故障的情况下、运行了近半个世纪后于 2002 年 4 月 30 日光荣退役。[③]

3. 风力发

利用风力发电，以丹麦应用最早，而且使用较普遍。丹麦虽只有 500 多万人口，却是世界风能发电大国和发电风轮生产大国，世界 10 大风轮生产厂家有 5 家在丹麦，世界 60% 以上的风轮制造厂都在使用丹麦的技术，是名副其实的"风车大国"。[④]

---

① 百度百科，http：//baike. baidu. com/view/53645. htm 在线资料。
② 雅虎知识堂，http：//knowledge. yahoo. com. cn/question/1307010904615. html 在线资料。
③ 环球网，http：//tech. huanqiu. com/photo/pic/2009 - 07/518007_ 10. html 在线资料。
④ 百度百科，http：//baike. baidu. com/view/66258. htm 在线资料。

4. 海洋能

世界第一座抽水蓄能电站是瑞士于 1879 年建成的勒顿抽水蓄能电站。①

世界装机容量最大的抽水蓄能电站是 1985 年投产的美国巴斯康蒂抽水蓄能电站。世界第一座潮汐电站于 1913 年建于德国北海之滨。②

世界上最大的潮汐电站是法国的朗斯潮汐电站，装机 24 万千瓦。

世界首次提出利用海水温差发电设想的是法国物理学家阿松瓦尔。1926年，阿松瓦尔的学生克劳德试验成功海水温差发电。1930 年，克劳德在古巴海滨建造了世界上第一座海水温差发电站，获得了 10 千瓦的功率。③

日本在 1978 年建成的海明号波浪发电试验船则是世界上第一座大型波能发电站。

5. 水电

1878 年法国建成世界第一座水电站。20 世纪 30 年代后，水电站的数量和装机容量均有很大发展。80 年代末，世界上一些工业发达国家，如瑞士和法国的水能资源已几近全部开发。

20 世纪世界装机容量最大的水电站是巴西和巴拉圭合建的伊泰普水电站，装机 1260 万千瓦。

目前，世界上最大的水电站是中国 1994 年已开工兴建的三峡水利枢纽，装机容量为 1786 万千瓦，预计 2009 年底竣工。④

第二节　中国新能源发展现状

中国是世界能源消费第二大国，能耗效率比世界平均水平低 10 个百分点，单位国内生产总值能耗超过世界平均水平的三倍，二氧化碳排放已上升到世界第一位。中国经济能否实现可持续发展？发展新能源将是中国破解这一难题的重要探索。中国新能源发展主要经历了三个阶段：一是以沼气技术探索推广为特征的起步阶段（1958～1980 年）；二是以水电、风能和太阳能相继跟进开发研究为主的探索发展阶段（1981～2004 年）；三是 2005 年至今

---

①　http：//wenwen. soso. com/z/q62296901. htm 在线资料。

②　百度百科，http：//baike. baidu. com/view/131512. htm 在线资料。

③　百度百科，http：//baike. baidu. com/view/587452. htm 在线资料。

④　百度百科，http：//baike. baidu. com/view/34559. htm 在线资料。

的科学发展阶段。本节主要介绍中国风能、太阳能、生物质能、核能、水电、地热和海洋能的发展现状与技术水平。严格意义上，核能不属于新能源，但考虑到其在中国未来能源结构调整和能源战略选择的重要性，本文将核能作为中国的"新能源"一并介绍。

一、风能

风能利用主要是以风力发电为主。中国 10 米高度层的风能资源总储量为 32.26 亿千瓦，其中实际可开发利用的风能资源储量为 2.53 亿千瓦。主要分布在两大风带：一是"三北地区"，即东北、华北北部和西北地区。二是东南部沿海近岸海域。具体分布见图 6-1。

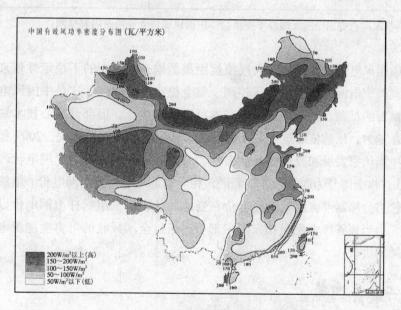

图 6-1　中国有效风功率密度分布图

图片来源：中国新能源发电网，2008-11-04，http://www.xnyfd.com/kepu/html/?12367.html 在线资料。

中国风电产业起步于 1986 年，10 年后才开始快速发展，尤其是在 2005 年以后，中国风能利用在国际上排名逐年提高。国家能源局发布的《2008 中国风电发展报告》显示，到 2007 年底，全国共有 20 个省（区、市）开发建设了风电场，建成风电场 91 个，安装风电机组 331 台，累积装机容量 605 万千瓦，位居世界第五。[1] 其中，内蒙古自治区总装机 159 万千瓦位居国内首位。[2] 截止到 2009 年初，全国已有 25 个省份、直辖市、自治区具有风电装机。根据最新研究报告，2009 年 6 月底，中国全国风电并网装机 1181 万千瓦，同比增长 101%，风力发电装机容量连续三年实现"翻倍增长"，总装机容量已居世界第四位（表 6-1）。[3]

表 6-1 2005 年以来中国风电发展状况

年 份	2005	2006	2007	2008	2009
累计装机容量（万千瓦）	126	260	605	1215.3	1181[4]
世界排名	8	6	5	5	4

资料来源：根据中国发展改革委员会、中国风能协会等网站内容整理。

中国风电需要依托高压大规模远距离的输送，风能的不稳定性带来系统调峰调频、电网适应性、电压控制、安全稳定性等问题，这是中国风电发展必须面对的难题。中国风电设备基本可以自主生产，但部分核心技术缺乏自主创新能力，依然依靠进口。风电高成本补偿问题在逐步解决。2009 年 7 月底，中国国家发展和改革委员会出台了《关于完善风力发电上网电价政策的通知》，将全国分为四类风能资源区，相应制定风电标杆上网电价。继续实行风电价格分摊制度，风电上网电价在当地脱硫燃煤机组标杆上网电价以内的部分，由当地省级电网负担，高出部分，通过全国征收的可再生能源电价附加分摊解决。

二、太阳能

中国地处北半球欧亚大陆的东部，属于温带和亚热带，具有丰富的太阳能资源，全国⅔的国土面积年日照小时数在 2200 小时以上，年太阳辐射总量大于每平方米 5000 兆焦，每年接收的太阳辐射能约相当于 1700 亿吨标准煤，属于全球太阳能利用条件较好的国家。中国太阳能主要集中在西部和北部，

---

① 中国风能协会网站，http：//www. cwea. org. cn/hynews/display_ info. asp？cid＝196 在线资料。

② 李俊峰、高虎、王仲颖、马铃娟、董路影：《2008 中国风电发展报告》，中国环境出版社，2008 年 10 月，第 16～37 页。

③ 中国投资咨询网，http：//www. ocn. com. cn/reports/2006005fenglifadian. htm 在线资料。

④ 数据为 2009 年上半年全国并网装机容量，《上海证券报》，2009 年 7 月 31 日，第 3 版。

如图6-2所示。据测算，假如中国平均每百人拥有太阳能热水器集热面积30平方米，全国太阳能热水器总使用量可达到5亿平方米，年节约能源6500万吨标准煤。[①]

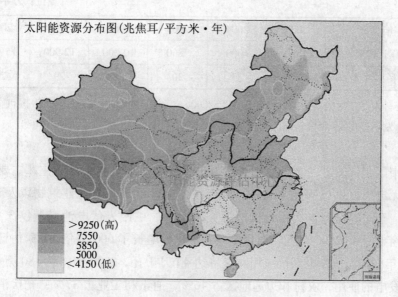

图6-2 中国太阳能资源分布图

图片来源：中国气象中心风能太阳能资源评估中心。

中国太阳能利用以太阳能热水器为主。热水器利用技术比较成熟、市场化程度高且很适合中国国情。2000年以来，中国太阳能热水器行业发展迅猛，年均增长率都在20%以上。据统计，2008年中国累计生产太阳能15 480万平方米，比2007年的12 900万平方米增加20%，热水器产品还出口亚洲、欧洲、非洲等很多国家。在生产技术方面，中国太阳能热水器产业已形成原材料加工、产品开发制造、工程设计和营销服务的产业体系，成为一个产业规模迅速扩大的新兴产业。中国自主创新的真空管热管技术，技术水平居于世界领先地位，真空管热水器在中国得到广泛应用，年产量超过1600万平方米，占世界真空管热水器市场的90%以上。从长远看，太阳能热水器与建筑结合是世界趋势，中国在这方面刚刚起步，一些房地产项目开始与太阳能热

---

① 国家发展改革委员会能源局可再生能源和农村电力处：《可再生能源：现状与前景》，《中国创业投资与高科技》，2004年4月，第54~56页。

水器同步建造。①

表6－2　2003年以来中国太阳能热水器利用情况

(单位：万平方米)

年　份	2003	2004	2005	2006	2007	2008
累计产量	4500	6000	7800	10 000	12 900	15 480
增长率（%）	－	33	30	28	29	20

资料来源：根据《中国能源年鉴2005/2006》、中国发展改革委员会《中国可再生能源产业发展报告》、中国新能源网相关文献整理。

　　中国光伏发电主要以家用光伏发电系统和小型光伏电站为主，主要解决偏远无电山村供电问题。此外，城市在公益性建筑和其他建筑物以及道路、公园、车站等设施也使用光伏电源。2001年，中国光伏电池产量仅3兆瓦，2007年已达到2000兆瓦，居世界第一，6年增长了600多倍。② 据估计，到2010年中国光伏发电系统应用总量将达40万千瓦，2020年将达180万千瓦。光伏发电的使用，农村和边远地区占46%，通讯和工业占37%，光伏消费品占12%，光伏并网发电系统占5%。③

　　光伏发电产业快速发展的基础是晶体硅片材料和太阳能电池生产能力的快速增长。据统计，2004年，中国晶体硅及硅片生产能力为7.15万千瓦，单晶体硅的生产能力达6.35万千瓦。2005年，晶体硅及硅片的生产能力猛增至20万千瓦，同比增长180%，其中单晶体硅的生产能力为15万千瓦。④ 统计表明，目前中国的光伏发电产业链中，已投产的有10多家多晶硅企业、60多家硅片企业、60多家电池企业、330多家组件企业，太阳能电池产量占到世界总产量的30%。⑤ 尽管中国已经具备光伏发电产业发展的设备供给、监测实验和人才培养等能力，但也面临一些技术问题。最大问题在于多晶硅和单晶硅的提纯技术，这一技术长期以来基本上依靠日本和德国，因此亟待突破

---

　　① 王仲颖、李俊峰：《中国可再生能源产业发展报告2008》，化学工业出版社，2009年7月，第33～67页。

　　② 《南方日报》，2009年08月28日。

　　③ 香港风险投资研究院：《中国风险投资年鉴》，民主与建国出版社，2008年，第539～541页。

　　④ 中国能源年鉴编辑委员会：《中国能源年鉴2005/2006》，科学出版社，2007年8月，第255～256页。

　　⑤ 《经济参考报》，2009年8月24日。

"技术租借"这一瓶颈。① 中国并网光伏发电系统的研究还处于研究示范阶段，已建成的示范性并网光伏电站均为低压用户端并网模式，大型和超大型并网光伏电站系统将是中国未来光伏发电的重要发展方向。

三、生物质能

理论上，中国生物质资源可达 650 亿吨/年，以平均热值为 15 000 千焦/公斤计算，折合理论资源最为 33 亿标准煤，相当于目前中国年总能耗的 3 倍多，但可开发的生物质能资源总量约 7 亿吨标准煤，随着"退耕还林，退耕还草"工程的开展，造林面积不断扩大，生物质资源潜力可达 10 亿吨标准煤。中国生物质能主要包括秸秆、薪柴、农业生产禽畜粪便、城市生活垃圾和工业有机废渣废水等（表6-3）。

表6-3 中国生物质能资源量与潜在可开发量

生物质能种类	资源量（亿吨）	潜在可开发量
秸　秆	7	3.5 亿吨
薪　材	2.2	2.2 亿吨
工业有机废水	25	110 亿立方米
农业养殖粪便	18	200 亿立方米
城市生活垃圾	1.49	90 亿立方米
城市生活污水	247	10 亿立方米

资料来源：林伯强：《中国能源发展报告2008》，中国财政经济出版社，2008 年 9 月，第 331 页。

如上表所示，目前中国秸秆资源量已超过 7.2 亿吨，约 3.6 亿吨标准煤，其中 3.5 亿吨可作为能源用途。来自林业采伐、育林修剪和薪炭林的薪材年均产量约为 2.2 亿吨，折合标准煤 1.28 亿吨。工业有机废水、农业养殖粪便以及城市生活污水和垃圾每年潜在可开发量达 410 亿立方米。

生物质能技术的研究与应用是中国能源利用重点研究项目之一。2003 ~

---

① 《经济参考报》，2009 年 8 月 26 日。

2007 年，中央累计安排国债资金 80 亿元，在 7.3 万个村支持建设 823 万户沼气。截至 2009 年上半年，全国农村户用沼气已达 3050 万户，各类农业废弃物处理沼气工程 3.95 万处。① 生物质能发电 2006 年起步，总装机规模为 128.4 万千瓦，预计到 2010 年，这一数字将达到 550 万千瓦。②

四、核能

核能不属于可再生能源，更不是新能源，之所以在此作详细介绍是因为核能对中国未来能源结构转变的重要性。核电具有清洁和经济两大优点，因此受到发达国家的青睐。自 1991 年，中国第一座核电站——秦山核电站——建成发电以来，中国核电发展迅速，已经具备较为完整的核工业体系。目前投入商业运行的共有 6 座核电站，共计 11 台机组 906.8 万千瓦，在建 8 台机组 790 万千瓦。③ 中国核电发展状况见表 6 - 4。

表 6 - 4　2001 年以来中国核电发展状况

年　份	2001	2002	2003	2004	2005	2006	2007	2008	2009
装机容量（万千瓦）	210	447	619	684	685	685	885	885	907④
发电量（亿千瓦时）	175	265	439	501	531	543	626	684	-

资料来源：根据国家电力信息网、《中国能源发展报告 2008》（林伯强：中国财政经济出版社，2008 年 9 月，第 284～292 页）整理。

依据中国《核电中长期发展规划》，为了保障能源供应安全，优化电力结构，统筹考虑国家技术力量、建设周期、设备制造自主化、核燃料供应等条件，计划到 2020 年，核电运行装机容量将达到 4000 万千瓦，核电年发电量达到 2600～2800 亿千瓦时。在目前在建和运行核电容量 1696.8 万千瓦的基础

---

① 《人民日报》，2009 年 9 月 3 日，第 02 版。

② 中国能源年鉴编辑委员会：《中国能源年鉴 2005/2006》，科学出版社，2007 年 8 月，第 255～256 页。

③ 截至 2009 年 7 月末全国核电装机容量最新核定结果，国家电力信息网，http://www.powerplants.com.cn/fddt/zxgz/200908/t20090818_ 134175.htm 在线资料。

④ 同上。

上，新投产核电装机容量约 2300 万千瓦。同时，考虑核电的后续发展，2020年末在建核电容量将保持 1800 万千瓦左右（表 6 - 5）。

表 6 - 5　中国核电建设项目进度计划

（单位：万千瓦）

规划时期	新开工规模	投产规模	结转下一个五年规模	期末运行总规模
2000 年之前	–	–	–	226.8
2001～2005 年	346	468	558	694.8
2006～2010 年	1244	558	1244	1252.8
2011～2015 年	2000	1244	2000	2496.8
2016～2020 年	1800	2000	1800	4496.8

注：因单机容量有变化，实际开工和完工核电容量数有变化。

资料来源：根据《中国核电中长期发展规划》整理。

在工程设计方面，中国已经具备了 30 万千瓦级和 60 万千瓦级压水堆核电站自主设计和建设能力。在未来核电发展过程中，将实现百万千瓦级压水堆核电站的设计、建造和运营，并建立与国际先进水平接轨的运营管理模式，形成比较完整的自主化核电工业体系。在运行业绩及核安全方面，中国核电站的安全运行业绩良好，运行水平不断提高，主要运行指标达到世界核电运行组织（WANO）先进水平。中国核电发展的技术路线已经明确，当前发展压水堆核电站，近期发展热中子反应堆核电站，远期发展聚变堆核电站。

五、水电

中国是水电资源丰富的国家，根据 2003 年全国水电资源普查成果，全国水电资源技术可开发装机容量为 5.4 亿千瓦，年发电量 2.47 万亿千瓦时，经济可开发装机容量为 4 亿千瓦，年发电量 1.75 万亿千瓦时。水电资源约 70% 分布在中国西南地区，以长江、黄河、珠江流域为主，总装机容量约占全国经济可开发量的 60%。中国水电的利用分两部分：一是传统大中型水电站[1]，以中国 12 个水电基地为主（如图 6 - 3 所示）。二是真正意义上的新能源——小水电。小水电可开发量约 8700 万千瓦，约占全国水电资源可开发量的 23%，居世界第一位。[2]

---

[1]　中国水电站分类标准：装机容量大于 25 万千瓦以上为大型水电站，2.5 万至 25 万千瓦为中型水电站；2.5 万千瓦以下为小水电站。

[2]　崔民选：《中国能源发展报告 2008》，社会科学文献出版社，2008 年 3 月，第 288 页。

图 6-3　中国水电基地分布图

图片来源：中国新能源发电网，http：//www.xnyfd.com/kepu/html/？12367.html 在线资料。

水电发展一直受中国政府的重视，水电总产量也不断翻新。20 世纪 90 年代以来，中国水电总产量一直在增加。2006 年和 2007 年发电量达 4357.9 亿千瓦时和 4852.6 亿千瓦时，但是其占当年电力生产总量比例却一直在下降，从 1990 年的 20.4% 下降到 2007 年的不足 15%，如表 6-6 所示。预计，到 2020 年中国水电的装机容量将达 3 亿千瓦，其中小水电为 7000 万~8000 万千瓦。[①]

表 6-6　中国水电生产量及其占电力总产量比例

（单位：亿千瓦时,%）

年　　份	1990	1995	2000	2005	2006	2007
水电生产量	1267.2	1905.8	2224.1	3970.2	4357.9	4852.6
水电占当年总生产量比例	20.4	18.9	16.4	15.9	15.2	14.8

资料来源：根据国家统计局网站数据计算所得。

目前，中国水电开发量已经达到 27% 左右，其中传统大中型水电资源占总水电资源的比例超过 60%，水电发展空间仍然很大，目前在建的装机容量在 1500 万千瓦以上的水电工程有 12 个（见表 6-7）。

[①]　国家发展改革委能源研究所所长韩文科 2006 年 4 月 20 日在第二届中国分布式能源国际研讨会上发言。

表6-7　中国在建规模在1500万千瓦以上的水电站

序号	名称	装机容量	开工日期	首台机组发电日期	竣工日期
1	三峡	22 400	1994年12月	2003年7月	2009年
2	溪洛渡	12 600	2005年12月	2013年	2015年
3	向家坝	6000	2006年11月	2013年	2015年
4	龙滩	5400	2001年7月	2007年	2009年
5	小湾	4200	2002年	2010年	2012年
6	拉西瓦	4200	200年4月	2008年	2010年
7	锦屏Ⅰ	3600	2006年11月	2012年	2014年
8	锦屏Ⅱ	4800	2007年1月	2012年	2015年
9	瀑布沟	3600	2004年3月	2008年	2010年
10	构皮滩	3000	2003年11月	2009年	2012年
11	彭水	1750	2003年4月	2008年	2010年
12	景洪	1500	2003年7月	2008年	2009年

资料来源：根据《中国能源发展报告2008》整理所得。

中国政府历来重视小水电的开发和利用。目前，全国已有1600多个县开发了小水电，其中近半数县以小水电供电为主。2006年全国农村水电新增装机突破600万千瓦，总装机达到5000万千瓦，约占全国水电装机总容量的37%，年发电量达1500亿千瓦时。[①] 中国水电设备制造业发展迅速，水坝施工与水电站建设水平世界领先。三峡机组成功实现了"引进、消化、吸收、再创新"，基本能承担任何大中型水电站的设计、施工、设备制造等。中国小水电设计施工和设备制造水平世界领先，并且是世界小水电行业技术输出国之一。

六、地热能

中国地热资源丰富，开发利用前景广阔。根据国土资源部数据，中国已探明地热能储存4000多处，储藏距地表2000米以内的地热能，相当于2500亿吨标准煤的热量，每年可开发利用地热水总量约68.45亿立方米，折合

---

① 国家发展改革委能源研究所所长韩文科2006年4月20日在第二届中国分布式能源国际研讨会上发言。

3284.8万吨标准煤。[①] 高温地热资源主要集中在环太平洋地热带，覆盖中国西藏南部、云南、四川西部和中国台湾省。中国地热资源多数属中低温地热资源，主要分布在福建、广东、湖南、湖北、山东、北京、辽宁等省和直辖市。据调查，截至2007年底全国经勘查审批的地热井（泉）有1950个，直接利用的地热资源量达5亿多立方米。[②]

中国利用地热资源的方式主要是高温地热发电和中低温地热直接利用。目前，除西藏自治区羊八井利用地热进行发电外，其他地区地热资源基本都是直接利用。据统计，中国每年直接利用的地热资源量已达44 570万立方米，居世界第一位，而且以每年10%的速度增长。地热一般直接用来洗浴保健、供暖供热、种植养殖等，其中供暖供热占18%、洗浴保健占6.2%，种植养殖占9.1%，其他占7.7%。[③] 中国越来越多的建筑物利用地热资源供暖供热。截至2009年6月，中国应用浅层地热能供暖的建筑项目共2236个，建筑面积近8000万平方米，其中80%集中在京津冀辽等华北和东北南部地区。[④]

七、海洋能

中国大陆海岸线长达18 000多公里，有大小岛屿6960多个，海岛总面积6700平方公里，有人居住的岛屿有430多个，具有丰富的海洋能资源。

中国海洋能的利用方式主要是用来发电。2005年中国海洋电力业[⑤]生产逐步形成规模，呈现良好的发展态势，全年总产值首次突破1000亿元，达到1090亿元。海洋电力生产以广东省和浙江省规模最大，两省占全国海洋电力业产值的90%。2007年，首座海上风力发电站正式投入运营。2008年，中国海洋电力业成长较快，海洋电力业全年实现增加值8亿元，比上年增长51.6%。[⑥] 近年来，中国海洋能开发利用技术发展较快，其中波浪能发电转换效率、稳定输出和装置制造技术取得显著提高。

---

① 国土资源部：《2006中国地质环境公报》，http：//www.mlr.gov.cn/zt/2006dizhihuanjinggongbao/在线资料。

② 国土资源部：《中国地质环境公报2007》，http：//www.mlr.gov.cn/zt/2007dizhihuanjinggongbao/在线资料。

③ 林伯强：《中国能源发展报告2008》，中国财政经济出版社，2008年9月，第332页。

④ 人民网，http：//energy.people.com.cn/GB/9976104.html在线资料。

⑤ 海洋电力业是指在沿海地区利用海洋能、海洋风能进行的电力生产活动。不包括沿海地区的火力发电和核力发电。

⑥ 国家海洋局：《中国海洋统计公报（2008）》，http：//www.soa.gov.cn/hyjww/ml/tj/ba/webinfo/2009/02/1225332549609752.htm在线资料。

第三节　中国新能源发展政策

中国政府为了促进新能源与可再生能源的发展，保证经济社会发展的可持续性，2005 年通过了《中华人民共和国可再生能源法》，这在中国能源发展史上具有里程碑意义。之后，中国政府又制定了一系列新能源与可再生能源政策，包括 2007 年出台的《可再生能源中长期发展规划》以及针对新能源重点领域的各项政策。为应对 2008 年以来全球金融危机，中国政府在新能源政策方面进行了相应的调整。

一、《中华人民共和国可再生能源法》

中国面临着诸如能源安全、环境保护、以煤为主的传统能源结构等突出问题。随着经济发展，中国对能源的需求不断增长。发展可再生能源，能够增加能源供应、优化能源结构，促进国家的可持续发展。具体而言，改革开放前并没有形成系统的政策体系发展新能源。为了适应建立社会主义市场经济体制以及实施可持续发展战略的需要，政府制定可再生能源发展规划，通过财政拨款、项目补贴等方式资助可再生能源的研发；通过贴息信贷、税收优惠等方式促进可再生能源的产业化。为了加快促进可再生能源产业化发展，2005 年 2 月正式通过《中华人民共和国可再生能源法》。

《可再生能源法》主要内容包括：制定可再生能源总量目标、中长期目标；国家将可再生能源开发利用的科学技术研究和产业化发展列为科技发展与高技术产业发展的优先领域；安排资金支持可再生能源开发利用的科学技术研究、应用示范和产业化发展，促进可再生能源开发利用的技术进步；国家鼓励和支持农村地区的可再生能源开发利用。县级以上地方人民政府管理能源工作的部门会同有关部门，根据当地经济社会发展、生态保护和卫生综合治理需要等实际情况，制定农村地区可再生能源发展规划，因地制宜地推广应用沼气等生物质资源转化、户用太阳能、小型风能、小型水能等技术和提供财政支持；中国可再生能源的价格管理与费用分摊制度；中国设立专项资金，以及税收、信贷等扶持政策用于支持可再生能源开发利用的科学技术研究、标准制定和示范工程等五个方面。

《可再生能源法》对指导中国新能源和可再生能源产业化的发展起到了很

大的作用。但是由于《可再生能源法》的配套性政策的不太完善，因此法律执行、有效实施等方面还有待进一步协调和优化。但是毫无质疑，《可再生能源法》为中国的新能源与可再生能源的开发利用提供了法律和制度的保障，为中国的新能源开发利用带来了新机遇。

二、《可再生能源中长期发展规划》

中国政府在《国民经济和社会发展第十一个五年规划纲要》明确提出："实行优惠的财税、投资政策和强制性市场份额政策，鼓励生产与消费可再生能源，提高在一次能源消费中的比重。"为了实现这一目标，在总结中国可再生能源资源产业状况和借鉴国际新能源与可再生能源发展经验的基础上，2007 年 9 月研究制定了《可再生能源中长期发展规划》，提出从 2007 年到 2020 年期间中国可再生能源发展的目标、重点领域和保障措施。

《中长期发展规划》涉及水电、生物质能、风电、太阳能、其他可再生能源等重点领域。（1）水电方面，到 2010 年，全国水电装机容量达到 1.9 亿千瓦，其中大中型水电 1.4 亿千瓦，小水电 5000 万千瓦。到 2020 年，全国水电装机容量达到 3 亿千瓦，其中大中型水电 2.25 亿千瓦，小水电 7500 万千瓦。（2）生物质能方面，到 2010 年生物质发电总装机容量达到 550 万千瓦，生物质固体成型燃料年利用量达到 100 万吨，沼气年利用量达到 190 亿立方米，增加非粮原料燃料乙醇年利用量 200 万吨，生物柴油年利用量达到 20 万吨。到 2020 年，生物质发电总装机容量达到 3000 万千瓦，生物质固体成型燃料年利用量达到 5000 万吨，沼气年利用量达到 440 亿立方米，生物燃料乙醇年利用量达到 1000 万吨，生物柴油年利用量达到 200 万吨。（3）风电方面，到 2010 年，全国风电总装机容量达到 500 万千瓦。重点在东部沿海和"三北"地区，建设 30 个左右 10 万千瓦等级的大型风电项目，形成江苏、河北、内蒙古 3 个 100 万千瓦级的风电基地。建成 1～2 个 10 万千瓦级海上风电试点项目。（4）太阳能方面，到 2010 年，太阳能发电总容量达到 30 万千瓦，到 2020 年达到 180 万千瓦。（5）地热能方面，到 2010 年，地热能年利用量达到 400 万吨标准煤，到 2020 年，地热能年利用量达到 1200 万吨标准煤。（6）海洋能方面，到 2020 年，建成潮汐电站 10 万千瓦。

《可再生能源中长期发展规划》的制定为中国落实科学发展观、建设节约型社会和实现可持续发展设立了目标。是中国保护生态环境，优化能源结构、应对气候变化的重要举措；是建设中国社会主义新农村，因地制宜解决偏远地区电力供应和农村居民生活用能问题，提高农业效益，增加农民收入，改善农村环境，促进农村地区经济和社会的可持续发展的重要举措，但在现实的实施当中并没有达到预期的效果，今后在执行力度上还有待加强。

三、新能源重点领域的政策

除了上述的法律和规划外，中国政府在风能、太阳能、核能等新能源重点领域实施了相应的促进政策。这些政策的主要内容归纳如表6-8。

表6-8　新能源领域政策一览表

领域	政策名称	政策内容
风能	《关于完善风力发电上网电价政策的通知》	规范了风电价格管理和继续实行风电价格费用分摊制度。实行标杆上网电价政策。
太阳能	《关于加快推进太阳能光电建筑应用的实施意见》	推动光电建筑应用，在发展初期采取示范工程的方式，国家发挥财政资金政策杠杆的引导实施"太阳能屋顶计划"，加快光电的推广应用。
核能	《核电中长期发展规划（2005～2020）》	明确到2020年，中国核电运行装机容量达到7000万千瓦、在建1800万千瓦的发展目标。核电占全部电力装机容量的比重从不到2%提高到4%。加强沿海核电发展，科学规划内陆地区核电建设。根据核电装机比例新的变化测算，2020年的核电总装机量可能从过去提出的4000万千瓦，提高到7000万千瓦左右。

资料来源：根据国家发展与改革委员会网站材料整理。

如上表所示，中国政府将不断加大对新能源发展政策支持力度。未来在风能方面中国的关注点还在风力发电及电价改革；在太阳能方面主要在太阳能的供热供暖能力提高；在核能方面主要是核电在中国的大规模建设应用。

四、全球金融危机下中国新能源政策动向

面对金融危机，政府对新能源发展的政策进行了相应的调整。[1] 主要体现在以下几个方面：

1. 大力发展低碳经济。低碳经济涉及的行业和领域十分广泛，主要包括

---

[1]　陈伟、江玮：《新能源产业：新一轮国际竞争的战略制高点》，《经济参考报》，2009年8月11日。

低碳产品、低碳技术、低碳能源的开发利用。在技术上，低碳经济则涉及电力、交通、建筑、冶金、化工、石化等多个行业，以及在可再生能源及新能源等领域开发的有效控制温室气体排放的新技术。2009 年 8 月，温家宝主持召开国务院常务会议，审议并原则通过《规划环境影响评价条例（草案）》，全面实施应对气候变化国家方案。下一阶段的重点工作有 6 个方面，其中低碳经济将培育成新的经济增长点。2008 年以来的全球金融危机对中国的经济特别是出口带来了很大打击。发展低碳经济，对于中国经济内部结构的调整有着关键作用。中国传统的出口产品是高能耗类的，现在要更关注出口商品的转型，否则中国经济中的结构问题就无法解决。

2. 加大核电发展力度。在核能上，随着中国推出扩大内需促进经济增长的十项措施，核电项目成为首批核准的拉动内需项目，核电建设高峰即将到来。比如，2009 年，中国广东核电集团作为目前中国唯一一家以核能电力为主的能源企业，所承担的核电机组建设任务，占国家已核准建设的核电机组任务的 70% 以上，暂居全球第一位，将在岭澳核电站二期、辽宁红沿河核电站、福建宁德核电站、阳江核电站、台山核电站、防城港核电站以及湖北咸宁核电项目，共计 6 个机组的建设任务动工。

3. 积极应对新能源行业产能过剩问题。中国的新能源行业已初具规模，发展势头强劲。但是新能源的个别行业已经出现了过热现象。[①] 2009 年 8 月召开的国务院常务会议上指出，多晶硅、风电设备等新兴行业因存在产能过剩和重复建设，被列入"重点加强指导"的行业。目前，中国在产业发展规划上已经作出调整，总体上来说，中国的新能源资源非常丰富，新能源的发展前景非常有利。大力发挥风电、太阳能、核电等新能源对中国经济未来发展的作用，不仅是应对全球金融危机，更多的是为中国在全球新一轮的经济发展上抢占制高点。

第四节　中国新能源展望

一、中国新能源发展存在的问题

随着相关法律法规的不断完善以及政策支持力度的不断加强，中国新能

---

① 刘琦：《新能源发展刚起步个别行业有过热》，经济观察网，2009 年 8 月 28 日。

源产业布局将逐步清晰，发展空间逐步扩大。但是当前中国新能源的产业化发展也面临技术创新不足、能源体制改革滞后、融资困难等诸多约束。

（一）新能源企业技术自主创新不足

中国新能源发展缓慢，技术上的制约是一个关键的因素。相对于发达国家，中国新能源利用起步较晚，新能源利用技术平均水平偏低。目前，中国新能源利用的大部分核心技术和设备制造依赖进口，技术和设备国产化程度不高，中国新能源利用成本高。例如风电行业，目前，风电产业的设备制造整体能力不高，中国的风电制造企业在叶片、变速齿轮箱、发电机等核心部件上，都没有完全掌握核心技术。[①] 技术劣势成为中国新能源发展壮大的重要制约因素，中国新能源产业要不断发展，在技术方面必须进行不断的自主创新。

（二）新能源开发利用管理体制有待完善

首先，现有的能源管理体制还不完善。比如中国目前存在两种电价机制，造成新能源上网电价混乱，扭曲了价格信号，影响了整个规划和视察过秩序。同时，在现有的管理体制下，新能源的申报项目多、审批程序繁杂，国家对电网公司发展新能源的责权利定位不清，导致电网公司发展新能源动力不足。[②]

其次，新能源的配套服务机制不完善。很多地方的太阳能电池因当地人不会换电瓶液而废弃、小型风力发电设备由于风机故障无人修理而停转的现象随处可见。[③] 所以新能源企业应进一步增强服务意识，做好产品的配套服务工作，这样新能源企业也才能够真正做大做强。

最后，缺乏全国的统筹安排，个别产业出现产能过剩。目前中国新能源产业"跟风"现象严重，产业发展还是具有不少盲目性，而且新能源股不断遭到暴炒，大量的资金盲目进入新能源领域，市场非理性成份过度膨胀，加大了新能源产业投资的风险。所以要警惕并防止中国的新能源的发展过热。[④]

（三）新能源发展融资渠道不畅

新能源产业的发展多以中小企业为主，并且产业发展中风险也比其他企

---

① 宋清华：《新能源危机》，《英才》，2009 年 06 月 01 日。
② 张永伟：《发展新能源的同时应加快理顺管理体制》，《中国经济时报》，2009 年 8 月 31 日。
③ 张雷：《中国新能源产业机遇与挑战》，中国能源信息网，2009 年 8 月 17 日，http://www. nengyuan. net/200908/21 – 201793. html 在线资料。
④ 周雪松：《新能源泡沫不得不防》，《中国经济时报》，2009 年 07 月 30 日。

业相对较大，因此融资难现象比较普遍。从银行贷款方面分析，银行贷款集中在对贷款的风险管理上，他们不愿意贷款给规模不大、前景不明朗的中小企业，对待中小型新能源企业态度较为谨慎。其次，中国的风险投资或私募股权投资非常重视对新能源领域的投资，但退出渠道不畅，制约着风险投资和私募股权投资的积极性，从而影响新能源产业的稳步发展。

（四）市场空间受制于传统能源价格

国际市场原油价格不断攀升引发了新能源开发应用热。中国新能源的快速兴起和发展壮大，与持续上涨的油价关系密切，但是由于经济危机的影响，油价大量下跌，给新能源的发展带来一定程度的挑战。

由于技术水平的制约，中国新能源产品的价格优势不存在或者不显著，对于理想的消费者来说，他们不会舍弃传统能源而选择价格成本高的新能源。虽然金融危机带来石油价格的下跌，但是从长远看，石油价格还是会维持在高价位的。目前大多数能源经济学家普遍认为，只有当国际油价持续稳定在200美金每桶以上的价格时，这些新能源技术才有广泛的市场化拓展空间。

在这次的金融危机之后，各种新能源产业都面临很大的问题。一方面，经济危机造成全球经济衰退，对能源总的需求量会降低，同时，由于经济危机带来的石油价格的大幅下降，传统能源的价格优势显现出来，对新能源的需求产生了替代效应。在世界范围内，对新能源的需求都在迅速减少。市场偏向于选择传统能源，而不是成本较高的新能源。总体来说，这次经济危机对新能源的需求挑战是很大的。

二、中国新能源的发展前景

中国新能源产业化发展起步较晚，技术相对落后，总体产业化程度不高。金融危机的发生，使能源业受到了严重冲击，但却给新能源的发展提供了一个契机。随着行业规模的扩大，新能源的成本正在迅速降低。成本的降低和良好的政策市场环境使新能源呈现规模效应，使之相对于传统能源更具有竞争优势。而且从长远看，随着技术不断创新和改进，中国新能源相对于常规能源的成本优势逐渐体现出来，这样中国新能源产品在市场上更具竞争力。

中国具备发展可再生能源的丰富的资源条件和一定的产业基础，从资源、技术和产业的角度，都将有较大的发展空间。政府对可再生能源的发展给予了充分的重视，根据中国制订的发展目标，2020年可再生能源的发电比例可以达到15%以上（如表6-9所示），2040年之后可以达到30%或更高的水平,成为重要的替代能源。经过近年来的培育,可再生能源已经开始在中国的能源供应中发挥作用,今后 5～10 年将是中国风电、光伏发电和生物质能发展的关键阶段,能否抓住这一机遇,打牢基础,迅速形成可再生能源市场和产业,是推动可再生能源规模化应用的关键所在。总之,中国可再生能源发展潜力巨大、前景广阔,突破诸多障碍,还需要政府与相关企业、研究机构的分工与合作。

表 6-9 中国新能源 2010 年和 2020 年的预期产量

	2010 年			2020 年		
	开发量	实物能量	标准煤	开发量	实物能量	标准煤
一、发电	兆瓦	亿千瓦时	万吨标准煤	兆瓦	亿千瓦时	万吨标准煤
太阳 PV	500	7.5	24.8	1000	15	53.1
并网风力发电	4000	80	264	30 000	600	2124
离网风力发电	70	2.1	6.93	100	3	10.6
小水电	50 000	1750	5775	75 000	2625	9292.5
微水电	300	4.3	14.2	500	7.2	25.5
生物质发电	5800	319	1052.7	20 000	1100	3894
海洋能发电	25	0.7	2.3	50	1.43	5.1
地热发电	50	3.6	11.9	100	107.2	255
小计	60 745	2167.2	7151.83	126 750	4358.8	15 130.3
二、供气/热		亿立方米	万吨标准煤		亿立方米	万吨标准煤
农村户用沼气	3000 万口	90		5000 万口	150	
养殖场沼气	10 000 座	20		2000 座	40	
工业有机废水	2000 座	40	1257.6	5000 座	60	1965
城市生活污水	1000 座	10		2000 座	20	
太阳能热水器	1.5 亿平方米		1800	3.0 亿平方米		3600
地热采暖供热	0.25 亿平方米		70	0.5 亿平方米		140
小计			3127.6			5705
三、液体燃料	万吨		万吨标准煤	万吨		万吨标准煤
生物乙醇	500		429	1900		1630
生物柴油	20		29	100		143
小计	520		458	2000		1773
合计			10 737.4			22 608.3

资料来源:林伯强:《中国能源发展报告 2008》,中国财政经济出版社,第 341 页。

主要参考文献

[1] 崔民选.中国能源发展报告2008 [R].北京:社会科学文献出版社,2008.

[2] 林伯强.中国能源发展报告2008 [R].北京:中国财政经济出版社,2008.

[3] 刘珂.浅谈我国新能源行业的发展环境与前景 [J].企业导报,2009 (5).

[4] 史立山.中国能源现状分析和可再生能源发展规划 [J].可再生能源,2004 (5).

[5] 王明远.“看得见的手”为中国可再生能源产业撑起一片亮丽的天空——基于《中华人民共和国可再生能源法》的分析 [J].现代法学,2007,29 (6).

[6] 王秉忱,吴元炜等.地源热泵工程亟待规范化 [N].地质勘查导报,2009-4-18 (4).

[7] 王庆一.可再生能源的现状和前景(上) [J].电力技术经济,2007 (4),19 (2).

[8] 王庆一.可再生能源的现状和前景(下) [J].电力技术经济,2007 (6),19 (3).

[9] 王仲颖,任东明,高虎等.中国可再生能源产业发展报告2008 [R].北京:化学工业出版社,2009.

[10] 香港风险投资研究院.中国风险投年鉴 [M].北京:民主与建国出版社,2008.

[11] 杨解君.中国新能源与可再生能源立法之新思维 [J].法商研究,2008 (1).

[12] 杨解君,赖超超等.中国新能源与可再生能源开发利用政策与立法研究法规 [J].法治论丛,2008,23 (3).

[13] 中国能源年鉴编辑委员会.中国能源年鉴2005/2006 [M].北京:科学出版社,2007.

评论

为新能源时代的到来做好准备

刘世勇

　　本章简述了欧、美、日三大经济体以及其他国家的新能源政策，并系统全面地阐述了中国新能源的发展现状和存在的问题，而后简要介绍了中国在新能源方面的政策，最后对中国新能源的未来发展作了展望。本评论将着重讨论作为能源消耗大国的中国，在借鉴发达国家新能源政策的基础上，如何解决与新能源相关的体制、政策、技术、创新和管理等方面存在的问题、如何从开源节流两个方面来解决能源的可持续发展问题。

　　和世界许多国家一样，中国经济的快速发展要求有持续不断的、廉价的和清洁的能源供给，如今中国已经成为世界上第二大的资源需求国，而且这个趋势还在不断加剧，如果一个国家经济发展的动力在很大程度上依赖于传统能源的进口，那么这个国家的经济迟早会因为整个世界传统能源的枯竭而崩溃。而且能源供需的矛盾还往往因政治因素而被无限的放大，尤其是对于没有能源和能源贫乏的国家来讲，如果其他国家卡住该国家能源的进口，这无疑就掌控了这个国家的经济命脉，比如俄罗斯就曾经通过控制对乌克兰的天然气供给来谋求其在前苏联地区的利益。中国是一个人口大国，随着人民生活水平的提高，对各种能源的人均消耗会不断增加，这个消耗如果乘以13亿，那就是一个天文数字，能源的可持续供给和未来能源的安全问题直接关系着我国国家的战略安全，因此中国的能源政策应当在开源和节流两个方面着手，将对新能源的研发和利用作为一项重要的国策列入议事日程。

一、对新能源研发的政策支持

　　在借鉴和吸收发达国家技术和经验的基础上，根据我国的国情和新能源的可开发潜力，政府应当制定和实施具有中国特色的支持多样化的新能源政策。也就是说，我们不但对已经成熟的新能源技术迅速产业化，而且在其他具有广泛应用价值的新能源研发方面进行积极的资金、技术和人才支持，实现我国新能源的多样化，这样我国的各个地区就会因地制宜的根据其地域特点开发和利用适合其本地的新能源。因此我们认为中国新能源政策的制定和实施要注意两个方面，首先是对在概念和理论已经成熟和半成熟的新能源研发的支持，比如风能、太阳能以及沼气的生产和利用，支持的重点主要是放在对这些新能源所需核心技术的研发，设备的制造以及基础设施的投资等方面。核心技术和设备可以通过自主研发和国外技术引进相结合的方式，自主研发需要政府在高端研究实验室的和相关设施等方面进行投资，尤其是在高级研发人才培养和资助方面的投资，并在高校和研究机构设立新能源研究实验室，开设更多新能源方面的课程，设立专项研究基金，为研究人员搭建一个平台，并且建立相关的激励机制，鼓励更多的人才投身新能源的研发，同时重点引进在新能源领域的海外专家包括我国在海外的留学人员和外国专家。这方面的研究不是一朝一夕的事情，国家在财政支持方面应当保持一贯性和持续性。而且国家应当鼓励民间资本在新能源领域的长线投资，并给予税收等方面的优惠。在新能源开发方面采取国际合作，优势互补，根据需要积极引进新能源设备的核心技术或辅助技术，这样不但可以缩短新能源技术的开发周期，同时也可以实现各个国家之间新能源技术的共享，最终共同实现全球资源的可持续发展。国家要积极鼓励和扶持在新能源设备制造和基础设施建设方面的投资，并鼓励和引导民间投资到这方面来。另一个重要的方面要求传统能源企业比如中石油、中石化和中海油能够加大在新能源的研发和产业化等方面的投入，并且加快这个进程，能否在新能源方面有所突破和掌握新能源的关键技术，将是21世纪能源企业生存和发展的根本。目前很多国际石油巨头都在新能源研发和利用方面不遗余力地进行投资，比如英国石油投资5亿美元建立能源生物科学研究院，埃克森美孚投资6亿美元开发基于藻类的生物燃料。

其次是对尚在概念阶段或者尚未发现的新能源研发方面的支持，这主要是指基础研究。为了实现新能源的多样化，即不仅仅依靠一种或者几种新的能源，而是利用各地区的特点，挖掘和探索新的能源。比如说，我国南海北部陆坡地区有储量可观的可燃冰（Natural Gas Hydrate）资源。已探明储量几乎相当于185亿吨油（按照我国2008年的石油消耗量，这足可供中国消耗近50年）；再比如说，可利用蓝藻和绿藻制造生物柴油，这不但可以处理由于富氧化而污染的水体，而且还可以生产能源；还比如说，利用细菌分解某些材料制造燃料，通过催化酶来分解木屑和草类产生清洁的能源氢气，因为燃烧氢气的排放物只是水蒸气，这样会大大降低温室气体的排放。① 国家应该出台更多的鼓励创新的政策，对创新人才实行重奖，对相关专利尽快实现产业化。对于一些尽管还在概念化阶段的新能源，如果发现其潜力很大，国家也应制定相应的规划将其列为重点发展目标，比如列入中国重点发展的产业。

二、对新能源应用方面的政策支持

对于新能源的利用，新中国政府从建国初期到现在一直在探索以沼气、水电、风能和太阳能为主的新能源。四万亿的投资应该继续向这方面倾斜，更新已经老化的设备。以风能开发利用为例，由于风能的不稳定会造成并网发电等诸多困难，政府应当鼓励企业研发生产家庭用小型的或者小区用的风力发电机，并和家庭用太阳能发电装置联合使用，尤其对于偏远的农村或者少数民族地区，可采用家庭用风力发电和太阳能发电相互补偿来解决用电的问题，用沼气解决做饭烧水的问题。国家在这方面应予以财政补贴和扶持，这也是建设社会主义新农村的需要。更重要的是，国家应该在职业技术学校培训在风能、太阳能和沼气所用设施和设备方面的技术维护人员，如果按平均每个行政村配备 5 到 8 个技术维护人员，按照全国 64 万个行政村计算，乐观的的话就可以解决 320 万到 512 万人就业，再加上大中小城市的各个小区，就可以解决 500 万到 700 万人就业，这样不但可以解决新能源的可持续发展问题，而且可以提供大量的就业机会。除此之外，为了对具有一定规模的风力和太阳能发电企业进行科学的运作管理，还应当培养一批既懂新能源的相关技术，又懂得新能源运作方面的管理人才。

在新能源的应用方面，因为我国潜在的新能源与地域关系很大，各地要因地制宜的采用不同的新能源策略。譬如说新疆多风而且阳光照射条较好，可以充分发挥其在这方面的优势；沿海地区则重点开发潮汐能、波浪能、海流能、风能以及海水温差发电等。为了督促地方政府对新能源的开发利用给予支持，应当把新能源的开发和利用成效作为地方官员的业绩考核的一个主要指标。国家和地方都要对新能源的利用做一个长远的规划，并且根据新能源的研发成果不断对相关的设施进行更新换代。国家应当大力推广新能源的应用，比如将生物燃料甲醇、乙醇、生物柴油、用过的食用油、生物丁醇、氢气等广泛用于传统的依靠化石燃料的大众交通工具（例如飞机、汽车、船舶、农用拖拉机）或者其需要传统能源提供动力的机械。因此，国家应加大

---

① 参见 http：//www. alternative-energy-news. info/technology/biofuels/在线资料。

在车船飞机以及企业大机械的发动机方面的研究，以便于能够逐渐摆脱对传统化石燃料的依赖。

三、新能源行业和上下游产业链以及相关产业紧密结合

新能源的研发和利用正在成为各国的一个新的经济增长点，因为新能源研发、设备制造以及基础设施建设可以带动相关的产业，从而可以创造很多的就业机会。同时新能源的广泛应用必然会对整个社会经济层面产生天翻地覆的改变，它会影响传统农业的运作方式，因为将来土地里种的就是新型能源的加工原料，比如用玉米提炼加工乙醇，秸秆和养殖业产生的废物会成为制造沼气的原料；很多传统的石油工业如石化行业需要转型，它们经过过程/设备改造后的高炉生产出来的不再是传统的汽油和柴油，而是生物燃料；在发动机制造业，必须对现有的生产线进行改造来生产新型的发动机以适应新型能源的需要；另外，由于新能源的开发会需要相应的基础设施，国家需要对用于传统能源生产的基础设施进行改造或者建设新的基础设施。一个值得注意的问题是，在从传统能源向新能源转型的过程中，必然会遇到这样或那样的问题，国家、地方政府、企业和员工对这些问题和矛盾应该有一定的预见性，比如由于新能源的采用，企业对现有技术设备不管是改造或淘汰，都会让企业面临资金上巨大的负担；另外，现有的各级技术人员都需要关于新能源设备生产和制造的培训，企业传统的上下游的产业链关系可能不再存在，从而需要建立新的供应链，同时采用不同的运作和管理模式，比如说，一个传统的炼油厂，它的原材料是来自国内国外石油开采企业提供的原油，那么新的情况是，它的原材料将来可能会有一个或者多个大的农场提供。当然，新能源开发和利用给当今社会带来的变革不会仅仅局限于上述这些方面，因此政府和各个可能会和新能源相关的行业必须为新能源时代的到来做好充分的准备，这些准备包括政策上、战略上、企业运作策略上等各个层面。

四、采取适宜的宏观调控方式避免产能过剩或不足

为避免造成某种新能源设备产能过剩或者不足，国家应当在必要的时候进行适当的宏观调控，应该通过系统研究各种新能源的潜能，合理分配研究基金，确定不同的政策补贴力度。国家应当对新能源研发的风险投资，对用于新能源设备制造和基础设施建设的民间和政府的投资采取适当的引导。

五、节能降耗

基于我国人口众多的现状，我们绝对不能走美国那样的能源消耗的道路。根据美国能源信息局的统计，美国 2008 年人均能源消耗为 94 765.42 千瓦。[1]根据中国国家统计提供数据换算，同年中国人均能源消耗为 17 556.32 千瓦，同年能源总消耗折算成标准煤为 28.5 亿吨。假如要达到美国的人均消耗程度，我们要消耗掉相当于 153.9 亿吨的标准煤，如果我国要按照这方向发展，无疑会对中国造成灾难性的后果。因此我们国家不但要不断探索各种各样的新能源，还要提高能源的利用效率，因为任何资源都是稀缺的，新能源亦是如此，为了实现绿色中国，达到既定的减排目标，必须提高我国耗能企业的整体水平，通过进行技术改造、企业过程再造和提升管理运作水平，来达到减少能源消耗和污染排放的目标。

另外，一个很重要的能源消耗系统就是交通行业。长远来讲，我国不应该鼓励发展私家轿车，虽然这在短期内可以拉动内需，但长期的后果是造成人均排放和能源消耗的巨大增加，而且过多的车辆会对城市造成拥堵，如果城市过度拥堵，怠速状态的汽车会因为燃料燃烧不充分，其比正常行驶的汽车平均消耗更多的能源和排放更多的有毒气体。因此，为了降低人均资源消耗量，国家还是应该一如既往的加大在公共交通方面的投资，通过提高燃油税或者实行交通拥挤定价策略以市场机制来改变的人们的出行行为，把这部分资金用来改善公共交通的基础设施和服务，引导人们更多采用公共交通工具或者乘坐高乘坐率（HOV）的私家车。

国家应当继续倡导节能的概念，甚至有必要将节能环保的要求写入法律和地方法规。比如说，可以将房地产开发商在建房的时候必须将充分利用太阳能[2]作为一个基本要求逐渐变成法规；另外，国家应当在汽车和电器的设计方面建立更严格的节能标准，逐渐淘汰耗能大，效率低的电器；最后，要在全社提倡节能的习惯，让全民参与、全民监督，并对在节能方面表现突出的企业和家庭应给予适当的奖励。总之，我们应该采取一切可能的政策和手段让新能源的开发和利用在不断改善人民生活水平的基础上，为实现我国经济的可持续发展提供基本保障。

---

[1]　参见 United State Energy Information Administration，http：//www. eia. doe. gov/在线资料。

[2]　参见 Solar house at Virginia Tech，http：//www. lumenhaus. com/在线资料。

参考文献

［1］国家统计局能源司，国家能源局综合司．能源年鉴中国能源年鉴（2007 年版、2008 年版）［R］．北京：中国统计出版社，2007 年、2008 年．

［2］张启，陈惠玲．南海可燃冰资源量探明：相当于 185 亿吨油［N/OL］．中国能源网，2008－11－26，http：//www. newenergy. org. cn/html/00811/11260823510. html.

［3］中国石油石化．可燃冰看上去很美［EB/OL］．国际新能源网，2007－7－24，http：//www. in-en. com/newenergy/html/newenergy-200720070724112006. html.

［4］中石油新能源开发利用稳步推进．中国石油新闻中心，2008 年，http：//news. cnpc. com. cn/system/2008/01/09/001150679. shtml.

［5］中石油和中石化比拼新能［EB/OL］．生物谷网站，2007－10－28，http：//www. bioon. com/biology/bioengery/315151. shtml.

［6］BP Pledges ＄500 Million for Energy Biosciences Institute and Plans New Business to Exploit Research. BP Press Office，14 June 2006，http：//www. bp. com/genericarticle. do？categoryId ＝2012968&contentId ＝7018719.

［7］Economical biodiesel fuel from Algae. Alternative Energy，April 15th，2009，http：//www. oilgae. com/.

［8］Katie Howell. Exxon Mobil Sinks ＄600million into algae-based biofuels in major strategy shift. The New York Times，July 14，2009，http：//www. nytimes. com/gwire/2009/07/14/14greenwire-exxon-sinks-600m-into-algae-based-biofuels-in-33562. html.

（刘世勇，美国弗吉尼亚理工大学博士，现为西南财经大学经济与管理研究院副教授）

第七章 排放权交易
——应对气候变化的新机制

目前，全球能源、环境和金融三重危机对中国的经济发展带来严重影响。当前全球金融危机的影响还未完全过去，金融危机对实体经济的影响深刻而长远。全球各国国家都在寻找新的经济增长引擎，发展低碳经济则是大多数发达国家的共同选择，也是中国未来经济发展的动力。

人类生产经营活动中，不可避免地会产生温室气体和各种污染物的排放，这些排放物直接作用于自然环境，改变人类的生存环境，进而影响人类生活。排放权交易是基于环境因素而衍生的权益交易，旨在通过经济手段达到减少排放的目的。进入 21 世纪以来，欧洲、美国等发达国家已经在开展各种类型的排放权交易，并且取得了良好的效果。中国是世界上发展最快的发展中大国，择机、适度开展排放权交易是中国应对气候变化的客观需要，也是实现节能减排目标的新机制和新探索。

第一节 排放权交易是应对气候变化的客观需要

根据国际能源署的预测，到 2030 年全球能源总需求将比现在增长 50%，而中国对初级能源的需求量将从 2002 年的 12 亿吨增至 25 亿吨，中国未来将面临严重的能源安全问题。环境危机方面，全球气候变化已经成为不争的事实，高耗能高排放行业的发展在未来将受到严重制约。开展排放权交易是实现低碳发展的有效模式，是中国经济社会实现可持续发展、积极主动应对全球气候变化、有效落实中国节能减排发展目标的需要。

一、积极主动应对全球气候变化的需要

世界气象组织（WMO）和联合国环境署成立的"政府间气候变化专门委员会（IPCC）"在 2007 年的第四份气候评估报告[①]指出，气候变暖已经是"毫无争议"的事实，主要原因则是人类活动造成的二氧化碳等温室气体的排放，根源是人口增长背后的能源（主要是化石能源）和资源的消耗。预计到 2020 年，世界能源的消耗量将增长 70% 以上，如果不采取有效措施，将使二氧化碳的排放量增长 50% 以上。全球气候变化的严峻事实，引起了世界各国的高度重视。联合国于 1997 年 12 月制定的《京都议定书》规定了定量的减排义务，引入排放权交易、清洁发展机制和联合履行机制三大基于市场的减排机制。2005 年 11 月蒙特利尔会议从法律上确保《京都议定书》开始实际运行，开启"后京都时代的谈判"。在 2007 年 12 月的巴厘会议上又制定了"巴厘路线图"，规定在 2009 年之前达成新的减排协议，强调坚持公约和议定书的原则等。

排放权交易机制作为应对全球性气候变化的积极有效的方式，已在美国、欧盟等国家取得了快速发展。中国作为全球最大的发展中国家、经济增长最快的国家和温室气体排放大国，提出要把应对气候变化纳入国民经济和社会发展规划，积极推动低碳经济和排放权交易作为新的发展模式，对于应对全球气候变化具有重大意义。

二、有效整合资源、实现中国节能减排目标的需要

国家"十一五"规划明确提出了 2010 年单位 GDP 能耗比 2005 年降低 20%[②]的约束性指标，节能减排已经成为中国改革发展的主要任务之一。"十一五"前三年，中央安排预算内投资 336 亿元、中央财政资金 505 亿元支持节能减排重点工程建设。中国的节能减排已经取得阶段性成效。2009 年上半年全国单位 GDP 能耗累计下降 3.35%，降幅同比提高 0.47 个百分点；规模以上工业单位增加值能耗同比降低 11.35%；预计上半年二氧化硫排放量下降 5%，化学需氧量（COD）排放量下降 2%。其中，煤炭行业下降 3.83%，钢铁、建材、电力和石油石化行业降幅约为 8% ~ 9%，有色金属行业下降 19.59%，化工行业下降 15.16%，纺织行业下降 11.45%。上半年年综合能源

---

① IPCC 第四次评估报告，http：//www.ipcc.ch/pdf/assessment-report/ar4/syr/ar4_ syr_ cn. pdf 在线资料。

② 中华人民共和国国务院《"十一五"规划纲要》，http：//politics. people. com. cn/GB/1026/4208451. html。

消费总量 1 万吨标准煤及以上的重点企业中，25 个重点耗能产品、108 项单耗指标，有 80% 呈下降趋势。

尽管节能减排在循序推进，但从 2008 年末发布的《"十一五"规划纲要》实施中期评估报告中反映，节能减排的单位 GDP 能耗与主要污染物排放两项指标进展不容乐观，若要在 2010 年达到《纲要》提出的规划要求，还有很长的一段路要走。而中国正处在城市化进程与基础设施建设不断加快、大量依赖出口的阶段，工业化进程及长期的大量高耗能载体出口无疑的增加了节能减排的难度。

为实现节能减排的目标，传统上通过行政命令手段，将约束性的节能减排量化指标分解到各个省、区、市和相关企业。实现难度大，而且手段过于单一，缺乏长效机制。相对于高成本的行政减排，通过市场机制实现低成本的温室气体减排更加有效。排放权交易平台鼓励有能力节能减排的地区或企业更多地节能减排，并将多余的指标在交易市场上出售。节能减排空间有限的地区或企业通过在市场上购买配额，完成生产任务。通过引入市场机制，在保持经济发展的同时以最低的成本实现节能减排目标，相对于传统行政指令，更具灵活性，效果更加明显。

三、经济社会可持续发展的需要

改革开放以来，中国的经济增长取得了举世公认的成就，国内生产总值高速增长，但同时也为环境造成了巨大压力。2005 年中国 SO_2 排放总量为 2549.4 万吨，由大量 SO_2 排放导致全国酸雨灾害地区占国土面积的 6.8%。在酸雨较为严重的贵阳、重庆、长沙等地，降水酸度平均 pH 值在 4.5 左右。[①]而由于工业化的大力发展，全国的 CO_2 排放量常年也处于高位。伴随着工业化过程，能源的大量消耗和环境问题的日益突出。

为了实现经济社会的可持续发展，解决好环境污染问题并积极应对全球气候变化两者尤为重要。环境污染和全球气候变化的外部性是造成环境污染泛滥的主要原因，解决的对策是使外部性内部化。目前，世界各国积极推动排放权交易，使之作为解决环境污染和全球气候变化问题的重要手段。排放权交易的本质，是把排放权作为一种商品进行买卖。政府在对排放总量进行控制的前提下，鼓励企业通过技术进步和污染治理，最大限度地减少污染排放总量。给予企业合法的污染物排放权，允许企业将其进行污染治理后所获

---

① 中华人民共和国环境保护部：《国家环境保护"十一五"规划》，http://www.mep.gov.cn/plan/hjgh/sywgh/gjsywgh/。

国际金融危机下的中国经济发展

得的污染富余指标进行有偿转让或变更，以市场机制为基础的改善环境。

1999 年中国国家环保局与美国环保局签署合作协议，在中国开展"运用市场机制减少二氧化硫排放的研究"，江苏南通和辽宁本溪两地成为最早的试点基地，从而标志着中国运用市场机制解决环境污染问题的开端。此后，中国又相继在山东、山西、江苏、河南、上海、天津、柳州七省市进行排污权交易的试点。十年的探索和实践表明，排放权交易制度作为一种新型的、以发挥市场机制作用为特点的环境经济政策，能够有效地控制环境污染，促进经济的可持续发展。

第二节　中国排放权交易发展具备有利基础

排放权交易在中国的研究和发展已经有一定历史。20 世纪 90 年代，国家环保部门已经开始对美国电力行业的 SO_2 排放权交易进行研究。随着《京都议定书》规定的清洁发展机制（CDM）在发展中国家的深入开展，中国已经成为 CDM 机制下 CO_2 核证减排量最多的国家。2008 年以来，中国还成立了多家排放权交易所，排放权交易在中国的发展具备了一定的有利基础。

一、联合国气候变化公约和京都议定书框架下的实践

由于二氧化碳等温室气体在地球大气层中的均质分布，导致气候变化问题具有全球性。1992 年 5 月 9 日气候变化框架公约政府间谈判委员会（INC）在纽约通过了《联合国气候变化框架公约》（简称"《公约》"），并在里约环发大会期间供与会各国签署。到 2008 年底，已有 191 个国家和区域组织批准或加入《公约》。《公约》确定了基于共同但有区别责任原则、预防原则、促进可持续发展原则、开放经济体系原则、充分考虑发展中国家具体需要和特殊情况原则等五大原则，但是尚未确定具体操作方法。

1997 年的《京都议定书》为发达国家规定了有法律约束力的量化减排指标，没有为发展中国家规定减排或限排义务，其核心内容是在 2008 年到 2012 年间，工业化国家的温室气体排放总量要在 1990 年基础上减少 5.2%。由于发达国家减排成本较高，《京都议定书》特别设计了三种灵活的履约机制：联合履约（JI Joint Implementation）、排放权交易（ET Emission Trading）、清洁发展机制（CDM Clean Development Mechanism）。议定书于 2005 年 2 月 16 日正式生效，目前已有 142 个国家和地区签署了议定书。《京都议定书》的执

行情况不容乐观。2007 年 8 月数据显示，部分发达国家排放不仅没有下降反而增长较快。日本和加拿大，减排目标都是 6%，实际增长了 7% 和 27%。澳大利亚虽然 2007 年批准了议定书，议定书规定其第一承诺期可增长排放 8%，但目前实际增长了 25%。尚未批准议定书的美国，议定书原定目标是减排 7%，但实际增长了 16%。

在《公约》和《京都议定书》的制度框架下，全球范围内发展出了大量的减排量交易体系，《公约》和《京都议定书》也真正成为了排放权交易的制度基础。全球主要排放权交易体系如表 7 - 1 所示：

表 7 - 1　全球主要排放权交易体系

交易体系	交易商品	买　方	卖　方
清洁发展机制（CDM）	核证减排量（CER）	发达国家	发展中国家
联合履约机制（JI）	减排单位（ERU）	发达国家	发达国家
国际排放交易机制（IET）	分配排放量（AAU）	发达国家	发达国家
国家排放贸易（RET）	欧盟排放许可（EUA）	欧盟实体	欧盟实体
芝加哥气候交易所自愿减排体系（CCX）	自愿减排量（CFI）	自愿减排企业、慈善机构	自愿减排企业、慈善机构
北美自愿减排交易体系（RGGI）	区域减排量（RGGI）	美国和加拿大部分州、省	美国和加拿大部分州、省

资料来源：根据天津排放权交易所内部研究资料整理。

尽管只有前三种交易体系是直接由京都议定书衍生，但是后两种也都直接或间接来源于执行京都议定书的压力。其中，清洁发展机制和芝加哥气候交易所自愿减排体系均有来自于中国的企业参与，真正通过制度基础建设将排放权交易体系引入了中国。

二、中国的减排潜力较大

中国的减排潜力主要体现在两个方面，一方面是能源需求和工业化发展导致较大的温室气体排放和主要污染物排放，另一方面在于中国具有大量可再生能源，以清洁能源替代传统能源，从而减少温室气体和主要污染物的排放。

根据中国国家发展与改革委员会《可再生能源中长期规划》，中国将充分利用水电、沼气、太阳能和地热能等技术成熟、经济性好的可再生能源，加快推进风力发电、生物质发电、太阳能发电的产业化发展，逐步提高优质清洁可再生能源在能源结构中的比例，力争到 2010 年使可再生能源消费量达到能源消费总量的 10%，到 2020 年达到 15%。

表 7-2　中国可再生能源分类开发规模

可再生能源类别	2005 年	2010 年	2020 年
水能			
水电（亿千瓦）	1.17	1.9	2.25
其中：小水电（亿千瓦）	0.38	0.5	0.75
生物质能			
生物质发电（万千瓦）	200	550	3000
其中：农林生物质发电（万千瓦）	170	400	2400
其中：沼气发电（万千瓦）	5（2008 年）	100	140
其中：垃圾发电（千瓦）	20	50	300
生物固体燃料年利用量（吨）	-	100	5000
沼气利用量（亿立方米）	80	190	440
非粮燃料原料乙醇（万吨）	102	200	1000
生物柴油（万吨）	5	20	200
风能			
风电（万千瓦）	131	500	3000
太阳能			
太阳能发电（万千瓦）	1.9	30	180
其中：小型光伏发电站	1.9	15	30
其中：太阳能并网光伏发电	-	5	100
其中：大规模太阳能发电站	-	7	40
其中：商业光伏应用	-	3	10
太阳能热利用替代能源量（万吨标准煤）		3000	6000
其他可再生能源			
地热能年利用量（万吨标准煤）	-	400	1200
潮汐电站（万千瓦）	-	-	10

资料来源：中国国家发展和改革委员会：《可再生能源中长期规划》，http://www.sdpc.gov.cn/zcfb/zcfbtz/2007tongzhi/t20070904_157352.htm。

根据该发展规划，达到 2020 年发展目标时，可再生能源年利用量相当于减少二氧化硫年排放量约 800 万吨，减少氮氧化物年排放量约 300 万吨，减少烟尘年排放量约 400 万吨，减少二氧化碳年排放量约 12 亿吨，年节约用水约 20 亿立方米，可使约 3 亿亩林地免遭破坏。因此，根植于市场机制的排放权交易能够促进这一批来自于可再生能源的减排成果市场化、减排效果深化。为此，预计实现 2020 年规划任务将需总投资约 2 万亿元。

三、政府对开展排放权交易试点的推动

2008 年 12 月，温家宝总理在政府工作报告提出"积极开展排污权交易试点"后，各省市排污权交易试点建设活动步伐明显加快。浙江省最早于 2003 年成立嘉兴排污权储备交易中心，随后 7 市出台排污权交易办法、实施细则等文件，特别是重点污染源在线监测监控网络的形成，污染源"三量"台账建设以及排污许可证核发工作的有序推进，为排污权有偿使用和交易创造了基础条件。在政府推动下，浙江省已草拟了《浙江省二氧化硫排放权交易管理办法》。

江苏省最早开始火电二氧化硫排污权分配交易，在环保部《电力行业二氧化硫排污交易管理办法》的指导下，制定了太湖流域试点工作方案，并利用 2007 年度排污费资金约 12 亿元积极支持太湖流域排污交易平台建设。2008 年 11 月 20 日，江苏推出《江苏省太湖流域主要水污染物排污权有偿使用和交易试点方案细则》。2009 年 2 月 25 日，江苏发布《江苏省太湖流域主要水污染物排污权有偿使用和交易试点排污单位排放指标申购管理办法》。

湖北省政府积极推动排放权交易市场建设，武汉光谷产权交易所近期已开始交易二氧化硫和 COD 配额。2008 年 10 月 27 日，湖北省出台《主要污染物排污权交易试行办法》。2008 年 11 月 19 日，湖北省环保局发布了《湖北省实施排污许可证暂行办法》，随后又发布《湖北省主要污染物排污权电子竞价交易规则（试行）》、《湖北省主要污染物排污权交易规则（试行）》。湖北省主要污染物排放权交易量已超过 5000 万元，并于 2009 年 8 月被正式确立为国家排放权交易试点。

天津市于 2002 年设立金融创新小组，着手研究二氧化硫排污权交易，同年分配 COD 排污指标。2008 年，天津市与中国石油天然气集团公司、芝加哥

气候交易所联合设立了天津排放权交易所，并上报中国财政部和环保部，取得两部委联合批复，在天津市经济技术开发区进行排放权交易的探索。2008年12月，天津排放权交易所在从芝加哥气候交易所引进的电子竞价系统上进行了首笔二氧化硫排放权交易，并于2009年推出中国自愿减排交易体系。

四、国家政策对节能减排和新能源产业的支持

中国于2007年设立节能减排专项资金235亿元，同时针对环保节能项目提供补贴，即前三年所得税减免，后三年所得税减半。在操作上又针对企业节能设备进行补贴，对企业购置并实际使用符合规定的节能节水等专用设备的，该专用设备投资额的10%可以从企业当年的应纳税额中抵免，当年不足抵免的，可以在以后5个纳税年度结转抵免等。

新能源产业支持方面，国家提供了专项的风电补贴。风电场建设前50台风电机组，按600元/千瓦的标准予以补助，其中整机制造企业和关键零部件制造企业各占50%。[①] 可再生能源补贴发电方面，每年两次由国家发展改革委、国家电监会联合发布《关于200X年1~6月（或7~12月）可再生能源电价补贴和配额交易方案的通知》进行补贴。

国家针对节能产品也出台了专项补贴办法，其中清洁汽车产品根据最新出台的《节能与新能源汽车示范推广财政补助资金管理暂行办法》，补贴额度从4000元到60万元不等。节能灯产品方面，发改委和财政部计划在2010年补贴1.2亿只高效照明产品，补贴金额高达6亿元。政策性银行可在业务范围内对节能项目给予支持，各大商业银行也纷纷推出绿色信贷业务。

除补贴角度对节能减排和新能源产业的支持外，各种相关税收政策上也加大了对传统能源和环境资源消耗的税收力度，从反向操作的角度支持了节能减排和新能源产业。同时逐步开始设计支持节能减排和新能源产业的新税种。

五、各类市场主体看好排放权交易市场

中国各类市场主体对排放权交易的看好主要体现在两个方面：大型企业的节能减排行动力度持续加大和CDM市场的充分参与。

---

① 中华人民共和国财政部：《风力发电设备产业化专项资金管理暂行办法》，http://jjs. mof. gov. cn/jinjijianshesi/zhengwuxinxi/zhengcefagui/200808/t20080819_ 64742. html。

(一) 大型企业节能减排行动力度不断加大

中国石油天然气集团公司于 2008 年修订发布了《中国石油天然气集团公司节能节水管理办法》，重点在西部塔里木油田、长庆油田等实施了对油田伴生气的回收利用工程，并开发 CDM 项目，通过实施放空天然气回收综合利用工程，建成年回收能力 8.1 亿立方米。集团十项重点节能节水工程预计总投资 120 亿元，可建成年节能能力 460 万吨标煤，年燃料油替代能力 100 万吨，年节水能力 2.8 亿立方米；同时随着生产和储运技术水平提高，减少原油和成品油损耗 100 万吨。同时，集团规划投资 121.5 亿元，2008 年完成污染减排项目 184 项，其中 SO_2 减排项目 66 项，废水中化学需氧量（COD）减排项目 118 项。[①]

中国海洋石油集团公司于 2007 年成为首家受邀加入应对全球气候变化的国际组织"3C"组织的中国企业。2008 年，中国海油又成为联合国"全球契约组织"的成员，与国际社会共同应对环境变化。并提出了"零排放"的理念和标准，提出"凡新建项目都要以零排放的标准进行设计和施工"，召开污染物零排放及温室气体排放控制研讨会，明晰了零排放的含义、实施思路。

华电、国电、大唐、神华等发电集团截止到 2008 年底，新能源发电装机容量约为 500 兆瓦，到 2010 年，装机容量将达到 850 兆瓦，到 2020 年的装机容量至少达到 3000 兆瓦。业内预计这还是非常保守的数字，随着国家对于新能源尤其是太阳能方面的产业政策的不断落实，该目标可能还将翻一番。国家电网总经理刘振亚也于 2009 年 5 月表示，将分阶段推进坚强智能电网发展，到 2020 年，将全面建成统一的坚强智能电网。

(二) 中国积极发展 CDM 项目

CDM 项目在中国开展以来，各省市企业均积极参与，截至 2009 年 9 月 7 日，已经有 2174 个项目通过了国家发改委的审核，其中 131 个取得了发放的 CER。由于自然环境的限制，CDM 项目数量和减排量在各省市之间分布差异较大，具体情况如表 7-3 和表 7-4 所示。

[①] 中国石油天然气集团公司：《企业社会责任报告 2006、2007、2008》，www.cnpc.com.cn 在线资料。

表7－3　CDM批准项目数按省区市分布表（截至2009年9月7日）

省区市	项目数	省区市	项目数	省区市	项目数	省区市	项目数
云南	258	四川	220	内蒙古	143	湖南	128
山东	104	甘肃	103	山西	90	河北	84
浙江	84	湖北	78	河南	73	江苏	72
广西	71	贵州	70	福建	64	黑龙江	58
辽宁	54	广东	53	吉林	50	安徽	49
陕西	46	重庆	46	江西	45	新疆	44
宁夏	22	青海	17	海南	15	上海	13
北京	13	天津	7	西藏	0	合计	2174

资料来源：国家发改委CDM项目数据库，http：//cdm. ccchina. gov. cn/web/item_ da-ta. asp? ColumnId =63 在线资料。

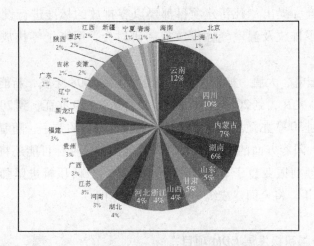

图7－1　CDM批准项目数按省区市分布百分比图

资料来源：国家发改委CDM项目数据库，http：//cdm. ccchina. gov. cn/web/item_ da-ta. asp? ColumnId =63 在线资料。

如上表所示，云南、四川两地水利资源丰富，内蒙古风电项目最多，可供开发资源量得天独厚，三地企业开发CDM项目积极性均较高。仅以云南盈江流域为例，就开发小水电CDM项目多达47个。相比而言，除重庆外的三个直辖市由于起步较晚，开发项目数量上处于最后三位（西藏未开发CDM项目）。但各省CDM项目产生的减排量差异较大，如表7－4所示。

表 7-4　CDM 批准项目估计年减排量按省区市分布表（截至 2009 年 9 月 7 日）

（单位：tCO$_2$e）

省区市	估计年减排量	省区市	估计年减排量
四川	39 114 980.5	江苏	37 393 282
山东	30 408 334	云南	26 006 032.4
河南	14 418 617.43	甘肃	13 062 610
广东	11 602 348	广西	10 515 604
湖北	8 668 001.977	安徽	8 681 180
吉林	7 044 579	贵州	6 620 618
北京	4 344 351	江西	3 666 293
天津	1 119 094	海南	816 986
浙江	36 432 693.37	山西	34 026 141
内蒙古	25 559 287	辽宁	21 321 627
湖南	12 988 104.5	河北	12 595 576.4
黑龙江	10 261 251.8	福建	9 450 804.586
重庆	8 601 677	新疆	8 202 206
上海	6 076 237.68	陕西	4 756 504
宁夏	3 224 341	青海	1 703 669
西藏	0	合计	418 683 031.643

资料来源：国家发改委 CDM 项目数据库，http：//cdm. ccchina. gov. cn/web/item_ da-ta. asp？ColumnId＝63 在线资料。

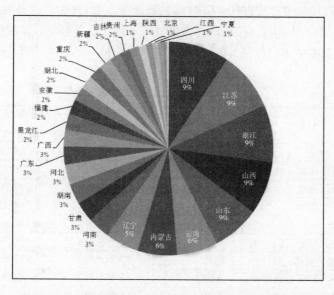

图 7-2　CDM 批准项目估计年减排量按省区市分布百分比图

资料来源：国家发改委 CDM 项目数据库，http：//cdm. ccchina. gov. cn/web/item_ da-ta. asp？ColumnId＝63 在线资料。

由于云南水电项目开发规模过小，导致年估计减排量远远小于以浙江巨化等大型项目为重点开发对象的浙江省。中部地区的海螺水泥集团、山水水泥集团等企业也开发了大量余热发电项目，因此取得了较多估计减排量。除西藏外，青海、天津、海南估计减排量规模最小。

六、应对气候变化的国际合作有序开展

2008 年 12 月，在由中国政府和联合国共同主办的"应对气候变化技术开发与转让高级别研讨会"上国务院总理温家宝指出，中国政府将一如既往地发挥积极和建设性作用，同国际社会一道，为应对气候变化做出不懈努力。他提出了必须坚持国际社会携手合作应对气候变化。《联合国气候变化框架公约》及《京都议定书》奠定了应对气候变化国际合作的法律基础，需要充分考虑各国的具体国情、发展阶段、历史责任、人均排放等因素，正视历史，立足当前，着眼长远，开展长期、广泛的对话和务实合作。在该原则的指导下，中国应对气候变化国际合作有序开展。

（一）广泛开展在 CDM 项目上的国际合作

到 2009 年 7 月 14 日为止，有 135 家国际合作方参与的 2128 个项目在中国发展与改革委员会成功注册，年二氧化碳减排量共计 3.45 亿吨。参与中国 CDM 项目的合作方中，世界银行在发改委注册量和 EB 签发量方面均排第一；英国、荷兰联营的益可环境集团开发的中国 CDM 项目数最多，为 139 个；高盛国际尽管只参与了 9 个中国 CDM 项目，注册减排量就进入了前十，其参与开发的中石油辽化 N_2O 减排项目是中国目前最大的 CDM 项目，年减排一千万吨二氧化碳当量（见表 7-5）。

表 7-5　中国 CDM 项目主要合作方

编号	中文名	国别	发改委注册年二氧化碳减排量（t）	EB 签发量（t/CO2）	项目数
1	世界银行	-	26 984 582	33 789 049	17
2	三菱商事株式会社	日本	26 274 518	16 760 738	70
3	意大利国家电力公司	意大利	25 800 792	9 299 792	66
4	益可环境集团	英国/荷兰	23 627 857	214 322	139
5	4C 基金	卢森堡	18 091 315	8 144 888	39
6	英国排放贸易有限公司	英国	14 150 815	338 761	52
7	瑞典碳资产管理有限公司	瑞典	13 241 893	837 866	120
8	法国电力贸易有限公司	法国	12 574 117	88 082	71
9	Camco International Ltd (UK)	英国	11 767 985	-	43
10	高盛国际	英国	11 370 389	4 903 988	9

资料来源：根据天津排放权交易所内部研究资料整理。

不同的国际合作方也有自己的技术优势领域，在不同的 CDM 项目领域国际合作方擅长的方法学也不同。目前，发改委审核通过的 CDM 项目最多还是新能源和可再生能源利用方面的项目，瑞典碳资产管理有限公司参与的该类中国项目数量最多（表 7 - 6）。

表 7 - 6　中国 CDM 项目主要类型

中国 CDM 项目类别	数量	参与该类项目数量 No.1	参与该类项目数量 No.2
新能源和可再生能源	1250	瑞典碳资产管理有限公司	益可环境集团
节能和提高能效	306	Camco International Ltd（UK）	瑞士维多石油集团
甲烷回收利用	111	荷兰国际能源系统公司	英国排放贸易有限公司
N2O 减排	23	益可环境集团	三菱商事株式会社
燃料替代	21	英国排放贸易公司	荷兰中国碳基金
分解温室气体 HFC - 23	13	意大利国家电力公司	4C 基金
其他	25	-	-

资料来源：根据天津排放权交易所内部研究资料整理。

（二）与其他国家在应对气候变化上的战略合作

中美是世界上最大的二氧化碳排放国，两国都是能源生产和消费大国，在能源科技领域具有较强的互补性。2009 年 8 月，两国政府成立中美清洁能源联合研究中心，旨在促进中美两国的科学家和工程师在清洁能源技术领域开展联合研究。联合研究中心首批优先领域包括：节能建筑、清洁煤、清洁能源汽车、碳捕捉和封存 、智能电网、页岩气、第二和第三代生物燃料、先进核能。该中心将为两国相关单位参与双边能源科技合作提供平台和支持，对加强中美科技合作发挥积极作用。

欧盟在应对全球气候变化，减少温室气体排放问题上态度历来强硬。欧盟对于发展中国家的期望是：截至 2020 年，发展中国家将在 1990 年的基础上减少 15% ~20% 的排放量。中国期望欧盟将自己的减排承诺从 20% 提高到 30%。欧盟希望中国能够宣布一项类似发达国家的中期减排目标，并可以借助这一具体目标来说服其他发达国家做出更多让步。目前中欧正在组织专家来研究相关领域技术转让中的困难。欧盟还希望充分发挥市场机制来解决中国执行减排目标时需要的投资问题。正在北京建设的中欧清洁能源中心将为中方提供大量帮助。

印度与中国同为发展中国家，在应对气候变化问题上的处境和面对的压力较为类似，因此在该问题上态度也十分一致。即便在高增长速度的情况下，发展中国家的排放量也低于发达国家的平均水平。中印两国拒绝接受有约束力的碳排放上限，面对共同的压力中国和印度在国际气候谈判中有希望建立良好的合作关系。

第三节　中国排放权交易试点的实践及困难

目前中国的排放权交易的试点正在一些省市进行。天津、湖南、湖北等地都在运作区域环境交易所。目前部分地区取得的减排效果比较明显，但是各地推广排放权交易试点时面临的困难也十分突出。

一、中国排放权交易试点实践

排放权市场在中国有着巨大的发展潜力，吸引了众多战略投资者进入。同时，大型企业和各级政府部门也在积极摸索以市场手段优化配置环境资源的途径，环境监管部门成立的排放权交易所数量逐步增加。目前的建设情况如表7-7所示：

表7-7　中国已建或拟建的排放权交易试点

	北京环境交易所
	上海环境能源交易所
	天津排放权交易所
	浙江杭州产权交易中心
已建	浙江嘉兴排污权交易中心
	浙江湖州排污权交易体系
	湖南长沙环境资源交易所
	山西吕梁节能减排项目交易服务中心
	湖北武汉光谷产权交易所
	云南昆明环境交易所
	江苏太湖流域化学需氧量交易体系
	江西南通水污染排放权交易体系
	黑龙江二氧化硫储备交易中心
	陕西渭河排污权交易体系
	四川成都排污权交易试点
拟建	河北唐山排放权交易试点
	广东深圳排污权交易试点
	粤港温室气体交易体系
	河南排污权交易试点
	重庆排污权交易试点
	甘肃宁夏、浙江温州、福建泉州等省市
	香港交易及结算所

资料来源：根据天津排放权交易所内部研究资料整理。

（一）地方支持的区域性排污权交易试点

长沙、武汉、吕梁等地的交易所由当地政府支持设立。湖南长沙环境资源交易所于 2009 年 11 月 28 日，正式成立，并举行了首次拍卖，经湖南省环保局授权在全省范围内开展二氧化硫和化学需氧量排污权交易工作。湖北武汉光谷联合产权交易所于 2009 年 3 月 19 日投放化学需氧量排污权 100 吨和二氧化硫排污权 1000 吨，成交总金额为 956 408 元。山西吕梁节能减排项目交易中心于 2008 年 7 月在北京成立，先后与 10 家单位签订《CDM 项目开发委托协议》，并考察筛选了多个重点项目。

（二）以环境金融市场为目标的排放权交易所

目前，以环境金融市场为建设目标的交易所主要有天津排放权交易所、北京环境交易所和上海能源环境交易所三家。

北京环境交易所由北京产权交易所等机构出资组建，交易方式主要是场内的柜台交易和挂牌出让。北京环境交易所 2008 年挂牌二氧化碳减排量 8895 吨，该减排量经过清华大学交通研究所核证，来源为今年 7 月 20 日至 9 月 20 日奥运单双号限行期间北京市近百家企事业单位的注册登记，现已成功出售。此后，北京环境交易所与全球最大的 EUA 现货交易所法国 BlueNext 交易所建立战略合作伙伴关系，凡在北京环境交易所挂牌的项目，均在 BlueNext 同时挂牌，打开了中国 CDM 项目产生的 CER 直销欧洲的渠道。

上海环境能源交易所由上海市人民政府批准设立，在节能技术方面受到日本产经省支持，从 2008 年初至 9 月成交额超过 10 亿元人民币，成交项目主要为各地能源设备生产制造企业的股权，项目由上海产权交易所提供。之后，上海环境能源交易所受联合国开发计划署委托将建立"发展中国家全球气候变化对策培训中心。2009 年 4 月 29 日，上海环境能源交易所与杭州产权交易所签署合作协议，双方就共同推进环太湖流域排污权交易平台建设达成了一致。2009 年 8 月 5 日启动自愿减排交易机制和交易平台（VER），世博会会展期间，参加世博会的各国参观者都可通过该平台支付购买自己行程中的碳排放，实现自愿减排。

天津排放权交易所于 2008 年 8 月由中国石油天然气集团、天津市、美国芝加哥气候交易所共同出资设立，是中国第一家综合性排放权交易机构。成立以来，天津排放权交易所积极探索主要污染物排放权交易机制，在 2008 年 12 月开展了首笔二氧化硫排放权电子竞价交易。2009 年 2 月 14 日，天津排放权交易所成为以扶持、促进落后产能企业转产和推动排放权交易为宗旨的"企业转产中国行——落后产能企业排查行动"的战略合作方。此外，天津排放权交易所还将重点转向股东资源，充分挖掘中石油集团巨大的减排潜力，提供 CDM 开发、节能减排平台建设等一系列服务。

（三）拟突破行政区域限制的行业排放权交易

中国电力行业二氧化硫排放总量指标，已经采取统一规定的绩效方法进行分配。各省、自治区、直辖市环境保护行政主管部门依据国家下达的二氧化硫排放总量指标，根据各电力企业的二氧化硫排放绩效指标和当地环境质量要求，分配二氧化硫的排放总量指标。受区域酸雨效果的影响，2003 年广东和香港两地开始就二氧化硫排污权跨区交易谈判，2006 年签订框架协议。双方交易的具体模式是，按照双方事先协定的交易价格，由香港方面向广东省拨出专项资金，用于广东的脱硫工程建设，而广东省利用这笔资金完成的脱硫量算作是香港方面完成的脱硫任务。根据双方当时的协定，到 2010 年，两地各自将二氧化硫排放量削减 30%。但由于香港企业在脱硫减污方面面临高成本压力，香港方面感到在限期内难以完成脱硫任务，因此才向国务院港澳办提出了跨区交易的申请。而广东的脱硫潜力则相当大。同时，广东省政府也希望通过进行二氧化硫排污权交易，让广东省内企业能够从排污中获得效益，提高企业减排的积极性。由此，在国家环保总局批准之后，双方仍然处于具体协商阶段。

专栏 7-1　中国航空公司被纳入欧盟排放交易体系

欧盟委员会（European Commission, EC）于 2009 年 1 月 13 日正式通过法令"Directive 2008/101/EC"，将所有运营欧洲航线的航空公司纳入欧盟排放交易体系（EU Emission Trading Scheme, EUETS），2009 年 2 月 11 日，欧盟委员会正式发布主要航空公司及其监管国家名单，国航、川航、海航、南航等 33 家中国航空公司被包含其中。

该法令所主要内容归纳如下：

1. 基于在未来 50 年内控制全球气候变暖在 2 摄氏度以内的考虑，欧盟决定将所有在欧洲起降和运营的航空公司纳入温室气体排放控制的范畴；

2. 经过欧盟为期 12 个月的核查，1593 家航空公司将被纳入欧盟排放交易体系（EUETS）的管理范围内；

---

3. 处于缓和减排的考虑，欧盟将以 2004、2005、2006 三年为基准线，在 2012 年为这些航空公司免费发放 97% 的排放许可（EUA），2013 年减少为 95%，第三年以后同样为 95%，基准线顺延。分配给航空业的 EUA 不允许交易。

4. 欧盟分配给航空业的 EUA，其中 15% 将被拍卖，所得用于应对气候变化；

5. 这些航空公司被指派给不同的欧盟成员国监管排放量；

6. 允许被纳入的航空公司采用经核证的减排量（CER）和联合履约减排量（ERU）冲抵其根据当年运营状况而应该购买的 EUA，但是这些减排量必须符合 EUETS 对 CER 的要求，并且不超过监管成员国被允许采用的冲抵比例，欧盟成员国平均为 15%；

7. 被纳入的航空公司需要于 2009 年 8 月 31 日之前，向监管成员国的联系人提交关于 2004、2005、2006 年的能源使用数据和航线里程数量的温室气体排放监测报告，否则 2012 年不予发放免费的 EUA；

8. 被纳入航空公司超排又无相应 EUA 缴纳，罚款 100 欧元/tCO_2e；

9. 被纳入航空公司不遵守此法规和 2008 年出台 EUETS 设立和运行法规的，监管成员国可以向欧盟申请中止其在欧洲的运营。

欧盟法令中要求的提交监测报告日期已经过去，但是国家发展与改革委员会仍然在与欧盟磋商，各大航空公司也对此也持观望态度，预计哥本哈根会议前后将重新达成共识。此次欧盟推行航空业行业减排力度较大，对全球航空公司一视同仁，即使我国政府多加协调斡旋，仍恐难以中止其法令实施。或远或近，我国经营欧洲航线的航空公司终将被纳入 EUETS，成为中国第一批有减排量需求的企业。

资料来源：魏一鸣等：《欧盟排放交易体系对我国的启示》，《科学时报》，2009 年 8 月 20 日 A3。

魏敦人：《欧盟排放交易体系对我国应对气候变化的启示》，《文汇报》，2009 - 09 - 09，http：//whb. news365. com. cn/kjwz/200909/t20090909_ 2457900. htm。

二、中国排放权交易实践中的困难

从总体上看，中国排放权交易的规模和程度还远远落后于环境保护的形势。阻碍排放权交易进一步推开的因素主要有如下几个方面：

（一） 法律基础缺失

中国政府近年来进行的一系列排污权交易试点，希望通过引入市场机制和建立相应的激励机制，利用经济手段达到最佳环境控制效果。1993 年 1 月，中国批准《联合国气候变化框架公约》。2002 年 8 月 30 日，中国核准《京都议定书》。为体现和落实《京都议定书》的相关规定，充分利用清洁发展机制促进中国节能减排工作，国家发展改革委员会等四部委于 2005 年 10 月 12 日联合出台了《清洁发展机制项目运行管理办法》（下称《管理办法》），对清洁发展机制项目在中国的运行和管理作了具体规定，确立了中国以清洁发展机制为载体的温室气体交易的法规体系。但是《管理办法》未就是否允许在中国开展 CER 交易作出规定。其他的如二氧化硫、COD 等排污权交易，也全无法可依，乃至于从根本上无法律界定其所有权和是否可交易的性质。

（二） 国内市场条件不成熟

温室气体排放权交易方面国内市场条件不成熟体现在：第一，单边项目较少。截至 2009 年 9 月 7 日，中国已通过发改委审核的单边 CDM 项目表共 43 个，仅占批准项目数的 2.15%，而在印度这一比例高达 40%。为防控风险，确保 CDM 项目的减排量收益中的至少 2% 进入国家设立的中国清洁发展机制基金，中国的政策并不鼓励单边项目的出现。为此，中国国内的碳交易市场目前较多从事 CDM 项目挂牌交易，交易标的还停留在传统的产权交易范畴，还未真正进行 CER 竞价。但是，世界上从 2005 年起出现"单边项目"以来，印度就采取了"单边碳策略"，把注册成功的 CDM 项目所产生的 CER 存储起来，以供未来使用或出售，借此控制市场波动和降低减排成本。第二，中国金融业监管严格。根据《期货交易管理暂行条例》，设立期货交易所应由中国证监会批准。未经中国证监会批准，任何单位和个人不得设立或者变相设立期货交易所。CDM 项目交易的 CER 天生具有期货的性质，在国外众多交易所都是以期货形式进行交易，现货市场反而交易量较小。因此，中国的金融监管也在一定程度上限制了碳期货的本土交易。此外，CDM 项目成本高，且注册成功率低，作为核证机构 DOE 收费过高，动辄一个项目收取数十万人民币的核证费用，直接导致目前中国 CDM 市场中 10 万吨二氧化碳当量以下的项目被认为不具备开发潜力。

主要污染物排放权交易方面还存在另外一些困难。第一，地方保护主义仍然存在。在一些地方政府的眼中，限制排污就等于限制生产，出于对本地经济利益的考虑，往往默许企业暗中增加排污量。此外，在一些跨市、跨省的排污权交易中，计划卖出方的行政部门常常介入交易过程，禁止把排污权指标转让给其他地区，要求只能在本地区内进行排污指标交易。这种地方保护主义也使得排污权交易受到限制，排污权交易市场难以有效运作。第二，环保的"总量控制"和追求经济增长之间的矛盾难以平衡。实施排污权交易必须首先科学核定区域内排污总量，而且一旦核定，一个时期（通常为一年）内不宜调整，否则将失去总量控制的目标。我国排污权的核定尚处于初始阶段，由于一些地方片面追求发展的速度和粗放型经济增长方式仍未从根本上得到改变，所以导致经济增长与环保总量控制之间出现矛盾，使得排污总量的确定成为排污权交易的难点，个别地区总量控制的底线不断被突破，使得整个排污权交易体系非常脆弱。

（三）全球市场框架变化存在不确定性

一是现有 CDM 机制可能发生较大改变。根据欧盟委员会 2008 年 12 月制订的方案，2012 年之后巴西、中国和印度等大型发展中国家的 CDM 规模可能大幅削减。目前欧盟企业是碳信用额的最大买家，在未来气候协议下碳市场如何运作这个问题上，欧盟委员会拥有主要话语权。例如，欧盟对林业碳信用额的禁令就让这一行业的项目开发陷入窘境——这在一定程度上是因为：如果欧盟企业不能购买此类碳信用额，那么来自市场的激励便会少很多。

二是发达国家之间的减排义务也可能被重新调整。将在 2009 年 12 月召开的丹麦哥本哈根会议上将重新达成应对气候变化的协定，而在当前国际金融危机局势复杂的条件下，一些发达国家肯定不愿意承担过多的减排义务，而在前一阶段（2008～2012）减排目标已经实现的发达国家（如英国、德国等欧洲国家）也不愿意单方面承担减排义务。这对未来全球排放权交易市场的规模和交易结构造成了直接影响。

三是各国国内排放权交易市场和国际排放权交易市场的对接。在全球排放权交易的框架下，一些国家在国内也开展了排放权交易市场的建设，如美国芝加哥气候交易所的自愿减排计划、中国一些地方目前计划实施中的温室气体自愿减排计划等。在哥本哈根会议达成协议的条件下，各国国内的排放权交易要和国际市场对接，才能真正建立全球排放权交易市场，使经过核证的排放权指标具有流动性，从而为环境金融市场发展打下基础。

第四节 中国排放权交易市场发展的展望

根据气候变化国家评估报告，中国减缓气候变化的总体是思路是：在保障中国到 2020 年全面建设小康社会、基本实现工业化以及到本世纪末松叶基本实现现代化的社会经济发展目标的前提下，采取转变经济增长模式和社会消费模式，发展并推广先进节能技术、提高能源利用效率，积极发展可再生能源技术和先进核能技术，以及高效、洁净、低碳排放的煤炭利用技术和氢能技术，优化能源结构，保护生态环境等措施，走"低碳经济"的发展道路，并逐步建立减缓气候变化的制度和机制，以减少二氧化碳等温室气体的排放，因此可能在排放权交易的以下方面有所突破。

一、可望在法律、政策明确的基础上形成市场框架

要建立合理有序的排放权交易市场，必须有法可依，将有关排放权交易的制度纳入法律管理、政策指导的范围。排放权交易制度涉及的是市场经济的行为，排放权交易的前提是交易者对环境产权的拥有，这一点首先必须要有法律的权威作用，需要法律明确地界定产权同时，还要明确在制度执行中谁拥有司法解释权，有效的产权制度必须明确产权的拥有人，规定产权的所有人有权处置这种权利，享有可能取得收益的权利并承担不确定性风险及相关的一切成本。

同时，排放权交易制度强调政府的监管作用，特别是在转型经济环境下，由于各项制度尚不完善，因而监管者的作用更大，但实际情况往往相反，监管者出于其他利益的考虑，往往并没有激励去有效地控制污染。在排放权交易制度下，也不排除会有这种现象，因此必须在政策层面上加强对监管者责任的认定，加重对违规行为的处罚力度。

此外，还必须完善涉及到排放权交易具体运作的政策法规。从美国的经验来看，《清洁空气法案》等法律在二氧化硫排污权交易中起到重要的作用。中国虽然目前没有这方面的法律出台，但是温家宝总理 2009 年 8 月在国家应对气候变化工作小组会议上指出，要健全应对气候变化的法律体系，加快建立相配套的法规和政策体系，制订相应的标准、监测和考核规范，健全必要的管理体系和监督实施机制。全国范围内已经有适用于排污权交易的地方性法规和规章制度，中国实行排放权交易制度的法律条件正在加快建设中。

二、依据全球气候变化的中期目标设定市场模式

依据国内外应对气候变化的中期目标设定排放权交易模式，是目前探索的可行模式之一。如果国家规划设定目标为二氧化碳排放强度指标，则通过GDP总量和增量进行换算，间接推导出排放上限进行差额交易。世界各国目前也多为应对全球气候变化设定了各自中期目标，具体如表7-8所示。

表7-8　各国排放情况和减排目标列表

国家	2006年排放现状	《京都议定书国家目标》(2008~2012)	2012年以后中期目标（2020）	2012年以后长期目标（2050）
欧盟	-4.6%	-8%	减排20%（各成员国）或30%经国际协定	减排60%~80%经国际协定
法国	-9.4%	0%	-	减排75%
德国	-19.3%	-21%	减排40%	-
英国	-15.6%	-12.5%	减排26%~30%	减排80%
挪威	-28.7%	1%	2020年减排30%	2030年实现碳中和
冰岛	9.8%	10%	-	减排50%~70%实现碳中和
加拿大	54.8%	-6%	比2006年减排20%	比2006年减排60%~70%
日本	5.8%	-6%	比2005年降低15%	比2006年减排60%~80%
新西兰	33.0%	0%	-	2040年能源部门碳中和
澳大利亚	6.6%	8%	比200年减少5%~15%	比2000年减少60%
美国	14.0%	-7%	比2005年减排17%	比2005年减排80%
墨西哥	-	-	-	比2020年减少50%
韩国	-	-	2009年为2012年排放设限	-
哥斯达黎加	-	-	2021年实现碳中和	-
南非	-	-	2020~2025年达到峰值	-

资料来源：根据天津排放权交易所内部研究资料整理。

为满足国际市场对境外碳补偿量的需求，中国的国际排放交易模式探索则可以通过设立交易所，主要是面向国外购买商交易，开发提供与芝加哥气候交易所（CCX）和欧洲气候交易所（ECX）等成熟交易所相同的产品进行交易进行探索。

三、提高减排技术和金融支持力度以扩大市场空间

目前，中国大多数的 CDM 项目都是通过国际合作方的资金转移支持，鲜有通过减排技术转让达成减排量交易的情况出现。国际气候谈判中，发展中国家也多次提出要求发达国家提供技术支持，但是由于发达国家私有化程度较高，减排技术多数持有私人企业中而未果。另一方面，中国有部分大型企业并不缺乏资金，但是缺少先进的减排技术，如果能加大提高减排技术的推广力度，有助于该部分企业参与排放权交易市场，从而拓展市场空间。

同时，作为一项经济激励机制，排放权交易制度要发挥最大的优势，需要市场经济体制的不断完善。金融市场在经济激励中也应该扮演着重要的角色，例如排放权要能够储存和价格波动，才能使排污权交易真正建立起来，这就需要金融制度的配合。在开展排放权交易的初级阶段，信贷并不是必须的，但是长期看，如果银行可以为排放企业提供合理使用未来排放权指标的业务，对排放权交易制度的发展是非常有利的。再如，提供排放类的企业也需要金融市场的资金支持，资金短缺的企业如果不能在金融市场上融到资，就无法周转资金来控制温室气体和主要污染物的排放，大型集中的碳捕捉和分离设备、污染处理设备也需要货币市场和资本市场的支持，没有这些金融支持，经济激励机制就会因为缺少必要的资金而不能顺利地运转。

主要参考文献

[1] CDM 及 JI 追踪 [J]. Carbon Point CO., LTD., 2009 年 1~9 月半月刊.

[2] 邓梁春，王毅，吴昌华. 探索低碳发展之路：中国实现可持续发展的重要取向 [J]. 气候变化展望，2008（1）.

[3] 《气候变化国家评估报告》编写委员会. 气候变化国家评估报告 [M]. 北京：中国科学出版社，2007.

[4] 苏伟，吕学都，孙国顺. 未来联合国气候变化谈判的核心内容及前景展望——"巴里路线图"解读 [J]. 气候变化研究进展，2008，

4 (1)

[5] 邹骥. 气候变化领域技术开发与转让国际机制创新 [J] . 环境保护, 2008 (5A) .

[6] Aldy J, Stavins R. Architectures for Agreement: Addressing Global Climate Change in the Post-Kyoto World [M] . Cambridge, UK: Cambridge University Press, 2007.

[7] IPCC. Climate Change 2007: Synthesis Report. Contribution of Working Groups I, II and III to the Fourth Assessment Report of the Intergovernmental Panel on Climate Change [R] . Geneva, Switzerland: IPCC, 2007.

[8] Stern N. Key Elements of a Global Deal on Climate Change [R] . London: The London School of Economics and Political Science, 2008.

[9] UNFCCC. Report on the Workshop on Cooperative Sectoral Approaches and Sector-specific Actions, in order to Enhance Implementation of Article 4, paragraph 1 (c), of the Convention. Summary by the chair of the workshop [R/OL] . 2008 - 08 - 25.

评论

市场机制与中国的低碳经济发展

黄杰夫

工业革命以来，基于化石能源的经济系统产生的温室气体是引起近100年全球气候变暖的元凶之一，全球任何一个国家均不能避免气候系统灾变的诸多负面影响。中国通过30年的改革开放，抓住了全球经济一体化的有利时机快速发展，取得了有目共睹的经济成就，但高能耗、高排放的增长模式正受到国际国内的质疑和责难。作为发展中大国，中国更应当积极获取减缓气候变化和快速发展经济两个方面的机遇，并且坚持创新，将国家的气候减缓和适应行动方略和长期的可持续发展保持一致。其中最为重要的一点就是，市场、金融创新和政府、政策创新要同时并进，缺一不可。

本章对现今中国应对气候变化和发展国内节能减排上的政策和行动已做出了较为全面的论述。文章主要针对中国在排放权交易活动上进行了较为详细的论述，其中包括了传统污染物的排污权交易和与气候变化密切相关的CDM项目开发等内容。文章引用国家发改委CDM管理中心的数据说明，中国的CDM为推进国内项目级别的碳减排打下了坚实的基础。除了目前中国的项目开发数量和减排潜力占据全球第一之外，在中国参与的CDM项目开发商也以208个占据全球CDM市场的首位。

然而，与国际气候政治共生的CDM目前主要面临着注册难的瓶颈，项目能够成功注册的能力机会远远不能适应更广范围减排的需求和更多行业获得碳减排收益的要求，诸多高耗能、高排放行业的减排项目尚不能够恰当地开发成为CDM项目。再加上2012年后的全球议定书谈判不确定性，应当对CDM机制进行改革，以解决更大范围、更为显著的温室气体排放问题。

尽管下一步CDM应该如何发展还未有定论，但目前对行业级别的碳减排机制讨论却特别集中，主要包括行业碳排放指标发放（sectoral crediting）和行业碳交易（sectoral trading）两个方面。这两个概念与项目碳指标发放，分别与CDM和限额碳交易（cap-and-trade）类似，但却是针对某个或者几个行业来进行减排操作。如文章中的一个关于航空业减排的例子所述，在2012年之后，欧盟开始执行航空业的限额贸易交易，那么中国的航空业也必须加入到这个减排交易体系之中。对于其他行业也是类似，如钢铁、电力、水泥业等。另外，从国际气候谈判的角度看，欧盟国家希望发展中国家加入一种名为"无损失（no-lose target）"的国家性气候减排目标（"无损失减排"也称"无悔减排"或"无成本减排"。所谓"无悔"减排主要包括三个方面的内容，一是指无成本减排，包括无失业减排；二是指通过体制改革、管理完善、技术创新等措施而提高能源的利用效率，使收益大于成本；三是尽管有可能成本大于效益，但实现了环保目标，符合国家利益，也是值得做的事）。和具有惩罚性质的减排目标不同，参加"无损失"减排目标的国家，倘若能够达到预设的目标，则会被计入减排成效中；若未达到目标，也不会受到任何惩罚。在这些大环境下，中国需要以积极的心态和行动，在维护全球福利、坚持自身发展和"共同但有区别的责任"原则下采取积极的碳减排机制，从国内开始，创新性地开展减排行动。

从中国和世界的大格局来看，低碳经济发展模式是当今全球各国逐渐达成共识的发展方向。温家宝总理也在近期公开发表了中国政府的意见：中国在未来数年里会继续将低碳经济融入到更加广阔的产业发展之中。那么这意味着在清洁能源、工业能效项目、高能效发电，以及甲烷类气体发电等方面势必扩大开发规模。但从目前以化石能源为核心的经济转向低碳经济并非易事，就拿资金投入一项来说，中国实现低碳发展需要每年增加 1 万亿元甚至更多的额外投资。[①] 气候变化和低碳发展并非是一个技术难题，很多现行的可获得的技术能够以低成本或无成本的方式带来显著的减排效果。这些问题的核心仍然是：市场能够发挥多大的作用？谁来支付这些额外投资？政府部门可以短期内进行各种政策支持，但其长期发展必须有赖于通过市场机制刺激私营部门的积极参与。

得益于 CDM 在中国的发展，"碳交易"这个概念已经在中国政府和私营部门达到了非常广泛的接受程度。另外通过国际国内各类组织的合作努力，以企业和个人社会责任为出发点的"碳中和"概念也逐步深入到社会各阶层之中。但是，在现阶段我们必须再次厘清碳交易的实质和操作模式。

碳交易的根本目的在于以最低的成本达到整体性的碳排放减少效果。也就是说，必须要对排放的二氧化碳进行"限额"也称"总量控制"（Cap）。只有在"限量"之下，碳减排指标才能成为稀缺资源，企业、组织或个人才

---

① 国家发改委能源研究所研究成果《2050 年中国能源和碳排放报告》。

有可能根据一定的规则，在一定的期限内开展交易活动，最终达到整体的减排目标。目前主要有两种碳交易操作模式——强制性碳交易（CER）与自愿性碳交易（VER）。强制性碳交易按《京都议定书》规定，是国家或者政府主导的，碳交易的参与主体必须参加交易，且受到具有履约效力的法律约束。

而自愿性碳交易，是一个在当前被使用较为模糊的一个词汇，和CDM类似，但不用作履行强制性减排协议的碳额度被普遍称作VER。但实际上，本文所希望明确的"自愿"碳交易是指参与碳交易的主体是因为"自愿"的动机聚集在一起的，但是一旦通过协商的方式共同承认在一些时间段里面的减排目标，那么这些碳交易主体便必须履行一定的协议，实现自己的目标。也就是说，加入时可以自愿，执行时必须履约。自愿性质的碳交易市场的典型例子是芝加哥气候交易所（CCX）。自2003年起建立其，CCX从13家会员发展到了目前的460家会员，这些企业的排放总量已达到6亿吨，已经超过了欧盟的德国排放总量。从运行规则来看，CCX的会员在气候交易第一阶段（2003~2006）的减排目标低于基准排放量[①]的4%；在第二个阶段的减排目标是6%。到目前为止，在CCX范围内达到的累计减排效果是4.6亿吨CO_2（其中超过4亿吨CO_2来自直接的减排效果，0.5亿吨来自"碳抵消"（offsets）项目，0.1亿吨来自森林项目）。所有这些减排量都是要经过第三方核查的。

CDM说到底是一个offsets机制，它与总量控制相关，又是在总量之外的碳指标，换句话说，CDM是碳市场的一个局部，而不是碳市场主体。主体一定是cap and trade。

总体上需要强调的是，无论是强制性碳交易还是自愿性碳交易，都必须达到实际有效的减排效果，也就是必须具备"限额"。CDM和"碳中和"项目给社会带来了整体的社会效益、生态效益和经济效益，未来更加实际的碳交易应当从某种程度上继续纳入这些形式的交易，但是需要以"限额"为主。

谈到"限额"，就必须再回到"共同但有区别的责任"原则这个恒久的话题上来。正处于工业化中期的发展中国家不可能采纳"绝对量限额"，从而体现出与发达国家的"区别"；但是在全球气候行动中，中国作为积极的参与者和负责任的发展中大国的代表，可以积极开展减缓气候变化的行动；中国在总量排放上必须达到峰值（按照中国权威学者的研究基本在2030年左右），

---

① 第一阶段的基准排放量是1998~2001年的平均排放量，第二阶段的基准排放量是2000年的排放量。

而在这一个过程中，排放强度可以一直下降，正如目前"十一五"能源规划中对单位 GDP 能耗强度的削减目标一样。从这一个角度出发，中国可以在下一阶段（也就是"十二五"期间）通过合理的方式试验性地对碳强度量进行"限额"，或者对碳的增长率设定指标。目前中国政府将节能指标分配到各省和各个企业，在这个基础上开展碳交易其实是可行的。从一些试点项目开始，将不同部门的一些企业联合起来，共同协商节能交易或碳交易的"限额"目标，以"干中学"的态度，在实践中摸索，通过自愿减排和交易的中国实践，在中国的行业内起到典范作用，并期望获得更大范围的政策支持和更多企业参与。

其实，中国并非缺少碳交易活动以及能够支持国内碳交易活动的平台。正如本章中所列举的，目前中国建立了诸多气候能源交易所，其中尤其以北京、天津和上海三家受人关注。但是不同地区的交易所还是以单独运行为主，然而，中国恰好正处于培育交易市场的阶段，更多地需要一些经验交流和资源互补。单独的一个交易所并不能够覆盖所有的市场，应各自具有特色。如果这些交易所、交易平台能够建立一个气候交易行业协会，类似国际碳交易协会（IETA）并进行战略合作，在有序的组织和行业监管下，开展行业内的经验交流，在重大场合发出统一的声音，对国内的重要利益相关者包括政府和企业都能产生变革性的重要影响。

前面提到以市场的方式解决政府资金投入的问题，其中"碳价格信号"就是最为核心的要素。CDM 的碳价格已经为人所知，但是这种价格受制于太多国际因素；实际上国内的节能减排奖励基金也是一种基本反映节能、减碳价格的工具，因此国内应当能够建立类似的市场价格信号，以参与碳减排的企业或个体需求决定的"价格"来刺激节能技术创新和新能源的开发。以生物沼气开发为例，中国可再生能源长期发展目标中给生物质沼气在农村的推广设定了 440 万立方米的开发目标；政府也因此而建立了专项基金支持农村沼气发展。中国目前在北方地区开展的农村沼气建设情况是另一种状况：黑龙江农村 90% 的沼气工程基本报废。[①] 究其原因，仍然在于制度机制相对不健全，政府资金投入的目的在于鼓励项目业主开发具有可持续发展的项目，但是公共资金相对有限；同时，市场机制，比如具有交易功能的"碳"没有充分被利用起来。与之相对比，在美国有的农场主每户年收入的 1/5 到 1/4 是来自芝加哥气候交易所的碳交易（沼气回收碳指标）的收益，美国纳税人

---

① 详见 http://news.ifeng.com/society/5/200908/0831_2579_1327527.shtml。

没有补贴一分钱。显然，这样的刺激手段比政府补贴更加有效果。中国目前有3千万户建有沼气池，每年还要增加500万户，政府补贴如果能够通过碳交易的方式获得则更可以长久持续。

最后，还有一点需要指出来，金融在节能减排中能够发挥积极的作用。从技术角度来看，任何的碳减排项目和减排量的交易都存在风险，而金融工具和金融机构的参与能够从多方面分散风险、优化碳交易的价格发现和风险转移的功能。中国金融界也能够通过在气候交易商品上的创新中获取到新兴的金融市场操作经验。

现有研究都明确指出，中国可以采取适合自己的方式控制自身的碳增长。国家层面上政府提供了政策方向，未来"十二五"规划中也会继续坚持节能减排目标，甚至也会出现碳强度目标。而落实到企业层面则需要思考如何通过合理的规则来实施行动、实现目标。从过去经济开发区的经验可以看出，一旦将合理的价格信号释放到社会和经济实体中，在相应的监管秩序下，将会出现各种创新。

现在是人类发展史上的一个交汇点，经济开发和气候保护被纳入了同一个框架中同等对待。尽管当所有人都将目光关注在几个月后的哥本哈根气候大会的时候，我们还是应该回头看一看，在2000年芝加哥气候交易所（CCX）的创始人 Richard Sandor 博士取得了来自芝加哥 Joyce 基金会的支持，将其创造利率市场上的经验移植到从未被全球实践过的碳交易上，率先推出碳金融工具（CFI）和联合最初的13家美国排放企业开始碳交易试验，随后连锁反应式地产生了如今最为活跃的气候所的跨国网络。中国改革开放30年，市场机制在中国的经济增长中发挥了重要作用，在可预见的将来，市场机制将在中国走向低碳发展的转变中提供一个可以持续的"造血机制"。

参考文献

［1］Nicolas Stern. The Stern Review on the Economics of Climate Change, 2006.

［2］International Energy Agency. Sectoral Approaches in Electricity-Building Bridges to a Safe Climate, 2009.

（黄杰夫，美国芝加哥气候交易所全球副总裁）

第八章　新引擎——绿色经济
在中国的兴起

2008 年的金融危机，将世界经济陡然拖入慢车道，但全球经济复苏的新引擎——绿色经济也随之浮现。"绿色新政"、"绿色复苏"、"低碳经济"成为各国政府最为关注的字眼，这意味着，在环境保护观念深入人心的今天，以可持续方式推动世界经济增长已经成为全球未来发展的主流。绿色经济对各国来说，不仅仅道义上的选择，更是发展的机遇，谁抢占了发展的先机，谁就在未来的发展中更为主动，得以领先，这也是各国发展绿色经济的动力所在。

本章着重介绍中国"绿色经济"发展现状，包括中国政府在绿色经济发展方面的举措和成绩，以及保障绿色经济发展的制度建设，特别是有关的经济政策，这些构成了推动和保障绿色经济发展的长效机制。我们还列举了中国实施绿色经济的几个企业和城市建设的案例，企业的绿色行动让我们看到了未来的希望，绿色城市建设的积极行动说明绿色经济的理念正在更广泛的层面被理解和贯彻。

第一节　绿色经济兴起的背景

绿色经济并不算一个新鲜的概念，这个话题在 2008 年金融风暴席卷世界时再次被人们热议。事实上，我们都应当明白，绿色经济是伴随人类社会发展的永久性课题。今天，全世界的人们倡导和实施绿色经济，并不是心血来潮或者赶时髦，而是时代发展到今天的必然选择。

一、什么是绿色经济？

"绿色经济"这一名词是由经济学家皮尔斯（Pearce）于1989年出版的《绿色经济蓝皮书》[①]中首先提出来的。绿色经济主张建立一种"可承受的经济"，摈弃盲目追求发展而造成生态危机、资源枯竭和社会分裂的传统发展模式，通过正确地处理人与自然及人与人之间的关系，高效地、文明地实现对自然资源的永续利用，使生态环境持续改善和生活质量持续提高的一种生产方式或经济发展形态，其核心是经济和社会的可持续发展，从而使得人类社会得以发展延续。

目前中国被最为广泛引用的绿色经济概念更为具体，绿色经济主要指采用环境友好技术、实现人与自然和谐发展，统筹经济与社会发展的一种经济增长方式。侧重环保和清洁生产，强调经济发展的可持续性。

追溯"绿色经济"的哲学源头，对于中国并不陌生，中国古代"天人合一"、"道法自然"的哲学思想，就强调人与自然的和谐共处，而不是"天人对抗"，表现出中国自古就有的"绿色情怀"。十六大以来，中国共产党向全国提出了科学发展观的发展战略思想，就是力图纠正传统的经济发展观。传统的发展观以单纯的经济增长为价值目标，在经济发展的过度膨胀的同时加剧了人与自然的矛盾，以及造成人类内部社会价值的缺失。科学发展观的基本内涵是"坚持以人为本，树立全面、协调、可持续的发展观，促进经济、社会和人的全面发展"。其核心思想是：一方面要努力把握人与自然之间关系的平衡，另一方面要努力实现人与人之间关系的和谐。而全球所面临的"可持续发展"这个宏大的命题，其实质同样是要体现人与自然之间和人与人之间关系的和谐与平衡。

二、绿色经济在当今世界的兴起

2008年10月和12月，在全球金融危机和经济衰退以及能源、粮食等多重危机下，联合国环境署发起了在全球开展"绿色经济"和"绿色新政"的倡议，试图把绿色经济作为解决当前全球多重危机下经济发展困境和维持经济增长的一条新的发展之路。

可以说，全球金融危机和经济衰退为绿色经济提供了契机。危机之后的

[①] 皮尔斯等：《绿色经济蓝皮书》，伦敦：地球扫描出版社，1989年。

经济重建和复苏需要大量的投资来启动，绿色经济则倡议要改变以往的投资方向和模式，从而促进经济和环境的可持续性。在以往，环境问题在经济决策中处于被边缘化状态，大量的投资流向了地产和金融部门，以至于形成了地产和金融泡沫；大量的补贴给予了碳排放量很大的化石燃料，而可再生能源的投资却非常不足；森林破坏、水土流失、草原退化、资源枯竭等生态环境问题愈演愈烈。联合国环境署正是意识到要改变这种状态，必须要有一种新的发展模式，这种模式能通过对环境的投资来促进经济的发展和社会的进步，能够推动产业的变革、推动国家经济的"绿化"、创造新的绿色工作机会，从而复苏和升级世界经济。因此，虽然绿色经济本身不是一个新的概念，但却是联合国在目前全球能源、粮食和金融等多重危机背景下首次较为系统地提出，具有时机的恰当性，倡议的政治性和影响的广泛性。

绿色经济已经开始成为全球环境与发展领域新的趋势和潮流。世界上一些国家已经开始借其经济刺激计划发展绿色经济。欧盟将在 2013 年之前投资 1050 亿欧元支持欧盟地区的"绿色经济"，这些投入全部用于环保项目以及与其相关的就业项目，保持欧盟在"绿色技术"领域的世界领先地位。美国新政府在其 8270 亿美元的经济刺激计划中提出，在未来两年将用 1000 亿美元，约合美国 GDP 的 0.7% 用于绿色经济恢复计划，并且由此创造 500 万个绿色就业机会，使整个社会经济加快向以新能源为代表的低碳经济转型，带动整体经济增长。韩国在其绿色新政计划中提出，在未来 4 年将投资约 360 亿美元用于一系列生态友好型项目。日本在其绿色经济方案中提出，要扩大绿色经济市场，对环境友好型企业实行零利率的贷款政策，创造 100 万个新的绿色就业机会。巴西和印度在已经出台的经济刺激和新政策中，也包含了能源结构优化和减排因素。①

三、中国面临的挑战

2008 年的中国灾难频仍，2008 年 1 月间，一场罕见的雪灾和冰冻肆虐大半个中国，造成几千万人受灾和几百亿经济损失；5 月 12 日，四川汶川发生 7.8 级地震，造成数万人死亡。这些天灾的背后是否也有"人祸"？这个问题值得我们反思。雪灾、地震只是自然变故的附生灾害。人类社会发展愈迅猛，

① 国合会首席顾问专家技术支持组：《全球金融危机与绿色经济综述》，中国国际环境与发展合作委员会 2009 年圆桌会会议参考材料，中国环境与发展国际合作委员会网站，2009 - 06 - 25，http：//www.cciced.org/。

地球自然变化的态势就愈强烈，愈使人类猝不及防和感到恐慌。中国正处在史无前例的大发展之中，与自然界的矛盾也随之凸显。

中国作为发展中大国，正处于快速工业化、城市化的进程中。1978 年到 2008 年末，中国城市总数从 193 个增加到 655 个，其中超大城市和特大城市分别从 27 个和 13 个增加到 118 个和 39 个，城镇化水平为 45.7%，预计到 2050 年会提高到 75% 左右。① 这意味着在未来的城市化的进程中，还将有至少有 4 亿人口到城市居住，需要消耗大量的水泥、钢铁等建筑材料，也即意味着要消耗大量的原材料能源，释放大量的二氧化碳和各种污染物。目前中国城镇既有建筑约 170 亿平方米，以每年 10 亿平方米的速度增加。② 改革开放以来，中国经济发展迅猛，近 30 年来，国内生产总值增长率年达到 9.5%，但大规模推进工业化以及粗放型增长方式使经济发展与资源环境之间的矛盾日益显现。中国经济中的主导一直是重工业。在经济增长和城市化进程引起的大规模基础设施投资的推动下，重工业尤其是高耗能产业在近几年又经历了最快速的发展。1985 年重工业比重占国内工业总产值的 55%，2008 年高达 69%。这种发展模式使中国目前能源资源严重短缺，50% 的石油靠进口，石油、天然气剩余可采储量仅为世界人均水平的 7.7% 和 4.1%。③

高耗能的经济增长方式和工业结构导致了严重的环境污染，特别是大量的能源的开发利用造成了大气污染、水污染、固体废弃物和生态环境破坏，以及大量二氧化碳等废气排放产生的"温室效应"。尽管对环境污染影响很难具体量化，但即使粗略地估算一下，目前的环境污染状况也很令人吃惊。根据国家环保局的绿色国民经济核算研究报告，2004 年全国因环境污染造成的经济损失为 5118 亿元，占当年 GDP 的 3%。④ 目前，全国 1/5 的城市空气污染严重，70% 江河水系受到污染，40% 受到严重污染，流经城市的河段普遍受到污染，1/3 的国土面积受到酸雨影响，近 1/5 的土地面积有不同程度的沙化现象，近 1/3 的土地面临水土流失，90% 以上的天然草原退化。世界空气污染最严重的 10 座城市中，中国占了 6 个。⑤

中国也已意识到了环境与资源问题对发展的制约，绿色经济的提法虽然只是近一二年随着世界的潮流在中国被各界呼应，但中国发展绿色经济却已

① 中国社科院：《中国城市发展报告》，社会科学文献出版社，2009 年。
② WWF（世界自然基金会）网站，http：//www.wwfchina.org/index.shtm 在线资料。
③ 司林：《低碳经济——节能环保的绿色新标签》，《中国建设报》，2008 - 05 - 08，第 002 版。
④ 潘岳：《绿色经济：实现社会可持续发展》，《中国劳动保障报》，2008 - 04 - 09，第 003 版。
⑤ 司林：《低碳经济——节能环保的绿色新标签》，《中国建设报》，2008 - 05 - 08，第 002 版。

有时日，对绿色经济认识越来越深入，行动也越来越落到实处。例如，在节能方面，中国近年来仅节能灯泡年产达到就 13 亿只，使用率已高于发达国家；中国通过太阳能利用技术，已为 3500 万栋建筑物提供热水；[①] 截至 2008 年底，中国共投资 1000 多亿元建成了 3.63 亿千瓦燃煤脱硫装机容量，占火电发电装机容量的 60% 以上；中国投资 2000 多亿元建成了 1550 多座污水处理厂，城镇污水处理率达到了 66%。[②] 这些说明，中国正在为环境问题做着积极的努力。

第二节　绿色经济在中国的发展

近些年来，中国为发展绿色经济进行了不懈的努力，做了很多系统的、成效明显的工作，包括节能减排、循环经济以及倡导绿色消费等。在 2008 年世界金融危机中，中国政府宣布 4 万亿人民币经济投资刺激计划，其中至少有 2100 亿元人民币直接用于生态和环境保护。自 2008 年 4 季度至 2009 年 4 月，中国国在两批新增中央投资中安排已 230 亿元用于节能减排、生态建设和环境保护项目，占新增中央投资的 10%。[③] 这表明中国在保增长、扩内需中高度重视绿色经济发展。

一、节能减排

针对经济活动中资源能源消耗高和污染排放大的问题，中国政府已连续几年实施了声势浩大的节能减排行动。政府计划到 2010 年，万元 GDP 能耗比 2005 年要降低 20% 左右，主要污染物排放总量要减少 10%。这两个目标是各级政府必须完成的约束性目标。实现这样的目标无论是对经济相对较发达的东部地区还是欠发达的西部地区都是比较痛苦的。因为东部省份当前大多在进行由已经成熟的轻工业转向重化工业的产业结构调整，而具有资源能源优势的西部省份将希望发展高耗能的资源型产业作为启动经济发展的重要动力。因此实现节能减排目标的难度可想而知。

---

① 崔大鹏：《发展低碳经济大有可为》，《人民日报海外版》，2008 - 07 - 05，第 003 版。

② 《绿色经济：为企业开启新大门》，《中国企业报》，2009 - 07 - 06。

③ 《发改委：两批新增中央投资中一成资金用于节能减排和生态环保项目》，中国环保网，2009 - 08 - 27，http：//www. chinaenvironment. com/view/ViewNews. aspx？k = 20090827105951085。

2006 年开始,中国政府在促进节能减排方面采取了一系列措施[①],主要体现在以下几个方面。

第一,推进结构调整和产业升级。包括控制高耗能、高污染行业过快增长,淘汰落后产能。例如,从 2006 年至 2008 年末,全国关停小火电机组 3421 万千瓦。在中央投资中安排自主创新和结构调整资金,用于改造提升传统产业,提高技术装备水平,发展高附加值产品,促进节能减排。

第二,加大投入,全面实施重点工程。2006~2008 年,中央政府共安排预算内投资 336 亿元、中央财政资金 505 亿元支持节能减排重点工程建设。

第三,强化节能减排管理,建立政府节能减排工作问责制。国务院有关部门对省级政府的年度节能目标完成情况进行评价考核,结果将向社会公告,对没有达到要求的地区和企业下令限期整改并进行处罚。

第四,完善政策,形成激励和约束机制。推进资源性产品价格改革,完善有利于节能减排的价格和财政税收政策。例如,2009 年初,政府调低了小排量乘用车车辆购置税;实施"节能产品惠民工程",对高效节能的空调、冰箱等产品通过财政补贴方式加大推广力度;支持在北京、上海、重庆等 13 个城市开展节能与新能源汽车示范试点;中央财政安排 70 亿元,鼓励汽车、家电"以旧换新"。

第五,加强宣传,提高全民节约意识,建设节约型社会。例如实施"限塑令"、垃圾分类,鼓励居民使用节能灯,通过媒体广泛宣传使资源节约和环境保护理念深入人心。

经过艰苦的努力,节能减排工作已经取得了明显的成效。全国单位 GDP 能耗逐年逐季降低(表 8 - 1)。2006 年同上年相比下降 1.79%,2007 年同比下降 4.04%,2008 年下降 4.59%,三年累计下降 10.1%,节能约 2.9 亿吨标准煤。全国二氧化硫、化学需氧量(COD)排放总量也不断降低,2007 年分别下降 4.66% 和 3.14%,2008 年分别下降 5.95% 和 4.42%,"十一五"前三年累计分别下降 8.95% 和 6.61%。[②] 2009 上半年全国单位 GDP 能耗在第一季度下降 2.89% 的基础上,累计下降 3.35%,降幅同比提高 0.47 个百分点;规模以上工业单位增加值能耗同比降低 11.35%。环境保护部估算,2009 年上半年全国化学需氧量和二氧化硫排放量继续保持"双下降"的势头,预计分

---

① 《今年以来节能减排工作成效及主要措施》,国家发展改革委网站,2009 - 08 - 02,http://www.sdpc.gov.cn/hjbh/hjjsjyxsh/t20090802_ 294569. htm。

② 《2009 年节能减排工作安排》,新华网,2009 - 08 - 03,http://news.xinhuanet.com/environment/2009 - 08/03/content_ 11819408. htm。

别下降约2%和5%。① 见表8-1：

表8-1 "十一五"以来单位 GDP 能耗降低情况

时　　间	单位 GDP 能耗变化
2006 年	-1.79%
2007 年	-4.04%
2008 年	-4.59%
2009 年第一季度	-2.89%
2009 年上半年	-3.35%

资料来源：国家发展改革委网站，http：//www.sdpc.gov.cn/hjbh/hjjsjyxsh/t20090802_294569.htm 在线资料。

从上表可见，2006 年全国单位 GDP 能耗同比下降1.79%，2007 年同比下降4.04%，2008 年下降4.59%，三年累计下降10.1%，节能约2.9亿吨标准煤。

图8-1 给出了十一五规划以来中国单位 GDP 能耗的具体数量：

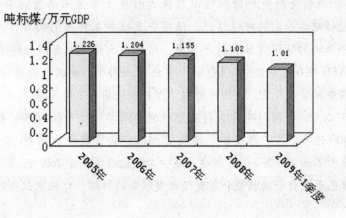

图8-1 "十一五"以来中国单位 GDP 能耗变化

数据来源：根据《2007、2008 年各省、自治区、直辖市单位 GDP 能耗等指标公报》（国家统计局、国家发改委和国家能源局联合发布）、国家统计局网站发布的季度统计数据整理计算。

---

① 《今年以来节能减排工作成效及主要措施》，国家发展改革委网站，2009-08-02，http：//www.sdpc.gov.cn/hjbh/hjjsjyxsh/t20090802_294569.htm。

如图 8-1 所示，2005 年中国万元 GDP 能耗为 1.226 吨标准煤，截至 2009 年 1 季度，已经降为 1.01 吨标准煤。

此外，全国二氧化硫、化学需氧量（COD）排放总量也不断降低，2007 年分别下降 4.66% 和 3.14%，2008 年分别下降 5.95% 和 4.42%，"十一五"前三年累计分别下降 8.95% 和 6.61%。[①] 2009 上半年全国单位 GDP 能耗在一季度下降 2.89% 的基础上，累计下降 3.35%，降幅同比提高 0.47 个百分点；规模以上工业单位增加值能耗同比降低 11.35%。环境保护部估算，2009 年上半年全国化学需氧量和二氧化硫排放量继续保持"双下降"的势头，预计分别下降约 2% 和 5%。[②]

专栏 8-1　中国的限塑令

中国政府在全国范围内规定：从 2008 年 6 月 1 日起，在所有超市、商场、集贸市场等商品零售场所实行塑料购物袋有偿使用制度，一律不得免费提供塑料购物袋。在全国范围内禁止生产、销售、使用厚度小于 0.025 毫米的塑料购物袋。

"限塑令"的实施，对于全社会的积极意义是不言而喻的。首先，节能能源和保护环境。塑料袋成本低，重复使用率也极低，而每年全球要消耗掉的塑料袋的数量也是一个天文数字，因此也就需要消耗掉大量的宝贵的石油资源。另外丢弃的塑料袋对于环境造成了极大的破坏作用，所以被称为"白色垃圾"。限制使用塑料袋则可以在很大程度上节省石油资源和保护环境。其次，能够培养人们的环保意识，限塑令直接关系到人们的日常生活，可以起到一个很好的环保宣传和引导作用，培养公民的环保意识和环保行为。

至 2009 年 6 月 1 日，"限塑令"实施满一周年。中国连锁经营协会 20 日发布的调查显示，目前，我国外资超市塑料袋使用率下降 80% 以上，内资超市下降 60% 以上，全国超市零售行业塑料袋使用率平均下降 66%，塑料袋消耗减少近 400 亿个。与"限塑令"实施前相比，减少塑料消耗 40 万~50 万吨，每年可节约石油 240 万~300 万吨，减少二氧化碳排放量 760 万~960 万吨。很多消费者已养成自带购物袋和重复使用塑料袋的习惯，环保意识得到增强。

资料来源：雷敏：《少用近 400 亿个塑料袋，也没影响超市生意》，新华每日电讯 7 版，2009 年 5 月 21 日。

---

① 《2009 年节能减排工作安排》，新华网，2009-08-03.，http://news. xinhuanet. com/environment/2009-08/03/content_ 11819408. htm。

② 《今年以来节能减排工作成效及主要措施》，国家发展改革委网站，2009-08-02，http://www. sdpc. gov. cn/hjbh/hjjsjyxsh/t20090802_ 294569. htm。

二、循环经济

循环经济与传统经济相比，其不同之处在于：传统经济是一种由"资源—产品—污染排放"单向流动的线性经济，其特征是高开采、低利用、高排放。循环经济要求把经济活动组织成一个"资源—产品—再生资源"的反馈式流程，其特征是低开采、高利用、低排放，把所有的物质和能源要能在这个不断进行的经济循环中得到合理和持久的利用，以把经济活动对自然环境的影响降低到尽可能小的程度。

针对经济活动中由于资源利用方式简单而造成的资源利用效率低和污染排放强度高的问题，中国政府从本世纪初开始大力倡导发展循环经济，并以企业、工业园区和区域等为重点迅速进入试点示范阶段。在中国已有27个省市、29个再生产业园区、79家企业、4个农业村镇或企业、19个工业园区开展了循环经济试点工作。[①] 2008年8月中国颁布了世界上第一部直接以循环经济冠名的《循环经济促进法》，并于2009年1月1日正式实施。该项法律的实施，意味着中国的循环经济进入全面发展的阶段，对转变中国的生产和消费模式将会发挥重要的作用。

中国在三个层面上开展循环经济的实践探索，并取得了显著成效。

一是在企业层面在企业层面积极推行清洁生产，实现循环经济的小循环，建设循环型企业。中国国是国际上公认的清洁生产搞得最好的发展中国家之一。2002年中国颁布了《清洁生产促进法》。目前，陕西、辽宁、江苏等省一级沈阳、太原等地区（城市）制定了地方清洁生产政策和法规。据统计，中国已在20多个省（区、市）的20多个行业、400多家企业开展了清洁生产审计，建立了20多个行业或地方的清洁生产中心，1万多人次参加了不同类型的清洁生产培训班。有5000多家企业通过了ISO14000环境管理体系认证，几百种产品获得了环境标志。[②]

二是根据循环经济的原理建设生态工业园区。生态工业园区的目标是尽量减少废物产生，按照工业生态学原理进行规划建设，科学筛选和确定入园项目，将园区内一个工厂生产的副产品作为另一个工厂的投入或原材料，通过废物交换、循环利用和清洁生产等手段，最终实现园区内污染的"零排

---

① 国合会首席顾问专家技术支持组：《全球金融危机与绿色经济综述》，中国国际环境与发展合作委员会2009年圆桌会会议参考材料，中国环境与发展国际合作委员会网，2009－06－25，http：//www.cciced.org/。

② 王秋艳主编：《中国绿色发展报告》，中国时代经济出版社，2009年，第118页。

放"，同时实现物流、能流、技术集成和信息、基础设施共享，达到整体效益最大化。中国已批准建设 27 个国家生态工业示范园区，有综合园区，也有专业园区，覆盖了制糖、电解铝、盐化工、矿山开采、磷煤化工、海洋化工、钢铁和煤化工等行业。[①]

三是在城市和省区开展循环经济试点工作，在社会层面实现的大循环，建设资源循环型社会。经国家发改委批准，目前已有辽宁省、贵阳市等 27 个省和市分两批成为循环经济试点。试点工作包括建立城市生活垃圾、特种废旧物资和城市中水回收利用系统，提高社会再生资源的利用率；建立循环经济信息平台，向社会定期发布企业产品、副产品和社会废旧物资供求信息，公布环境相关技术目录和投资指南，以促进循环经济的健康发展。

三、低碳经济的起步

目前基本得到全球认同的观点是，发展低碳经济是解决世界气候和环境问题的根本途径。中国作为发展中大国，在快速工业化、城市化和现代化的进程中，资源和能源消费日益增长，面临着与日俱增的温室效应减排的国际压力。然而，经济要较快增长以改善民生、增进福利，又需要较大的温室气体排放空间。面对双重压力，当务之急是要探索出一条合乎中国实际的低碳经济发展道路。目前，中国在借鉴国际经验的同时，正在积极探索低碳经济发展问题，开展相关战略、政策和技术研究，希望能尽快进入低碳经济的试点和全面推进阶段。

中国政府高度重视应对气候变化工作，通过制订并实施中国应对气候变化的国家方案、将单位 GDP 能耗下降作为约束性指标等一系列措施发展低碳经济。今后中国将继续推行有利于节约资源、保护环境的生产方式、生活方式和消费模式，建立低投入、高产出、低能耗、少排放、能循环、可持续的国民经济体系，为中国发展低碳经济提供必要的政策基础和条件保障。未来中国将以资源节约、环境保护为基本国策，以实现可持续发展为国家战略，继续从调整产业结构、提高能效、发展清洁及可再生能源三方面积极应对气候变化，发展低碳经济。[②]

未来中国将积极调整经济结构，努力推进经济增长方式的转变：加快发

① 《生态工业园建设步入快车道》，中国环境保护部网站，2008 – 09 – 11，http：//www. zhb. gov. cn/tech/stgyyq/sp/200809/t20080911_ 128562. htm。

② 《发改委：继续从三方面发展低碳经济》，新华网，2009 – 06 – 19，http：//news. xinhuanet. com/society/2009 –06/19/content_ 11569119. htm。

展第三产业，特别是发展现代服务业，减少国民经济发展对工业增长的过度依赖，并积极推进高技术产业的发展，抑制高耗能、高污染行业，同时促进外贸方式的转变，限制资源型产品的出口，加速产业结构的调整；提高市场准入标准，逐步淘汰落后产能，加快企业兼并重组，提高集约化生产水平，有效降低单位 GDP 碳排放的强度；继续加大节能和提高能效的力度，在钢铁、水泥、化工等高耗能行业，通过节能和提高能效，降低碳排放强度。中国今后还将大力开发利用可再生能源和清洁能源，研发和推广相关技术，制订相应政策，建立必要的激励机制，开展试点示范，探索重点行业的低碳发展。

中国未来发展低碳经济的举措主要包括五方面。首先是制订并实施中国应对气候变化的国家方案，明确到 2010 年应对气候变化的具体的目标、基本的原则、重点领域和政策措施。二是着力推进经济发展方式的转变和经济结构的调整，采取淘汰落后产能的政策和行动，鼓励和倡导节约能源资源的生产方式和消费方式。三是将单位 GDP 能耗作为约束性指标纳入"十一五"规划，并建立了地方、企业节能减排责任制，逐级进行考核。四是通过加大政策引导和企业参与、资金投入，大力发展水能、核能、太阳能、农村沼气等低碳能源。五是深化能源资源领域价格和财税体制改革。①

第三节 绿色经济的制度建设

进入新世纪以来，中国政府高度重视环境保护和经济发展的关系，提出了科学发展观等一系列全新发展概念，在促进绿色经济发展方面做了多项改革探索。

一、绿色经济的法律体系建设

进入 21 世纪以来，在处理环境和发展的问题上，中国政府将经济增长的目标定位于"又好又快"，提出了以人为本、全面协调和可持续的科学发展观，确立了建设资源节约型、环境友好型社会的奋斗目标。为了协调好环境保护与经济发展的关系，中国政府提出要实现三个"历史性转变"，即从重经

---

① 《苏伟表示：我国采取五大举措发展低碳经济》，新华网（转引自《经济参考报》），2009 - 06 - 23，http：//news. xinhuanet. com/fortune/2009 - 06/23/content_ 11585568. htm。

济增长轻环境保护转变为保护环境与经济增长并重，从环境保护滞后于经济发展转变为环境保护和经济发展同步，从主要用行政办法保护环境转变为综合运用法律、经济、技术和必要的行政办法解决环境问题。

长期以来，中国环境保护工作主要由国家环保总局等部门以行政管制的方式进行，但随着中国经济的发展，环境的破坏日益严重，仅靠行政力量解决环境和发展之间的矛盾已经不切实际。中国经济的迅速发展和环境经济立法的不足形成了鲜明的对比，已出台的许多环境法规过于原则化，缺乏相应法规规章和实施细则的配套，重实体规定、程序规范欠缺，重行政主导、公众参与欠缺，部门合作差，结果导致法律的可操作性差，执法随意性大。

国际金融危机爆发以后，中国政府更加注重绿色经济发展，首先从体制着手，研究环保部门和其他部门的协同合作。2008 年 3 月政府"大部制"改革方案公布，环保总局升格为环境保护部，从国务院的直属单位升为国务院的组成部门，从而为其更好的行使环保职能奠定了体制的基础，相关法律也逐步建立和完善。2002 年中国颁布了《清洁生产促进法》，促进企业节约资源与能源，实现循环经济生产；2008 年 2 月，全国人大通过了《水污染防治法》修订草案，规定了地方政府对环境质量负责，以此作为其考核标准之一，对违法行为加重处罚；2009 年 1 月《循环经济促进法》开始正式实施，该法通过制定一系列财政、税收、金融等政策，激励全社会各行业发展循环经济；2009 年 4 月 1 日年新修订的《节约能源法》开始实施，使节能减排工作有了法律保障。

二、绿色经济政策体系的初步探索

2007 年 9 月，国家环保总局组办的"绿色中国论坛"上，首次提出全新的环境经济政策架构和路线图——在 4 年内构建绿色税收、环境收费、绿色资本市场（包括直接融资——绿色证券和间接融资——绿色信贷两种方式）、生态补偿、排污权交易、绿色贸易和绿色保险 7 项环境经济政策。[①] 随后，国家环保总局开始联合银监会、保监会、证监会等经济主管部门出台多项政策，开始了中国绿色经济政策体系的初步探索。

（一）绿色信贷

中国的绿色信贷政策是指，商业银行在贷款审核的过程中，把企业的环

---

① 潘岳：《用环境经济政策催生"绿色中国"》，《学习月刊》，2007 年第 19 期，第 19~21 页。

境信息作为重要参考，对污染高、环境破坏严重的企业采取限贷、停贷、收回贷款等措施，促进企业治理污染、保护环境。这种做法能够有利的遏制环境违法企业的资金扩张，用经济的手段达到污染治理的目标。

2007 年 7 月，环保总局、人民银行、银监会联合发布的《关于落实环保政策法规防范信贷风险的意见》，标志着绿色信贷这一经济手段开始进入中国绿色经济制度体系，也标志着环保总局和其他政府部门携手合作的开始。2007 年 11 月，银监会制定《节能减排授信工作指导意见》，要求银行业等金融机构根据节能减排主管部门的项目分类，把调整和优化信贷结构与国家经济结构调整紧密结合起来，有效防范信贷风险，对不同的企业实施"区别对待"的授信原则。

目前，中国的绿色信贷政策取得一定的成果，以中国工商银行为例，目前推行的环保一票否决制，对环境造成重大不利影响的项目一律予以否决。2008 年，工行通过实施结构调整，主动退出了 162 亿元贷款，同时对"双高"行业的 152 户企业的贷款实行了清退。①

但绿色信贷也存在着很多问题，例如在环保部与金融部门的信息沟通和共享机制还不够完善，不能及时对银行评贷、审贷环节提供支持。此外，各家银行间业务发展存在激烈的竞争，导致一些盈利能力强、环境破坏严重的企业会获得银行的私下放贷，而一些环境友好但盈利能力有限的企业不受银行青睐。绿色信贷仅靠银行的社会责任意识是远远不够的，如何设计合理的机制使得银行不背离绿色信贷的目标，同时还能得到经济利益的保障，是未来工作的关键所在。

（二）绿色保险

中国绿色保险的推出以 2008 年 2 月国家环保总局和中国保监会《关于环境污染责任保险的指导意见》的发布为标志，这是继"绿色信贷"后，中国推出的第二项绿色经济政策。

环境污染责任保险是指，企业发生污染事故后，保险机构对受害人及时进行经济补偿，这样可以迅速稳定社会经济秩序，减轻企业负担。同时，保险机构通过对企业保险费率的变动来达到对企业环境管理的约束。环境污染责任保险已被许多国家证明是一种有效的环境风险管理的市场机制。《关于环

---

① 姜建清：《08 年主动退贷 162 亿一票否决支持环保》，新浪财经，2009 - 04 - 22，http：//finance. sina. com. cn/g/20090422/11026134656. shtml。

境污染责任保险的指导意见》明确规定，初期要以生产、经营、储存、运输、使用危险化学品企业，易发生污染事故的石油化工企业、危险废物处置企业、特别是近年来发生重大污染事故的企业和行业等为对象开展试点。

目前，全国的试点工作正逐步展开并取得了阶段性成果。2008 年内，湖南、江苏、湖北、宁波、沈阳等省市的试点工作取得了明显成效，并圆满完成了第一项理赔。2009 年上海、重庆、宁波、深圳等地的试点工作陆续启动。[①] 中国希望通过基本完善环境污染责任保险制度，从而到 2015 年建立起从风险评估、损失评估、责任认定到事故处理、资金赔付等各项机制。

（三）绿色证券

绿色证券是对企业的直接融资渠道进行监管，同时引入对上市公司环境考核和环境信息披露机制，从而间接达到促进上市公司改进环境表现、引导资金流入环境友好企业的目的，并能有效地保护投资者利益不受损失。

2008 年 2 月环保总局正式发布了《关于加强上市公司环保监管工作的指导意见》，这一绿色证券的指导意见以上市公司环保核查制度和环境信息披露制度为核心。随后，中国证监会发布《关于重污染行业生产经营公司 IPO 申请申报文件的通知》。

根据以上文件的规定，中国的绿色证券主要体现在发行申请和上市后核查两个方面。一方面，在企业申请上市时，环保部门的核查意见将作为证监会受理申请的必备条件之一，特别是针对从事火电、钢铁、水泥、电解铝行业以及跨省经营的"双高"行业（13 类重污染行业）的公司。另一方面，企业上市后，环保部门会"定期向证监会通报上市公司环境信息以及未按规定披露环境信息的上市公司名单，相关信息也会向公众公布。环保总局还将选择'双高'产业板块开展上市公司环境绩效评估试点，发布上市公司年度环境绩效指数及排名情况，以便广大股民对上市公司的环境表现进行有效的甄别监督。"[②]

绿色证券的政策还有待于进一步完善，绿色证券政策的良好施行，能促使社会筹集的资金投向绿色企业，促使上市公司履行环保责任，广大股民绿色选择的经济权益才能否得到保障，资本市场也才能变成推动节能减排及绿色经济发展的经济杠杆。

---

① 保监会：《重庆、宁波、深圳等地启动环境污染责任保险试点工作》，新浪财经，2009 – 06 – 18，http://finance.sina.com.cn/money/insurance/bxfg/20090618/15022902446.shtml。

② 陈湘静：《环保总局推出绿色证券政策》，《中国环境报》，2008 – 02 – 26。

（四）绿色税收

绿色税收政策大致可以分为两类，一是直接对破坏环境的企业征收环境税，二是在其他税种（如增值税、消费税）等方面对环境友好企业给予税收优惠的倾斜，对环境不友好的企业降低其出口退税率等。目前中国环境税的研究早已启动，另外将水资源、森林资源、草场资源等资源也包括到资源税征收范围中来的呼声也很高。

虽然现在中国出台专门的环境税的时机尚未成熟，但是在其他税种的征收过程中，已经开始引入绿色税收的制度。2008年8月财政部、国家税务总局、国家发展和改革委员会联合发布《节能节水专用设备企业所得税优惠目录（2008年版）》、《环境保护专用设备企业所得税优惠目录（2008年版）》、《资源综合利用企业所得税优惠目录（2008年版）》。2008年12月，财政部、国家税务总局联合发布了《关于资源综合利用及其他产品增值税政策的通知》和《关于再生资源增值税政策的通知》。以上税收政策，均制定了鼓励资源综合利用、节能减排、促进环保等措施。

随着绿色经济政策的探索与实践深入和广泛，也越来越涉及多方面利益，因而愈加艰难。整个绿色经济制度体系的建成，还有大量的工作要做，需要政府各主管部门以及社会各界的支持。其他的绿色经济政策诸如绿色贸易、区域流域环境补偿机制、排污权交易等政策还有待研究、制定或完善，最终形成完整的中国环境经济政策体系，成为保证绿色经济发展的长效机制。

第四节　中国绿色经济发展案例

一、绿色城市建设——绿色北京

人类进入工业时代以来，城市发展迅速，中国目前也正处在城市化加速发展时期。城市的快速发展也带来一系列的问题，城市环境问题尤为突出，包括水、空气、噪音、废物等各个方面，加之城市生态系统非常复杂，容易造成温室效应、热岛效应，影响着城市的健康发展。绿色城市正是建立在人类对自然关系更深刻认知基础上，有效利用环境资源实现社会、经济、自然协调发展的新的生产和生活方式，运用生态经济学原理和系统工程方法进行城市设计，建立经济发达、生态高效、健康和谐、可持续发展的人类聚居环境。

绿色城市成为人类发展不可逆转的绿色潮流，建设一个经济、社会和环境相协调发展的绿色城市已经成为人类共同面临的一个课题，中国为此也做出了很多实质性工作，并取得了可喜的进步，一大批示范项目已经展现在世人的面前。例如，中国首个区别于传统城市的天津中新生态城已于 2008 年 9 月开工建设。按照规划，生态城的建设则在一系列生态指标体系严格运作，以节地节水、节能减排、生态宜居为宗旨，生态城内所有的建筑均为绿色建筑。[①] 位于河北省曹妃甸国际生态城将遵循生态优先的原则，利用现有要素，引入城市生态设计理念，合理组织多层次的城市生态体系，达到内部生态循环，建设一个人工环境与自然环境和谐共存、可持续发展的理想城市。未来的曹妃甸国际生态城将推广风力发电、太阳能、海潮能、地热能等可再生的能源，煤电则退居辅助能源；采用新型材料取代传统的建材，如路面采用绿色建材材料，可渗透水，路面下有回收系统，将这些水回流到景观湖中；未来新城，出行方式不主张私家车、小汽车，取而代之的是低污染公共汽车、无轨电车、现代有轨电车、轻轨等。[②]

北京作为中国的首都和国际化大都市，绿色发展理念已经贯彻到城市建设之中，特别是 2008 年奥运会的举办更给北京建设绿色城市带来了良好契机。"绿色奥运"是北京奥运会的三大理念之一。在获得奥运会举办权之初，北京就向世界做出了 7 项承诺，包括：全市林木覆盖率接近 50%，山区林木覆盖率达到 70%，城市绿化覆盖率达到 40% 以上，全市形成三道绿色生态屏障，"五河十路"两侧形成 2.3 万公顷的绿化带，市区建成 1.2 万公顷的绿化隔离带，全市自然保护区面积不低于全市国土面积的 8%。经过不懈的努力，七项绿化承诺指标全部实现。北京全市已形成了山区、平原和城市绿化隔离地区三道绿色生态屏障，山区 95% 以上实现绿化。

北京市的绿色城市建设不仅仅体现在环境"绿"化上，而是力图从根本上寻求北京可持续发展之路。北京市能源、资源都非常匮乏，需要从周边地区大量输入，对外依存度非常高。建设绿色城市也是北京建设宜居城市的要求，符合北京地方发展取向。北京市绿色城市的建设，可以主要归结为三个

① 覃贻花：《解读中新生态城规划：30 平方公里绿色之城》，2009 - 07 - 19，http：// news. enorth. com. cn/system/2009/07/19/004130444. shtml。

② 戴超：《唐山科学规划开发沿海区域曹妃甸建国际生态城》，滨海新闻网，2009 - 06 - 02，ht- tp：//www. bh. gov. cn/bhsh/system/2009/06/02/010028053. shtml。

方面：

第一是产业结构调整。北京市近年来加快对高污染、高耗能产业调整，将首钢及一些高污染的企业进行外迁。在未来的城市发展和产业发展上定位越来越清晰，进一步向高端、高效产业转移。北京作为全国政治文化中心，历史文化积淀深厚，科技和创新实力突出，具有发展文化创意产业的独特优势，自 2005 年起，北京市就明确提出要将文化创意产业作为首都经济未来发展的重要支柱之一，目前已形成一批独具特色的文化创意产业集聚区。现代服务业也已成为为北京市的重要经济支柱，2008 年北京市第三产业占 GDP 总额的 73%。2009 年一季度北京的经济总量位居全国第十，经济增速列第 2 位，第三产业所占比重排名第一，超过 76%，比大陆总水平高了 32 个百分点。① 由于第三产业的单位 GDP 能耗要比第一第二产业低很多，2008 年北京单位 GDP 能耗是 0.662 吨标准煤，比上一年下降了 7.36%。

第二是资源、能源的循环高效利用。北京能源对外依存度高，对于环境的要求也越来越高。因此，北京在硬件方面更加注重环保能力的建设，加快建设污水处理设施，"十一五"期间将在城中心建设 11 个新的污水处理厂。北京市还加快建设垃圾焚烧厂，这是资源再利用、提高环境质量的重要举措。北京在新能源利用上也做了大量工作。在延庆率先建设了 5 万千瓦的风电电厂，填补了北京风电的空白。北京对光电、光热的利用也大幅提高，截止 2008 年底，全市已经有 11 万盏太阳能灯。

第三是政策引导，更加注重生态环境的建设。北京出台了企业清洁生产实施办法，对于企业清洁生产改造费用给予一定补贴和引导。为了进一步减少交通流量，通过低票价的公交政策，引导大家更多地选择公交车或地铁。北京提出建设生态涵养区，按照城市规划的整体格局沿郊区建设绿化隔离带，在五环边上建了环城的郊区公园，建设生态植被。

二、企业的行动

企业是市场经济的基础，绿色经济的种种战略和政策只有真正落实到企业，被企业所接纳和实施，才能获得预期目标。近年来，一批注重可持续发展和具有强烈社会责任感的优秀企业，积极响应政府的绿色经济发展战略，探索自身绿色发展新路径，贡献卓越。这些企业之所以要进行绿色转型，一

---

① 《今年一季度北京经济总量位居大陆第十》，北京经济信息网，2009 – 04 – 28，http：//www. beinet. net. cn/jjyw/chanyefazhan/200904/t373053. htm。

方面出自社会、环境及公众的责任感，也希望树立企业良好的公众形象，获得长久的公信力，被市场和消费者持久信赖；另一方面，整个社会所面临的环境和资源的瓶颈也是企业发展的瓶颈，企业希望通过对绿色经济的探索，在未来获得更多的机遇，以赢得更稳定的竞争力。

我们选取三个不同行业中具有代表性的优秀企业来展现中国企业层面中绿色经济的兴起，一是传统能源行业，以神华集团为代表；二是先进制造业，以吉利汽车为代表；三是生产者服务业，以东软集团为代表。

（一）黑色能源央企的绿色探索——神华集团

煤炭，这种传统化石能源，仍然是中国能源供应和消费的主要来源。在全球倡导绿色新政、大力发展绿色经济的时代背景下，中国的煤炭行业和企业也开始积极进行绿色探索，中国神华集团就是其中之典型。

作为中国最大的煤炭生产商和出口商，中国神华集团有限公司拥有中国最大规模的优质煤炭储量，2006年中国神华煤炭储量位居世界煤炭上市公司的第二位，煤炭销量位居第二位。现在集团的业务扩展至煤炭、铁路、港口、发电等领域，已经成为世界领先的以煤炭为基础的一体化能源公司。

中国神华是煤炭行业中第一家发布企业社会责任报告的央企（首发于2007年），向社会表明了中国央企并不缺乏履行社会责任的理念，也不缺乏履行社会责任的行动。中国神华的绿色经济探索主要表现两个方面：一是煤炭清洁化。对神华而言，传统能源清洁化，主要是指如何才能更清洁地使用煤炭。现在神华找到了另外的方向，就把煤炭进一步转化，比如说变成成品油，变成化工产品，发展煤制油、煤化工。2008年，中国神华在百万装机上面实现了煤炭液化，在这此过程中，可以使硫、氮和二氧化碳得到很好的控制。神华在鄂尔多斯的煤制油工厂把二氧化碳提取出来之后，和鄂尔多斯盆地的石油公司一起把它生产成为更多原油的添加剂，从而实现了二氧化碳的捕获和封存。二是积极发展风能。该公司立志成为中国领先的风能公司，其风能板块现在已经做得很大。神华集团在中国的沿海地区、西部地区都拥有大量的风厂，正在大规模建设风能。其未来的目标就是：神华集团能源供应结构中，传统能源占80%，也就是说煤、电，同时提供新能源，主要是以风能为主的新能源占20%。①

---

① 黄清：《神华一直强调怎样在煤价中体现自然成本》，新浪财经，2009年04月23日，http://finance. sina. com. cn/hy/20090423/14146141688. shtml。

（二）四个轮子承载的绿色标准——吉利汽车集团

很难想象现代文明没有汽车——这种四个轮子的家伙的存在，但汽车文明也更加使得资源和环境瓶颈对经济社会发展的约束凸显，如何在这两者之间寻求一种平衡，这就需要高明的手段。中国吉利汽车集团经过多年摸索，坚持自主创新，力图解决这个问题，即寻求让四个轮子承载绿色标准，发展绿色技术。

吉利汽车的绿色理念主要表现在三个方面：一是绿色生产材料。即汽车的材料用得要环保，材料不能有污染。简单地说，就是人坐在车子里面，不能对人的身体产生伤害，这就对材料提出了比较高的要求。二是绿色零部件。跟吉利配套的所有的汽车零部件，也必须是绿色的、环保的，而且采用的生产过程也必须是绿色环保的。三是绿色制造过程。吉利汽车要求，其制造过程必须是绿色环保的，不能因为是生产汽车的过程中而破坏环境、伤害工人的健康。[①] 现在吉利汽车所采用的汽车表面都是涂上一层涂料，其涂料是绿色环保的，不是像那种有甲醇的溶剂会污染环境。

吉利最近推出了一种新的绿色汽车，车身很小，只有2.9米长，但其采用巧妙的设计，使得高大的人坐在里面也会感觉很舒服。有太阳时可以用太阳能作动力，阴雨天通过充电来补充能量。车用空调是采用电子振荡的原理，整个车型表面看上去是一个车箱，事实上是一个电冰箱。所不同的是，这个电冰箱没有压缩机，是通过电子振荡，这样耗电就少，在夏天的时候，人会感觉到非常的凉爽。在冬天的天，该车用地热方式采暖，地板上全部用电池，电池在放电的过程会产生热量，这种热量通过从下到上的传导和循环，冬天人坐在里面就感觉比较温暖。这种车是没有发动机，完全是个创新。当然因为它零排放，也就非常绿色环保了。

（三）系统优化体现的绿色理念——东软集团

信息管理咨询行业属于生产者服务业的范畴。在中国，一些从事生产者服务的企业也不甘心在绿色经济发展的大潮中落伍，他们努力尝试在为客户的服务过程中渗透绿色理念。东软集团，作为中国最大的离岸软件外包提供商，就是通过在为客户设计软件系统过程中，集中体现绿色理念的。

东软集团是一家以软件技术为核心的公司，其主营业务包括行业解决方

---

① 《李书福：国家应该提高汽车技术标准》，新浪财经，2009 年 04 月 22 日，http://finance. sina. com. cn/hy/20090422/14276135569. shtml。

案、产品工程解决方案及相关软件产品、平台及服务等。

该企业最近为客户做了一个关于医疗系统 IT 优化设计项目，彰显绿色理念。① 现在，社会各界经常谈论中国医疗资源紧张问题，实际上医疗资源利用低效是一个重要原因。在几乎所有的城市里，只要去一趟那些最好的大医院，你会看到比沃尔玛还要热闹，每天早上都有很多人站着在那里排队，异常拥挤。而很多的中小医院里面却没有多少人，这是什么原因呢？可能由于人们大多对于中小医院并不信任，尽管它离你比较近。这就势必造成资源配置低效的问题。他们做过一个统计，中国最好的医院里面，最好的医生，80% 的时间看最不应该看的病（即社区医院也可以解决的小病），因而最好的资源配置也给了这些最不应该看的病，这显然是一种浪费。东软集团调研之后，发现需要设计一套 IT 服务系统，把家庭和计算机网络，把统一的病例，把所有的资源构成一个统一标准的资源。当一个病人在一个小医院看病的时候，所有的医院的记录和质量，也能够得到与在大医院同样的保障。在这个系统里，每个人会有一个健康的档案，个人信息可以通过网络获取，家里面可能会需要一些简单的设备，进行像糖尿病、慢性病、心脏病、孕妇和胎儿的检测，而所有的这些数据，都可以进入到他所期待医院的标准档案里面。通过 IT 的创新模式，使得过去浪费的资源得到了很大的提升。

我们相信，在未来发展绿色经济的道路上，会有越来越多的地企业成为打造良性生态系统和赢得可持续竞争力的"绿色公司"，它们将不只是商业世界的领导者，更是改变社会改变世界的领导力量。

主要参考文献

[1] 黄勇绿 . 色经济如何化解金融危机？［N］. 中国环境报，2009 年 3 月 31 日第 004 版 .

[2] 刘细良 . 低碳经济与人类社会发展［N］. 光明日报，2009 年 6 月 2 日第 010 版理论周刊 .

[3] 刘铮主编 . 中国经济可持续发展研究概论［M］. 上海：上海大学出版，2009.

[4] 潘岳 . 绿色经济：实现社会可持续发展［N］. 中国劳动保障报，2008 年 4 月 9 日第 003 版 .

---

① 《刘积仁：追求绿色是企业生存的需要》，新浪财经，2009 年 04 月 22 日，http：// finance. sina. com. cn/hy/20090422/14306135590. shtml。

［5］王秋艳主编．中国绿色发展报告［R］．北京：中国时代经济出版社，2009．

［6］严行方．绿色经济［M］．北京：中华工商联合出版社，2008．

［7］杨东平主编．中国环境发展报告（2009）［R］．北京：社会科学文献出版社，2009．

［8］张兵生．绿色经济学探索［M］．北京：中国环境科学出版社，2006．

［9］张春霞．绿色经济发展研究［M］．北京：中国林业出版社，2002．

［10］中国社会科学院经济学部编．生态环境与经济发展［M］．北京：经济管理出版社，2008．

评论

绿色市场和绿色经济

牟 溥

1962 年，Rachel Carson 的《寂静的春天》把环境保护的理念从科学家的象牙塔中请出来，给了人民大众。人们开始意识到以环境为代价的经济发展是不可持续的。40 多年来，环境保护从科学家的实验室，到人民的意识，到政府的限制，到市场的调节一路走来，可谓步履蹒跚，荆棘遍野。金钱与利润（尤其是短期利润）在市场经济社会里的力量太强大了，大到逐利者们可以忽略，或视而不见环境的价值，不顾环境破坏的后果。其来也浩浩，其势也汹汹。早期工业革命时期的环境破坏的记录和如今新兴工业国家的覆辙重蹈令我想起路易十四的那句名言：在我之后，哪怕洪水滔天。人们上下求索，想出各种办法制约这群咆哮着破坏环境的"野兽"。终于，生态学家和经济学家这对同根"冤家"（ecology 和 economy 同以 eco-（家）为词根，ecology 研究它，economy 经营它）开始对话、联手，计算环境的价值，试图把环境保护纳入到市场体系之中。于是，所谓"绿色经济"的说法出现了，利用经济手段治理环境开始了：解铃还需系铃人，环境一旦有价并可以精确计量，无所顾忌的经济发展大概就会被"绿色"所制约。这大概是一条正确的环保、发展兼顾之路吧。

本章在简要介绍了绿色经济的概念、兴起背景、以及在世界的发展后，概述了中国自改革开放以后经济高速发展给环境所带来的强大压力和相对粗放经济的高资源消耗、高能耗、高排放所导致的严重环境后果。文章隐示中国的经济发展已受到环境与资源的严重制约，绿色经济是保持经济可持续高速发展的正确道路。本章的第二部分从节能减排、循环经济、低碳经济三方面叙述了近年来绿色经济在中国成绩斐然的发展。中国政府以建立低投入、高产出、低能耗、少排放、能循环、可持续的国民经济体系为目标，实行一系列有效措施和政府导向，取得了一定的成功。文章的第三部分从法律体系建设和经济政策体系方面讨论了中国绿色经济的制度建设。我觉得这一部分应该是文章的中心，应该对所叙述的情况有具体的陈述分析，例如第一节

"绿色经济的法律体系建设"第二段，如果具体举例指出过于原则化、缺乏相应规章和实施细则的环境法规，并给予点评分析，则文章会更生动具体，且更有用。应该承认，中国的立法质量尤其是环境法规质量不高，对一个正在向法制过渡的国家而言，可以理解。然而专业文章的深入具体细致分析才是对改善立法质量的最好帮助。本部分第二节"绿色经济政策体系的初步探索"简述了近两年才由政府主导实施的绿色信贷、绿色保险、绿色证券、绿色税收政策情况。我觉得这一节和上一节一样，也同样需要一些深入具体细致的分析，尤其是这些措施的必要性、可行性和可预期的对经济发展、环境建设的推动作用。文章最后介绍了中国绿色经济发展案例：绿色北京作为绿色城市建设的案例，神华集团、吉利汽车集团和东软集团作为绿色经济发展的优秀企业代表。这些案例显示，在中国重视环保，资源、能源低耗高效，低排放，可循环这些绿色理念已经付诸行动，并且在向形成新的经济增长点努力。

应当看到，目前所谓的绿色经济，不论在中国，还是在发达国家，均远非成熟，尚处于探索、实验阶段，各国发展程度不尽相同，且都有政府不同程度的主导。在中国的大政府体制下，政府主导相当强势。而所谓绿色经济，其目的则是要利用经济杠杆，弱化政府的指令性主导，增强其在政策性指导和规则建立方面的作用，使"绿色""制约"下的经济发展尽可能地自我维持，实现可持续发展。这首先应该在国家立法保护环境的同时，指导建立、完善所谓"绿色市场"。我以为"绿色"价格体系的建立非常重要，如果"绿色"无价则无所谓交易；无所谓市场，也就无所谓绿色经济，正所谓"无规矩不成方圆"。我曾经问过为全球生态服务计过价的 Robert Constanza 教授，生态服务并非完整意义上的市场商品，买卖主体，尤其是买方个体，实际上并不十分存在。那为什么要计算它？他说，政客们和政策制定者只用金钱来衡量所有的事与物，如果不算出环境的生态服务价值，环境就是经济发展的无价值牺牲品。我问，没有市场，可否准确定价？他说，尽可能做准吧。同理，建立绿色经济离不开市场，离不开交易。如果说生态服务价值的作用主要是为政府制定政策提供依据与参照，并非为了市场交易，尽量准确的估算即可的话，"绿色市场"就是要有对所谓绿色产品进行准确计量的市场。

绿色产品的计量可分为两种：一种是通过价格来计量。有些绿色产品的价格是可以由市场供求确定的；有些涉及到全民利益，有使用者而无购买者的绿色产品，如清洁环境（包括水、空气、风景等）、野生动植物，等等，很不容易形成市场可交易商品，则应由政府介入。属于公益性的或有长期影响的，政府应予以补贴，且补贴形式可以有多种，我觉得以促进绿色经济发展者为目的。另一种计量是对绿色产品的量化。与价格一样，有些绿色产品计量相对比较容易，如采用新技术的工业产品节能效率等；但也有一些产品，如一亩什么样的森林折合每年吸收多少碳、每公里河岸种植什么样的植被可以拦截多少污染物进入河流等问题，目前就很难做到精准计量。如果产品的精准计量做不到，绿色产品进入市场交易只不过是空谈而已，毕竟统一、认可的度量标准是商品社会运行的基础。当然，随着科学技术的进步，许多工作也都会是可以逐步做到的。但不可否认，这会是一个庞大、复杂的系统，而中国目前这方面的工作似乎还在低水平运行。

政府指导下的绿色经济可以极大地促进技术进步和环保措施的可持续实施。利用市场竞争机制淘汰高污染、高能耗、高资源消耗、高排放、不可循环的企业、技术和经营方式，例如可利用碳排放、污染物排放指标交易提高低污染、低能耗、低资源消耗、低排放、可循环的企业在市场的竞争力，鼓励植树造林；又如可利用在许多发达国家实行并证明有效的政府或社会控制下的垄断（regulated monopoly）方式促进需要大规模基础设施的行业如电力、石油等进行绿色革命，当然首先这些行业的企业不能是国家垄断企业。无庸置疑，中国与许多发达国家相比，技术相对落后，环境标准相对较低。因此，中国大规模的出口导向制造业非常容易受到发达国家日益严苛的环境标准限制。技术落后不仅无法参与游戏规则的制定，只能跟进、服从，而且更是无法占据环境道德的制高点。发达国家美丽道德标榜下对进口产品的严苛环境标准限制实质上都有对自己经济利益的保护，而往往不考虑落后国家的技术现状。一些发达国家迟迟不愿签署"京都议定书"，迟迟不愿意转让先进的环保技术，关键在于他们不愿放弃有道德制高点的游戏规则建立权，其背后则是可持续的巨大利益。充满竞争的市场从来就是促进技术进步的不疲原动力，而绿色经济则则是中国下一轮技术革命、争取规则制定话语权、引领世界经济潮流的新引擎。2008 年的国际金融危机，给中国的制造业提供了一次比较好的机会进行技术更新换代，也是中国大力推进绿色经济的好时机。一个以完善绿色市场为基础的绿色经济体制将会使中国经济得以长期可持续发展。

中国人口众多，幅员辽阔。强化绿色经济，使经济发展和环境保护（治理）达到双赢符合中国的最大利益。因为环境污染转来转去都在自己的国土上，其最大受害者首先是中国自己。相应地，绿色经济、良性经济发展和环境保护的最大受益者也将是中国自己。胡锦涛主席日前在联合国环境峰会上代表中国对温室气体排放控制的表态充分说明了中国领导层在这方面的深刻认识。中国目前绿色经济兴起的良好势头也说明中国已经有了一个好的开端，绿色经济对经济发展、环境保护的新引擎作用正在显现。

参考文献

［1］ Costanza, R., Daly H. E. and Bartholomew J. A. Goals, agenda, and policy recommendations for ecological economics. In: Costanza R. (ed.) Ecological Economics The Science and Management of Sustainability. Columbia Univ. Press. New York, 1991.

［2］ Costanza, R., d'Arge, R., de Groot, R., Farber, S., Grasso, M., Hannon, B., Limburg, K., Naeem, S., O'Neill, R., Paruelo, J., Raskin, R. G., Sutton, P. & van den Belt, M. The value of the world's ecosystem services and natural capital. Nature 387, 1997.

［3］ Raymond L. G. "Regulatory Impressionism: What Regulators Can and Cannot Do," Review of Network Economics, Concept Economics, 2003, vol. 2 (4).

［4］ Reinhardt, F. 1999. Market failure and the environmental policies of firms: economic rationales for 'beyond compliance' behavior. Journal of Industrial Ecology 3 (1).

［5］ Wagner, M. Schaltegger, S. & Wehrmeyer, W. 2002. The relationship between environmental and economic performance of firms: what does the theory propose and what does the empirical evidence tell us? Greener Management International 34.

［6］ Schlegelmilch, B., Bohlen, G. & Diamantopoulos, A. 1996The link between green purchasing decisions and measures of environmental consciousness. European Journal of Marketing 30 (5).

（牟溥，美国康奈尔大学博士，现为北京师范大学生命科学学院教授）

第九章　新医改——医疗卫生
体制的新起点

中国经济发展的城镇化和老龄化等现象带来了卫生模式的转变，为了应对挑战，需要完善公共卫生服务体系、医疗服务体系、医疗保障体系和药品供应体系等制度安排。2009 年出台的新一轮卫生体制改革，是中国卫生体制的新起点。本文从新医改方案的出台背景、新医改方案的关键内容、新医改方案的实施效果以及存在的问题，对新医改进行全面彻底的剖析，为大家展望本次医改的预期目标。

第一节　中国医疗卫生体制何去何从

一、中国医疗卫生体制的曲折探索

在中国的计划经济时期，虽然医疗卫生服务水平偏低，但政府重视对疾病预防和传染病防治等基本公共卫生投入，在城市推行完全依靠政府筹资的"劳动保险"和"公费医疗"，在农村实行以生产大队为单位的"农村合作医疗"，推广"赤脚医生"，实现了基本医疗保险的全面覆盖，居民的健康状况大大提高。中国"穷国办医疗"的经验得到了世界卫生组织的认可。

1978 年改革开放以来，中国医疗卫生体制踏上了曲折的改革之路。20 世纪 70 年代至 90 年代，由于国有企业改革和农村生产承包责任制的推广，原有的全面覆盖的医疗保障基础或弱化，或不存在了。加之财政"放权让利"改革，将医疗经费支出的主要责任列入地方政府，结果不仅国家卫生经费预算减少，而且由于地方财政紧张，更加恶化了经费紧缺的状况。资金投入的减少导致卫生服务供给短缺，"看病难、住院难、手术难"问题开始出现。例如，当时恶性肿瘤每年发病 100 万例，而全国仅有肿瘤病床 1.1 万张。[①] 为此国家开始鼓励社会资金投入医疗服务供给领域，鼓励公立医疗机构的企业化经营和改革收费制度等。虽然一定程度上增加了医疗服务供给，提高了医疗机构的效率，但中国医疗体制出现了"自由"市场竞争方式、营利性的公立医院、私人乡村医生、药品供给的私人化以及医疗服务价格扭曲等现象。[②]

改革开放给中国经济带来了快速增长，人民收入水平大幅度提高，但个人医疗费用负担却大大加重。1980～2005 年期间，居民就医的平均门诊费用和住院费用分别增长了 77 倍和 116 倍，而同期居民可支配收入仅增长了 16 倍。2008 年，约有 2 亿中国人没有任何医疗保险，其中城市人口占 28.1%、农村人口占 7.5%。[③] 在医疗的可及性方面，城乡间的差距也逐渐拉大，2007 年我国城镇地区每千人拥有医疗机构床位数 2.83 张，而农村每千人拥有的乡镇卫生院床位数为 0.85 张，医疗条件最好的北京市为 6.90 张，而贵州省只有 1.83 张。[④] 本来就很短缺的医疗资源过分集中于城市和发达地区，使得占中国绝大多数的农村人口难以享受基本的医疗服务。不仅"看病难，看病贵"的问题未得到解决，而且"因病致贫、因病返贫"问题还日渐突出，中国医疗体制的公平性受到质疑。

20 世纪末至 21 世纪初，国家开始意识到，完全依靠"自由"市场竞争不能保证居民得到公平有效的基本医疗服务，政府应该在医疗卫生中承担不可推卸的责任。忽视医疗卫生的公益性，过度追求社会效益，直接导致个人现金支付比例上升，而政府和社会的卫生费用支付份额却不断下降。1997 年，国家开始进行医疗融资改革，推行"城镇职工基本医疗保险"（以下简称"城镇职工医保"）代替计划经济时期残存的"职工劳动保险"和"公费医疗"，覆盖城镇就业人口；2003 年试点"新型农村合作医疗"（以下简称"新农合"）代替已经基本消失的"农村合作医疗"，覆盖农村人口；2007 年试点"城镇居民基本医疗保险"（以下简称"城镇居民医保"），覆盖城镇未就业人群。至此，我国基本实现了基本医疗保险的全面覆盖，并且不断提高国家财政支出和社会保险支出的比重，降低个人现金支付份额，期望能够有效地提高医疗体制的公平程度。

---

① 智利、张志东：《我国卫生资源现状和存在的问题》，《中国卫生经济》，1986 年第 9 期，第 33～35 页。

② Hsiao William. C and Maynard A.，2009，Foreword，Health Economics 18，No S2，July 2009：1～2.

③ 资料来源：2008 年国家卫生服务调查数据，摘自卫生部《2009 年中国卫生统计摘要》。

④ 卫生部：《中国卫生统计年鉴 2008》，中国协和医科大学出版社，2008 年。

二、新医改方案的出台

医疗服务的获得不公平、公立医院的公益性受到质疑以及医疗保障水平低和个人医疗负担重等矛盾，使得中国医疗卫生体制改革迫在眉睫。特别是2002年爆发的重大"非典"疫情，凸现了公共卫生服务体制的危机。为此，中国政府实施了2003～2006年的公共卫生体系建设规划，要建成覆盖城乡、功能完善的疾病预防控制和应急医疗救治体系。2006年开始改善农村县、乡和村三级医疗卫生服务条件，同时推动城镇社区卫生服务体系。可以看出"强化政府责任"是这个时期医疗卫生改革的基本思想。

在经济社会平稳快速增长的背景下，本届政府高度关注包括医疗卫生在内的民生问题，为医疗卫生体制改革与发展营造了良好的政治氛围。同时，中国医疗体制改革经过30年曲折的探索，在不断认识问题、解决问题的过程中，积累了丰富的经验。在宏观形势与医疗体制自身需要的契机下，2009年4月，中共中央、国务院公布了《关于深化医药卫生体制改革的意见》和《2009～2011年深化医药卫生体制改革实施方案》，掀开了中国新一轮医疗卫生体制改革的大幕，开始了中国医疗卫生体制的新起点。本次改革被称为中国的"新医改"。

新医改是对中国医疗卫生体制改革30年探索历程的阶段总结，是对中国医疗卫生体制未来发展的战略规划。从新的起点上，明确了医疗卫生体制的发展方向、发展重点和基本框架，提出了最终"实现人人享有基本医疗卫生服务的目标，提高全民健康水平"。在3年内投入8500亿元的实施方案，不仅充分体现了重视民生、以人为本的理念，而且体现了中国政府积极应对金融危机的决心。

第二节　2009医疗体制改革方案

新医改是针对中国医疗卫生体系提出的全面行动方案，是对整个医疗卫生体系框架的明确。本部分重点分析《关于深化医药卫生体制改革的意见》，并根据国内外专家学者的观点[①]，从五个关键点入手，即医疗融资、医疗支付、医疗服务机构的组织、医疗服务机构的运行规则以及医疗人员的行为，

---

① 主要参见哈佛大学公共卫生学院萧庆伦教授在2009年国际卫生经济学会（iHEA）年会上的演讲稿。

探讨改革方案是如何达到行动的预期。

新医改方案提出近期、中期和最终预期目标：1）近期目标：至2011年，普及基本公共卫生服务、健全城乡基层医疗卫生服务体系、初步建立基本药物制度和试点公立医院改革，预计各级政府投入8500亿元用于近期目标的实现 2）中期目标：至2020年，建立完善的公共卫生服务体系、建立全面覆盖的基本医疗卫生制度、建立规范的药品供应保障体系、形成多元的办医格局和健全的医疗保障体系。3）最终目标：实现公共卫生和基本医疗服务的人人享有，减轻居民就医负担。

新医改的亮点是强调公共医疗卫生的公益性，将基本医疗卫生服务作为公共产品向全社会提供，政府重新表明了在医疗卫生领域中义不容辞的责任和义务。

一、医疗筹资：公共资金和私人资金来源

公共资金包括政府税收筹资和基本社会医疗保险资金，公共资金的累进程度高，对医疗服务公平的贡献率大，特别是税收筹资的累进程度最高。方案明确了强化政府责任，加大政府投入，坚持公共资金，特别是税收筹资在维护医疗公平性方面的主导作用。

1978～2007年，中国卫生总费用占GDP的比重从1978年的3.02%上升为2007年的4.52%，平均每年增加0.52%。而私人资金增长是中国医疗卫生费用增长的主要来源，其中个人现金自付部分占绝对比重，几乎所有年份都超过了2个百分点；公共资金大部分年份中都不到2%，其中社会保险融资占公共资金的主要份额，是税收筹资的1.72倍（见表9-1）。

表9-1 1996～2007年中国医疗费用的不同融资来源占GDP比重

	1996	1997	1998	1999	2000	2001	2002	2003	2004	2005	2006	2007
医疗费用占GDP%	3.81	4.05	4.36	4.51	4.62	4.58	4.81	4.85	4.75	4.73	4.64	4.52
公共资金占比	1.78	1.79	1.82	1.84	1.77	1.63	1.72	1.76	1.80	1.83	1.89	2.05
1）税收融资占比	0.54	0.54	0.60	0.61	0.61	0.59	0.63	0.66	0.66	0.69	0.66	0.54
2）社会保险融资占比	1.10	1.08	1.02	1.00	1.01	0.90	0.94	0.94	1.00	0.99	1.08	1.36
私人资金占比	2.03	2.26	2.54	2.67	2.85	2.95	3.09	3.09	2.95	2.90	2.76	2.47
1）个人现金自付	1.93	2.14	2.39	2.52	2.72	2.75	2.78	2.71	2.55	2.47	2.30	2.04
2）健康保险支付	NA	0.02	0.03	0.05	0.03	0.06	0.10	0.18	0.16	0.17	0.18	0.15

注：NA为not available的缩写。

资料来源：张振忠主编：《中国卫生费用核算研究报告》，卫生部卫生经济研究所，北京：人民卫生出版社，2009年6月，第245页。

针对这种状况，新医改提出了政府卫生投入增长幅度要高于经常性财政支出的增长幅度，使政府卫生投入占经常性财政支出的比重逐步提高，这是首次提出如此明确且有具体行动意义的医疗筹资条款。兼顾供给方和需求方，并明确各自的投入重点，即对供给方，投入到公共卫生、农村卫生和城市社区等医疗服务机构；对需求方，投入到基本医疗保障中的政府补助部分。明确了中央和地方政府的分级负担和地方政府承担主要责任的原则。中央财政负担国家免疫规划、跨地区的重大传染疾病预防控制等公共卫生、城乡居民的基本医疗保障以及卫生部所属的公立医院建设等投入；其余则由地方政府负担。通过专项转移支付解决地区间的差距。

对私人资金，要充分发挥私营部门在普及基本医疗服务中的作用，例如，探索"购买服务"的方式，并在部分地区和选择部分服务项目试行。新医改提出，在医疗服务供给领域，鼓励私人资金（包括外资）兴办非营利医疗机构，参与公立医院改制重组，并且支持有资质的人员设立私人诊所。在医疗融资领域（医疗需求方），提出要提高政府对基本医疗保障的投入，提高对基本医疗服务的税收筹资比重，降低私人资金的支付份额；但对特需医疗服务，主要通过个人现金或商业健康保险支付。

二、医疗支付：对需求方和供给方的投入

如何使用从公共和私人筹集来的医疗资金，就是医疗支付，这主要涉及供给和需求两方面。本次医改中，政府税收资金对供给方的投入，主要集中在对基本医疗服务供给的投入，同时维护公立医疗机构的公益性质；对需求方的投入，主要是对基本医疗保险的补助。

从 1978 年开始，虽然政府预算卫生支出①绝对值呈上升趋势，但我国财政预算资金有"重供给，轻需求"的传统，主要集中在对医疗服务机构的经费投入上，对医疗需求方的有限投入也主要集中在行政事业单位的公费医疗经费上，从 2003 年才开始对基本医疗保险进行补助。政府税收用于医疗总费用与其中用于医疗机构支出的变化趋势基本一致，而医疗需求方的财政投入，不仅比例非常小，而且 20 多年来基本没有太大变化。2002 年以来，政府预算对消费支出的增速为 12.2%，慢于对医疗机构支出 20% 的增长速度，且 2006

---

① 政府财政预算支出主要是对医疗服务机构和消费者的支出，本文将政府行政事业单位医疗经费（2000 年前是公费医疗）和基本医疗保险基金的政府补助经费统计为税收筹资中用于医疗服务需求支付的费用，其余部分是医疗供给部门的资金使用，包括卫生事业经费和中医事业费（各级政府用于卫生部门所属卫生机构的财政预算补助），预算内基本建设经费等。

年政府预算对医疗供给支出与去年同期相比增长了 18.2% 的情况下，对消费需求的支出同比却下降了 0.3%（见图 9 - 1）。

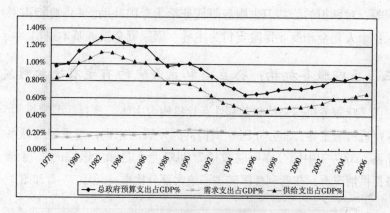

图 9 - 1　1978 ~ 2006 年政府医疗预算支出的结构变动图

资料来源：卫生部编：《中国卫生统计年鉴 2008》，中国协和医科大学出版社，2008 年 7 月，第 82 页。

新医改力图改变这种医疗支出状况，提出 8500 亿中至少有 5600 亿元投入到需求方。政府资金主要用于对居民参加医疗保险的补助，重点补偿大病医疗项目。方案提出构建以基本医疗保障体制为主体，其他多种医疗保险和商业（私人）健康保险为补充的框架。城镇职工医保、城镇居民医保、新农合和城乡医疗救助共同构成了基本医疗保障体制，覆盖了城镇就业人口、城镇非就业人口、农村人口以及城乡困难人群，保证了全面覆盖。基本医疗保障的资金筹资，主要以企业和个人共同缴费为主的社会医疗保险模式，同时政府资金对其进行补助。其中，城镇职工医保，由用人单位和职工个人按规定共同缴纳，属国家规定的强制性社会保险；新农合和城镇居民医保，在政府引导和财政补助下，实行自愿参保。

对供给方，也就是医疗服务提供机构的投入，仍然坚持政府主导与多渠道资金投入兼顾的原则。从实际出发，政府资金主要对提供公共卫生服务和初级医疗服务的机构进行补助。1）对公共服务的投入：政府完全主导，通过政府税收融资，明确其公共产品性质。2）对基本医疗服务的投入：政府绝对主导，社会和个人与政府按比例合理分担。对政府直接建立的乡镇卫生院和城市社区卫生服务中心（站），国家承担其基本建设经费、设备购置经费、人员经费和其承担公共卫生服务的业务经费等。对原有私营的城乡基层医疗机构，可采用政府购买方式核定政府投入。例如，对村卫生室的建设以及乡村医生所承担的公共卫生服务项目，国家要加大投入力度。3）对公立医院的投人：政府主导地位回归，坚持公立医院的公益性。政府投入用于基本建设和设备购置、扶持重点学科发展、符合国家规定的离退休人员费用和补贴政策性亏损等，对承担的公共卫生服务等任务给予专项补助。4）对特需医疗服务的投入：个人现金和商业保险支付为主导，国家资金投入基本退出。

三、医疗服务机构：公立与私立医院的有主有次共同发展

中国医疗服务机构坚持非营利性医疗机构为主体、营利性医疗机构为补充，公立医疗机构为主导、非公立医疗机构共同发展的原则，建设覆盖城乡的医疗服务体系。2007年中国公立医院数量为9832个，是私立医院的2.75倍。从医疗服务提供情况看，非营利性医院占了绝大部分比重（见图9-2和图9-3）。

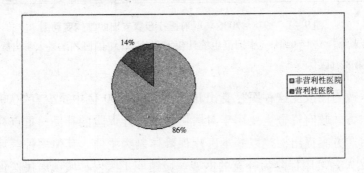

图9-2 2007年非营利性医院和营利性医院的门诊服务人次

资料来源：卫生部编：《中国卫生统计年鉴2008》，中国协和医科大学出版社，2008年7月，第107~108页。

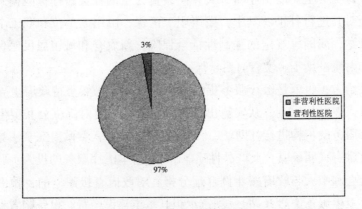

图9-3 2007年非营利性医院和营利性医院的住院服务人次

资料来源：卫生部编：《中国卫生统计年鉴2008》，中国协和医科大学出版社，2008年7月，第119~120页。

新医改坚持了主要依靠非营利性医疗机构和公立医疗机构提供服务的思路，同时鼓励发展非营利性和私立医疗机构，形成投资主体多元化、投资方式多样化的办医体制。在公立医院改革试点中，适度降低公立医疗机构比重，引导社会资本参与公立医疗机构改制工作，形成公立医院与非公立医院相互促进、共同发展的格局。支持有资质人员依法开业，方便群众就医。

新医改完善了原有的城市和农村的层级医疗服务配送体系，期望未来能够实行转诊制度，合理配置医疗资源。城市建立以社区卫生服务为基础的新型城市医疗卫生服务体系。具体建设社区卫生服务中心，提供疾病预防控制等公共卫生服务、一般常见病及多发病的初级诊疗服务、慢性病管理和康复服务。城市医院重点放在危重急症和疑难病症的诊疗、医学教育和科研、指导和培训基层卫生人员等工作。社区卫生服务中心与城市医院分工协作，城市医院从技术、人员上支持社区卫生服务中心，同时社区卫生服务中心要通过提高服务质量、降低收费标准和提高报销比例等措施，引导医疗需求下沉。未来逐步实现社区首诊、分级医疗和双向转诊。

农村建立村卫生室、乡镇卫生院和县级医院的三级农村卫生服务配送体系。村卫生室承担行政村的公共卫生服务及一般疾病的诊治等工作；乡镇卫生院负责提供公共卫生服务和常见病、多发病诊疗等综合服务；县级医院作为县域内的医疗卫生中心，主要负责基本医疗服务及危重急症病人的抢救。同时，上级医疗机构对下级机构负有业务技术指导和卫生人员培训等义务。政府重点办好县级医院，并保证每个乡镇有一所卫生院，其他再建的卫生院鼓励社会资金投资。

四、医疗服务机构的管理

实施属地化和全行业管理的医药卫生管理体制，无论所有制、投资主体、隶属关系和经营性质，所有医疗卫生机构均由所在地的卫生行政部门监督管理。中央、省级可以设置科研和教学功能的医学中心，可以举办承担全国或区域性疑难病症诊治的专科医院；县（市）主要负责举办县级医院、乡村卫生和社区卫生服务机构；其他公立医院由市级负责举办。

对基层医疗服务机构的运行机制，要严格界定服务功能，明确规定使用的技术、设备和基本药物；实行核定任务、核定收支、绩效考核补助的财务管理办法，探索实行收支两条线、公共卫生和医疗保障经费的总额预付制度等管理办法；改革药品加成政策，实行药品零差率；建立以服务质量为核心，以岗位责任和绩效为基础的考核机制。

对基本医疗保险管理体制，由中央统一制定框架政策，地方政府负责组织实施，逐步提高统筹层次，并且最终实现城乡基本医疗保险的行政管理统一。

五、医疗服务人员的行为

建立可持续发展的人才保障机制，重点加强公共卫生、农村卫生、城市社区卫生专业技术人员和护理人员的培养培训。通过优惠政策鼓励优秀人才到农村、城市社区和中西部地区服务。提出全科医生的概念，完善全科医生任职资格制度，尽快实现基层医疗卫生机构都有合格的全科医生。

对公共卫生机构人员，政府确定人员编制、工资水平和经费标准，建立有效的激励机制；对基层医疗服务机构人员，在严格核定编制的条件下，实行人员聘用制；对公立医院人员，推行聘用制和岗位管理制度，严格工资总额管理，实行以服务质量及岗位工作量为主的综合绩效考核和岗位绩效工资制度。

专栏 9-1 汶川地震的医疗救治工作

2008 年 5 月 12 日 14 时 28 分，中国四川省汶川县发生 8.0 级地震，四川省受灾面积达 28 万平方公里，重灾区达 12.5 万平方公里（占全省面积的25.8%），极重灾区达 1.1 万平方公里（占全省面积的2.3%），受灾人口 2 961 万人（占全省人口的33.6%）。加之重灾区多为交通不便的高山峡谷地带，地震造成交通、通信瞬时中断、河道阻塞，天气恶劣，救援人员、物资、车辆和大型救援设备无法及时进入部分重灾区，救灾难度极大。重大灾害事故的医疗救治工作，主要分以下三个阶段：

首先是应急反应阶段。震后，四川省卫生厅立即启动一级应急预案。灾后 1小时，向全省卫生系统发出第一道紧急动员指令。灾后 2 小时，成立了抗震救灾医疗卫生救援指挥部，下设医疗救治、疾病控制、医疗用品供需、宣传报道、综合协调、后勤保障工作小组，后又增加了伤员转运、灾后重建组。

其次是迅速反应阶段。72 小时是震后抢救生命的黄金时期，为震后伤员的紧急救治时期。伤员如果在这一时间内被抢救出来且得到有效的救治，大部分可以康复或者生还。中国政府和医疗机构紧急行动，5 月 12 日到达灾区一线参与抢救的医务人员为 540 人，5 月 13 日为 1676 人，5 月 14 日为 4265人，5 月 15 日到达一线灾区的医疗救治人员已达 35 880 人，其中四川省内的医务人员为 31 000 人，占总数的 86.4%；四川省外的 4880 人，占总数的13.6%。地震第 10 天（5 月 22 日），随着 20 名上海医疗队员携带急救药品、器械、卫星电话等，乘坐直升飞机空投到汶川县耿达、三江、银杏、草坡4个因公路交通阻断，救治人员无法进入的乡村，全省因"5·12"特大地震受灾的11个市（州）、67个县（区）、950个乡村实现了医疗救治全覆盖。

截止 2008 年 5 月 30 日医疗救治人员统计

救援队伍来源	总人数	比例
四川省内	41 240	81.7%
四川省外	5969	11.8%
军 队	3048	6.0%
境外及港澳	199	0.4%
合 计	50 456	100%

最后是紧急医治阶段。本次地震70%以上重灾区市、县级医疗机构于半小时内就派出救护车和救援人员。85%的县级医疗机构在灾后半小时内就开始收治伤员。灾后40分，来自彭州灾区的第一个伤员送到位于成都的四川省人民医院，灾后1小时10分来自都江堰灾区的第一批12名伤员送到四川省人民医院。灾后12小时仅四川省人民医院、德阳市人民医院、绵阳市人民医院、广元市人民医院四家省市医院就收治转运伤员近3000人。据不完全统计，灾后72小时内，重灾区的汶川、理县、茂县、平武、青川等地依靠当地县、乡、村三级医疗卫生人员共救治伤员28 340人。

重灾区医院72小时收治伤员数目

重灾县	救治人数	住院人数
汶 川	9800	820
青 川	8530	420
茂 县	4450	890
理 县	720	80
平 武	4840	310
合 计	28 340	2520

资料来源：代小舟、沈骥、赵万华、焦云智：《汶川大地震四川省医疗救治阶段工作纪实》，《中国循证医学杂志》，2008年第10期，第797~802页。

第三节　新医改方案的实施及效果

"人人享有的基本医疗卫生服务"中的"人人享有",也就是公平享有,同时享有机会公平和结果公平;而"基本医疗卫生服务"是指,与经济发展水平相适应的,国家、社会和个人能够负担得起的医疗卫生服务。公共卫生、农村基层卫生、城市社区卫生和中医药是构成中国基本医疗服务的重要内容。为了达到上述目标,2009~2011年,中国政府计划投入8500亿元用于新医改方案的实施。

首先,明确概念。1) 8500亿元是中央和各级地方政府,计划通过3年时间投入到医疗改革中的增量资金,其中中央政府投入3318亿元,占39%[①];2) 主要投资在基本医疗保障、国家基本药物制度、基层医疗服务体系、基本公共卫生服务均等化以及公立医院改革试点等5个方面;3) 绝大部分用于基层医疗服务。

其次,大致投向。1) 重点是对需求方的投入,大约2/3投入需求方,1/3投入供给方;2) 投入供给方的钱,主要提升基层医疗卫生和公共卫生领域建设;3) 重点向西部倾斜。[②] 投资的大致估算[③],见图9-4。

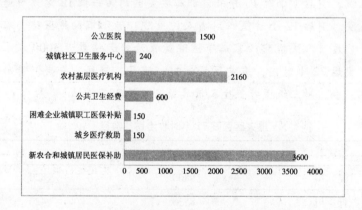

图9-4　新医改8500亿元投资去向测算

资料来源:顾昕:《新医改8500亿的投向分析》,《21世纪经济报道》,2009年02月13日,http://finance.sina.com.cn/roll/20090213/02445850205.shtml。

---

① 2009年4月,中共中央、国务院公布的《2009~2011年深化医药卫生体制改革实施方案》。

② 《财政部副部长王军答记者问》,国家新闻办于2009年4月8日上午的新闻发布会,http://www.forexhome.net.cn/html/05/n-473005.html。

③ 本部分关于8500亿元具体投资金额,是学者根据国家政策以及历年的情况,进行的估算,仅作为参考,不代表中国政府的官方数据。官方正式投资计划,会在今后实施细则中陆续出台。

一、基本医疗保障制度的建设

20 世纪 70 年代末至 90 年代中期，国有企业改革，分税制以及财政分权等，导致原有的"公费—劳保医疗"面临困境；农村经济体制改革，导致以集体经济为依托的合作医疗面临解体。1997 年开始试行"城镇职工医保"替代原有的"公费—劳保医疗"，覆盖城镇就业职工，2003 年在农村试点"新农合"，解决广大农民的医疗负担问题。对城镇非就业人口，2007 年试点"城镇居民医保"，对城乡困难人群，实行"城乡医疗救助"。在 2009 年 4 月新医改方案公布前，我国基本医疗保障制度框架已基本确立（见表 9 - 2）。

表 9 - 2　中国基本医疗保障制度建设历程

时期	阶段	城镇地区	农村地区
1978 ～ 90 年代中期	计划经济阶段	公费医疗和劳保医疗继续沿用，但受到冲击	农村合作医疗逐步瓦解
1997 ～ 2000 年	转型经济阶段	1997 年，城镇职工基本医疗保险试点并逐步推行	2003 年，新型农村合作医疗开始试点
2007 ～ 2009 年	市场经济阶段	城镇职工基本医疗保险推行；2007 年，城镇居民基本医疗保险试点	2008 年，新型农村合作医疗已全面覆盖农村地区
2009 年 4 月	新医改	建立基本医疗保障体系：城镇职工基本医疗保险，城镇居民基本医疗保险；城市救助制度	新型农村合作医疗；农村医疗救助制度

资料来源：顾昕：《新医改 8500 亿的投向分析》，《21 世纪经济报道》，2009 年 02 月 13 日，http：//finance. sina. com. cn/roll/20090213/02445850205. shtml。

在 2009 ～ 2011 年期间，实现城镇职工医保、城镇居民医保和新农合覆盖城乡全体居民，参保率达到 90% 以上的目标；计划到 2010 年，各级财政对城镇居民医保和新农合的补助标准提高到每人每年 120 元。因此，测算 3 年内城乡基本医疗保障体系参保人数应在 10 亿左右，政府最低补贴水平应该在每年 1200 亿元。

城镇职工医保中的困难企业职工参保问题，国家计划投入 50 亿元集中解决。2007 年我国有 2272 万城镇低保受益者，4173 万农村低保人员，医疗救助支出总额为 36 亿元，如果按照医改方案有所提高，那么每年至少也要投入 50 亿元。政府 8500 亿投资中，大约 3900 亿用于基本医疗保障体制建设，占

46% 左右，是这次中国政府的行动重点（见图 9 - 2）。

将城镇职工医保、城镇居民医保的最高支付限额，分别提高到当地职工年平均工资和居民可支配收入的 6 倍左右，新农合的最高支付限额提高到当地农民人均纯收入的 6 倍以上，高于目前规定的 4 倍的水平。新农合基金当年结余率不能高于 15%，累计结余不超过当年统筹基金的 25%。同时提高基金统筹层次，到 2011 年，城镇职工医保和城镇居民医保实现市级统筹。基本医疗保险的异地就医结算机制，2009 年得到了有效实施。以长江三角洲 16 城市为例，计划先建立区域内城市医疗保险合作联席会议制，启动实质性的合作行动。目前上海与杭州、嘉兴、安吉，杭州与德清、安吉等地已经初步实现了异地就医结算。海南省、广东省、广西壮族自治区和贵州省已经签署了《异地就医结算合作协议》，争取在 2009 年内实现参保人员间的异地结算。[①]

（一）部分省市城镇职工医保和城镇居民医保的参保情况

新医改后，城镇职工医保和城镇居民医保的参保率都达到了理想水平，较去年都有增长；特别是城镇居民医保，在有些省份推进很快，例如辽宁省比 2008 年参保人数增加了 84.8%（见表 9 - 3）。陕西省计划 2009 年城镇职工医保和城镇居民医保的参保率分别达到 95% 和 80%，广东省则计划 3 年内达到 95% 以上。[②]

表 9 - 3　2009 年部分省市城镇医保参保情况最新统计汇总表

省（市）	城镇职工医保			城镇居民医保		
	参保人数	比上年增长	参保率	参保人数	比上年增长	参保率
北京市	872 万	11.4%	93%	147 万	0.7%	90%
辽宁省	1268 万	4.8%	90%	560 万	84.8%	80%
成都市	302 万	15.3%	—	668 万	—	—

资料来源：根据千龙网 http：//beijing. qianlong. com/3825/2009/04/14/3042@4946802. htm、四川新闻网 http：//health. newssc. org/system/2009/04/08/011769637. shtml、沈阳健康网 http：//health. syd. com. cn/html/xinwen/shenyangjianwen/2009/0812/31416. html，以及中国卫生部网站数据整理。

---

① 资料来源：浙江在线 http：//health. zjol. com. cn/05zjhealth/system/2009/03/29/015385069. shtml，医药网 http：//news. pharmnet. com. cn/news/2009/06/13/257098. html，泛珠三角合作信息网 http：//hainan. pprd. org. cn/hainannews/200906/t20090611_60629. htm。

② 《卫生部：扛着医改大旗向前进》，《领导决策信息》，2009 年 8 月 31 日，第 34 期（总第 680 期）。

（二）部分省市"新农合"参保情况

截至 2008 年 9 月底，全国开展"新农合"的县（市、区）达 2729 个，参加"新农合"人口 8.14 亿人，参合率达 91.5%，接近新农合制度全覆盖目标。新医改后，根据有限数据能够看出，无论是黑龙江省和云南省这样的偏远省份，还是重庆市和南京市这样的大城市，其所辖农村人口的新农合参保率均达到 90%，说明我国"新农合"的迅速覆盖（见表 9-4）。江西省将新农合最高支付限额提高到农民人均纯收入的 8 倍，陕西省计划 2009 年新农合参保率达到 90%，山东省、广东省分别计划在 2011 年实现 95% 和 98% 的参保率。[①]

表 9-4 2009 年部分省市"新农合"参保情况

省（市）	参保率
黑龙江	94%
云南	93%
重庆	95%
南京	99%

资料来源：中国社会保障网 http://www.cnss.cn/xwzx/yiliaobx/zcss/200902/t20090203_205020.html、央视网 http://city.cctv.com/html/chengshiyaowen/a68cf9e44e22586074ad46bfe6bb8147.html、重庆市人民政府网，以及食品药品公众网 http://www.fdinfo.org/CL0054/61513.html。

中央和地方政府对参合农民的补助标准由人均 40 元提高到 80 元，农民缴费也相应提高。2009 年前三季度，全国新农合基金支出总额为 429.1 亿元，累计受益 3.7 亿人次。[②] 参合农民就医经济负担有所减轻，就诊率尤其是住院率提高。

---

① 《卫生部：扛着医改大旗向前进》，《领导决策信息》，2009 年 8 月 31 日，第 34 期（总第 680期）。

② 《新农合：全民皆保险的制度举措》，《光明日报》，2009 年 8 月 24 日，http://www.gmw.cn/01gmrb/2009-08/24/content_968648.htm。

专栏 9 - 2　云南省禄丰县"新农合"案例

合作医疗是在政府补助政策的合理引导下，农村人口自愿参保，个人、集体和政府多方筹资，以大病统筹为主的互助合作制度。本案例选取"新农合"试点地区——云南省禄丰县介绍其具体实施情况。

中国云南省禄丰县位于滇中高原东南部，面积 3536 平方公里，人口41.5 万，其中 82.5% 是农业人口，彝族、苗族等少数民族 24 个，人口 9.35万。2003 年全县新增贫困人口 28 434 人，其中"因病致贫"人口为 12 476人，占贫困人口的 43.9%。禄丰县作为"新农合"的试点地区，截至 2003年 8 月，实际自愿参加"新农合"的人数为 28 万，参合率为 87.1%，其中特困人口参合率达到 100%。

中央财政每年每人补助 10 元，省、州和县财政按照 4∶3∶3 再补助 10元，财政补助共 20 元作为统筹基金；集体投入，各乡镇以个人为单位，每人每年补助 1 元；个人缴纳每人每年 10 元。每人每年共 31 元。政府财政补贴是新农合的主要筹资来源，占 64.5%。

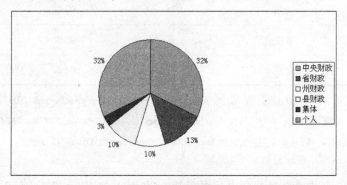

云南省禄丰县新农合资金筹资来源比例图

"新农合"报销比例，根据不同医疗机构以及门诊住院加以分类（见下图），个人年最高累计支付限额（含住院和门诊）为 3000 元。2003 年合作医疗筹资总额为 795.5 万，至 2004 年 3 月，支付的医疗费用为 340.6 万元，其中门诊支出占 36.9%，住院支出为 63.1%。

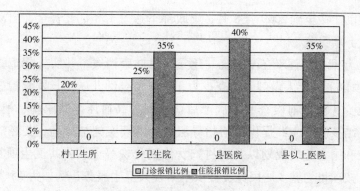

云南省禄丰县新农合资金报销比例规定

实施"新农合"后，乡镇卫生院门诊处方平均费用上升了 14.4%，村卫生室上升了 32.3%；同时，参合病人门诊费用高于未参合病人，且村卫生室的费用高于乡镇卫生院。合作医疗实施后，乡卫生院和县医院的住院费、药费和手术费都不同程度地增长，控制医疗费用的问题是新农合实施中要注意的问题之一，特别是对县级医院的手术费和药费，需要加强监督力度。

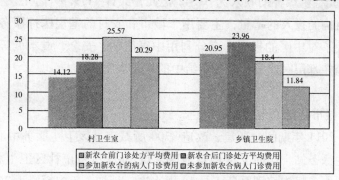

云南省禄丰县"新农合"试点前后门诊处方费用和病人处方费用对比

参考资料：亚洲基金会/辉瑞制药公司资助项目《云南省禄丰县新型农村合作医疗基线调查报告》，2004 年 10 月。

二、基本公共卫生服务的均等化

新医改行动中为全体国民新增年人均 15 元的公共卫生费，到 2011 年不低于 20 元。按照 2007 年 13.2 亿人口规模测算，每人每年 15 元，需要 198 亿元，按照大约 200 亿元计算；每人每年 20 元，需要 260 亿元，因此 3 年需要 600~800 亿元投入到人均公共卫生经费中。中央财政通过转移支付对困难地区给予补助。截至到 2009 年 8 月，财政部下达了 158 亿元资金，启动重大公共卫生服务项目①。

2009 年开始，逐步在全国统一建立居民健康档案，并实施规范管理。定期为 65 岁以上老年人做健康检查；为 3 岁以下婴幼儿做生长发育检查；为孕产妇做至少 5 次产前检查和 2 次产后访视；为高血压、糖尿病、精神疾病、艾滋病、结核病等人群提供防治指导服务；继续实施结核病、艾滋病等重大疾病防控和国家免疫规划以及农村妇女住院分娩等重大公共卫生项目。2009 年开始，按项目为城乡居民免费提供基本公共卫生服务，例如为 15 岁以下人群补种乙肝疫苗；消除燃煤型氟中毒危害；农村妇女孕前和孕早期补服叶酸等，预防出生缺陷；贫困白内障患者复明；农村改水改厕等。

三、基层医疗卫生服务体系的健全

测算 8500 亿元投资中，至少 2800 多亿要投资到供给方，也就是医疗卫生服务提供机构。2007 年所有政府办医疗卫生机构获得的财政补助总额为 1118.55 亿元，上级补助收入为 61.42 亿元，共计 1179.97 亿元。② 而新医改中对医疗机构的投入的增量，主要用于城市和农村的基层医疗服务建设。新医改中加大了对中医的投入，充分利用中医简便、安全、成本低等特点，发挥传统医药在基层医疗卫生服务供给中的重要作用。

（一）城市社区卫生服务机构

2009～2011 年期间，新建、改造 3700 所城市社区卫生服务中心，1.1 万个社区卫生服务站，同时支持困难地区建设 2400 所城市社区卫生服务中心，为社区卫生服务机构培训医务人员 16 万人次，计划 3 年内投资为 240 亿元。

截至 2008 年底，全国所有地级以上城市、98% 的市辖区都已经开展了社区卫生服务，全国共建立社区卫生服务中心 7232 个，社区卫生服务站 21 895 个。一些地区社区门急诊量已经达到地区总门急诊量的 30%，一定程度上缓解了大医院接诊压力。③ 卫生部的一项调查显示，社区卫生服务机构已经成为

---

① 《卫生部：扛着医改大旗向前进》，《领导决策信息》，2009 年 8 月 31 日，第 34 期（总第 680 期）。

② 卫生部：《中国卫生统计年鉴 2008》，中国协和医科大学出版社，2008 年。

③ 卫生部陈竺部长在 2009 年全国社区卫生工作会议的讲话，http：//chab. org. cn/NewsDe-tail. asp？id = 5024 在线资料。

社区患者小病的首选就诊机构，占 71.4%。[1] 到社区医疗机构就诊方便快捷、服务态度好、价格适宜是居民选择社区卫生服务机构就诊的主要原因。

新医改的实施，使得社会卫生服务建设继续发展。例如，西安市以街道办事处为规划基础，筹资近 9500 万元，计划建设社区卫生服务中心 73 个、卫生服务站 78 个，截止到 2009 年 8 月，分别建成社区卫生服务中心 70 所、社区卫生服务站 67 所，社区卫生服务体系已经覆盖 90% 的城区。[2] 河南省郑州市规定，每个社区卫生服务中心至少配备 6 名从事全科医学专业工作的执业医师和 9 名注册护士。[3]

（二）农村基层医疗服务

2009～2011 年期间，中央财政重点支持新建 2000 所县级医院，达到每县至少 1 所标准化水平的医院。2009 年，中央支持 2.9 万所乡镇卫生院建设，同时再扩建 5000 所中心乡镇卫生院，最终达到每个县 1～3 所。到 2011 年，实现全国每个行政村有卫生室，特别是支持边远地区的村卫生室建设。3 年内，分别为乡镇卫生院和村卫生室培训医疗卫生人员 36 万人次和 137 万人次。3 年内，估计政府投入农村医疗卫生机构的预算开支平均每年要达到 720 亿元。

完善城市医院对口支援农村医疗机构的机制，每所城市三级医院要与 3 所左右县级医院（包括有条件的乡镇卫生院）建立长期对口协作关系。用 3 年时间，继续实施"万名医师支援农村卫生工程"。从 2009 年起，对志愿去中西部地区乡镇卫生院工作三年以上的高校医学毕业生，由国家代偿学费和助学贷款。

四、公立医院改革试点的推进

公立医院改革试点，是本次新医改的重点和难点。鼓励社会资本多种形式参与公立医院改制，将其比例降低到适度比例。对于一般的公立医院，政府新增的投入，估计不会超过 500 亿元。公立医院要坚持维护公益性和社会效益原则，提供特需服务的比例不超过全部医疗服务的 10%。逐步将公立医院补偿由服务收费、药品加成收入和财政补助三个渠道改为服务收费和财政补助两个渠道。鼓励民营资本举办非营利性医院。民营医院在医保定点、科

---

① 2009 年全国社区卫生工作会议，http：//www. cnr. cn/gundong/200908/t20090814 _505430443. html 在线资料。

② http：//www. cnwest. com 在线资料。

③ 《郑州日报》，http：//hn. house. sina. com. cn/news/2007－03－02/08107079. html 在线资料。

研立项、职称评定和继续教育等方面，与公立医院享受同等待遇。落实非营利性医院税收优惠政策，完善营利性医院税收政策。公立医院改革 2009 年开始试点，2011 年逐步推开。

五、国家基本药物制度的建立

2009 年 8 月发布了《关于建立国家基本药物制度的实施意见》，正式启动了国家基本药物制度建设。基本药物适应基本医疗卫生需求，价格合理，公众可公平获得；公立基层医疗服务机构全部使用基本药物，其他医疗机构也要按规定使用。国家有效管理基本药物的遴选、生产、流通、使用、定价、报销和监测评价等环节。《国家基本药物目录》根据实际情况，每 3 年调整一次基本药物名单。基本药物全部纳入基本医疗保障药品报销范围，报销比例明显高于非基本药物。对基本药物价格，国家发改委制定零售指导价格，公立基层医疗服务机构实行基本药物的零差价销售，政府对其进行补助。基本药物零差价销售，改变了过去医院药品 15% 左右的加成收入，对降低医药价格有明显效果。实行基本药物制度后，国家物价主管部门初步测算，基本药物价格平均降幅约在 10% 左右；同时，基本药物在基层实行零差率销售，患者在基层医疗卫生机构购买基本药物，价格上至少比原来便宜 25%。[1]

2009 年 8 月公布了《国家基本药物目录（基层医疗卫生机构配备使用部分)》，包括化学药品和中成药共 307 个品种，并且在 34 天后正式施行。2009 年，每个省（区、市）在 30% 的公立城市社区卫生服务机构、县医院和乡镇卫生院，全部配备使用基本药物并实现零差率销售；到 2011 年，初步建立国家基本药物制度；到 2020 年，全面实施规范的、覆盖城乡的国家基本药物制度。

第四节　新医改方案的问题及预期目标

一、新医改方案中需要进一步明确的问题

即使是较为完善的制度安排或行动方案，也一定有不太理想或有待进一

---

① 卫生部药物政策与基本药物制度司司长郑宏发言，http://www.beijing.net/html/89/n - 3989.html 在线资料。

步讨论的问题，但这并不否认方案本身的进步性。新医改方案中，还有如下几点需要在今后的实践中进一步摸索和明确。

（一）政府主导与市场调节的协调

本次新医改强化政府责任，提出实现医疗体制公平性和将公共卫生及基本医疗服务作为公共产品提供的意图，强化了卫生行政机构支配资源的权利。但同时，方案中含蓄地表明了，期望探索政府和市场如何结合的意图，这也是其他国家始终在讨论的基本问题。

在医疗服务供给中，政府明确了其在公共卫生和基本医疗服务中的主导地位，同时保证公立医院的公益性；但也提出要积极促进非公立医疗卫生机构的发展，鼓励多种投资主体和投资方式来参与医疗服务供给。鼓励社会资本兴办非营利性医院。支持有资质的人员依法开业。这些都是国家期望将市场机制保留在医疗配送体制中，增加并优化医疗资源的配置。但关于公立医院与私立医院，营利性医院与非营利性医院这些概念如何区分？公立医院的数量和分布保留到什么程度？如何既保证公立医院的竞争力，又强化其公益性？基本医疗保险对医疗服务的支付与私立医院的对接问题？……这些都有待进一步深入讨论。

在政府主导与市场调节的协调中，如何看待公立医院的作用是个关键问题，如何保持公立医院的公益性也是公众关心的问题。实施方案提出加大政府投入，3年内预计新增1500亿元用于公立医院投入，主要用于基本建设和设备购置、扶持重点学科发展、离退休人员费用和补贴政策性亏损，对承担的公共卫生服务等任务给予补助，这与医改前财政对公立医院的补助内容基本一致。2007年，政府举办的公立医院总收入为3754亿元，其中来自财政补助为285亿元，仅占其总收入的7.6%。[①] 因此，新方案中每年对公立医院新增500亿元投资固然有益，但不能对其收入结构的改变产生实质影响，无法从根本上解决公立医院的营利动机问题。方案中没有负担在职人员费用和日常运营费用，对公立医院来说，未来基本医疗保障体系将成为其主要支付者。

基本药物制度建立，取消药品15%加成收入，目的为了彻底根治医院中"以药养医"的问题。药品收入曾是公立医院的主要收入来源，2007年，公立医院药品收入高达2000多亿元。[②] 公立医院这部分损失要不要弥补，如何

[①]　卫生部：《中国卫生统计年鉴2008》，中国协和医科大学出版社，2008年。
[②]　《卫生部：扛着医改大旗向前进》，《领导决策信息》，2009年8月31日第34期（总第680期）。

弥补，都是公立医院改革的难点和重点问题。积极推进公立医院改革试点，适度降低公立医疗机构比例的问题，还需要在将来的实施细则中明确其依据原则，即依据地域分布原则，还是依据规模效益原则？将公立医院数量比例降低到多少为适度？

（二）私营村级诊所

本次医改最大的亮点，就是政府决心将基本医疗服务作为公共产品，向全社会普遍提供。作为承担村级公共卫生服务和一般疾病诊治服务的村卫生室及其医务人员，是农村基本医疗服务供给的主力。方案中仅仅提出要采取多种形式，支持村卫生室建设，保证每个行政村至少有 1 所卫生室；对其承担的公共卫生服务，政府可采用购买方式核定投入。

对我国目前普遍存在的私营的村级医疗服务的问题，没有正视；对私人乡村医生的问题，政府只购买公共服务部分。村级医疗服务作为公共产品由政府来进行供给。是否根据其服务种类和数量，进行政府购买，不仅限于公共卫生服务，还要包括基本医疗诊治需要进一步实践。

（三）中央和地方的分级负担

政府意识到税收筹资对基本医疗的投入是公平性的保证，对公立医院的投入是其公益性的保证。政府补助供给方（医疗机构）或者补助需求方（建立医疗保险）都能有效降低个人医药负担，因此，政府应保持税收筹资在维护基本医疗公平性方面的作用。

中央政府与地方政府对医疗的投入，地方政府承担主要责任，中央地方仍然坚持分级负担的原则。各地财政实际状况所形成的医疗投入的地区差距问题，也只能通过中央政府的专项转移支付解决。在具体税收筹资中，虽然方案强调了政府投入，但并没有特别强调中央政府投入责任，对地区差距大的我国来说，中央财政的作用应该特别加强。中央财政负担国家免疫规划、跨地区的重大传染疾病预防控制等公共卫生、城乡居民的基本医疗保障以及卫生部所属的公立医院建设等投入；其余则由地方政府负担。

新增 8500 亿投入中，中央和地方的比例为4:6，而在 2006~2008 年期间，中央和地方财政投入比例为27:73，相比之下，未来 3 年中央政府的投入比重在明显加大。

（四）关于全科医生和转诊制度的提法

方案在促进乡村医生执业规范化的时候，提出了尽快实现基层医疗卫生机构有全科医生，首次提出了全科医生的概念，但并不十分明确。基本可以明确，全科医生是在基层医疗卫生机构中的人员，但具体到全科医生的标准、规范、权限等问题，还有待明确。

转诊制度是医疗机构层级设置的目的，是解决中国目前医疗资源结构性不合理的突破点。在城市，从社区卫生服务中心到普通综合医院和专科医院；在农村，从村卫生室、乡镇卫生院到县医院，都可以实现基层首诊、分级医疗和双向转诊。方案中对城市社区卫生服务中心，提到了引导诊疗下沉，且逐步实现社区首诊、分级医疗和双向转诊，但对农村没有具体规定。

成功的医疗体制改革期望达到 5 个中介目标，即医疗质量、医疗服务可及性、医疗融资公平性、效率与成本，通过医疗卫生资源总量和机构的调整变化，最终达到健康状况提高、疾病带来的风险防范以及公众对医疗体系的满意程度等最终目标。2009 年 4 月，新医改方案出台至今，大量实施方案配套出台。短短半年时间，虽然效果还未彰显，但基本指明了中国医疗卫生体系的未来发展趋势和努力方向。

（五）中医药的重新定位

本次医改给予了中医药充分的重视，特别是基本药物目录将中药饮片全部纳入医保范围，体现了充分利用中医药的价格优势，努力降低个人医药费用负担的政策意图。中医药本身具有的"安、便、验、廉"的优势，非常符合社区和农村基层医疗服务的需要。中医的全科性使其在改变农村缺医少药状况上也有着独到的优势。中医药在重大传染病防治、慢性病防治，老年以及妇女儿童和亚健康人群的保健，建立重大疾病的康复体系和卫生经济学意义上，均具有显著优势。因此，新医改方案对中医药做出重新定位，但具体实施方案中，还有待进一步的重点投入和重点发展。

二、新医改预期目标

基本医疗服务的全面普及：2009 年 4 月出台的新医改方案，明确提出了到 2012 年实现人人享有基本医疗服务。基本医疗服务的人人享有，公共卫生服务的均等化都是强调医疗服务的公平获得。

医疗融资公平性有所体现：新医改 8500 亿元的投资中，计划用 2/3 用于对需求方的投入，也即对基本医疗保险的政府补助，大大提高了公共资金，特别是税收筹资的水平；同时提高基本医疗保险的偿付水平，以提高住院和门诊大病保障为重点。不仅大大加快基本医疗保障的覆盖水平，而且提高了筹资来源的累进程度和支付水平，个人现金支付比例必将不断下降，而公共资金份额则会提高，医疗融资公平性得到保证。

医疗服务质量进一步提高：医疗服务质量是否提高，是医改成败的重要标尺。深化医药卫生体制改革，不仅要关注扩大医疗保障范围的扩大，增加政府投入的增加，也要重视内部管理，提高医疗服务质量，是完善医疗卫生体制的根本目的。新医改提出政府保证医疗体制公平和医疗公共产品提供的责任，同时也鼓励竞争等市场机制来提高服务质量和运行效率。

成本和效率得到兼顾：兼顾医疗服务的成本及其效益是所有国家进行卫生体制改革的主题，在引入竞争机制促使效率提高的同时，还要注重成本控制，高度注意国际上其他国家，因为不断提高的医疗费用而不堪重负的经验。

建立广义的国民健康概念：广义的国民健康概念要跳出医疗的范畴。不能孤立地看待医疗问题，医疗体制只是决定整体国民健康的重要因素之一。社会经济其他方面，包括教育、住房、供水、卫生状况、营养状况以及交通状况等的公平和效率，同样影响整体国民健康状况。这是宏观经济状况与医疗卫生体制协调发展的问题。

主要参考文献

[1] 卫生部统计信息中心编．卫生改革专题调查研究：第三次国家卫生服务调查社会学评估报告 [R]．中国协和医科大学出版社．2004.

[2] 中共中央、国务院．关于深化医药卫生体制改革的意见 [中发 〔2009〕6 号]．新华社北京 4 月 6 日电.

[3] 中共中央、国务院．2009～2011 年深化医药卫生体制改革实施方案 [国发 〔2009〕12 号]．新华社北京 4 月 7 日电.

[4] 卫生部编．中国卫生统计年鉴 2008 [R]．中国协和医科大学出版社，2008.

[5] Cheng Tsung. M. China's Latest Health Reforms：A Conversation with Chinese Health Minister Chen Zhu. *Health Affairs*，Vol. 27，No. 4 (2008).

[6] Hsiao William. C and Maynard A. Foreword. *Health Economics*，Vol. 18，No S2，July 2009.

[7] Wagstaff A.，Yip W.，Lindelow M. and Hsiao William. C. China's Health System and Its Reform：A Review of Recent Studies. *Health Economics*，Vol. 18，No S2，July 2009.

评论

新医改:"新起点"与新问题

刘远立

本章简要回顾了中国医疗卫生体制改革的曲折探索,详细解读了 2009 年 4 月出台的中共中央、国务院《关于深化医药卫生体制改革的意见》(以下简称"意见")以及《2009～2011 年深化医药卫生体制改革实施方案》(以下简称"方案")的内容,高度赞扬了新医改方案出台所显示的中国政府抓民生工程的决心,并用实际案例说明了中国在新的历史时期实施新医改和积极发展医疗卫生事业的重大意义和成功的希望所在。同时,作者也就新医改方案中需要进一步明确的问题(例如政府主导与市场调节的协调问题等)进行了分析和讨论。作者们的很多观点以及对于新医改成功的积极期待我都是认同的。但是,我们对于新医改成功的积极期待有一个重要的前提,那就是政策制订与实施者们能够清醒地认识到:哪些医改的理论和实践问题已经搞清楚了,哪些问题还没有弄明白;对于医改过程中的重点和难点问题,不回避,不放弃,认认真真地加以研究,实实在在地予以解决。

众所周知,医改是一个世界性的难题。美国新任总统奥巴马一上台就很快召开白宫医改高峰会议,由此引发的美国全国范围内的医改大辩论还在持续。欧洲、亚洲、非洲、拉丁美洲国家也都在进行医疗卫生体制的改革,因为医疗卫生是一个与人民的切身利益息息相关的最重要的民生工程之一。在这样的全球背景下,首先应该肯定:此次中国的医改方案研究时间之长、涉及部门之多、征求意见范围之广、改革目标之明确、财政投入力度之大,都是史无前例的。

但在,在没有看到关于如何具体实施医改方案的配套文件之前,仅仅从目前公布的方案来看,对于新医改能否真正有效解决老百姓所关心的"看病贵、看病难"的问题,还很难得出一个十分肯定的答案。温总理说,医改应该让人民群众得实惠,让医务人员受鼓舞。要做到这些,实际上是非常难的事情。从人民群众得实惠的角度来看,我比较关注未来三年我们将如何开展五项改革。作为一个研究卫生政策和管理的学者,我一般用三个标准来评价一项新出台的公共政策：一是政策目标的可测量性。二是政策措施的可操作性。三是政策实施的有效性。拿这三个标准来衡量医改近期五大重点实施方案（一、加快推进基本医疗保障制度建设；二、初步建立国家基本药物制度；三、健全基层医疗卫生服务体系；四、促进基本公共卫生服务逐步均等化；五、推进公立医院改革试点），其中有三项措施（即第一、三、四项）的重要影响是可以期待的，而另外两项（即第二、五项）在其目标的可测量性、政策措施的可操作性以及政策实施的有效性都还不是十分清楚。

未来三年，"新医改"进入实施阶段。很多人关心：医改目标实现的主要挑战有哪些？而积极应对这些挑战应该有哪些思路？我在这里谈谈自己对这些问题的基本看法。

总的看法是，我们将面临两个方面的严峻挑战：一是技术上的挑战，即如何认真仔细、因地制宜地解决好医改中的重点和难点问题（如"以药养医"的问题）；二是政治上的挑战，即如何解决好各个利益集团的协调问题（如医患双方合理合法的权宜保护问题）。

通过相关理论研究和总结国内外经验，我们可以得出这样一个基本结论：解决医改一系列问题的有效途径是要抓好"三力建设"系统工程，即能力建设（包括技术与管理能力）、动力机制建设（实现既定目标有赏）、压力机制建设（达不到目标者有罚）。虽然未来三年所推行的五项改革都很重要，每一项改革也都将面临一系列挑战，我们需要对此作出全面部署，但我历来主张决策者要善于抓住"纲举目张"的重点问题。就新医改而言，我认为如何解决以下五个问题将直接影响这项伟大的改革事业之成败，需要引起我们的足够重视。

第一，如何改革基本医疗保障制度的支付方式。随着基本医疗保障覆盖面的迅速扩大和基本医疗保障水平的明显提高、政府对于基本医疗保障制度的投入加大、基本医疗保障的统筹层次不断提高，基本医疗保障制度作为医疗卫生服务的购买者，其谈判实力和调节供方行为的杠杆作用也明显增强，完全应该并且可以通过改革供方付费与结算方式，在保障服务安全和质量的前提下，促使供方服务效率的提高。国际经验充分证明：按项目付费是导致医疗费用上涨过快的主要原因之一。因此，付费方式改革的核心目标是让供方不再从过多提供不必要的医疗服务中获利。无论是按病种付费，还是按人头付费，新的付费方式都需要界定供方在成本控制上的责任与风险分担。鉴于各种不同付费方式的优缺点以及实施条件的不同要求，应当鼓励各地方在试点过程中大胆创新、科学评估，探索出一套有中国特色的付费方式"组合拳"。

第二，如何界定和规范基本药物的使用。建立基本药物制度的初衷是规范用药行为、控制医药费用，但问题的关键是如何界定和推行"基本药物"目录。如果在界定"基本药物"的过程中片面强调成本—效果关系，这会不会与基本医疗保障制度所强调的"保大病"的基本原则发生冲突呢？因为价廉的药，很多人也许都能支付得起；而恰恰是一些效果好、临床必需、价格昂贵的药，普通病人负担不起，需要医疗保障制度的帮助。比如说，脑血管病已经成为我国居民第一位的死因，而超早期溶栓治疗（中风后 3 小时之内实施）能够显著降低患者的死亡率和残疾率。但是，由于溶栓特效药极其昂贵（使用一次约 7000 元），基本医疗保险不予报销，很多患者支付不起，往往导致延误治疗，随后给患者及及其家庭、社会都造成巨大负担，恐怕远远不止 7000 元。此外，如果对不同级别的医疗卫生机构的基本药物使用率做一个硬性的规定（特别是规定公立基层医疗卫生机构全部配备和使用基本药物），会不会由于中国区域之间、人群之间的巨大差异，对一定的人群、在一定的地区由于机械地执行基本药物制度的有关政策而使"看病难"的问题更为严重？

第三，如何有效提高基层医疗卫生服务的利用率。随着基层医疗卫生机构硬件和软件的加强，加上基本医疗保障制度提高了报销比例，基层医疗卫生服务体系的利用率有望得到一定程度的提高。然而，消费者使不使用基层医疗卫生机构，除了方便和价格的因素外，主要取决于其对于服务提供方的信任程度。现在老百姓动不动就往大医院跑，就是担心基层医疗卫生机构缺乏鉴别诊断与及时处置的能力，甚至在转诊的过程中会延误最佳干预时机。医学的复杂性、科技的更新换代速度常常超出了基层医疗卫生机构的应对能力，因此，不断提高基层卫生水平和服务利用率的最有效方式，是要建立起医疗资源的纵向整合、区域医疗中心与基层卫生机构紧密协作的机制。我注意到，在《意见》中有关于医疗资源纵向整合的内容，但在《方案》中却没有提及。孤立地搞基层卫生机构的硬件和软件建设，效果是有限的。

第四，如何有效发挥医疗机构的预防保健职能。医改方案将公共卫生体系建设放在了一个非常显著的地位，值得充分肯定。但是，医疗机构毕竟是人民群众接触最多、也是最容易发生交叉感染的地方。同时，医务工作者的专业威信和职业道德都使得他们在同患者及其家属的接触过程中，应该而且完全可以在有病早治、无病早防、树立健康的生活方式等方面成为服务对象的良师益友。然而，由于传统医学模式的束缚、医务工作者职业道德教育的缺乏、体制机制上的不健全等原因，除防保科室外，医疗机构的其他科室基本上是"只看病，不见人"，忽视了预防保健的职责。不仅如此，很多医生本身就是"烟鬼"、"酒鬼"，没有起到健康生活方式的榜样作用。这种局面不改变，加强对严重危害人民健康的各种疾病的监测、控制、预防，最终对于提高人民群众健康水平的目标就很难实现。

第五，如何保证公立医院的"公益性"。医改方案强调了"公共医疗卫生服务的公益性"问题。从公立医院的角度来看，保持"公益性"意味着不以赢利为主要目的，不赚钱的项目照样开展，对付不起医药费的穷人照样提供服务。关键问题在于谁来为"公益性"埋单？在政府对公立医院投入有限的情况下，指望公立医院能够自觉自愿地维护其"公益性"是不现实、也是不可持续的。在实现全民医保覆盖之前，困扰医院"公益性"的主要瓶颈问题是如何通过建立"统筹调剂基金"等方式有效解决"医疗欠费"问题。

诚如王诺等老师所指出的那样：有一个核心理论问题在"新医改方案"的讨论中曾经反复出现过，估计今后还会继续出现，那就是医疗卫生领域到底应该是政府主导还是市场主导的问题。

我以为，笼统地谈"政府主导"或者"市场主导"都是一种偏见和误导。首先，从实现社会公平的角度来看，政府对于特殊人群（如弱势群体）的医疗卫生保健始终负有不可或缺的主要责任。其次，医疗卫生体系是一个极为复杂的体系，每个子系统都有着不同的功能和特性。而政府干预与市场机制分别具有其独特的优势和"失灵"之处。因此，政府与市场在医疗卫生不同的子系统里面就应当有不同的作用。

在医疗卫生监管这个涉及到卫生政策法规的制定与执行等问题的子系统里，政府当然要起主导作用。医疗卫生服务提供子系统有两种情况需要考虑：一种情况是，政府应当直接提供公共卫生服务，并且保证全民公平享有；另一种情况是，个人医疗服务的提供可以通过发挥市场竞争的作用来实现，并带来效率的提高。医疗卫生资源提供子系统也有两种情况：一是物质资源（包括药品，仪器等）的提供；二是人力资源（包括受过专门训练的医生、护士、药剂师等）的提供。由于医疗卫生资源的提供与科学技术的发展和各相关产业的发展紧密相连，因此，可以充分发挥市场调节的作用。但对于市场所忽视的特殊资源（如并不一定赚钱的疫苗开发、边远地区的合格人材的培训和输送等），政府负有不可推卸的责任。最后，对于医疗卫生保障子系统而言，政府既有直接资助的责任（譬如说，弱势群体的医疗保障不可能指望市场竞争来实现），也有组织筹资的作用（譬如说，社会医疗保险制度的建立离不开政府的强制）。对于那些特殊的个人医疗服务而言，可以由个人付费或商业医疗保险来解决。

不难看出，政府与市场在中国现行的医疗卫生体系中有"错位"的迹象。所以，中国医疗卫生体系的问题，并不完全是由"市场化"造成的。政府既有"缺位"（如投入不足）的问题，也有"越位"（如处于垄断地位的公立医院逐利行为明显）的问题。因此，在中国的市场经济条件下，医改的关键是将政府干预与市场机制有机地结合起来，从而促使公平与效率目标比较好的均衡实现。

参考文献

［1］刘远立，李尉东，范文胜，胡琳琳．建立全民医疗信用保障制度［J］．比较，2007（30）．

［2］中共中央、国务院．关于深化医药卫生体制改革的意见［中发〔2009〕6号］．新华社北京4月6日电．

［3］中共中央、国务院．2009～2011年深化医药卫生体制改革实施方案［国发〔2009〕12号］．新华社北京4月7日电．

［4］Wilensky GR. Healthcare reform：a work in progress. Healthc Financ Manage，2009 Aug，63（8）．

［5］Chen Z. Launch of the health-care reform plan in China. Lancet，2009 Apr 18，373（9672）．

［6］Yip W，Wagstaff A，Hsiao WC. Economic analysis of China's health care system：turning a new page. Health Econ，2009 Jul，18 Suppl 2.

［7］Wagstaff A，Yip W，Lindelow M，Hsiao WC. China's health system and its reform：a review of recent studies. Health Econ，2009 Jul，18 Suppl 2.

［8］Liu Y. The anatomy of China's public health system. In Freeman CW. Eds. China's capacity to manage infectious diseases. Center for Strategic and International Studies，Washington，DC：2009.

［9］Liu Y. Reforming China's healthcare：for the people，by the people？. *Lancet，2009* Vol. 373.

［10］Liu Y，Rao K，Wu J，Gakidou E． China's health system perform-ance. *Lancet，2008*　Vol．372 No．9653．

［11］Hu S，Tang S，Liu Y，Zhao Y，Escobar M，De Ferenti D． Refor-ming how healthcare is financed and paid for in China：challenges and opportunities. *LANCET，2008* Vol．372 No．9652．

（刘远立，哈佛大学公共卫生学院中国项目部主任，清华大学卫生与发展研究中心主任，中国卫生部卫生政策与管理专家委员会委员）

第十章　综合配套改革试验区
——体制改革的新平台①

中国 30 多年的改革开放进程中，试点探索发挥了十分重要的作用。通过试点先行探路，取得成效后再进行推广，是中国改革开放取得成功的重要经验。

早在 1980 年，中国政府就决定在广东省的深圳市、珠海市、汕头市和福建省的厦门市各划出一定范围的区域，试办经济特区。此后，从沿海到沿江沿边，从东部到中西部，中国对外开放的程度不断加深，范围不断扩大。在 20 世纪 80 年代和 90 年代，中国先后开展了两轮城市综合配套改革试点，加快了所在地区和全国经济体制改革的进程。进入 21 世纪，中国的经济体制改革进入了攻坚阶段，选择一些基础较好、代表性强、具有典型性的地区，开展综合配套改革试验，已经成为新时期深化改革开放的必然选择。

2005 年 6 月，中国政府批准上海浦东新区进行综合配套改革试点。按照审慎选择、从严控制的要求，中央政府先后在东部、中部和西部分别选择部分地区开展不同类型的综合配套改革试点。2006 年 4 月，国务院发布《关于推进天津滨海新区开发开放有关问题的意见》，批准天津滨海新区为全国综合配套改革试验区。2007 年 6 月，批准设立重庆市和成都市全国统筹城乡综合配套改革试验区。2007 年 12 月，批准武汉城市圈和长株潭城市群为全国资源节约型和环境友好型社会建设综合配套改革试验区。而深圳市作为经济特区，一直发挥改革开放的"窗口"示范作用。2008 年 12 月，国务院批准的《珠江三角洲地区改革发展规划纲要（2008～2020 年）》正式确认深圳作为国家

---

① 本章是在北京师范大学经济与资源管理研究院院长李晓西教授的亲自指导下完成的。写作过程中，得到了重庆市社会科学院王佳宁研究员的热情指导和评议。在此一并致谢。

综合配套改革试验区。至此，7个国家级综合配套改革试验区在东中西部梯次分布的布局基本成形。

国内有代表性的研究认为，对国家级综合配套改革试验区的理解可把握三个层面：一是"国家"层面，指综合配套改革试点要对全国区域经济发展起到"带动和示范"作用；二是"综合配套改革"层面，指改革不再是若干分散的单项改革，而是综合配套改革，以期实现多层面、立体式协调发展；三是"试验区"层面，指综合配套改革的"先试、先行"，特定的经济区在社会经济与生活各方面进行改革试验，着眼于"制度创新"，以全面制度体制建设的方式推进改革。[1]

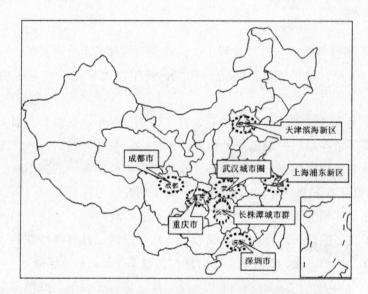

图10-1 国家级综合配套改革7个试验区分布示意图

国内学者一般将7个国家级综合配套改革试验区分为两类，一类是全面承担综合性、全方位改革任务的试验区，如上海浦东新区、天津滨海新区和深圳市；[2] 一类是主要承担专题性、重点领域改革任务的试验区，如主要承担

---

① 郝寿义、高进田：《试析国家综合配套改革试验区》，《开放导报》，2006年第2期。另参见王佳宁、胡新华：《综合配套改革试验区管理体制考察：上海浦东与天津滨海》，《改革》，2009年第8期。

② 有的学者认为，深圳市的改革集中在行政管理体制方面，不应列入第一类。本文认为，深圳作为经济特区，本身就承担着率先完善社会主义市场经济体制的全方位的任务。深圳市综合配套改革方案涉及到了各个重要方面的改革，除行政管理体制改革外，在事业单位体制改革、涉外经济体制改革等方面也在着力突破。因此，本文将深圳市列入第一类。

统筹城乡改革任务的重庆市和成都市，主要承担"两型社会"建设相关体制机制改革创新任务的武汉城市圈和长株潭城市群。①

第一节 尝试构建完善的社会主义市场经济体制

中国幅员辽阔，各地经济发展水平和体制完善程度千差万别，很难做到"齐步走"。在这种情况下，迫切需要选择一些基础较好的地区率先整体推进改革，率先构建完善的社会主义市场经济体制。作为过去30年中国经济"火车头"的上海浦东新区和深圳市，以及被寄予"未来经济增长极"厚望的天津滨海新区，先后担当大任，被确定为国家级综合配套改革试验区。

一、上海浦东新区：建设国际金融中心和国际航运中心核心区

浦东新区位于上海市东部，地处长江入海口，隔黄浦江与上海市区相望。1990年4月，中国政府宣布开发开放上海浦东。短短19年间，浦东发生了翻天覆地的变化。2009年4月，国务院批复同意南汇区行政区域划入浦东新区。扩大后的浦东新区区域面积达到1210平方公里，常住人口412万人，均占上海市的1/5左右；2008年合并后的生产总值3676亿元，占上海市的26.8%。2005年以来，上海浦东新区在政府行政管理体制、金融体制、科技体制、社会领域、涉外经济体制、城乡二元结构制度等方面开展数十项改革，一些重点领域和关键环节的改革取得了重要进展和突破。特别是与南汇区合并后，浦东新区开展"二次创业"，进一步加大改革力度，努力建设上海国际金融中心和国际航运中心的核心功能区。

（一）定位"小政府、大社会、大服务"目标，服务型政府职能凸显

上海浦东新区以制度框架建设为基础、以基层为改革单元，探索"政社合作"的新治理模式。浦东新区在强化行政绩效管理，建立基层责任机制和

---

① 有的学者认为，批准机关的不同，说明综合配套改革试验区地位和作用的不同。比如，由国务院批准的上海浦东新区、天津滨海新区综合配套改革试验区的地位和作用，要高于由国家发展改革委批准的其他试验区。本文未采用这样的划分。

市民监督机制，探索行业组织和社区的新型组织治理模式，优化行政审批工作，推进"电子政务"等方面进行了系统的改革，着力实现"两高一少"——行政效能、透明度最高、收费最少。

浦东建立了包括1个区级市民中心和23个街镇社区事务受理服务中心，辐射全区的"1+23"公共服务体系，推进街道职能转向提供公共服务、监督政府权力活动。

专栏 10 - 1 上海试点教育"管办评"联动改革

2005 年 6 月，浦东新区政府与位于浦西的一家民办教育管理机构——上海成功教育管理咨询中心（以下简称管理中心）签订了《公办东沟中学委托管理办学协议》，拉开了社会事业"管办评"联动改革的序幕。

根据协议，委托管理期间，学校的性质不变，与新区社发局的隶属关系不变，政府的拨款和其他任务不变，学生的学习支出不增加，新区政府每年支付给管理中心管理费，即政府购买服务。

管理中心入主东沟中学后，从委派校长、输入教育理念、创新管理模式到培训教师、组织教学等全部实行自主管理。浦东区还于 2005 年底成立了上海浦发教育评估中心。最终学校办得好不好，不是由政府和管理中心说了算，而是由专业的中介评估机构评估。

一年后，评估中心对东沟中学进行了第一次评估，认为学校教学成果与委托管理前发生了很大变化。无记名调查结果显示，教师、学生、家长对学校成功教育的满意度分别达到 92.2%、94.7%、97.7%。

浦东在东沟中学率先推行的"管办评"联动改革，在教育界引起了不小的震动，教育部专门派人考察了这一模式，并给予很高的评价。

"管办评"联动模式的核心，是理清了政府、学校、社会三者的关系，明确了各自的职能定位，前提是政府职能转变。

管，不再是政府事无巨细、大包大揽，而是政府通过规划引导、政策设计、督导检查等来实现宏观管理，一些具体的专业服务、事务管理则通过购买服务，交给社会专业机构；

办，就是要在人财物等方面对校长充分授权，支持学校依法自主办学，充分调动学校的积极性创造性；

评，就是要建立专业化的社会评估机构，对教育决策、教学成果等进行客观公正的评价。

通过建立"管办评"相互分离又相互协调的运作机制，充分发挥了政府、学校、社会各方面的作用，调动了各方积极性。

资料来源：中国教育先锋网有关报道，http：//www. ep – china. net/content/news/c/20070823104846. htm。

（二）立足金融创新，致力金融生态优化

金融业是浦东综合配套改革的整体突破口，浦东以陆家嘴金融贸易区为载体，金融改革"亮点"频现。上海证券交易所推出了上证 50ETF 基金产品和权证产品；上海期货交易所也先后推出了金属锌和黄金期货产品。银行间外汇市场的做市商制度和上海银行间同业拆放利率（SHIBOR）也相继实施。

改革催生众多"首家"。中国内地首家金融衍生品交易所在浦东挂牌成立；浦东新区人民法院设立全国第一个金融审判庭，此外，华安基金管理公司被批准为国内首家进行 QDII 基金试点的公司。

金融生态环境显著优化。中国人民银行上海总部等诸多金融机构，特别是国内仅有的两家货币经纪公司：上海国利货币经纪公司和上海国际货币经纪公司，纷纷落户浦东；《浦东新区集聚金融人才实施办法》的颁布促进了人才的集聚。

（三）"融资、服务、维权"三位一体，园区组团式推动科技创新

浦东新区发挥独到优势，构建起科技投融资机制，政府资金发挥先导作用，带动各类社会资金与创业风险投资、银行信贷结合，创设出创业风险投资引导基金、知识产权质押融资试点专项资金、中小企业信用担保体系建设专项资金等支持企业科技创新。

构筑公益性、公益性和经营性兼有和企业自有设施共享的多层次科技公共服务平台。目前，浦东新区已成为国内科技公共服务平台最密集、技术服务水平最高、共享程度最大的区域之一。

基本建成了集司法保护、行政执法、行业自律与一体的知识产权维权纠纷调解机制。设立知识产权审判庭，建立"三审合一"审判模式；建立知识产权维权纠纷应急调解机制。设立知识产权保护中心及协会，不断完善以企业为主体、民间自律的知识产权保护机制。

"聚焦张江"，产学研联动。"国家火炬创新试验城区"、"国家高新技术标准化试点园区"、"国家知识产权试点园区"6 个科技创新试点园区布局张

江高新技术园,国家集成电路产业基地在内的 11 个国家级产业基地纷纷进驻。半年来,项目投资总额超过 77 亿元的包括国产大飞机研发中心、国家宽带中心、国家抗体工程中心、上海光源等在内的 159 个国家重大科技专项项目在浦东生根发芽。

(四)好风凭借力,综改点燃涉外经济新动力

跨国公司外汇管理方式改革"九条措施"在浦东率先试点,有效解决了跨国公司在外汇资金管理方面的难题。

积极搭建外包公共服务平台建设。浦东成立了第一个国家级服务外包研究中心——中国服务外包研究中心,并形成了"以信息技术服务为主导,以金融后台服务为亮点,以研发设计服务为特色,以咨询、物流、人力资源、财务、会展等其他专业商务服务为补充的产业格局"。[①]

此外,积极推进口岸管理体制改革,不断提升浦东口岸服务功能和竞争力。如:服务外包和通关改革相结合,2009 年在张江高科技园区选择部分生物医药研发外包企业,实施"提前报关、货到放行""24 小时预约通关"等便捷通关试点措施,大大提高了用于药品研发的原材料的通关速度。

表 10-1　浦东口岸管理模式改革试点一览表

序号	试点内容
1	探索在浦东国际机场开展海关、边检、检验检疫申报单"三单合一"试点
2	推进进出口货物的"一单两报"和联网监管,扩大对外贸易的绿色通道
3	开展免办"3C"诚信企业试点
4	探索维修中心、物流中心检验检疫监管模式创新
5	创新会展业海关监管模式,以"上海浦东国际展览品监管服务中心"为依托,实施"统一报关、统一仓储、统一监管",为进境国际展会提供展品备案、通关、查验、留购、核销等"一站式"服务。开展无纸化通关改革试点,推行国际展会网上备案制。
6	开展张江高科技园区进口生物材料检验检疫改革试点

资料来源:中华人民共和国上海海关,http://shanghai.customs.gov.cn/publish/portal27/tab20382/module51836/info130022.htm 在线资料。

---

① 引自《浦东服务与创新:来自外包的动力》,浦东外包服务网,2008 年 11 月 11 日,http://service.pudong.gov.cn/fwwb/content.jsp? ct_ id = 201225&sj_ dir = pd_ introduce&sj_ dir_ m = pdgh#。

（五）着力农村管理体制改革，统筹城乡一体化

在规划布局上，浦东打破城乡分割管理的局面，统筹区域发展规划和新市镇规划建设，推动城乡共同发展；积极推进"村资分离"、"一支部两委"、"联村管理"等为主要内容的农村管理体制改革，深化村集体资产管理体制改革，提升农村管理水平；促进城乡社会事业管理体制并轨和基础建设投资一体化。目前，基础教育已实现了在拨款标准、硬件配备、信息平台、教师培训四方面的统一。

二、天津滨海新区：打造中国北方增长极

滨海新区位于天津东部沿海，处于环渤海湾中心地带，包括塘沽区、汉沽区、大港区三个行政区和开发区、保税区、天津港以及东丽区、津南区的部分区域，规划面积2270平方公里，常住人口达203万人。按照国务院《关于推进天津滨海新区开发开放有关问题的意见》确定的定位，滨海新区将依托京津冀、服务环渤海、辐射"三北"、面向东北亚，努力建设成为中国北方对外开放的门户、高水平的现代制造业和研发转化基地、北方国际航运中心和国际物流中心，逐步成为经济繁荣、社会和谐、环境优美的宜居生态型新城区。近年来，天津滨海新区在金融、涉外、科技、土地等领域加大改革力度，推出了一系列重要改革举措，在拓宽直接融资渠道、推进国家外汇改革试点、改善金融环境、东疆保税港区管理创新、服务外包基地建设、推动区域经济合作、促进技术平台建设、城镇建设用地增加与农村建设用地减少相挂钩等方面取得了重要进展。

（一）金融改革对接企业融资，构筑金融交易平台

滨海新区已举办两届"中国企业国际融资洽谈会"，积极促进基金股权投资与企业股权融资的资本相对接；成立天津股权投资基金协会，设立了渤海产业投资基金。此外，还开展了中小股权投资基金试点和筹建船舶产业投资基金。在天津市注册的中小股权投资基金累计达到149户，注册资本金（协议资本额）近400亿元。

滨海国际股权交易所正进行试运营，该所确认创始会员427家，申请挂牌融资企业183家，战略合作机构52家。以此为平台，滨海初步建立起"两高两非"公司股权和私募基金交易市场。

初步形成以银行和保险为主体，包括信托、租赁、基金、证券、期货、

保理等在的全面的金融服务体系。

（二）以港口建设为载体，创新口岸管理体制

2007 年，世界上最大的人工深水港——天津港 25 万吨级深水航道建成。此后，滨海新区又设立了 10 个内陆"无水港"，开通了电子口岸与物流信息平台，实行 24 小时通关制度。在全国率先推出"无水港"监管模式，企业仅需在"无水港"办理一次海关手续，货物到港后可直接通关，综合通关业务办理时间由 60 小时缩短为 2 小时。

东疆保税港区发展迅速，港区内引入海关、检验检疫、海事、边防、外汇、税务等派驻机构与原东疆保税港区管委会共同组成联合监管协调委员会，建设辐射并带动"三北"地区、对内对外开放、全面连接东北亚经济圈的国际物流运营中心。

（三）积极拓展多方合作关系，促进科技研发与产业投资接洽

国家生物医药联合研究院、细胞产品国家工程研究中心等 6 个科技创新平台基本建成，20 个省部级研发转化中心建成运营。

与科技部和中国海洋石油总公司共建滨海高新区和国家生物医药产业化示范区；与中科院、清华大学等国内科研机构与知名高校及意大利、美国、瑞典等国家科研机构开展科技研发合作；此外，还密切联系大型央企，促进科技产业化。

探索新型创业风险投资模式，建立起 2 个创业投资引导基金，吸引国科瑞华、鼎辉投资等 10 多家知名创投机构，投资基金规模达到 170 亿元以上。

（四）推行土地征收"征转分离"，保障被征地农民权益

2008 年有 14 批次、510 公顷土地按"征收和转用相对分离"制度模式完成土地征收。实施城乡建设用地增减挂钩试点，开展了两批宅基地换房试点，已有 10 万农民入住小城镇。

（五）发展循环经济，营造生态都市

建立了经济技术开发区、临港工业区、北疆电厂等六个国家循环经济试点。在总结了泰达模式、子牙模式、临港模式、北疆模式、华明模式等五种循环经济模式基础上，颁布了《天津市节约能源条例》，出台了《天津市节能监督检测管理办法》等配套行政规章；成立了生态城管委会，颁布了《中新

天津生态城管理规定》，制定了生态城指标体系，创新生态城建设和管理运营模式，建立环境准入机制和监测预警体系；支持天津排放权交易所业务创新，开展污染物总量控制与排放权交易试点。

三、深圳市：增创新优势，更上一层楼

深圳地处广东省南部，珠江口东岸，毗邻香港。1979 年中国政府决定成立深圳市。1980 年 8 月，全国人大常委会批准在深圳市设置经济特区。深圳市土地总面积为 1952.84 平方公里，其中，深圳经济特区为 395.81 平方公里。2007 年末常住人口 861.55 万人，其中户籍人口 212.38 万人，非户籍人口 649.17 万人。从中国南海之滨的小镇，到与香港合作打造世界级大都会，深圳是中国改革开放和现代化建设的精彩缩影。作为办得最好、影响最大的一个特区，深圳多年来充分发挥改革开放"窗口"和"试验田"的示范作用，为建立和完善社会主义市场经济体制作出了重要贡献。近年来，深圳积极推动综合配套改革，在重点领域和关键环节不断取得新突破。2008 年 12 月 31 日，国务院批准实施的《珠江三角洲地区改革发展规划纲要（2008～2020年）》正式明确深圳为国家综合配套改革试验区，标志着深圳综合配套改革工作进入新阶段。

（一）以转变政府职能为抓手，推动行政管理体制改革

积极探索大部门体制的改革。近年来，按照职能有机统一的原则，深圳积极调整相关部门职能，合理解决职权过分交叉的问题，组建了市城管局、交通局、农林渔业局等大部门体制的职能局。

合理划分市区事权。通过明晰市区事权配置和划分，强化了基层政府的社会管理职能，实现社会管理重心下移。2007 年，深圳开始全面推行街道综合执法新体制，21 项具体执法任务统一交由街道综合执法队执行，有效解决了基层行政执法薄弱、多头执法问题，大大提高行政执法效率和城市管理水平。

积极开展精简行政层级试点。2006 年，布吉和龙华街道被拆分为布吉、坂田、南湾、龙华、民治、大浪 6 个街道，拆分后的街道办经济管理职能逐步弱化，社会管理职能得到加强。2007 年 6 月 1 日，以光明产业园区为基础，成立了光明新区，并在新区开展精简行政层级改革试点。

积极推进法治政府建设。2006 年，深圳开始第四轮行政审批制度改革，37 个市政府部门的 697 项非行政许可审批项目得到清理，保留 348 项，取消

98 项，认定不属非行政许可审批登记的其他类项目 251 项。率先建立了行政审批电子监察系统，对行政审批项目的受理、承办、批准、办结和告知等环节进行全程监督。2008 年底深圳政府与国务院法制办签订了加快法治政府建设合作协议，制订法治政府建设指标体系，出台加快法治政府建设的一系列政策文件。

研究推进公务员分类管理改革。2008 年 8 月，国家公务员局正式批复，同意深圳开展公务员分类管理改革试点。目前，有关部门正在研究制订分类改革方案，针对行政管理、行政执法和专业技术三大类公务员的不同特点和要求，制定配套管理制度。

全面推进事业单位改革。2006 年 7 月，深圳市开始推进事业单位分类改革，124 家事业单位转企和党政机关事业单位所办 270 家企业完成剥离和划转，涉及人员 1.9 万人。2007 年，开始推进事业单位管理体制和运作机制改革创新，制定并实施《关于完善事业单位法人治理结构的改革方案》、《关于推行法定机构试点的意见》等 7 个专项方案。

（二）以深化经济体制改革为着力点，推动经济增长方式的转变

深化投融资体制改革。制定《政府投资项目管理条例及实施细则》，推行政府投资项目代建制。重大投资项目审批进度大大缩短，审批时间由原来的 386 个工作日压缩到目前的 100 个工作日。

深化国有企业改革，创新国有资产分类监管体系。通过深化市属国有企业劳动、人事、分配三项制度改革，规范薪酬分配制度，构建适应法人治理结构的业绩考核体系，促进了国有经济的健康发展。通过创新监管体制、明确履职思路、健全履职制度、调整履职机构、改进履职方式、适时转变履职重点，初步形成了一整套新型的国有资产监管体系。

加强深港金融合作，加大金融业开放力度。2008 年，深圳市人大通过了《深圳经济特区金融发展促进条例》，深港两地货币领域深度合作以及共同探索建立石油等大宗商品期货交易所等合作均被纳入条例。通过加快深港两地间的资金市场融合，拓展深港两地金融机构的业务合作领域，极大地促进了两地金融业的共同繁荣与发展。

（三）以构建现代社会事业和社会管理新体制为重点，不断深化社会民生领域各项改革

积极推动和规范社会组织发展。2008 年 9 月，深圳市出台《关于进一步发展和规范我市社会组织的意见》，对工商经济类、社会福利类、公益慈善类等社会组织探索实行直接登记，对社区社会组织探索实行登记和备案双轨制的管理体制。

创新人口和社会组织管理体制。2008 年开始全面推行的居住证制度，为加强流动人口动态管理，提升非户籍人员的居民待遇，实现人口与社会、经济、环境、资源的协调发展，率先实现基本公共服务均等化打下了良好的基础。截至 2008 年底，居住证办证量突破 700 万张。

不断完善城市综合保障体系。通过完善市、区、街道、社区公共就业服务体系，建立起多层次、网络化的公共就业服务体系。户籍职工五大社会保险参保率均达到 98％以上，少儿医保和统筹医疗参保人数达 51.7 万，劳务工医疗保险参保人数达 610.2 万，劳务工养老、工伤和医疗参保数量名列全国大中城市之首。

（四）以推进对外开放功能区的完善与创新为着力点，进一步扩大对内合作对外开放

完善与创新对外开放功能区。积极推动现有的保税区、海港和空港发展模式以及监管模式的转型。实施"一区两翼"的发展战略，在东部盐田和西部航空港实施"区港联动"。理顺大工业区管理体制，充分发挥出口加工区的带动作用。

推动深港紧密合作。在以《关于加强深港合作备忘录》为总则的 9 项合作计划（简称"1＋8"合作协议）的框架下，深圳以"向香港学习，为香港服务"的理念，把深港合作向纵深推进。为基础设施建设、口岸通关、产业合作、河套地区开发、公用事业投资等领域制定配套政策，不断细化落实CEPA的具体举措。

第二节 探索统筹城乡发展新路

城乡分割的二元结构已经成为影响中国经济社会全面协调发展的突出矛盾。虽然经过多年发展，中国总体上具备了破解城乡二元结构的基础和条件，但要从根本上解决这一难题，还是需要通过体制改革和创新，真正改变公共资源和公共服务重城轻乡的制度安排。正是在这种情况下，国家选择西部地区具有典型性的重庆市和成都市开展全国统筹城乡综合配套改革试验。

一、重庆市：以大城市带动大农村

重庆市地处中国内陆之西南，位于长江上游，是一个多中心组团式的城市。1997年成为为中国第四个中央直辖市。重庆全市面积为8.2万平方公里，是北京、天津、上海三市总面积的2.39倍，是我国管辖面积最大的直辖市。2007年底，重庆户籍人口为3235万。重庆市大城市、大农村、大库区、大山区以及少数民族聚居的区域特征并存，城乡二元结构矛盾突出，是中国国情的缩影。围绕统筹城乡发展，重庆市选择条件较好、具有一定代表性、示范性和带动性的九龙坡区、垫江县、梁平县试点先行，其他区县也从自身实际出发，积极主动，大胆实践，从自身可为的领域入手，在土地制度、农民身份转换、基本公共服务城乡一体化、新农村建设等领域的改革上取得了突破性进展，探索出了破解统筹城乡体制障碍的新思路和新创举。

（一）城乡多层次规划，构建全方位规划管理体制

以国务院批准的《重庆市城乡总体规划》为指导，着力完善区县、乡镇、村三级规划体系，规划部门统筹城乡规划管理，改变城乡规划分治状况，并加快规划管理职能向乡村延伸。修订村级规划导则，启动了105个市级重点镇规划编制工作；优先在"新农村建设推进村"开展乡村规划编制试点；在九龙坡、江北等6个区县开展了国民经济和社会发展、城乡建设、土地利用和环境保护规划"四规叠合"试点。

（二）"圈翼"联动，推进城乡经济社会一体化

以构建主城为核心、一小时车程为半径的经济圈和以万州为中心、重庆三峡库区为主体的渝东北地区；以黔江为中心、少数民族聚居的渝东南贫困山区的"一圈两翼"为基点，建立区县帮扶关系，采取财政直接支持、干部挂职、教师互派、医务培训、科研咨询、援建标准厂房等措施，促进城市优质公共服务资源下乡，从产业联动、就业转移、教育互助、科技合作、卫生共享、人才交流、融资支持、扶贫开发八方面建立互助机制。2008年确定了首批10个城市资源下乡示范项目。

（三）行政、就业、社保多领域统筹，有的放矢落实一体化战略

合理划分市、区县、乡镇三级政府管理权限，整合市政府涉农部门设立市农委。按财力与事权相配原则，着力构建统筹城乡的公共财政体制框架，确保75%以上的财力用于区县和农村发展，推行"乡财县管乡用"，逐步化解基层历史债务。

将已出台的资助三峡库区移民、退役士兵和农村贫困家庭子女等"三类人员"就读中等职业技术学校政策的范围扩展到国办福利机构适龄孤儿、城镇低保人员等"五类人员"。人均受教育年限由2002年的7.7年提高到目前的8.4年，率先偿清19.6亿元"普及九年义务教育"欠债。

开辟了农民工户籍转入城镇的"绿色通道"，鼓励有条件的农民工举家转入城镇定居。建立了全国最大的农民工劳务信息平台——全国劳务电子商务平台，至2008年底，累计与7000家企业签署了就业服务合同，为45万农民工登记了信息，解决了5.5万农民工就业。

城乡居民合作医疗保险实现"一个平台、两套标准"，即筹资标准均按100元和200元两档，由居民自由选择参加。实现58.7万被征地"农转非"人员及10.9万曾在城镇用人单位工作但已超过法定退休年龄的人员纳入城镇养老保险。出台城乡低保条例，实现全市城乡低保全覆盖，建立了城乡低保标准联动调整机制，城乡低保差距缩小到2:1。

（四）农地流转和规模经营结合，规范城乡建设用地管理

建立县、乡、村三级土地流转服务机构，引导和规范农民及农村集体经济组织"依法、有偿、自愿"地流转土地。实施支持规模经营配套措施，如：以15%的粮食直补资金支持种粮大户；补贴标准化养殖大户10万~80万元等。到2008年底，重庆市农地规模经营比例达到17%以上，规模养殖率达到40%。

在维持耕地保有量和粮食基本自给原则基础上，稳步开展城乡建设用地增减挂钩、农村土地交易所等改革试点。截至2009年8月，农村土地交易所已先后举行了5场地票交易，总计交易地票5800亩，成交金额超过4亿元。

专栏10-2　重庆的"地票"交易

重庆市农村土地交易所成立以来，备受舆论关注，被称为"中国农村土地改革的创举"和"意义不亚于当年成立的证券交易所"。重庆农村土地交易所主要开展实物交易和地票交易。实物交易主要是指耕地、林地等农用地使用权或承包经营权交易。地票交易是土地交易的主要交易品种和重要创新。

所谓地票，是指对闲置的农村宅基地及其附属设施用地、乡镇企业用地、农村公共设施和农村公益事业用地等农村集体建设用地进行复垦，变成适合栽种农作物的耕地，经土地管理部门严格验收后转换成建设用地指标，由市国土房管部门发给凭证。这个凭证就称为"地票"。

地票运行有4个环节：

复垦。对闲置的农村宅基地及其附属设施用地、乡镇企业用地、农村公共设施和农村公益事业用地等农村集体建设用地进行复垦。

验收。在土地管理部门严格验收后，变为建设用地指标，由市土地行政主管部门向土地使用权人发给相应面积的"地票"。

交易。成立重庆市农村土地交易所，开展"地票"交易。所有法人和具有独立民事能力的自然人，均可通过公开竞价购买"地票"。"地票"交易总量实行计划调控，原则上不超过当年国家下达给重庆新增建设用地计划的10%。

使用。"地票"在城镇使用时，可以纳入新增建设用地计划，增加等量城镇建设用地，并在落地时冲抵新增建设用地土地有偿使用费和耕地开垦费，但要符合土地利用总体规划和城乡总体规划，办理征收转用手续，完成对农民的补偿安置。征为国有土地后，通过"招、拍、挂"等法定程序，取得城市土地使用权。

依法保障农民对土地的占有、使用、收益等权利，是重庆农村土地交易所方案设计关注的重点。这方面作了尽可能周密的设计。

申请耕地复垦环节：凡农户申请宅基地复垦，必须有其他稳定居所，而且有稳定工作或稳定生活来源。同时规定复垦整理新增的耕地继续由原宅基地农民承包经营；自己不经营的，可再次流转，获得相应收入。

价格确定环节：重庆市政府在综合考虑开垦费、新增建设用地土地有偿使用费等因素的基础上，制定全市统一的城乡建设用地挂钩指标交易基准价格，供交易双方参考。

　　收益分配环节："地票"交易收益，除缴纳少量税费外，绝大部分归农民家庭所有。耕地、林地的承包经营权交易收益，全部归农民家庭所有。农村集体经济组织获得的土地收益，主要用于农民社会保障和新农村建设等。

　　实行"地票"制度，推进耕地保护。以"先补后占"替代"先占后补"的用地模式。农村集体建设用地与城市建设用地远距离、大范围的转换，大幅度提升了偏远地区的农村土地价值，实现了城市反哺农村、发达地区支持落后地区发展。有利于建立城乡统一的土地市场。实现城乡建设用地增减挂钩，建立城乡统一的土地市场，带动农村要素市场的发育，有力促进农村资本、技术等其他要素市场建设。农民通过地票交易增加收入，提高进入城镇后的生活保障水平和发展能力。

　　资料来源：邓力：《重庆开启农村土地"地票"交易》，三农在线网站，http://www.farmer.com.cn/news/nyxw/200904/t20090423_441133.htm。

二、成都市：城乡统筹的先行者

　　成都市是四川省省会，总面积12 390平方公里，其中中心城区面积为283.86平方公里，位于中国西南，地处成都平原腹心地带，自古为西南重镇，有2300多年建城史。成都市2007年全市户籍人口1112.3万人，常住人口1257.9万人。近年来，成都市以农村土地产权制度改革、农村基层治理结构创新、构建城乡一体的公共服务体系为主要内容进行统筹城乡改革的路径设计，努力把成都试验区建设成为全国深化改革、统筹城乡发展的先行样板、构建和谐社会的示范窗口和推进灾后重建的成功典范。

（一）农村产权制度改革取得突破

　　为建立归属清晰、权责明确、保护严格、流转顺畅的现代农村产权制度，形成具有活力的农村生产要素市场，成都市于2008年初正式启动农村产权制度改革试点。

　　创新耕地保护机制。成都市利用新增建设用地土地有偿使用费和部分土地出让金建立了耕地保护基金，出台了《成都市耕地保护基金使用管理办法（试行）》。按照基本农田每亩每年400元、一般耕地每亩每年300元的标准，为承担耕地保护责任的农民提供养老保险补贴，调动农民保护耕地的积极性，提高耕地质量，提升耕地综合生产能力。

　　完善农村产权制度相关政策。成都市委、市政府出台了《关于加强耕地保护进一步改革完善农村土地和房屋产权制度的意见（试行）》，并配套制定了《成都市集体土地所有权确权登记暂行规定》、《成都市农村土地承包经营权登记管理办法（试行）》、《成都市集体建设用地使用权确权登记暂行规定》等一系列文件。农村的产权制度改革有力地推动了灾后重建进程，2008 年，都江堰市、彭州市、崇州市、大邑县和邛崃市等受灾县（市）选择自建的农户已完成确权颁证 10 315 户，5225 户农村灾毁户在灾后自建住房中利用宅基地权证质押担保贷款 2.04 亿元，通过集体建设用地集中使用，已引入社会资金 17.14 亿元。

构建农村产权流转服务体系。在开展农村产权确权颁证的基础上，搭建农村产权流转平台，制定农村产权流转规则，出台了《成都市农村土地承包经营权流转管理办法（试行）》等一系列文件；在全国率先组建了农村产权交易所，在各区（市）县建立了农村产权交易分所，在乡镇设立了农村产权交易服务站，初步构建起市、县、乡三级农村产权流转服务体系，为农村集体建设用地使用权、土地承包经营权、林权和房屋所有权的规范流转创造了条件。

（二）推进"三个集中"取得新成效

2003 年以来，成都市围绕推进城乡一体化，着力推进"三个集中"（工业向园区集中、农民向城镇集中、农用地向规模经营集中），取得了明显成效。2008 年，成都市出台了《关于进一步提高农民集中居住质量的意见》、《关于促进进城务工农村劳动者向城镇居民转变的意见》文件，统筹推进"三个集中"的体制机制进一步完善。

大力推进工业向集中发展区集中。坚持走新型工业化道路，搞好工业布局与发展规划，不断优化产业结构，将全市 116 个开发区整合为 21 个工业集中发展区，规划布局 9 个工业基础和资源要素较好的重点镇工业集中点，明确集中发展区和重点镇工业集中点的空间规模、产业定位，要求新上项目和技改扩建项目原则上必须进入工业集中发展区，从根本上改变"村村点火，户户冒烟"的状况，为成都工业实现集中集约发展奠定了基础。截至 2008 年底，入驻规模以上工业企业 1775 户，工业集中度达 68.2%，完成工业增加值871.64 亿元。重灾区积极承接对口援建省市产业转移。彭州市工业集中发展区规划建设"川闽产业园"，承接其援建省福建的产业转移；都江堰市工业集中发展区"川苏科技产业园"，灾后已引进普什宁江、华翰、惠民建材等一批企业落户。

　　鼓励引导农民向城镇集中。坚持走新型城镇化道路，遵循"因地制宜、农民自愿、依法有偿、稳步推进"的原则，有组织分层次地引导农民向城镇转移和因地制宜集中居住。规划建立了由1个特大城市、8个中等城市、30个重点镇、60个新市镇和2000个农村新型社区构成的城镇体系。在中心城区，实行农村与城市社区完全接轨，按照城市社区标准建设新型社区，推动农民向市民转变；以县城和区域中心镇为重点，按照城市社区标准建设城镇新型社区，解决征地农民和进城务工农村劳动者居住问题，推动农民向城镇居民转变；在农村地区，按照"宜聚则聚、宜散则散"的原则，因地制宜建设农民新居。2008年，成都市农民人均纯收入达到6178元，同比增长9.5%。开工新建"新居工程"和"新型社区"412万平方米，城镇化率提高到63.5%。

　　积极推动土地向规模经营集中。坚持走中国特色的农业现代化道路，坚持以稳定农村家庭承包经营为基础，按照依法、自愿、有偿的原则，稳步推进土地向农业龙头企业、农村集体经济组织、农民专业合作经济组织和种植大户集中。按照推进"三个集中"和发展现代农业的要求，制定完善了农业产业发展规划，围绕确立的粮油、畜禽、果蔬、花卉苗木、茶桑、林竹、水产等优势产业，建设优势农产品规模化基地，在城市近郊区，着力推进以都市生态休闲观光农业为主的土地规模经营；在中远郊平原地区，着力推进以优质粮油、蔬菜、花卉苗木等产业为主的土地规模经营；在中远郊丘陵地区和盆周山区，着力推进以优质水果、蔬菜、茶叶、蚕桑、旱粮、道地中药材和林竹、水产等产业为主的土地规模经营。同时，着力提高优势农产品加工水平，积极发展农业现代物流业，转变农业发展方式。2008年，规模以上农业龙头企业发展到657家，农业产业化带动面达66.7%。

（三）城乡公共服务建设均衡发展

　　2008年，成都市出台了《关于深化城乡统筹进一步提高村级公共服务和社会管理水平的意见（试行）》。确定了建立村级公共服务和社会管理的分类供给、经费保障、设施统筹建设、民主管理、人才队伍建设五大机制的目标。系统地提出了村级公共服务和社会管理应当包括的内容，明确界定了政府、村级自治组织等在村级公共服务和社会管理方面的责任；将村级基本公共服务和社会管理经费纳入各级财政预算，明确规定"以2008年为基数，各级政府每年新增的公共事业和公共设施建设政府性投资主要用于农村，直至城乡公共服务基本达到均等化"，全面提高了村级公共服务和社会管理的财政保障水平；规定村级公共服务和社会管理项目的实施要让农民进行民主评议、民主决策、民主监督，充分尊重农民意愿、维护农民权益，提高公共服务和社会管理效率。

目前，成都市正在青羊区、温江区、郫县、邛崃市等10个区（市）县开展村级公共服务和社会管理改革试点。待试点取得成效和经验后，将在全市范围推开。

（四）规范化服务型政府建设进一步深入推进

成都市从2003年开始深化行政管理体制改革，全面推进规范化服务型政府建设工作，其目标是加快行政管理体制改革进程，探索政府管理创新，促进城乡协调发展。试验区获批后，成都市的规范化服务型政府建设进一步深入推进。

建立统筹城乡发展的大部门管理体制。着眼于促进公共管理和公共服务向农村覆盖和延伸，整合部门职能，建立统筹城乡的大部门管理体制，先后对规划、农业、水务、财政、交通、园林和林业等30多个部门的行政管理体制进行了改革调整，初步形成了统筹城乡发展的管理体制。

改革行政审批制度。认真清理并简化了行政审批的项目和程序，调整取消审批事项845项，取消了74个办事环节和53件申报材料，压缩办理时限6665个工作日，探索建立了"许可预告、服务前移、一窗受理、内部运转、并行审批、限时办结、监控测评"的并联审批模式和"一个窗口受理、一个处室审核、一个领导审批、一个公章办结"的集中办理模式。

建立健全决策机制，实行科学民主决策。制定了《成都市重大行政决策事项公示和听证办法》、《成都市重大行政决策事项专家咨询论证办法》，初步形成了公众参与、专家论证和政府依法决策"三结合"的科学民主决策机制。市政府成立决策咨询委员会，建立近900人的专家咨询库，一些具有决策职能、专业性强的部门也都建立了自己的专家咨询库。市委、市政府的重大决策、各部门的重大工作都邀请专家进行咨询论证，与公众利益密切相关的地方性法规、规章草案，都采取邀请市民参加听证、公示、讨论和网上咨询等多种方式，广泛征求社会各界的意见。目前，已对100多项价格调整方案，10多项地方性法规、规章草案以及公交车IC卡进行了公开听证。

第三节 推进"两型"社会改革试验

建设资源节约型和环境友好型社会，是实现经济发展方式根本性转变、走新型工业化道路、从根本上缓解资源约束矛盾、减轻环境压力、增强国民经济整体素质和竞争力、实现全面建设小康社会目标的必然选择。特别是正在承接东部产业转移、加速推进工业化进程的中西部地区，再也不能走"先污染、后治理"的老路了。基于这样的考虑，中国政府选择武汉城市圈和长株潭城市群，开展"资源节约型、环境友好型"社会建设综合配套改革试验。

一、武汉城市圈："1+8>9"

所谓武汉城市圈，是指以武汉为中心，以100公里为半径的城市群落，包括武汉及黄石、鄂州、孝感、黄冈、咸宁、仙桃、潜江、天门8个周边城市。该圈域占湖北全省33%的土地和51.6%的人口，城市密集度较高，经济基础较好，环境及自然条件优越，是湖北省乃至长江中游最大的城市圈域。武汉城市圈的改革试验以节约能源资源和保护生态环境为切入点，意在通过体制机制改革创新，转变发展方式，走出一条有别于传统模式的工业化、城市化发展新路。

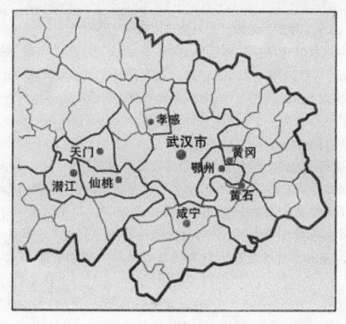

图 10-2　武汉城市圈示意图

（一）九大创新机制并举，共筑"两型社会"制度平台

根据改革总体方案，城市圈将在资源节约、环境保护、科技、产业结构优化升级、统筹城乡发展和节约集约用地等六个方面进行体制机制创新，配套推进财税金融、对内对外开放和行政管理等三个方面的体制机制创新。

（二）投融资、公共设施建设先行，构筑改革坚实基础

2008 年 9 月，武汉城市圈成立了湖北省联合发展投资有限公司，公司注册资本 32 亿元，定位为武汉城市圈跨区域项目投融资平台，也是国内首个区域性政企联合投融资平台，由 16 家股东组成，城市圈中的 9 个城市均出资入股，还有 4 家为央企。其中最大股东为湖北省国资委，出资 13 亿元，占股 40.63%。为整合圈内金融资源，武汉城市圈还着手组建区域银行，构建起统一的金融市场。2007 年，武汉商业银行更名为航空银行，成为区域性银行，引起全国 9 家大银行后台中心的关注，为进一步提升融资功能打下了坚实的基础。

2007 年 12 月 26 日，第 5 座长江大桥——阳逻长江大桥建成通车。连接城市圈的 7 条城市高速公路也已基本建成，城市圈中的 9 个城市之间可在 1 小时内通达，实现了地域上的"融城破壁"。

（三）五个专项规划起编，重点推进"五个一体化"

2009 年武汉城市圈拟编制实施空间、综合交通、产业发展、社会事业、生态环境五个专项规划。此外，推进产业优化发展与合理转移、社会资源联动共享、圈域快速通道、现代农业产业化、商业连锁经营"五个一体化"是今年工作的重心。

（四）推动部省合作，构建城市圈建设政策支持平台

部省共建是促进武汉城市圈"两型"社会建设的重要战略举措。湖北省为此采取了多种形式推动部省合作共建机制的构建，以争取国家部委和单位在城市圈开展各项改革试点，进行重大改革事项、重大项目和政策的协调。截至目前，与湖北省政府签订合作协议或备忘录的国家部委及单位已达 47 家。

二、长株潭城市群：构建区域一体化新平台

长株潭城市群位于湖南省东北部，长沙、株洲、湘潭三市沿湘江呈品字形分布，两两相距不足40公里，结构紧凑。从历史上看，长株潭城市群作为国家老工业基地和湖南省经济中心，长期受"重发展、轻治理"观念影响，结构性污染问题比较突出。长株潭城市群作为全国"两型社会"建设综合配套改革试验区，重点探索新型工业化、新型城市化发展之路。

（一）着力改革政策可行性，方案设计"高端化"

通过行政和专业层面相结合，对试验区改革建设进行通盘、深入、长远的谋划。总结吸收国际经验，省、市部门各司其责：省直部门进行了12个专项改革方案、14个区域专项规划的编制提升工作，长株潭三市负责编制总体改革及12个专项改革实施方案、42个市域专项规划。周边的岳阳、常德、益阳、衡阳、娄底五市积极响应，从规划、基础设施和产业等方面主动对接。

方案将改革分为三个阶段：2008～2010年是第一阶段，初步建立"两型"社会框架，形成长株潭与周边城市协调发展的区域经济一体化格局。2011～2015年是第二阶段，初步形成"两型"产业结构、增长方式和消费模式。2016～2020年是第三阶段，完成改革主要任务，形成"两型"社会体制机制和新型工业化、城市化的发展模式。

（二）以"环境同治"为先导，融城计划拉开帷幕

2008年是长株潭"两型社会"建设的启动之年，区域协调机制建设首先在"环境同治"各项措施中拉开帷幕。

在环境保护、资源节约领域的改革中，国土资源部在长株潭开展集约节约用地试点，已初步形成了四种节约集约用地模式。环保部与湖南省签订《共同推进长株潭城市群"两型"社会建设合作协议》。湘江流域和洞庭湖被纳入长江中下游流域水污染防治规划，长株潭整体纳入国家节水型城市试点。

湖南省政府建立了节能减排目标责任考核和问责制，启动了节能减排科技支撑行动计划。2008年6月，"千里湘江碧水行动"打响了湘江水环境综合整治攻坚战。预计3年投入174亿元资金，对污染重、能耗高和技术落后行业采取取缔关闭、淘汰退出、停产治理、限期治理、搬迁等措施，严禁湘江两岸10公里范围内新建严重污染水体的项目。一年中，株洲市共关停清水塘地区18家污染严重的企业或生产线。湘潭市对73家企业进行了整治，通过

启动"蓝天碧水"工程又关停了 17 家重污染企业。长株潭三市环保部门将合作实行湘江枯水期污染应急处置联动机制，在应急状态下对重点污染源实施停产限排或限产限排措施。

（三）多层面推进，共奠区域一体化格局

今后一个时期将是城市群建设的崭新阶段，区域一体化改革将重点立足于资源节约、环境保护、产业优化、科技创新、土地管理五个方面的体制机制创新，配套推进投融资、对外开放、财税、城乡统筹及行政管理等体制机制创新。

湖南省政府已出资成立"两型"社会建设专项资金，重点支持跨区域基础设施建设、"两型"产业发展、生态环境治理等项工作的开展。省土地资本经营公司改组为湖南发展投资集团有限公司，打造省级投融资主平台。

基础设施建设方面，已实现三市电话区号并网升位。中国移动、中国电信与湖南省政府签订战略合作协议。其中，中国电信与湖南省政府共推"十大信息化工程"；长株潭核心区将重点建设"七纵七横"的城际主干道，形成以城市主干道相连的城际交通格局；"3 + 5"城市群重点建设的"二环六射"高速公路网，将构筑起城市群交通骨架。

在构造"两型"产业上，未来 2 到 3 年，城市群将初步形成以高新技术和现代服务业为龙头、以先进制造业为基础、以循环经济为特色的"两型"产业体系。按照规划：到 2010 年，城市群将形成装备制造、轻工 2 个龙头产业，一批支柱产业群，培育出销售收入过 100 亿元的高技术龙头企业 10 家、过 50 亿元的 20 家，着力打造长沙工程机械之都、轨道交通和风电设备基地等"一都六基地"，力争高新技术产业增加值占 GDP 比重超过 20%。

区域口岸通关改革也将逐步推进，形成关区内"属地申报、口岸验放"和跨关区"属地申报、口岸验放"的通关模式及建立"湘粤港直通车"快速转关通道。

结　　语

通过试点推进改革，不仅是中国 30 年改革开放的一条成功经验，也是完

成改革攻坚任务的必然选择。通过局部试点取得经验,稳步深化和推进改革,可以有效控制风险,防范偏差;也有利于调动和发挥基层群众和社会各界参与改革创新的积极性和主动性。目前,除7个国家级综合配套改革试验区外,许多省份还开展了省级综合配套改革试验。

这里要顺便提及的是,近年来,中国政府先后制定和实施了多个经济区区域规划,涉及关中—天水经济带、广西北部湾经济区、福建海峡西岸经济区、江苏沿海经济带、辽宁沿海经济带等。这些经济区区域规划,主要解决发展方向、空间布局、产业重点、支持政策等方面问题。规划实施过程中也需要深化改革,但这些经济区本身并不是国家综合配套改革试验区。

可以预计,通过开展综合配套改革试验,把解决本地区实际问题与探索全局共性难题结合起来,把实现重点突破与整体创新结合起来,把经济体制改革与其他方面改革结合起来,安全、平稳、有序推进改革,不断取得新成果、新经验加以总结推广,将大大推进在全国范围内完善社会主义市场经济体制的进程。

主要参考文献

[1] 陈振明,李德国. 国家综合配套改革试验区的实践探索与发展趋势 [J]. 中国行政管理,2008 (11).

[2] 郝寿义. 国家综合配套改革试验区研究 [M]. 科学出版社,2008 (9).

[3] 郝寿义,高进田. 试析国家综合配套改革试验区 [J]. 开放导报,2006 (2).

[4] 孔泾源. 2008年中国经济体制改革报告 [M]. 人民出版社,2009 (9).

[5] 李家祥,戴超. 综合配套改革各试验区研究热点述评 [J]. 开放导报,2008 (6).

[6] 李家祥. 我国综合配套改革试验区的理论价值与阶段特征 [J]. 经济学动态,2007 (1).

[7] 牛立超. 改革与创新:政府管理体制的适应性演化——滨海新区、深圳特区、浦东新区比较分析 [J]. 天津行政学院学报,2008 (6).

[8] 施红星. 国家综合配套改革试验区改革的系统设计 [J]. 开放导报,2007 (2).

［9］ 王佳宁，胡新华．综合配套改革试验区管理体制考察：上海浦东与天津滨海［J］．改革，2009（8）．

［10］ 杨建文，胡晓鹏．综合配套改革：基于津沪深的比较研究［J］．上海经济研究，2007（3）．

［11］ 赵修春．综合配套改革试验是落实科学发展观的重要步骤［J］．中国改革，2007（4）．

［12］ 张换兆，郝寿义．国家综合配套改革区与制度的空间演化分析［J］．财经研究，2007（1）．

［13］ 国家发展改革委体改司网站：tgs. ndrc. gov. cn.

［14］ 上海浦东新区网站：www. pudong. gov. cn.

［15］ 天津滨海新区网站：www. bh. gov. cn.

［16］ 深圳政府在线：www. sz. gov. cn.

［17］ 重庆市发展改革委网站：www. cqdpc. gov. cn.

［18］ 成都市人民政府网站：www. chengdu. gov. cn.

［19］ 武汉城市圈网站：www. whcsq. gov. cn.

［20］ 湖南省人民政府网站长株潭城市群两型社会建设试验区专题网页：http：//www. hunan. gov. cn/zhuanti/cztlxsh/bjjs/gk/.

评论

对综合配套改革试验区设置和建设的思考

黄　霖

先试点再推广是中国推进改革的习惯做法。改革开放初期设立的一些经济特区在经济上得到了长足的发展，为国家积累了重要的改革经验，但是许多其他问题开始显现。这些问题主要包括：落后的行政管理体制对经济发展的制约问题、局部经济市场化改革带来的经济发展不平衡问题、城乡二元结构问题、经济发展对资源的过度粗放使用和环境破坏问题等等。为继续获得对现行社会制度安排的合理性认同，在现行体制结构下扩大改革范围、深化改革成为推进中国各项建设事业进一步发展的优选路径。国家设立综合配套改革试验区就是在这方面的又一次重要尝试。通过改革试验区这一新平台，结合具体区域的具体特征与发展重点，先行试验一些具有全局意义的、更加深入的重大改革开放措施，从而为国家在新时期站在新的起点上探索新的改革模式和新的发展路径积累经验。

从 2005 年开始，全国已批准形成了上海浦东新区、天津滨海新区、深圳市 3 个国家级综合配套改革试验区，以及成都市和重庆市两个"统筹城乡综合配套改革试验区"、武汉城市圈和长株潭城市群两个"资源节约型和环境友好型社会建设综合配套改革试验区"，也就是 4 个专题综合配套改革试验区。从这 7 个试验区的设置方向来看，浦东新区、滨海新区、深圳市侧重于破除阻碍市场发挥基础性作用的体制机制缺陷。为此，需要完善包括现代市场体系、行政管理体制、金融体制在内的多种体制与制度，这就直接涉及到这些方面的深化改革的问题，以期形成符合国际规则、融入全球市场的经济体系，为继续完善市场机制及其配套制度探索经验。同时还有探索新的经济增长方式。成都市和重庆市统筹城乡综合配套改革试验区，着眼于统筹城乡发展，以期从根本上解决中国长期存在的农村、农业、农民问题，推动城乡一体化。武汉城市圈和长株潭城市群的综合配套改革试验聚焦于资源能源节约和环境生态保护方面的机制创新，目的在于通过产业优化和发展方式的转变来建设可持续发展机制。总之，这 7 个综合配套改革试验区的设置，使中国建立起从经济到社会、到行政管理、到环境领域的全方位改革试验格局，覆盖了从东部、西部到中部的不同典型区域。这些综合配套改革试验区具有综合性和配套性两个明显特征：一方面要求各领域的改革相互协调、互为条件；另一方面，在同一领域改革的内部，也要求不同改革措施之间的协同配合、互相支持。

综合配套改革试验区的设置架构反映了中国政府对深化改革的宏观布局，如果这些改革获得成功，将直接促进国家制定全面有效的相关政策，并完善相应的立法。但从目前的情况来看，综合配套改革方面尚存在以下几个需要充分重视的问题。

第一，综合配套改革试验区的"试验权"，即所谓的"先行先试权"的边界问题。先行先试权是指试验区基于改革需要，对某些领域在法律法规做出统一规定前做出自主规范的权利，亦即在一定时期内做出一些超前的特殊制度安排的权利。首先应当注意，先行先试权并不是法定权利，只是在缺乏上位法的领域对国家习惯性政策进行突破和创新，行使先行先试权时必须符合法律优先原则。目前局部地方出台的一些政策存在与国家先行法律不一致的地方，比如重庆市2007年出台的《服务重庆统筹城乡发展的实施意见》中允许以农地承包经营权出资入股与《土地承包法》不符，因此被暂停执行。其次，虽然先行先试权不是法定权利，但国务院通过赋予综合配套改革试验区先行先试权，实际上是把中央的部分法规制定权转移给了综合配套改革试验区行使，因此试验区相应地也扩大了部分法规的规范权限。虽然综合配套改革试验区权限的扩大有利于深入深化改革，在某些方面先行先试，但不当使用反而会带来更大的风险。因此，在国家未出台针对综合配套改革试验区的特别立法前，对行使先行先试权可能引起的法律风险需要特别关注。

第二，综合配套改革试验区的设立带来地区差异扩大问题。由于综合配套改革试验区所具有的先行先试权，以及国家所给予的配套政策支持，使其获取更多外部各类资源的流入，从而成为区域发展中心。虽然综合配套改革试验区能给这些区域带来新的发展契机，但从国家全局看，地区之间享受政策的不同必然导致地区发展平台的不平等，这有悖于地区之间公平发展的原则。这也是各地争相申请设立综合配套改革实验区的原因所在。过多的设置综合配套改革试验区，导致试验区之间在一些方面的改革趋同，就会失去实验价值。

第三，综合配套改革试验区的改革成本问题。中国改革的一个至始至终的特点是其渐进性。渐进式改革容易带来团体或个人在占有资本、资源、市场等方面的机会不均等，无形中就形成了各种既得利益集团，这些既得利益集团将成为深化改革的阻力。综合配套改革无疑是一项涉及面广的系统性工程，需要打破长期形成的既有利益格局，必然受到来自各方面的阻力。比如，成都市在推动农村产权制度改革中，通过对农村土地进行确权颁证，确保农民的土地权益，这种积极推动农村土地产权明晰的做法，常常会遇到来自依靠非法剥夺农民土地而获益的基层机构的阻力。目前，很多地方在改革中出现了雷声大、雨点小的情况，政府层面对改革热烈宣传，而在改革最需要支持的基层却面临着巨大的阻力。如果一项改革方案不能得到基层的支持和建立相应的制度依托，改革则难以深入，并可能面临推倒重来的风险。改革的具体方案、依据、步骤都需要进行审慎、科学的论证和规划，需要在防范改革风险的同时，对改革的成本进行衡量。

如果说经济特区改革是帕累托式的边际增量改革，那么综合配套改革试验区的改革则是带有更多利益博弈的改革，需要对各利益集团的利益进行合理调整，这对改革方案的设计者以及推进改革的实践者都是一次新的重大考验。

参考文献

［1］牛文元主编．中国新型城市化报告2009［M］．北京：科学出版社，2009.

［2］孔泾源．中国综合改革试验三十年［J］．瞭望，2008（10）：34.

［3］林毅夫，姚洋（主编）．中国的奇迹：回顾与展望［M］．北京大学出版社，2005.

［4］四川大学成都科学发展研究院编．成都统筹城乡发展年度报告（2007～2008）［M］．四川大学出版社，2009.

［5］中央部委重庆调研，土地入股应慎行［N/OL］．21世纪经济报道，2007－8－10，http：//www.21cbh.com/HTML/2007－8－10/HTML_T776239A5QK M.html［最后访问时间：2009－10－6］.

［6］Brandt, Loren, Rozelle, Scott and Turner, Matthew A. Local Government Behavior and Property Rights Formation in Rural China（2002）. UC Davis Working Paper No. 02－004. Available at SSRN：http：//ssrn.com/abstract＝330241.

［7］Bromley, Daniel and YangYao. Understanding China's Economic Transformation：Are There Lessons for the Developing World? . World

Economics，2006，7（2）．

[8] Guo Li，Scott Rozelle. and Loren Brandt，Tenure. Land rights，and farmer investment incentives in China. Agricultural Economics，1 September 1998，Volume 19.

（黄霖，英国埃塞克斯大学博士，现为西南财经大学经济与管理研究院副教授）

第十一章　新阶段——民族地区
经济发展的现状与展望

　　本章首先介绍了中国民族地区的经济发展现状，对改革开放30年来尤其是西部大开发10年来的经济发展进行立体式的描述，在此基础上，对当前金融危机下民族地区经济发展所表现出来的特征进行分析。其次总结、分析了中国民族经济政策的体系和效果。最后对中国民族地区的经济发展和政策走向进行了展望。

第一节　民族地区经济发展的现状

　　改革开放30年来，中国民族地区克服了区位劣势和非均衡发展的宏观经济政策方面的影响，充分发挥民族地区经济的主动性与积极性，坚定不移地推进和深化各项体制改革，毫不动摇地促进对内对外开放，坚持民族区域制度，妥善处理国家帮助和自力更生的关系，不断调整和提升产业结构，取得了举世瞩目的社会主义现代化建设的辉煌成就，实现了人民生活水平由温饱不足向总体小康的历史性跨越。

　　当前在席卷全球的金融危机下，中国经济增长自2008年以来逐步放缓，但从2009年第二季度出现了明显的回升势头。总体上来看，由于民族地区产业结构外向度较低的特点，金融危机对其经济增长基本面的影响有限，GDP继续保持高位增长。

一、民族地区经济发展的总体特征

民族地区经济发展的总体特征是我们认识民族地区经济现状的基础。推进西部大开发的 10 年来，民族地区经济实力明显增强，经济结构更加优化，经济效益大幅提高，在整个国民经济中的地位显著提高，并呈现出一定的赶超势头，全面建设小康社会取得了新进展。

民族地区经济，是指多民族国家中有一个或几个民族聚居的特定地区的经济。在中国，民族地区经济与少数民族地区经济的概念是一致的，即专指少数民族自治地方和少数民族人口居住相对集中地区的经济，是一个具有同质性区域特征的特殊经济区域。中国的民族地区具有明确的行政区划，主要分布在西部、西南部、北部的边疆地区，包括西藏、新疆、内蒙古、广西、宁夏 5 个自治区和青海、贵州、云南 3 个省。

（一）民族地区经济持续平稳快速增长，呈现出一定的追赶势头

改革开放以来，民族地区经济总量迅速增长。GDP 总量由 1978 年的 324 亿元增加到 2007 年的 24 768 亿元，按可比价格计算增长了 15.2 倍，年均增速 10.1%；与 2000 年实施西部大开发的 8411 亿元相比，按可比价格计算实现增长 1.4 倍，年均增速达到 11.7%。1994 年民族地区首次实现 GDP 年增量突破 1000 亿后，用 10 年时间于 2004 年实现 GDP 年增量突破 2000 亿，用 2 年时间于 2006 年实现 GDP 年增量突破 3000 亿，用 1 年时间于 2007 年实现 GDP 年增量突破 4000 亿。作为民族地区重要增长极之一的内蒙古自治区的发展生动诠释了改革开放 30 年民族地区经济跨越式发展的过程。目前，内蒙古经济总量已跻身全国中等行列，人均 GDP 进入全国前列。1978 年，全区生产总值为 58.04 亿元，位居全国第 25 位；2007 年，全区完成生产总值 6091 亿元，位居全国第 16 位。地区生产总值增速连续 6 年居全国之首。截至 2007 年底，全区按常住人口计算的人均生产总值首次超过了 3000 美元大关，标志着内蒙古经济发展进入黄金期，经济增长稳定性加强。

表 11 - 1 1998～2008 年民族地区国内生产总值

（单位：亿元）

地区	1998 年	2000 年	2002 年	2004 年	2006 年	2008 年
贵州	841.9	993.5	1185	1677.8	2267.43	3333.40
云南	1793.9	1955.1	2232.3	3081.9	4001.87	5700.1
西藏	91.2	117.5	161.4	220.3	290.05	395.91
青海	220.2	263.6	341.1	466.1	641.05	961.53
宁夏	227.5	265.6	329.3	537.1	706.98	1098.51
新疆	1116.7	1364.4	1598.3	2248.8	3018.98	4203.41
内蒙古	1192.3	1401.0	1734.3	3020.0	4790.00	7761.80
广西	1903.0	2050.1	2437.2	3433.5	4801.98	7171.58
民族地区	7386.7	8410.8	10 018.9	14 685.5	20 518.34	30 626.24
占全国比重	8.75%	8.48%	8.33%	9.19%	9.68%	10.19%

资料来源：2006 年及以前数据来自相关年份的《中国统计年鉴》，2008 年数据来自民族地区各省区 2008 年统计公报。

从上表中可看出，民族地区生产总值占国内 GDP 的比重已由 1998 年的 8.75% 上升到 2008 年的 10.19%，扭转了自改革开放以来与东部地区差距不断扩大的局面，开始有所缩小，民族地区的经济增长呈现出一定的追赶效应。

（二）民族地区地方财政收入快速增长，社会事业不断发展，生态建设取得初步成效

改革开放 30 年来，民族地区地方财政收入快速增长。地方财政一般预算收入由 1978 年的 52 亿元增加到 2007 年的 2124 亿元，增长了 39.6 倍，年均增速 13.6%。民族地区人均财政收入从 1978 年的 40 元增加到 2007 年的 1110 元，增长了 26.8 倍。以广西为例，财政收入自 1994 年突破 100 亿元大关、1999 年突破 200 亿元大关后，连年不断跃上新台阶，2007 年广西财政收入规模达到了 704 亿元，是改革开放初期 1978 年财政收入的 49 倍，首次实现财政收入增收额超过 100 亿元。民族地区地方财力的不断增强，提高了地方政府调控经济的能力，为改善民生、加大基础设施建设奠定了坚实的基础。

民族地区社会事业不断发展。"两基"① 攻坚计划如期完成。西部地区"两基"人口覆盖率已由 2003 年的 77% 提高到 99%，15 岁以上文盲、半文盲人口由 9% 下降到 5% 以下。"两免一补"政策，使 1.5 亿学生和 780 万名家庭困难的寄宿生受益。新型农村合作医疗制度不断完善。

民族地区生态建设和环境保护取得可喜成效。西部大开发以来，西部地区累计治理水土流失 1600 万公顷，实施生态自然修复面积 2800 万公顷，累计完成退耕还林 526 万公顷，荒山荒地造林 765 万公顷，退牧还草 1933 万公顷，易地搬迁 120 万人。随着退耕还林、荒山荒地造林、退牧还草、天然林保护、京津风沙源治理、江河源头生态保护等重点工程实施，民族地区生态保护和建设取得可喜成效。

（三）民族地区产业结构不断优化，基本形成了富有特色的农业和工业体系

内蒙古能源、冶金、化工、装备制造、农畜产品加工和高新技术等六大产业增加值已占全区工业增加值的 90% 以上；广西机械、制糖、冶金、食品、石化、有色金属、电力、建材等八大支柱产业占全区工业总量的 70% 以上；云南已打破产业结构过分倚重资源的现状，形成了多元支柱产业体系；贵州电力、冶金、有色金属、酿酒和烟草等四大行业对全省工业增长贡献率达到 57.7%，其中电力行业的贡献率达到 24.3%；西藏的优势矿产业、绿色食品饮料加工业、藏医药业、民族手工业和建筑建材业等产业稳步提升；青海盐湖化工、电力、石油天然气和有色金属等支柱产业进一步壮大；新疆形成了以石油石化为主导，以纺织、钢铁、有色金属、建材、食品为支柱的特色产业集群。

---

① "两基"是基本普及九年义务教育和基本扫除青壮年文盲的简称。是国家教育部提出的，为贯彻《国务院关于进一步加强农村教育工作的决定》（国发〔2003〕19 号），进一步推进西部大开发，实现西部地区基本普及九年义务教育、基本扫除青壮年文盲目标，特制订《国家西部地区"两基"攻坚计划（2004～2007 年）》。

表 11-2　2006 年民族地区主要工农业产品产量占全国的比重

产品名称	单位	产量	占全国比重（%）
棉花	（万吨）	219	32.5
糖料	（万吨）	8399	76.1
烤烟	（万吨）	111	44.7
松脂	（万吨）	50	55.6
油桐子	（万吨）	16	43.0
羊肉	（万吨）	203	43.2
牛奶	（万吨）	1206	37.8
绵羊毛	（万吨）	22	57.3
羊绒	（吨）	9576	58.4
成品糖	（万吨）	776	81.7
卷烟	（亿支）	5132	25.4
原煤	（亿吨）	5.8	24.4
原油	（万吨）	2701	14.6
天然气	（亿立方米）	189	32.3
发电量	（亿千瓦小时）	4718	16.5
电解铝	（万吨）	338	36.4
氧化铝	（万吨）	205	26.4

资料来源：根据国家民族事务委员会提供的材料整理。

（四）反贫困工作成效显著，贫困人口稳步下降，群众生活水平得到显著改善

改革开放 30 年来，民族地区贫困人口大幅度减少。国家对民族地区的扶贫投入不断增加，政策措施不断加强，贫困人口大量减少，绝对贫困人口从 1978 年的约 1 亿人减少到目前的 774 万人。"八七"扶贫攻坚期间（1994 ~ 2000），累计解决了 3600 多万贫困人口的温饱问题。2000 年扶贫开发进入新阶段，国务院颁布实施《中国农村扶贫开发纲要（2001 ~ 2010）》，决定进一步加大扶贫开发的工作力度，以贫困村为重点，瞄准贫困户，实施整村推进战略，截至 2007 年，民族地区扶贫开发解决了 913 万人的温饱问题。

民族地区群众生活水平得到显著改善，实现了从温饱不足到总体小康的历史性跨越。城镇居民人均可支配收入由 1980 年的 414 元增加到 2007 年的 11 490 元，增长了 26.8 倍。农村居民人均纯收入从 1980 年的 168 元增加到

2007 年的 2937 元，增长了 16.5 倍。民族地区人均 GDP 从 1978 年的 248 元增加到 2007 年的 12 954 元，年均增长 14.6%；2005 年首次超过 1000 美元大关。民族地区农民人均占有粮食量由 1980 年的 288 公斤增加到 2006 年 407 公斤。

（五）固定资产投资快速增长，基础产业和基础设施得到进一步加强

改革开放以来，民族地区固定资产投资力度不断加大。民族地区全社会固定资产投资水平从 1978 年的 77 亿元增加到 2007 年的 14 706 亿元，增长了 192 倍，年均增速 19.9%。尤其是国家实施西部大开发以来，民族地区逐步成为新的投资重点。仅 2000 年到 2005 年，国家先后开工建设了青藏铁路、西气东输、西电东送等 70 项西部开发重点工程，投资总规模超过 9700 多亿元。仅 2005 年新开工的项目就有西部地区干支线机场、内蒙古伊敏电厂二期、西部地区重点煤矿、新疆独山子石化改扩建、农村饮水安全等多项工程。民族地区的交通、水利、能源、通信等重大基础设施建设取得了实质性进展，农牧区基础设施也得到明显加强，农牧区群众的生产生活条件得到很大改善。如西藏，以青藏铁路通车运营为标志的全区综合运输体系初步形成，拥有贡嘎、邦达、林芝 3 个机场，日喀则和平机场、阿里昆莎机场正在建设之中；公路通车里程达 4.9 万公里，比 1978 年增加 3.3 万公里。邮电业务总量达到 31 亿元，比 1978 年增长 140 多倍。固定及移动电话用户总数达到 144 万户，比 1978 年增长 300 多倍。"县县通光缆，乡乡通电话"目标，已于 2004 年完成。"西新工程"、"村村通工程"、农村电影"2131 工程"等文化基础设施建设全面实施，广播、电视人口覆盖率分别达到 88% 和 89%。

（六）民族地区和全国平均水平之间还存在不小的差距

民族地区发展的总体水平仍然比较落后。2008 年民族地区 GDP 总量占全国比重为 10.19%，8 个省区的 GDP 总量小于广东省。民族地区人均 GDP 为全国平均水平的 66.73%，绝对差距由 2000 年的 3204 元，扩大到 2008 年的 8577 元。民族地区城乡居民收入水平相对较低，2008 年民族地区农村居民人均纯收入为全国平均水平的 89%，绝对差距为 512 元。

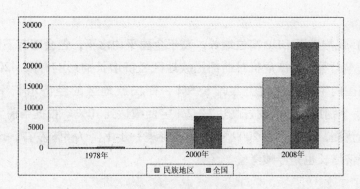

图 11 - 1　民族地区人均生产总值与全国比较（1978、2000、2008）

资料来源：1978 年和 2000 年数据来自相关年份的《中国统计年鉴》，2008 年统计公报。

　　民族地区地方财力仍然比较薄弱，民生问题相对较多。1993 年民族地区人均财政收入占全国的 97.8%，地方财政收入满足支出的 80.0%；2007 年民族地区人均财政收入仅为全国水平的 63.5%；地方财政收入只能满足支出的 38.1%。民族地区财政收入占全国比重由 1993 年的 14% 下降为 2007 年的 9.4%。其他民生问题还突出表现在教育、卫生、文化等方面，民族地区还有 42 个县未实现"两基"目标；农村中小学危房面积占全国 80% 以上；不少行政村无医疗点，缺医少药；有 60% 左右的乡镇卫生院需要更换常规设备。全国有 2.5 万个乡镇缺乏文化站，还有 2.5 万亿农民饮用水安全缺乏保证，近 100 个乡镇不通公路，约 200 万户农村人口用不上电，这主要集中在民族地区。

二、国际金融危机下的民族地区经济

　　进入 2008 年，发端于美国的金融危机不断蔓延、加深，对中国经济产生了严重影响，使得中国的 GDP 增长率由 2008 年第一季度的 10.6% 下降到 2009 年第一季度的 6.1%。中国政府为应对金融危机的影响推出四万亿元的投资刺激方案和十大产业振兴计划等措施。从中国政府最新公布的 2009 年第二季度宏观经济数据来看，经济增长开始出现了止跌回升的势头，第二季度国内生产总值增长达到 7.9%，至此 2009 年上半年 GDP 同比增长 7.1%。1 ～ 7 月，全国规模以上工业增加值同比增长 7.5%，比上半年加快 0.5 个百分点，企稳回升的势头明朗。在这样的宏观背景下，民族地区的经济发展表现出不完全与国内总体经济形势相同的轨迹，主要表现在以下几个方面。

（一）民族地区 GDP 高位增长，高于全国平均水平，但会略有下调

从基本面看，经济危机对西部民族地区经济增长的影响有限。2008 年以来，全国国内生产总值比上年增长 9%，而民族地区的经济增长率平均为 12.15%，个别地区如内蒙古高达 17.2%，西藏达到 10%。根据当前大部分研究机构的预测，中国经济 2009 年增长率将进一步下降为 8% 左右，这对民族地区的经济增长也是严峻考验。

（二）民族地区固定资产投资保持较快增长

中国四万亿元经济刺激计划中的结构调整主要表现在：第一，加大对基础产业、基础设施以及社会事业的投资，为未来经济发展奠定了基础；第二，加大科技创新和投入，提升企业竞争力；第三，加快循环经济发展，推进节能减排；第四，加大对中西部地区的投资，推进区域协调发展。从中可以看到民族地区所属的西部地区是本次经济刺激计划的重要投向区域。据最新统计数据，西藏 2008 年固定资产投资总额 303.33 亿元，比上年增长 12.5%；内蒙古 2008 年固定资产投资总额 5596.45 亿元，比上年增长 27.1%；广西 2008 年固定资产投资总额 3778.10 亿元，比上年增长 27.2%；新疆 2008 年固定资产投资总额 2314 亿元，比上年增长 25.0%；贵州固定资产投资总额 1858.32 亿元，比上年增长 24.8%。

（三）民族地区外贸进出口保持稳定增长

面对金融危机，中国民族地区外贸进出口继续保持了稳定增长，2008 年民族地区实现外贸进出口总额 607.5 亿美元，比 2007 年增长近 37%，高于全国增速。在中国 2.2 万公里的陆地边境线上，分布了 135 个陆地边境县、旗、市、市辖区，其中有 107 个属于民族自治地方。改革开放以来，国务院陆续批准了内蒙古自治区满洲里市、新疆维吾尔自治区伊宁市、云南省瑞丽市、广西壮族自治区凭祥市等 13 个城市为沿边开放城市，并给予其政策优惠，边境地区贸易得到迅速发展。

（四）民族地区消费需求保持稳步增长

进入 2008 年，民族地区消费需求继续稳步增长，消费结构呈现积极变化，汽车、居住、家庭装饰等消费不断扩大，家电和通讯类消费品升级步伐加快。其中，内蒙古 2008 年全年社会消费品零售总额 2363.33 亿元，比上年

增长 24.1%，高于上年 4.7 个百分点；汽车类零售额增长 28.8%，家用电器和音像器材类增长 19.8%；内蒙古作为国家"家电下乡"的试点省区市之一，有力带动了全区农村牧区的消费市场，全年县及县以下实现零售额比上年增长 22.3%，比上年加快 5.1 个百分点。

第二节　民族地区的经济政策

民族地区区域协调发展格局正在形成，得益于中国政府所实施的民族地区经济政策。中国政府始终把解决民族问题作为国家发展战略的一个重要组成部分。除一贯坚持民族区域自治政策外，还根据少数民族地区的现实特点，制定多种相应具体的民族政策，真心诚意地帮助少数民族发展经济。民族地区的经济政策突出体现在把发展作为现阶段民族工作的主要任务，实行以民族区域自治为核心的政府扶持政策。随着国家综合国力的不断增强，中国政府对少数民族和民族地区经济社会发展的扶持力度不断加大。

现阶段民族地区的经济政策可以分为几个方面：一是以民族区域自治制度为核心，认真落实各项专项计划，促进民族地区经济社会又好又快发展；二是始终坚持把发展作为解决民族问题的根本途径，坚持处理好国家帮助和自力更生的关系，处理好"改革、发展、稳定"三者之间的关系；三是始终坚持对内对外开放的基本方针，稳步推进"兴边富民"行动；四是坚持"因地制宜、因族举措、分类指导"的原则，实施多种优惠和扶助政策，加大对人口较少民族的支持；五是实施民贸民品优惠政策，培育民族地区生产企业的市场竞争力。

一、以民族区域自治制度为核心

改革开放 30 年来，中国政府始终把坚持和完善民族区域自治制度作为促进民族地区经济社会发展，增进民族团结，保持社会稳定的着力点和出发点。邓小平同志指出："解决民族问题，中国采取的不是民族共和国联邦的制度，而是民族区域自治制度。我们认为这个制度比较好，适合中国的情况。"

世界各国地理、历史及民族构成千差万别，民族关系、民族问题各不相同，形成种类繁多、各具特色的民族政策，但概括起来主要有四种类型，即限制发展型、放任自流型、消极保护型和积极促动型。中国实行的积极促动型的民族政策，即积极促进帮助少数民族社会、经济、文化等全面发展，使各民族和睦平等相处，真正实现各少数民族在政治、经济、文化上的平等，努力消除各民族之间的发展差距，推进各少数民族聚居地区的现代化进程，尊重各少数民族的文化传统、宗教信仰和风俗习惯，以切实维护国家的完整统一，确保各民族的共同繁荣进步和发展。除一贯坚持民族区域自治政策外，还根据少数民族地区的现实特点，制定多种相应具体的民族政策，真心诚意地帮助少数民族发展经济文化。这些民族政策的形成与演变，既受不同时期国际环境背景的作用影响，又受不同历史发展阶段国内政治、经济、文化等特定环境的影响，其演进历程大致经历了四个阶段，即起步形成阶段（1949～1957 年）、曲折发展阶段（1958～1965 年）、停滞徘徊阶段（1966～1976 年）、恢复完善阶段（1977 年～至今）。①

从民族地区的实际出发制定和实行特殊的政策措施，是中国民族工作的基本经验。中国民族地区与全国相比，在自然条件、发展阶段上有差异，在发展水平、人的素质上有差距，在文化传统、精神生活上各有特点。中国政府根据这些现实情况不断研究制定优惠政策、特殊政策以及专项规划，努力促进民族地区加快发展。中央政府对内蒙古、新疆、西藏、广西、宁夏 5 个自治区和云南、贵州、青海 3 个多民族省，实行有别于一般省市的财政体制，并设立了"少数民族地区补助费"、"边疆和少数民族地区教育补助费"、"边疆建设事业补助费"、"边境和少数民族聚居地区基本建设补助费"、"支援经济不发达地区的发展基金"、"少数民族贫困地区温饱基金"、"财政定额补贴"等少数民族补助专款。

专栏 11 - 1　近年来国家支持民族地区发展的重要政策

近年来，中国政府出台了大量支持民族地区发展的重要政策性文件。如：《中共中央、国务院关于进一步加强民族工作、加快少数民族和民族地区经济社会发展的决定》和《国务院实施〈中华人民共和国民族区域自治法〉若干规定》，国务院还颁布实施了三个专项规划。即《扶持人口较少民族发展规划（2005～2010 年）》，《少数民族事业发展"十一五"规划》和《兴边富民行动"十一五"规划》。针对民族地区的不同情况，国务院分别研究制定了民族自治地方加快发展的区域经济政策。改革开放以来，中央先

---

① 中国科学院国情分析研究小组著：《国情研究第七号报告：民族与发展—加快我国中西部民族地区社会经济发展研究》，沈阳：辽宁人民出版社，2000 年 6 月版。

后四次召开西藏工作会，制定了支持西藏发展的政策，下发了《关于近期支持西藏经济社会发展的意见》；国务院和有关部门近年还制定了《关于进一步促进新疆经济社会发展的若干意见》（国发〔2007〕32号），《关于进一步促进宁夏经济社会发展的若干意见》（国发〔2008〕29号），《关于支持云南省兴边富民工程的意见》（发改委〔2008〕2327号），正在制定支持青海省藏区发展的意见等等。2008年初，国家正式批准实施《广西北部湾经济区发展规划》，标志着北部湾经济区的发展正式纳入国家发展战略，为广西实现历史性跨越发展奠定了基础，广西北部湾经济区正逐步成为带动和支撑西部大开发的重要战略高地和中国沿海发展的新一极。

二、把发展作为解决民族问题的根本途径

坚持和完善民族区域自治制度，核心的问题是促进民族自治地方全面、协调和可持续发展。胡锦涛同志强调："民族地区存在的困难和问题，归根到底要靠发展来解决。""我们必须从全局和战略的高度，充分认识加快民族地区发展的极端重要性。"发展是硬道理，发展是解决现阶段民族问题的根本途径，只有不断加快少数民族和民族地区经济社会发展，民族团结、社会和谐才有坚实的基础。改革开放30年来，民族地区始终紧扣经济建设这个中心，注重把改革开放与促进发展有机结合起来。一方面，坚持用生产力发展的标准来制定各项政策和措施，并根据这个标准不断调整发展思路、政策和措施；另一方面，充分考虑现实经济发展的状况，因时、因地选择发展的重点，把握发展的方向和力度，努力促进经济社会全面、协调、可持续发展。

民族地区加快发展，离不开国家的大力支持和帮助。改革开放30年来，国家不断加大财政转移支付、专项资金支持力度，各项资金的分配都向民族地区倾斜。在中长期计划、规划中，国家历来重视和支持民族地区加快发展，充分考虑民族地区的特殊困难，始终把民族地区发展摆在重要位置，不断加大支持力度。但更重要的还是发挥民族地区群众的积极性、创造性，自力更生、艰苦奋斗，不断增强自我发展能力。改革开放30年来，民族地区坚持把国家扶持和发挥民族地区各族群众的积极性、创造性结合起来，坚持把国家扶持和增强民族地区自身内在活力和自我发展能力结合起来，坚持把中央的大政方针政策与民族地区的具体实际结合起来，解放思想、更新观念、创新思路，不断促进民族地区经济社会的全面、协调、可持续发展。

在30年改革开放中，民族地区始终坚持以经济建设为中心，坚定不移地

推进各项改革事业。改革是为了解放和发展生产力。改革不仅能激发广大群众的积极性和创造性、为发展提供强大动力，而且能为国民经济又好又快发展提供良好的机制和制度保证。改革是经济发展的强大动力，是强国富民的必由之路。要加快民族地区经济社会发展，必须坚持以改革促发展的方针，不断深化改革，扩大开放。

改革开放30年来，民族地区的改革开放始终坚持积极稳妥、循序渐进、结合地方具体情况的原则，把保持稳定放在重要地位。稳定是改革和发展的基本前提，民族地区坚持稳中求进。民族地区在发展过程中，积极稳妥地处理好"改革、发展、稳定"三者之间的关系，既要加快发展，不失时机地推动各项改革，同时又要保持社会总体稳定，把改革的力度和社会的可承受程度有机结合起来。

三、坚持对内对外开放的基本方针

改革开放30年来，民族地区始终坚持对内对外开放，发挥毗邻边境地缘优势，不断深化开放的领域，促进经济发展。制定宽松、灵活的开放政策，创造更加有利的投资环境，不断扩大对外贸易往来和经济技术合作，引进国外的资金、先进技术和管理经验，推进民族地区的对外开放向更高层次和更宽领域发展。民族地区与沿海、内地发达省市进行横向联合，实现优势互补、互惠互利、共同繁荣。

随着国家由沿海到沿边、沿江、沿铁路线和内陆省会城市的梯次推进的对外开放战略的实施，民族地区对外开放水平不断提高，对外开放的领域不断拓宽，对外开放的程度不断加深。20世纪80年代以来，中国民族地区和边境地区建立了1个沿海开放城市、14个沿边开放城市、7个民族地区改革开放试验点、14个边境经济合作区、71个国家一类口岸。

中国与14个国家接壤，边境地区绝大部分是少数民族聚居地区。全国2.2万公里边境线，其中1.9万公里在民族自治地方；边境地区国土面积约212万平方公里，其中民族自治地方面积占92%；全国135个边境县，其中107个是民族自治地方；边境地区总人口2265万人，其中少数民族人口1067万。为推进边境地区经济社会的全面发展，中国大力开展"兴边富民"行动，以加快边境地区发展、促进边民富裕。为支持边境地区开展"兴边富民"行动，中央财政在少数民族发展资金中设立了兴边富民行动资金，对试点县和重点县给予扶持，帮助实施一批兴边富民行动项目，并引导社会资金投入开展兴边富民行动。这项资金由2000年的1500万元，逐步增加到2007年的

1.8 亿元，2008 年进一步增加到 3.6 亿。2000～2008 年，"兴边富民"行动资金累计达 10.25 亿元，同时吸引和带动了大量社会资金投向边境地区，建设了一大批解决群众生产生活特殊困难的项目，涉及基础设施、农业生产、生态建设、文化教育等经济社会发展的各个领域，发挥了较好的经济效益和社会效益，成为边境地区的"民心工程"和"德政工程"。

"兴边富民"行动实施后，边境地区抓住机遇，加快发展。截止 2006 年底，135 个边境县地区生产总值达 2293 亿元，较 2000 年的 935 亿增加了 145%；人均地区生产总值 10 126 元，较 2000 年的 4563 元增加了 122%；地方财政收入 130 亿元，较 2000 年的 79 亿增加了 65%；规模以上工业总产值 1041 亿元，较 2000 年的 333 亿元增加了 213%。

四、坚持"因地制宜、因族举措、分类指导"的原则

民族地区的实际情况千差万别，各不相同，发展的模式和方式宜有所区别，政策的制定和实施也不可搞"一刀切"和"齐步走"。应从民族地区实际出发，发挥自身优势，扬长避短，宜农则农、宜工则工，宜快则快、宜慢则慢，促进民族地区健康稳定发展。改革开放 30 年来，国家对民族地区的扶持政策始终坚持"因地制宜、因族举措、分类指导"的原则。

对生产生活困难的民族地区，实行放宽政策、减免税收，以利于休养生息的发展政策；对各民族地区普遍调整提高了农、牧、副业和土特产品的收购价格，扩大了民族贸易实行"三项照顾"的地区，同时开放集市贸易和边境贸易，允许农牧民自由出售自己的产品；对一些与当地少数民族生产生活关系密切的生产资料、生活用品的价格给予补贴、实行限价政策，民族用品生产企业实行流动资金低息照顾、税收减免和专项投资政策[①]，国内外合资工业企业则实行优惠照顾政策；对内蒙古、广西、新疆、宁夏、西藏、青海、云南、贵州出口商品的外汇留成比例，以及各自治州出口商品创汇留成给予优惠照顾；组织经济发达省市对民族地区进行对口支援，选派有经验的管理人员和技术专家到民族地区开展"智力支边"；在安排生产布局和制定长远经济发展规划时，从国家战略目标出发，密切结合民族地区实际，帮助民族地区制定经济社会发展规划；在民族地区建立若干开发试验区，作为民族地区建设和开放的示范。

在中国 55 个少数民族中，有 22 个少数民族的人口在 10 万人以下，总人

---

① 《国务院出台民族贸易和民族用品生产优惠政策》，《人民日报》，1997 – 11 – 15。

口 63 万人（1990 年第四次人口普查数），统称人口较少民族。新中国成立后，这些人口较少民族虽然政治、经济和社会获得持续发展，但是由于历史、自然条件等方面的原因，总体上这些人口较少民族经济和社会发展水平还比较落后，贫困问题仍很突出。国家实施《扶持人口较少民族发展规划（2005～2010 年）》，采取特殊政策措施，集中力量帮助这些人口较少民族加快发展步伐，改变落后面貌，实现共同富裕。

2002～2008 年，扶持人口较少民族共投入各项资金 21.33 亿元。其中，扶持人口较少民族发展专项建设资金 7.75 亿元，少数民族发展资金安排的扶持人口较少民族发展专项资金 8.05 亿元，省级专项或配套资金 3.29 亿元，中央财政扶贫资金、对口帮扶、国际合作等其他资金 2.24 亿元。目前，640 个人口较少民族聚居村中约有 260 个村达到考核验收标准，提前实现"四通五有三达到"① 的目标。人口较少民族地区呈现出生产发展、生活改善、民族团结的良好局面。

五、实施民贸民品优惠政策

国家对民贸和民族商品生产企业实施特殊的扶持政策，使企业加快了经营管理体制改革和技术改造步伐，增强了市场竞争能力，提高了为少数民族群众服务的能力和水平，满足了各族群众生产生活中的特殊需求和日常供应，促进了少数民族地区商品流通和市场繁荣，取得了良好的经济效益和社会效益。

民族贸易和民族特需商品生产企业享受的政策不断完善。据调查测算，仅"十五"期间，民贸三项照顾政策得到了较好的落实，全国县级以上民贸企业享受增值税先征后返 50% 优惠约 12 亿元，县以下民贸企业免征增值税约 10 亿元，全国边销茶生产经销企业免征增值税约 5000 万元；全国民贸和民族特需商品定点生产企业享受的流动资金贷款利率优惠总额约 22 亿元；中央财政共计安排民贸网点建设和民族特需商品生产企业技改贷款贴息资金 1445 万元。

民族特需商品生产的发展和以民贸企业为主渠道的商业流通的活跃保证了民族地区商品供应基本平衡，因商品流通渠道不畅而导致的"买难卖难"问题在多数地区基本得到解决。尤其是近年来，国家有关部门加大了对清真食品、边销茶、少数民族胶套鞋等重要特需商品的扶持力度，使少数民族群众吃上了"放心肉"、喝上了"放心茶"、穿上了"放心鞋"，维护了少数民

---

① "四通五有三达到"是指通路、通电、通广播电视、通电话；有学校、有卫生室（所）、有安全的人畜饮用水、有安居房、有稳定解决温饱的基本农田；人均粮食占有量、人均纯收入、九年制义务教育普及率达到国家扶贫开发纲要和"两基"攻坚计划提出的要求。

族消费者的消费权益，保障了民族地区各族群众生产生活特需品和日常必需品的稳定供应。

民贸优惠政策的实施，极大地缓解了民贸民品企业资金周转困难，降低了企业的生产经营成本，增强了企业竞争能力。民族贸易企业的发展呈现出三个明显趋势：一是逐步形成了一批综合竞争能力强的大中型商业企业，如贵州华联集团、吉林延边天池百货公司等；二是逐步培育了一批区域性的专业市场，辐射面越来越广，对少数民族群众脱贫致富的带动力越来越大，如甘肃广河三甲集茶畜市场、宁夏涝河桥市场等；三是民贸企业的经营方式越来越贴近农牧民的生产生活，采用连锁经营、统一配送的方式向边远农村牧区延伸，如内蒙古通辽新兴民贸公司、吉林延边国贸公司等。同时，民族特需商品生产企业不断壮大，实力不断增强。随着民族地区生产力水平和少数民族群众生活水平的不断提高，适应人们消费时尚和健康生活方式的新的民族特需商品品种不断涌现，科技含量和民族文化品位不断提高。如民族文字软件、牧区用的太阳能发电设备、家庭牧场喷灌设备等。一批如长春皓月、草原兴发等民族特需商品生产企业开始向集团化多元经营和专业化生产发展，产业链不断延伸。

民族贸易和民族特需商品生产的发展，活跃了流通、扩大了内需、加快了民族地区个体私营经济发展步伐，成为民族地区民间资本积累的重要渠道，成为民族地区个体私营经济发展的主要产业，成为民族地区新的经济增长点。对推动民族地区国民经济发展和带动其他相关产业成长，对安置少数民族群众就业和带动少数民族群众增收致富的贡献率不断提高。以湖北省恩施州鹤峰县为例，该县共有9家民贸民品企业，2004年获优惠利率贷款2.8亿元，获得819万元贷款贴息，占全县信贷总量的28%。仅"十五"期间，9家民贸民品企业实现生产总值净增2.4亿元，占全县净增额的63%，年平均增长达14%，对全县税收增长贡献率达到38%，3.8万户农户从中受益，占全县农户的66%。

第三节　民族地区经济发展展望

当前，要认真抓好少数民族事业"十一五"规划的持续落实，大力推进公共服务均等化，重点解决少数民族和民族地区面临的突出问题和特殊困难，推动少数民族事业的全面协调可持续发展。

一、民族政策体系更加完善

新中国成立之初，中国政府就确立了以民族平等、民族团结、民族区域自治和各民族共同繁荣为核心内容的民族政策。改革开放对中国的民族政策提出了新的要求，也为民族政策的发展创造了社会条件。经过 60 年的不断发展完善，特别是改革开放 30 年来的发展，中国已形成了适合国情、具有中国特色的民族政策体系。中国的民族政策，从内容上讲，包含政治、经济、文化、社会等各个方面；从层级上讲，包括中央政府制定的政策，有关部门制定的政策和地方政府制定的政策。中国的民族政策以民族平等为基石，以维护各民族的团结和国家统一、实行民族区域自治、发展少数民族的经济文化事业、培养少数民族干部和各类人才、尊重少数民族的宗教信仰和风俗习惯为基本内容，以实现各民族共同繁荣为出发点和归宿。

中国的民族政策基于中国的实际情况，既全面考虑了各民族走上社会主义道路的基本事实，又充分考虑了 56 个民族在发展水平和文化风俗上存在差异性的基本事实；既深刻总结了历史上处理民族问题的经验教训，也借鉴了世界上一些国家处理民族问题的经验教训；既保持基本原则、基本内容的稳定性、一贯性、连续性，又随着社会的发展和实践的丰富而不断充实、完善，因而具有历史和现实的科学依据。

在未来较长一段时期，中国政府将以目前较为完备的民族政策体系为基础，继续发展完善民族经济政策。中央政府各有关部门将继续推进民族地区的投资、财政、税收、价格、土地、矿产资源、外经贸等方面的优惠政策，制定相应领域民族地区的专项规划和发展思路，更好地促进民族地区经济的赶超式发展。为配合西部大开发战略，进一步支持民族地区发展，中央财政从 2000 年起，对少数民族地区专门实行民族地区转移支付，用于解决少数民族地区的特殊困难。考虑民族地区的特殊支出因素，中央财政还通过一般性转移支付对民族地区实行优惠政策，如提高对民族地区转移支付系数、增加一般性转移支付额等。一般性转移支付的主要目标是实现基本公共服务均等化，不规定具体用途，由地方政府自主安排，是典型意义的均衡拨款。2000~2007 年，中央财政累计安排 8 个民族省区一般性转移支付 2096.83 亿元。转移支付力度的加大表明了中央政府对少数民族地区发展的重视。根据改革转移支付制度的设想，今后财政转移支付要进一步向中西部地区，特别是西部和少数民族地区倾斜，提高中西部地区提供公共服务的能力，使全体人民共享改革发展的成果。

继续扎实推进"兴边富民"行动计划，按照《兴边富民行动"十一五"

规划》的要求，协调各部门，继续加强边境地区基础设施和生态建设，改善边民生产、生活条件，突出解决边民的贫困问题，拓宽增收渠道，大力促进边境贸易发展，推动区域经济合作，大力发展边境地区教育、卫生、文化事业，进一步加强民族团结，维护边疆稳定。

二、民族地区与国内其他地区全面协调发展

实施西部大开发以来，中国政府为推动东西互动，促进各地区各种经济主体按照市场经济规律实现生产要素跨行政区域流动，在国务院各部门的大力支持下，东西部地区共同努力，搭建起省际对口支援、西博会等平台，共同走出了一条"政府引导、市场运作、企业主体、社会参与"科学推动东西互动的新路子。东西互动呈现出规模不断扩大、领域不断拓宽、机制不断创新、效益不断增强的良好势头。

民族地区作为西部大开发的重点区域，在东西互动的协调区域经济发展的战略中，迎来赶超发展的战略机遇期。在目前已经取得的东西互动阶段性成就的基础上，民族地区将积极承接东部地区的产业转移，引进先进的技术、理念和管理经验，从而有效扩大经济增长规模，加快提升发展的质量和效益。民族地区要苦练内功，深挖潜力，在基础设施、特色优势产业、经贸往来等领域加强合作。提高东西互动的主动性和积极性。民族地区还将进一步优化发展环境，提高技术创新水平，优化产业布局，按照主体功能区规划的要求，从实际出发，因地制宜，扬长避短，引动产业向民族地区中重点经济区、中心城市、资源富集区和重要口岸城市转移，促进产业集中布局、土地集约利用、资源节约使用和环境综合治理，推进产业集群化发展。

在东西互动新的历史时期，政府的引导作用需要继续加强。要继续完善东西互动的发展框架与政策，在项目与土地审批、财政与金融支持等方面加大对东西互动的推进力度，引导企业通过跨区重组等方式提高企业竞争能力，促进东西互动机制的成熟发展。积极搭建东西互动的平台，努力扩大互动规模，拓宽互动领域，提高互动水平。

三、特色产业推进民族地区工业化

近年来，民族地区第一产业的比重大幅下降，第二、三产业的比重平稳上升，工业化发展迅速。从整个西部地区来看，2007 年第一产业占 GDP 的比重已由 1998 年的 25.45%，下降为 15.97%，降幅近 10 个百分点；第二、三

产业的产值则分别上升 5.3 个和 4.16 个百分点。产业结构调整的步伐加速，城市化的速度加快，经济结构调整出现积极变化，地区、城乡和产业发展的协调性进一步增强。经济发展使数千万少数民族群众摆脱了贫困，西藏自治区农牧民纯收入连续 3 年保持了两位数的增长。除广西和云南外，民族地区的第二产业都出现继续上升态势。民族地区的第三产业比重也普遍升高。

在国家相关产业政策倾斜和引导下，民族地区的资源优势正逐步转化为经济优势。一批特色产业乘势壮大，显示出强劲的发展势头。一是特色农业基地的形成。民族地区普遍日照时间长，温差大，草原面积广，是绿色产业、畜牧业和旱地农业发展的理想地区。目前，新疆、青海、内蒙古、宁夏的奶制品、牛羊肉等产业已成规模，一大批知名企业和名优产品开始走向国内国际市场。二是特色工业的形成。煤炭、石油、天然气资源丰富的内蒙古、新疆两地已成为国家能源和重化工基地。云南和贵州的烟草工业、生物制品业、水电业，广西的有色金属、制糖业，青海的民族毯业等也形成有龙头企业带动的产业集群，呈现产业分工水平不断提高、产业价值链不断延伸的良好态势。据悉，未来 5 年，中国将采取倾斜政策，加快民族地区基础设施建设和基础产业发展，着力优化民族地区产业结构，进一步缩小民族地区与较发达地区的差距。

四、民族地区企业竞争力不断提高

民族地区将继续认真贯彻落实民族贸易优惠政策，提高企业的产业化水平和市场竞争力，进一步完善民族地区的民族贸易体系和民族特需商品生产体系，提高为少数民族群众服务的水平。

首先，继续发挥民贸优惠政策的调控和引导作用。加强对民贸优惠政策的宣传；创造性地把国家的民贸政策与当地实际相结合，制定和细化管理措施，规范操作程序，用足、用活、用好民贸优惠政策；加强对政策落实情况的监督检查，确保政策执行不变调、不走样。

其次，维护好民族特需商品的市场秩序。坚持"两手抓"——一手抓对民贸民品生产企业的政策扶持，一手抓对民贸民品企业尊重少数民族生活风俗习惯的监管；依法规范市场秩序，打击"假冒伪劣"商品，引导企业把提高经济效益，寓于更好地为少数民族群众提供更好的服务、更好的产品之中，切实维护少数民族的消费权益；继续坚持对民贸民品生产企业实行动态管理和分级管理；扶优汰劣，从严管理，积极支持行业协会依法规范企业竞争行为，维护正常的市场经济秩序。

第三，大力促进企业转变增长方式。通过扶持企业技术改造项目，提高民族特需商品的质量、科技含量和民族文化品位；利用民贸优惠政策对资本要素的引导作用，吸引更多民间资本参与民族贸易和民族特需商品的生产。

第四，做强做大一批民族特需商品企业。在民族特需商品中，清真食品、民族医药、边销茶和民族旅游工艺品是最重要的四个产业，产业基础好，市场容量大，发展前景广阔。要认真总结这四个产业发展的成效和经验，推动企业走向市场；通过技术改造和引进先进的管理经验，扶持一批重点企业上规模、上档次、树名牌，依托这些名牌企业，带动四大产业的发展，使之成为振兴民族经济的主导产业。

主要参考文献

[1] 葛忠兴. 兴边富民行动（4）［M］. 北京：民族出版社，2006.

[2] 国家民委，国家发展改革委，财政部，中国人民银行，国务院扶贫办. 扶持人口较少民族发展规划（2005～2010）［EB/OL］. 2004，http：//www. seac. gov. cn/gjmw/zt/M222205index_ 1. htm.

[3] 国家民委民族问题研究中心. 中国民族自治地方发展评估报告［M］. 北京：民族出版社，2006.

[4] 国家民族事务委员会经济发展司，国家统计局国民经济综合统计司. 中国民族统计年鉴（2000～2008 年）　［M］. 北京：民族出版社，2001～2009.

[5] 国家统计局. 中国统计摘要 2009 年［M］. 北京：中国统计出版社，2009.

[6] 国务院. 国务院实施《中华人民共和国民族区域自治法》若干规定［EB/OL］. 2005－5－19，http：//www. gov. cn/xxgk/pub/govpub-lic/mrlm/200803/t20080328_ 31650. html.

[7] 国务院. 兴边富民行动十一五规划［EB/OL］. 2007－6－29，ht-tp：//www1. www. gov. cn/zwgk/2007－06/15/content_ 650280. htm.

[8] 国务院办公厅. 少数民族事业十一五规划［M］. 北京：人民出版社，2007.

[9] 铁木尔，赵显人. 中国民族乡统计分析与对策研究［M］. 北京：民族出版社，2002.

[10] 中国科学院国情分析研究小组. 国情研究第七号报告：民族与发展——加快我国中西部民族地区社会经济发展研究［M］. 沈阳：辽宁人民出版社，2000.

评论

百花齐放——中国民族地区的经济发展

袁景安

　　中国的民族地区对于大部分西方人来说还是一个陌生的概念，因此有必要对这个问题在这里先作个简单的介绍。和大部分西方人的观点相反，中国其实并不是一个单一民族（homogenous）的国家。在中国被正式认可的少数民族数量多达 55 个。所谓少数民族，是指汉族人以外的民族。这些少数民族相互之间有明显的种族和文化差异。比如在和朝鲜交界的中国的东北部，居住着数百万的朝鲜族人，他们是中国公民，但通常能熟练使用汉语和朝鲜语。在与中亚地区接壤的中国西北部，包括新疆、甘肃、宁夏等地区，居住着多达 900 万的回族人，他们信奉伊斯兰教。人数最多的少数民族是壮族，他们的总数高达 1600 余万，居住在中国的各个地方。总体来说，这些少数民族的总数高达 1 亿 3200 余万人，占中国总人口的 9.4% [①]。

　　与其他许多国家不同的是，中国的大多数少数民族与汉族共同生活了两千多年，因此相互间有着长期的相互影响。虽然在数千年的历史发展过程中不乏冲突，但总的来说，在大多数时期各民族都比较好地接受中央政府（朝廷）的管理，各个民族间的交往也从未中断过。在若干个朝代，少数民族甚至占据着中央朝廷（政府）的管理权，是全中国所有民族的统治者。其中最有影响力的，是由作为少数民族之一的满族成立的清朝政府，在 1644 年到 1912 年之间的 268 年间作为中央政府统治着全国。由于以上的这些特点，中国的少数民族在中国历史上一直扮演着重要的角色。也正是由于各民族间长期共存，不论是占大多数的汉族，还是众多的少数民族，都对于总体性（collective）的"中华民族"有着很强的认同感。

　　1949 年中华人民共和国成立以后，中央政府学习当时苏联政府的做法，在少数民族较多的地区成立了 5 个少数民族自治区，并以这些地区数量最多的少数民族的名称来命名这些自治区。这 5 个自治区分别是新疆维吾尔族自

---

① http://www.fmprc.gov.cn/ce/cept/chn/xwdt/t240927.htm 在线资料。

治区，西藏藏族自治区，内蒙古蒙古族自治区，宁夏回族自治区和广西壮族自治区。自治区的地位和省及直辖市的地位相当，或者是与美国的州的地位相当。这 5 个少数民族自治区的面积占据了全中国面积的大约 3/5。在这些少数民族自治区，政府的副行政长官必须由在该区人口数量最多的少数民族领袖人物担任。但实际上，这 5 个自治区中有 4 个都是汉族人人口数占比超过一半的。

长期以来，少数民族受到国家政策上的优待，享有比汉族人更多的权利。比如，少数民族在竞选政府职位和人民代表时有一定的优先权，少数民族的子女在报考大学时能够以比汉族考生更低的分数被录取。值得一提的是，尽管中国的宪法规定了严格的计划生育政策，但是这项政策却不适用于少数民族。因此，少数民族占全国人口的比例有上升的趋势。

在少数民族和汉族杂居的地区，比如云南省的大部分地区，少数民族的存在为该省提供了极其丰富的多样性（variety）文化。在欧洲和美国旅游者享有盛誉的丽江古城，就位于这个省。丽江有着 800 余年的历史，以其丰富多彩的建筑和纳西族音乐而闻名，并被联合国教科文组织列为世界遗产之一。① 对于背包旅游者，这样的地方比闪闪发光的大城市，比如北京或上海，有着更大的吸引力。其实，在云南省象丽江这样的古城还有很多，这让云南成为中国的主要旅游地之一，极大地带动了该省的经济发展。在这样的省份，少数民族和汉族的关系也十分融洽。

在另外一些地区，比如新疆，在历史上可利用的天然资源非常有限。该自治区占据中国全国面积的 1/6，但大部分地区都是沙漠，只有少部分地区有可耕地。长期以来人民的生活水平非常低下。自从中华人民共和国成立后，中央政府在该地区投入了大量的资金，修筑公路和铁路，并发展农业和石油工业。自从 1979 年中国实行改革开放的政策以后，正如本章（第十一章）所提到的，由于该自治区居住着数百万的穆斯林，他们与中亚地区的穆斯林有着天然的联系，十分便于商业和贸易的发展。实际上，由于新疆自治区拥有比其他中亚国家（比如巴基斯坦、阿富汗、土库曼斯坦）更完好的基础设施，它已经成为该地区重要的商业中心。在历史上曾经繁华一时的丝绸之路又得到了复兴。

当然，新疆的发展毕竟只是近几十年来的事情，与其他已经繁荣发展了几百年甚至上千年的地区相比，它的积累还处于落后状态。但是，这些地区

---

① http：//whc.unesco.org/en/list/811 在线资料。

的发展有着极其重要的战略意义。正如我们已经提到过的那样，新疆与阿富汗、巴基斯坦等中亚国家分享着上千公里的边界。穆斯林组织中的极端部分（原教旨主义者）的影响不可避免地会进入新疆。在目前全世界追求和平与发展，坚决反对恐怖主义的背景下，大力发展象新疆这样的少数民族地区的经济，就有着十分重要的意义。中国政府早就意识到，关闭与世界的联系并不是解决问题的方法。在少数民族地区，更需要增强与全国其他地区和其他国家的广泛交流。只有这样，才能促进不同民族间的相互理解，相互学习，并且共同发展。

本章作者以经济学家的眼光，通过对大量统计数据的研究，对中国民族地区改革开放 30 年来的经济发展进行了详细的回顾。本章通过对这些地区的人均收入、政府财政收入与支出、产业结构、基础设施，以及消除贫困所做的努力进行了详细的分析，总结了民族地区经济发展所取得的巨大成就和进步。

同时，本章也指出民族地区发展的总体水平仍然比较落后的现状，从而进一步对国际金融危机下民族地区经济发展的情况进行了分析，从经济增长率、固定资产投资、外贸进出口和消费需求等四方面描述了民族地区经济的较快增长，并提出非常有建设性的意见与建议。

本章接着详细阐述了过去数十年间中国民族地区经济显著增长背后的原因，那就是中国以民族区域自治制度为核心，以全面协调和可持续发展作为解决民族问题的根本途径的经济政策。民族地区的经济政策应该坚持对内对外开放的基本方针和"因地制宜、因族举措、分类指导"的原则，并对民族贸易和民族商品生产企业实施优惠和扶助政策，极大地促进民族地区的经济发展。

最后，本章对于如何进一步完善民族政策体系，如何加强与其他地区的联系，如何提升和发挥民族地区企业的竞争力，以及如何发展特色产业等方面提出了具体的意见，并对民族地区未来的经济发展进行了充满信心的展望。

参考文献

[1] Davis, E. Uyghur Muslim Ethnic Separatism in Xinjiang, China. *New York: Asian Affairs*, Spring 2008, V. 35 No. 1.

[2] Hartley, L. On the Margins of Tibet. *History of Religions*, August 2008, V. 48 No. 1.

[3] Li, L. A Garden of Growing Imams. *Beijing Review*, May 21 2009,

V. 52 No. 20 .

[4] Market Watch. *Beijing Review , November 8 2007 , V. 50 No. 45 .*

[5] Torode, G. , & Dubai, R. Al-Qaeda Leader Targets China Terrorist Group Calls for Jihad in Xinjiang. *South China Morning Post , Hong Kong* 1.

[6] Transnational Linkages and Development Initiatives in Ethnic Korean Yanbian, Northeast China："Sweet and Sour" Capital Transfers. *Pacific Affairs , Fall 2009 , V. 82 No. 3 .*

[7] Winkler, D. Yartsa Gunbu (Cordyceps Sinensis) and the Fungal Commodification of Tibet's Rural Economy. *Economic Botany* , November 2008 , V. 62 No. 3.

（袁景安，亚拉巴马大学博士，现为西南财经大学经济与管理研究院副教授）

第十二章　新举措
——港澳应对金融危机

　　2008 年 9 月，国际金融危机明显加剧，这使得港澳持续多年的强劲经济增长骤然停止。至 2009 年第一季度，各项经济指标全面负增长。随后，香港、澳门特区政府从财政支持到社会民生等方面出台了多项措施来应对金融危机，中央政府也从多方面支持港澳经济。种种迹象表明，这些应对措施已初见成效。相信随着内地经济企稳回升，全球经济恢复苗头的逐渐呈现，港澳经济恢复增长指日可待。本章首先从整体经济和代表性行业两个方面分析了金融危机对港澳经济的冲击；随后概括总结了港澳应对金融危机的措施，以及中央政府对港澳的支持政策。

第一节　金融危机对港澳经济的冲击

　　新世纪以来，依托大陆的特惠政策，港澳经济高速增长。自 2003 年 CEPA （《关于建立更紧密经贸关系的安排》）签署 6 年来（2003～2008 年），香港 GDP 年均增长 6.3% ；2002 年赌权开放以来，在博彩业带动下，澳门经济除 2005 年 GDP 增长率为 6.9% 之外，连续呈现双位数增长。然而，2008 年 9 月，随着美国第四大投资银行雷曼兄弟公司宣告破产，全球各金融市场严重动荡。在国际资本快速流动和信息即时传递的今天，美国的金融危机迅速蔓延，引发了全球性金融危机。经济高度外向化的香港和澳门，不可避免地受到了这场金融危机的影响。

一、金融危机对港澳整体经济的影响

受国际金融危机影响，香港、澳门经济出现下滑趋势，进出口遭遇沉重打击，消费疲软，投资气氛转差，失业率攀升。本部分将分别分析香港和澳门本地生产总值及其主要开支组成部分在 2006～2009 年上半年的变动趋势，力求揭示国际金融危机对港澳经济的影响。

数据显示，香港经济的下行在 2008 年第二季度已有迹象（见表 12-1）。第二季度，尽管本地生产总值比上年同期上升 4.1%，但季节性调整后的本地生产总值较上一季度下降 1%。第三季度，本地生产总值继续下降，仅比上年同期上升 1.5%，而比上一季度下跌 0.8%；第四季度，较上年同期首次出现负增长（-2.6%），较上一季度下跌 1.9%。到 2009 年第一季度，经济下滑幅度达到近期最大，较上年同期下跌 7.8%，比上一季度下跌 4.3%。随着国际经济形势的企稳，2009 年第二季度，下跌幅度减小（-3.8%），从季节性调整后的环比数据来看，第二季度经济较第一季度向好，增长 3.3%。

表 12-1　2006～2009 年第二季度香港本地生产总值及其主要开支组成部分

（单位：亿港元）

年份 季度	2006	2007	2008	2008			2009	
				第二季	第三季	第四季	第一季	第二季
本地生产总值*	15 185.41	16 154.31	16 536.36	3978.47	4228.09	4245.26	3765.93	3826.09
年变动率#(%)	7.0	6.4	2.4	4.1(-1.0)	1.5(-0.8)	-2.6(-1.9)	-7.8(-4.3)	-3.8(3.3)
私人消费开支	8955.54	9720.27	9863.17	2500.10	2430.17	2476.41	2309.07	2474.29
年变动率(%)	5.9	8.5	1.5	3.0	-0.2	-4.1	-6.0	-1.0
政府消费开支	1266.33	1303.98	1326.69	313.95	324.60	335.65	357.59	319.09
年变动率(%)	0.3	3.0	1.7	3.1	1.6	1.8	1.4	1.6
本地固定资本形成总额年变动率(%)	3145.34	3253.49	3238.20	859.53	832.76	716.28	716.29	739.50
	7.1	3.4	-0.5	5.1	2.9	-17.8	-13.7	-14.0
货品出口	25 216.81	26 988.50	27 511.40	6889.19	7303.66	6897.08	4964.77	6032.41
年变动率(%)	9.3	7.0	1.9	4.4	1.3	-4.9	-22.7	-12.4
服务输出	5792.55	6607.28	6981.41	1618.79	1849.52	1805.36	1599.47	1527.02
年变动率(%)	10.1	14.1	5.7	8.4	4.8	0.4	-6.3	-5.7
货品进口	26 213.51	28 525.22	29 049.64	7406.92	7641.96	7192.65	5352.71	6463.98
年变动率(%)	9.2	8.8	1.8	4.8	2.0	-6.4	-21.4	-12.7
服务输入	2963.83	3322.40	3430.60	825.60	899.58	837.81	784.29	779.63
年变动率(%)	8.1	12.1	3.3	3.8	2.2	-3.4	-9.6	-5.6

注：* 以 2007 年环比物量计算。

括号中数字是经季节性调整本地生产总值对上季度比较的变动百分率。经季节调整的本地生产总值数列，由於季节性效应就统计方法而言已予剔除，所以相连两个季度的数字可以进行更有意义的比较。将本地生产总值原来数列的按年变动数字与经季节性调整数列的相连季度变动数字一起进行分析，能更清楚看到本地生产总值的趋势，尤其是在经济出现转折点的时候。

资料来源：香港特别行政区政府统计处香港统计资料。

通过对本地生产总值主要开支组成部分变动的比较，我们可以更加深入地分析经济变动。2009 年第一季度，香港经济的加速下行主要受累于：（1）货品出口的大幅下滑。出口比上年同季减少了 1457 亿港元，下降 22.7%。其中，90% 以上属于转口贸易，而绝大部分的转口贸易则来自于珠江三角洲地区。因此，很大程度上，国际金融危机引起的消费疲软对珠江三角洲地区制造业的影响，同样打击了香港经济；（2）私人消费开支下滑明显。2008 年第三季度以来，香港的私人消费开支逐步下滑，2009 年第一季度降幅甚至高达 -6%，比上年同期减少 147.4 亿港元，对 GDP 下跌的贡献超过 50%，反映出 2009 年第一季度普通民众对经济的信心不足；（3）固定资本形成持续下跌。自 2008 年第四季度以来，固定资本形成保持在 -10% 以下的水平持续下跌，跌势维持到 2009 年第二季度，本地营商气氛仍然不佳。

数据显示，2009 年第二季度香港经济出现回暖迹象，这主要得益于：（1）货品出口下跌幅度降低。2009 年第二季度货品出口较上年同期减少 857 亿港元，较上季度 1457 亿港元的减少量大大减小，跌幅也从 -22.7% 降低为 -12.4%；（2）私人消费开支回升。相比第一季度下跌 147 亿港元，减少为只下跌 25.8 亿港元。这些数据说明香港民众对经济的信心在逐渐恢复；（3）政府投入持续增长。2009 年第一、二季度，政府消费开支都较上年同季度增加 5 亿港元。因此，当地加大的政府投资、内地拉动消费措施的实施，以及全球经济的回暖，都赋予了香港经济回升的动力，同时，也加强了香港市民对经济的信心。然而值得注意的是，尽管第二季度经济有了回暖趋势，但是，香港实体经济前景仍然堪忧，从固定资本形成总额较上年同期从第一季度的下跌 113 亿港元扩大到 120 亿港元可见一斑，香港经济彻底摆脱金融危机影响仍待时日。

2008 年下半年以来，澳门经济也呈现下滑趋势（见表 12-2）。与上一年同期相比，2008 年第一季度 GDP 增长 32.5%，第二季度增长幅度降为 22.4%，第三季度增长率下降到 10.4%，第四季度则转跌 7.6%。2009 年第一季度，同比跌幅更扩大至 -11.9%。与香港不同的是，2009 年第二季度，澳门的本地生产总值继续下跌，跌幅进一步扩大，达到 -13.7%。显示截至目前澳门经济尚未受益于外部经济好转而转暖。

表 12 - 2　2006~2009 年第二季度澳门本地生产总值及其主要开支组成部分

（单位：亿澳门元）

年份\季度	2006	2007	2008	2008			2009	
				第二季	第三季	第四季	第一季	第二季
本地生产总值*	992.45	1243.21	1407.49	376.53	338.55	324.09	324.41	324.76
年变动率(%)	16.5	25.3	13.2	22.4	10.4	-7.6	-11.9	-13.7
私人消费开支	264.35	295.07	317.30	78.76	80.94	81.01	81.00	79.28
年变动率(%)	8.2	11.6	7.5	7.0	5.1	9.4	5.8	0.7
政府消费开支	81.16	91.65	91.45	23.74	19.42	32.31	18.50	25.20
年变动率(%)	3.8	12.9	-0.2	6.1	-7.8	-4.4	15.8	6.2
本地固定资本形成总额	267.29	333.58	271.12	72.46	69.69	67.67	42.17	52.63
年变动率(%)	44.5	24.8	-18.7	-19.4	-25.0	-15.1	-31.2	-27.4
货品出口	204.03	204.99	152.91	44.14	39.35	30.41	19.56	18.43
年变动率(%)	2.8	0.5	-25.4	-16.0	-26.6	-44.6	-49.9	-58.3
服务出口	782.23	1057.90	1304.34	343.34	313.45	290.08	305.11	293.21
年变动率(%)	18.7	35.2	23.3	38.5	20.0	-5.5	-14.6	-14.6
货物进口	458.01	522.12	468.96	116.25	118.26	117.34	90.91	90.24
年变动率(%)	18.3	14.0	-10.2	-8.1	-16.5	-14.3	-22.4	-22.4
服务进口	157.34	225.54	267.10	71.31	67.67	61.59	52.22	54.96
年变动率(%)	19.2	43.3	18.4	31.6	14.0	-3.1	-21.6	-22.9

注：*以不变（2002 年）价格估算。

资料来源：澳门统计暨普查局。

对于澳门而言，本地生产总值 90% 左右来自于服务输出，而服务输出的大部分为博彩业收入，因此，服务输出可以大致等同于博彩业收入。2008 年第四季度，服务出口在近 5 年来首次呈现 5.5% 的负增长，2009 年第一季度下跌幅度扩大至 -14.6%，第二季度继续下挫 14.6%。第二季度服务出口减少 50 亿，较第一季度下跌 52.4 亿有所减少。相比较而言，货品出口的下跌更为剧烈，2008 年第四季度以来，跌幅一直接近 50%。2009 年第二季度下跌25.7 亿澳门元，较第一季度 19.4 亿的下跌额度超出 6 亿元之多。同前文所述香港的情况类似，来自于内地广东省的转口贸易占货品出口的主要部分，因而，除了博彩业收入的下降之外，澳门经济第二季度持续走低的另一个主要原因在于出口尚未恢复。另外，固定资本形成总额，在 2008 年第二季度以来一直维持在 20% 左右的跌幅，2009 年第一季度更超过了 30%，第二季度下跌仍在继续。为应对金融危机，澳门政府的开支在 2009 年第一、二季度都在持续增加，较上年分别增加 15.8%、6.2%。总而言之，2009 年第二季度以来，澳门经济仍然不容乐观，货品、服务出口仍在下跌，居民消费信心受到影响，营商环境进一步恶化。

此外，金融危机对港澳地区的就业也造成了不同程度的影响。2008 年第二季度开始，港澳地区的失业率不断攀升（见表 12 - 3）。在香港，2009 年第二季度失业人数突破 20 万，5~7 月达到 21.4 万。2008 年第四季度，失业率突破 4%，较第三季度上升 0.8%；2009 年第一季度，更突破了 5%，上升高达 1.1%。2009 年第二季度最新数据显示，失业率继续上升至 5.4%，但上升趋势已有所放缓。同样的，澳门 2008 年第三季度的失业率由上季度的 2.8%，升高为 3.1%，之后在 2009 年的第一季度攀升至 3.8%。与香港不同的是，澳门的失业率一直维持在 4% 以下，而且在 2009 年第二季度，失业率已经有所下降。

表 12 - 3 2008~2009 年港澳地区失业率

（单位：%）

年　份	季　度	香港*	澳门
2008 年	第一季	3.3	2.9
	第二季	3.3	2.8
	第三季	3.4	3.1
	第四季	4.1	3.3
2009 年	第一季	5.2	3.8
	第二季	5.4	3.6

注：*经季节调整后失业率。

资料来源：香港政府统计处、澳门统计暨普查局

综上所述，2008 年下半年以来，随着国际金融危机的延伸，港澳经济各个方面都受到了极大的影响。这一影响在 2009 年第一季度最为严重。2009 年第二季度以来，随着外部经济形势的好转，以及本地各项应对措施的实施，在货物出口、私人消费回升以及港府持续增长投资的支撑下，香港经济下滑态势有所收窄。然而，对于澳门而言，受货品、服务出口以及固定投资下滑的影响，2009 年第二季度经济下跌态势仍在继续。

二、金融危机对港澳地区主要行业的影响

金融危机在影响港澳地区整体经济的同时，也使得当地主要行业受到了一定的冲击。本部分将对香港和澳门主要行业自 2008 年下半年以来所受的影响进行分析。

（一）金融危机对香港主要行业的影响

金融危机对香港主要行业的影响最先始于银行业，随后逐渐波及其他行业。如表 12 - 4 所示，2008 年第二季度，金融危机袭来，银行业率先领跌，跌幅为 6.8%；第三季度，银行业下挫幅度扩大为 13.1%；第四季度，跌幅进一步扩大至 45.5%。金融业业绩大幅下滑的同时，行业就业形势严峻。汇丰、花旗、渣打、星展等香港的主要银行，都陆续宣布了裁员计划。其中，汇丰银行先后裁减 500 余名员工。[①] 2008 年第三季度，除银行之外的其他金融行业也受到了波及，下跌幅度（ - 27.2%）甚至超过银行业本身。其他金融行业达到 - 57.6%，金融市场及资产管理行业跌幅高达 60.9%。

金融危机的影响也波及到了其他行业。地产行业表现尤为明显，2008 年第四季度地产业收益指数下降 26.9%。作为香港经济的支柱之一，地产业占 GDP 的比重超过 20%，是香港经济的"晴雨表"。此次金融危机使得香港的房地产行业成交量迅速萎缩，房地产价格跌幅也创出历史新高。香港土地注册处公布资料显示，2008 年 10 月份所有种类楼宇买卖合约共 6054 宗，较 9 月份下跌 17.8%，按年则减少 54.2%。10 月份楼宇买卖合约总值 189 亿元，按月减 19.6%，按年跌 62.6%。11 月份的成交量只有 5000 宗左右，与 2003 年 5 月份 SARS 时期持平。同时，楼市成交量骤降带来售价以及租金价格的下跌，香港住宅租金也于 10 月下旬开始下调，11 月下旬负资产住宅数量也呈现出上升的趋势。[②]

交通运输方面，远途的水运和航空运输受牵连远大于陆路运输，说明主要受外部经济环境所累。物流产业也遭遇了罕见的寒流。资料显示，与 2008 年同期相比，2009 年第一季度香港物流公司的营业额下降了近 40%，300 多家小型物流公司都已倒闭，幸存下来的物流公司开工率也很低，一些公司的

---

①　数据来源：《受全球金融危机影响　香港金融业开始裁员》，新华网，http://www. sc. xinhuanet. com/content/2008 - 11/21/content_ 14979529. htm。

②　数据来源：《金融危机重创香港楼市　珠三角房产遭港人抛盘》，和讯网，http://money. hexun. com/2008 - 12 - 01/111834402. html。

司机一个月只能开工 10 天，许多车辆停开或者便宜处置。同时，据香港货柜车运输业职工总会统计，粤港跨境货运车辆已由 2008 年 7 月的 16 500 辆减至 2009 年 3 月的 12 500 辆，8 个月间有 4000 辆停运，比例达到 24.2%。[①] 黄埔口岸也一改往日的繁忙，日渐萧条。

2009 年第一季度，在港府对本地银行不断的财政支持下，银行业的下跌大幅收窄为 -15.5%；而其他金融行业跌幅仍在继续（-46.9%）。其中，在 2006、2007 年分别高速增长 49%、71% 的金融市场与资产管理业第一季度跌幅更达到 -51.8%。另外，与金融行业关系密切的保险（-10.3%）、地产业（-13.2%）的跌幅也略有减小。但此时，经济下跌趋势开始扩散到其他非金融行业中来，如进出口贸易出现 23.1% 的跌幅，批发业为 -25.7%，运输业高达 -22.8%，除了膳食服务以及电讯等人们生活基本需求外，所有行业全面下跌。至此，本次金融危机的影响涉及到了香港社会的方方面面。

2009 年第二季度，香港服务业业务收益指数显示香港各行业的表现已经全面回升，其中最突出的要数金融业（银行除外），增长 39.2%；其中金融市场及资产管理回升 45.9%。在外部环境回暖的带动下，各外向型行业均恢复增长，其中进出口贸易增值率为 20.1%，批发 22.1%，货物与仓库同比增长 9.6%，远途运输（其中水上运输增长 4.4%；航空运输增长 1.4%）和速递（15.1%）都有增长。以上分析显示，2009 年第二季度，在外部环境逐渐回暖的背景下，金融危机对香港影响的阴霾正在散去。

表 12-4　2006~2009 年香港服务行业/界别业务收益指数的增减率

（单位：%）

年份 季度	2006 年	2007 年	2008 年	2008 年			2009 年	
				第二季度	第三季度	第四季度	第一季度	第二季度
进出口贸易	10.3	8.1	7.4	14.4	9.6	-5.8	-23.1	20.1
批发	7.9	10.4	6.3	14	10	-6.9	-25.7	22.1
零售	7.2	12.8	10.6	14.3	10.5	0.9	-3.9	-5.4
运输	10	10.5	4.4	12	6.1	-10.3	-22.8	2.3
当中：陆路运输	4.3	3.7	2.2	5.1	1.2	-2.2	-2.9	-0.5
水上运输	16.4	16.8	6.1	14.8	4.5	-10.3	-24.7	4.4

---

① 《跨境物流业受金融危机影响剧烈　4000 货车已停运》，中国新闻网，http://www.chinanews.com.cn/ga/fzsj/news/2009/03-23/1613608.shtml.

（续）表 12 - 4　2006～2009 年香港服务行业/界别业务收益指数的增减率

年份 季度	2006 年	2007 年	2008 年	2008 年			2009 年	
				第二季度	第三季度	第四季度	第一季度	第二季度
航空运输	6.8	7.3	3.5	11.4	8.8	-12.3	-26.7	1.4
货物与仓库	10.2	15.9	6.6	3.8	7.1	5.7	-10.1	9.6
速递	6.9	5.5	2.1	8.8	7.1	-10.8	-20.1	15.1
住宿	13.8	15.2	3.8	9.6	5.9	-6.5	-18.1	-14.8
膳食服务	9.6	13.4	13.1	15.7	13.2	8.2	1.5	-3.4
资讯与通讯	6.1	8.4	6.6	7.9	5.4	2.5	-4.6	4.2
当中：电讯	-0.7	11	9.8	14.5	9.5	3.6	6.4	0.5
电影	1.7	6.1	-0.7	5.9	1.2	-10.7	-18.4	-2.6
银行	19.5	38.3	-16.9	-6.8	-13.1	-45.5	-15.8	15.8
金融（银行除外）	47.9	68.8	-19.4	4.7	-27.2	-57.6	-46.9	39.2
当中：金融市场 及资产管理	49.3	71.7	-20	7.4	-29.2	-60.9	-51.8	45.9
当中：资产管理	51.8	56.8	-5.2	21.5	-15.2	-45.9	-48.1	27.2
保险	21.3	28.8	-	12.1	-0.4	-22.4	-10.3	4.6
地产	-0.3	39.5	-3.7	10.1	-1.8	-26.9	-13.2	30.8
专业、科学及 技术服务	13.2	12.3	6.8	7.7	5.3	1.1	-9	6.9
行政与志愿服务	20.9	11.5	9.4	9.4	13.5	2.8	-15.9	4.4
旅游、会议及 展览服务	14.1	18.9	10.1	12.6	12.8	1.7	-5.5	-16.7
电脑及资讯 科技服务	9.8	6.8	5.3	16.2	2.4	-12.2	-27.5	15.7

　　资料来源：香港特别行政区政府财政分析及方便营商处境及分析部：《2009 年半年经济报告》，2009 年 8 月。

　　此外，这次金融危机对香港旅游产业与商贸业发展也造成了巨大影响。据香港旅游发展局统计，2008 年访港游客达 2950 万人次，较上年的 2816 万人次，增长 4.7%，低于年初预测的访港游客 3000 万人次的水平。2009 年 2 月份以个人游形式访港的内地旅客共有 773 145 人次，人数较去年同期下跌 9.6%。大部分主要地区市场的访港旅客人次均较去年同期出现下跌，其中以台湾旅客人次跌幅最大，下跌逾 17%，北亚旅客人次亦下跌逾 14%，而欧洲、非洲及中东旅客人次则下跌逾 11%。受金融危机影响，伴随着消费市场整体疲软的态势,香港商贸产业发展也很不景气。一些老牌大型连锁店经营困难,包括经营服装连锁店"U-right"的上市公司"佑辉",有62年历史的老牌电器连锁店"泰林",有全球大型玩具代工厂之称的上市公司"合俊集团"等相继倒闭。许多商贸企业都开始提早进行节日布置及推出多项活动去进行减价促销,被迫销货套现。

(二)金融危机对澳门主要行业的影响

对于澳门而言,金融危机对澳门行业的影响主要体现在博彩业和旅游业方面。

此次金融危机使得近年蓬勃发展的博彩业首当其冲地受到了影响,这不但直接影响了澳门特区政府的主要税收来源——博彩税总收入,也引起了博彩业界人士对就业形势的担忧。从表12-5可以看到,受金融海啸的影响,澳门在2008年第三和第四季度的博彩毛收入持续下跌,分别为262亿澳门元和243亿澳门元,但是由于在2008年前三季度的博彩毛收入已经达到854.68亿澳门元,比2007年的全年总额838亿澳门元还要多,所以反之若非受金融海啸的影响,澳门2008年的博彩毛收入将有更大的升幅。此外,在2009年首季度和第二季度的博彩毛收入较去年的同期亦分别下跌12.7%和12.2%,2009年首两季的博彩毛收入的持续跌幅反映澳门博彩业仍受金融海啸的影响而继续放缓。

表12-5 2006~2009年澳门博彩毛收入

年份	季度	博彩毛收入(百万澳门元)
2006		57 521.3
2007		83 846.8
2008		109 826.3
2008	1	30 084.9
	2	29 179.2
	3	26 204.3
	4	24 357.7
2009	1	26 252.2
	2	25 618.8

资料来源:澳门统计暨普查局博彩毛收入。

澳门博彩业自开放以后遇到首个"寒冬"之时,澳门整体的就业环境也随即变差。多间博彩企业先后对外宣布暂停或放缓扩张投资计划，企业为应对金融危机，削减成本和减省人手是最常见的做法，并因此而引发了一连串的裁员减薪热潮。

2009 年首季度固定资本形成总额的大幅度下跌 32.1％，很大程度上是由于外来需求的下跌而令澳门的国际投资被迫中止。比如曾一度叱咤澳门博彩业的美国金沙集团，由于受金融危机影响而引致负债问题和股价暴跌，于 2008 年 11 月紧急停止了澳门金光大道第五和第六期的大型工程，随即受影响的建筑工人达到 1 万多人，其中大约 2000 名的澳门本地工人逐一被调配到其他的工作岗位，其余的 9000 多名外地员工则被遣散，而内部则纷纷对员工进行减薪或停薪休假等建议。此外，受母公司金沙集团严重财务问题的影响，澳门威尼斯人股份有限公司旗下的赌场经营及其规划内的投资计划，也因此而陷入停滞阶段。

金融危机席卷全球，作为澳门服务业支柱的旅游业，受较大程度的冲击亦是无可避免的。澳门入境旅客的数量与澳门博彩收入表现出很高的正相关关系，相关系数高达 0.809[①]，说明游客的数量和消费偏好等变化会直接影响到澳门博彩业的收入。如表 12-6 所示，2008 年澳门入境旅客总数为 1207 万人次，较 2007 年同期减少了 55.30％，其中访澳主要客源中的内地旅客跌幅为 38.89％、香港和台湾的跌幅更超过半成，分别为 77.50％和 60.77％。时至 2009 年，正当全世界面临金融风暴冲击之际，新流感疫情也正迅速向全球漫延，澳门 2009 年前 6 个月的旅客总数较去年 6 个月减少 11.39％，为 1037 万人次。按旅客的原居地统计，中国大陆旅客有 513 万人次（占旅客总数 49.45％），较去年同期减少 17.31％；其中以个人游方式来澳的内地旅客由去年 6 月的 47 万人次大幅减少 51％至 23 万人次。此外，2009 年 6 月随团来澳的旅客也进一步减少至 18 万人次，较去年同月显著下跌了 46％。[②] 与此同时，2009 年 6 月随团外游的澳门居民亦较 2008 年同月显著下跌了 40％；而 2009 年上半年随团外游居民总数为 9 万人次，亦较 2008 年同期减少 14.0％。[③]

值得注意的是，除了访澳旅客的数量骤降以外，旅客的消费也有所降低。2008 年旅客的总消费下跌幅度较大，达到 -16.7％，2009 年第一季的旅客人均消费为 1638 澳门元，较 2008 年同季减少 5％，留宿旅客及不过夜旅客的人

---

① 曾忠禄、张冬梅：《澳门游客：分析与预测》，澳门理工学院出版，2007 年 6 月，第 5、6 页。
② 资料来源：澳门统计暨普查局"旅客入境数目"。
③ 资料来源：澳门统计暨普查局"旅行团及酒店入住率"。

均消费则较 2008 年同季减少 1% 和 15%。①

表 12-6　2007~2009 年澳门按原居地之入境旅客总数

原居地		2007 年	2008 年	变动率（%）	2008 年 1 至 6 月	2009 年 1 至 6 月	变动率（%）
总数（人次）		27 003 370	12 069 291	-55.30	11 704 139	10 370 979	-11.39
东亚	大韩民国	225 417	28 079	-87.54	158 500	95 217	-39.93
	中国大陆	14 873 490	9 089 578	-38.89	6 201 538	5 127 933	-17.31
	香港	8 176 964	1 839 848	-77.50	3 337 162	3 326 335	-0.32
	中国台湾	1 444 342	566 618	-60.77	672 075	617 545	-8.11
	日本	299 406	38 965	-86.99	166 779	169 127	1.41
	其他	4803	2494	-48.07	2671	2370	-11.27

资料来源：澳门统计暨普查局。

访澳旅客的减少和旅客消费的下跌极大的影响着澳门整体的经济发展，这也是首季度 GDP 大幅度下跌的主要原因之一。此外，由博彩旅游业引伸的产业链，比如说酒店及饮食业、批发零售业和会展业等，也因博彩旅游业的动荡而受到不同程度的影响。

第二节　港澳应对金融危机的主要举措

金融危机爆发以来，香港、澳门政府分别出台多项政策措施，包括扶持银行、改善民生以及重点解决就业问题等，来应对金融危机对本地经济的冲击。

一、香港政府应对金融危机的主要措施

面对国际金融危机的巨大冲击，2009 年初，香港政府的整体战略部署从 2008 年"市场主导、政府促进"调整为"坚守'稳金融、撑企业、保就

---

① 资料来源：澳门统计暨普查局"旅客消费调查"。

业'"，先后采取了多项措施维持金融体系稳定，缓解就业压力，促进经济发展，充分显示了特区政府对抗金融危机的决心。

（一）扶持银行，确保金融稳定

金融业是香港的重要支柱产业之一。作为世界闻名的国际金融中心，香港金融业在金融危机的迅速蔓延中，首当其冲受到严重冲击。2008 年 9 月至 10 月期间，香港银行同业拆借利息急剧上升，在当局向银行业提供流动资金后才使得情况有所缓解。随后，香港特区政府加强了对金融业的谨慎监管，香港金管局先后推出措施减轻银行的流动资金压力、稳定银行的客户存款基础并提升对银行体系的信心，使得香港本地金融系统相对稳定，减轻了金融危机的消极影响。2009 年上半年，香港金融业已逐渐恢复秩序，从股票市场较为显著的反弹可见一斑。

香港金管局先后采取的措施主要包括：在兑换范围内进行外汇操作，向银行系统注入总共 248 亿元资金；宣布推出五项临时措施，应本港持牌银行的要求提供流动资金支持；在持牌银行提供各类信贷质素为该局认可的抵押品的情况下，透过贴现窗或在贴现窗以外向该等银行提供有期资金支持；宣布调整基本利率的计算方程式，有效期为 2008.10.9 ~ 2009.3.31；财政司司长宣布推出两项预防措施以巩固对香港银行体系的信心，这两项措施为：提供暂时性的百分百存款保障以及成立备用银行资本安排。两项措施将维持有效直至 2010 年年底；扩大外汇基金票据及债券发行计划；公布在个别持牌银行提供信贷质素为金管局认可的抵押品的情况下向该些持牌银行提供有期贷款的措施，推出优化安排；中国人民银行与金管局签署 2000 亿元人民币（2270 亿港元）的货币互换协议。于必要时为两地银行设于另一方的分支机构提供短期流动性支持，确保香港金融稳定。①

（二）多方并举，保障社会民生

就业是民生的核心。金融危机以来，香港整体就业形势恶化，失业率突破了 10 年来维持的低点。为此，香港特别行政区政府将增加就业作为主要任务，采取了许多积极的措施来促进就业，保障社会民生。

（1）财政直接支持纾民解困。香港特区政府加大财政直接支持力度，先

---

① 资料来源：香港特别行政区政府财政分析及方便营商处境及分析部：《2009 年半年经济报告》，2009 年 8 月。

后在 2008 年 2 月以及 7 月，和 2009 年 5 月 26 日公布多项财政纾民解困措施，总投放合计约 876 亿元。相当于本地生产总值的 5.2%。① 同时，香港特区政府的财政预算中增加了"短期策略——保就业"一栏。包括预留 4 亿元的非经常拨款，加强劳工处推行的就业计划；增拨 1300 万元，帮助劳工处积极协助金融危机中因企业裁员和企业倒闭受到影响的员工等。

（2）项目建设创造就业机会。香港特区政府着力推动基建项目建设，加快推动港珠澳大桥、广深港高速铁路、地铁南港岛线等十项重大基建工程建设，这些项目涉及资金 2500 亿港元，可以创造 25 万个就业岗位，占香港总就业人口的 7%。同时，香港特区政府也积极开展商业建筑、住宅、楼宇、酒店的兴建和大厦翻新、住宅维修等小型地区工程建设，在 2009 立法年度内，已有 100 项工程获得立法会拨款，总造价为 700 亿港元，预计可创造 4 万个就业机会。

（3）着力解决毕业生就业难题。2009 年 2 月，香港特区政府公布了首份大学生见习计划。见习计划所需 1.4 亿元的资金主要由特区政府来承担。计划规定本年度毕业的香港大学生有权享受相关优惠政策。如果毕业大学生留在香港工作，特区政府会给予每人每月 2000 元的资助，如果毕业大学生到内地工作，特区政府会提供每人每月 3000 元的资助。计划实施后，雇主每月给大学生支付一笔工资，包括政府资助数额和企业支付部分，企业然后向政府提交花名册领取相应的资助。据估计，这笔资金可分配给 4000 多名大学生。

（三）大力扶持中小企业发展

中小型企业占香港企业总数的 98%，吸纳超过一半的本地就业人口。在金融危机影响下，银行为求自保收紧信贷，导致许多中小企业面临生存困难。为缓解中小企业的困境，香港特区政府主要采取了两项措施来缓解中小型企业面对的信贷问题，加强对中小企的支持。第一项为"中小企特别信贷计划"，截至 2009 年 7 月，经计划批出的贷款总额约为 365 亿元，惠及 11 000 家公司和超过 29 万名员工。第二项为香港信保局灵活及弹性处理中小企业的出口信用保险申请，并加大保额；提高 6 个新兴市场的承保限额并调低保费；将处理小额信用限额的申请程序缩短至 4 天内；信保局最高法律承担责任，由当时的 150 亿元增至 300 亿元。

---

① 《2009～2010 年度政府财政预算案演辞》，2009 年 2 月 25 日，http://www. budget. gov. hk/ 2009/chi/speech. html。

（四）结构转型，培育新兴产业

香港特区政府也着力通过推动城市产业结构转型，寻找新的经济增长点，发展新兴产业来应对金融危机。在扶持原有传统产业的基础上，香港特区政府着力培育包括检测和认证、医疗服务、创新科技、文化及创意产业、环保产业、教育服务在内的六项新的优势产业。以文化创意产业为例，目前香港有3.2万家机构从事创意产业，涉及电影、电视、设计、建筑、城市规划、动漫画和数码娱乐等多个领域，每年产值600亿港元，约占香港生产总值的4%，创意产业已经显示出无限的商机和良好的发展前景。在这种情况下，香港特区政府立足现实，将创意产业作为实现产业转型，应对金融危机的重要抓手，以打造亚太地区创意之都为目标，专门成立了"创意香港"办公室，协助香港创意产业开拓内地及国际市场、推广和展示成果，推动香港创意产业发展，为香港应对金融危机，谋求地区持续繁荣稳定提供新的动力。

二、澳门政府应对金融危机的主要措施

澳门特区政府在应对金融危机方面，积极采取切实有效的措施来对抗金融危机。具体分述如下：

（一）扩大公共投资，推出多项民生福利政策

为应对金融危机，澳门特区政府推出一系列经济措施和民生政策，其中包括适度增大公共投资。特区政府于2009年4月开始加大公共工程项目投入力度，"公共投资计划"由前5个月的3.76亿，到同年6月份大幅增至6.48亿，同比大增154.7%。此外，特区政府为了减轻金融危机对房地产市场的冲击，适时地推出优惠措施来支持居民置业，首次置业的人士购买价值300万澳门元以下的房屋单位，将会有4厘利息的补贴，从而使澳门的房地产市场并未因金融危机而陷入低迷状态。民生福利政策方面，将继续减收全体就业居民25%的职业税；继续免收所有营业税、小贩牌照费、街市摊位租金、人寿及非人寿保险印花税及银行手续费印花税等；特区政府还将继续对住宅单位给予每单位每月150元的电费补贴；于2009/2010学年起推出全新的书本津贴制度，向有澳门身份的学生每学年发放1500澳门元津贴等。在多项民生福利政策中较为引人瞩目的是，澳门特区政府推出现金分享和医疗券计划，在2008年向本地永久性和非永久性居民分别发放6000澳门元和3600澳门元的现金补助，以及每人500澳门元的医疗券。虽然受外部经济环境的影响，外

需的减少是 2009 年首季度 GDP 下跌幅度较大的主要原因，但澳门的内需反而是有所上升的，如私人消费支出上升了 3.4%①，反映了特区政府推出的现金分享计划和一些福利政策产生了积极的效应。

（二）积极创造就业机会，保障本地工人就业

特区政府为了创造更多的就业机会，宣布推出 77 项中小型工程，以带动 5500 个建筑工人职位，而政府在 2008 年已完工或正在兴建的公屋则有 7000 个单位，这将在未来一段时间内为建筑工人就业带来生机。② 另外，为了缓解就业压力，澳门政府为保障本地工人的就业，削减了外地雇员的数量。

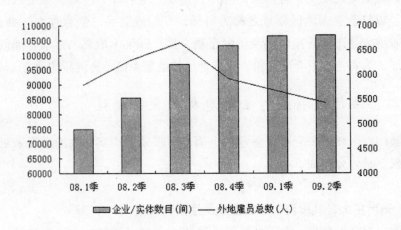

图 12 - 1 2008~2009 年第二季度澳门企业/实体数目及外地雇员人数

资料来源：澳门劳工事务局。

如图 12 - 1 所示，2008 年第四季度外地雇员的总数为 9.2 万人，较上季度的 10.4 万人减少了 11.62%，尽管 2008 年至 2009 年第一和第二季度澳门的企业/实体数目都在不断地上升，2009 年第二季度的企业/实体数目上升至 6804 间，但同期的外地雇员数目则进一步下降至 8.4 万人，主要的原因是相当部分的外地雇员在金融危机中被裁减或是合同到期后不再续约。

---

① 资料来源：澳门统计暨普查局"本地生产总值"。
② 《2008 年本地大事回顾》，澳门广播电视股份有限公司，http://www.tdm.com.mo/c_news/news.php? p = recalling2008。

（三）大力扶持非博彩中小企业渡过难关

中小企业在澳门一直占有举足轻重的地位，但前些年由于澳门博彩经济的急速发展，中小企面临转型和经营困难的严峻考验，再加上金融危机的影响，中小企业处境雪上加霜。在这种形势下，澳门特区政府强调扶持中小企渡过难关，协助其转型及开拓海内外市场。在 2009 年施政方针宣布特区政府将增拨 15 亿澳门元预算给工商业发展基金，扶助中小企业的发展；特区政府还将向立法会建议提升政府为中小企业向银行机构贷款提供保证的承担总额上限，由 3 亿澳门元提升至 35 亿澳门元。[①] 将在 2009 年 10 月举行"第十四届澳门国际贸易投资展览会（MIF）"，为鼓励澳门的中小企业参展，从而开拓更多的商机，政府特别推出一个专为澳门中小企业而设的参展优惠，每 9 平方米展位参展费用只需 3600 澳门元，参展情况反应热烈。[②]

三、中央政府对港澳的支持措施

香港、澳门受到此次金融危机及全球经济放缓的严重影响。作为中国的两个特别行政区，中央政府高度重视港澳经济稳定，全力支持港澳特别行政区政府应对国际金融危机。

（一）支持香港的措施

作为香港强大的后盾，中央政府高度重视香港经济稳定，全力支持香港特别行政区妥善应对国际金融危机的挑战，先后推出包括金融合作、经济合作、基础设施等多项有力措施，努力推动内港两地经济合作与交流全面发展，会同香港共克金融危机影响，振兴经济。

（1）拓展人民币业务，巩固香港国际金融中心的地位。在金融方面，允许合资格的企业在香港以人民币进行贸易支付，将对巩固香港国际金融中心地位带来巨大利好。在此次金融危机中，人民币正在逐渐成长为一种强势货币，并显露出国际化的潜质。可以预见，未来人民币将会逐步趋向国际化，但同时，历史经验表明，任何一种货币从封闭货币过渡到自由兑换货币都需要一个过程。香港在国际经济发展中突出的地位和重要的商业价值，主要在于其背靠内地这一人口众多、资源丰富的广阔市场腹地。在内地与世界经济

---

① 资料来源：中华人民共和国澳门特别行政区政府 2009 年财政年度施政报告。

② 《经济要闻：参加中小企业展悭＄5400》，《澳门日报》，2009 年 7 月 31 日，第 A10 版：经济。

沟通中发挥着十分重要的桥梁作用，扮演了中外联系中介的角色是香港经济发展的基本动因。作为中外联系的中介，香港就有条件成为人民币境外的清算和流通中心，人民币业务也就成为了外资对香港金融中心功能期待的关键所在。金融危机形势下，允许合资格的企业在香港以人民币进行贸易支付无疑为香港金融发展注入了新的活力，截至 2009 年 5 月，香港共有 41 家银行开办了人民币业务，香港人民币存款余额达 534.49 亿元；香港银行累计向内地汇入人民币 299.96 亿元；内地银行卡在香港使用累计清算总金额折合人民币928.50 亿元；香港人民币银行卡在内地使用累计清算总金额为 53.44 亿元人民币。国家开发银行等 5 家内地金融机构，已在香港累计发行人民币债券 7笔，累计发行金额达 220 亿元人民币，内港两地跨境贸易人民币结算正在不断推进，将对香港国际金融中心地位的巩固发挥巨大的作用。

(2) 建设港珠澳大桥，提升香港空间价值。在基础设施方面，港珠澳大桥的开工建设是最大的亮点。港珠澳大桥项目建设工期为 6 年，估算总投资超过 700 亿元，其中三地共建的大桥主体工程投资约 380 亿元。内地（包括中央给予的资金支持）、香港和澳门合计投入资本总金额为 157.3 亿元。建成后的港珠澳大桥是一座连接香港、珠海、澳门的巨大桥梁，设计行车时速每小时 100 公里，开车从香港到珠海的时间将由目前的 3 个多小时缩减为半个多小时。建成后的港珠澳大桥不但可以拓展空间让香港进一步发展，更可以改善内部交通情况，将社会、文化、商业活动用更快捷方便的运输系统连系起来。更重要的是，港珠澳大桥可以强化香港与毗邻的深圳及珠江三角洲在铁路和道路交通网络上的联系，加强香港与周边区域的融合，巩固香港作为全球城市的地位，全面提升香港的空间价值。

(3) 推动服务业开放，凸显香港产业功能。中央不断推动内地服务业对港开放，以密切内地与香港的经济合作。根据 CEPA 补充协议六，从 2009 年10 月 1 日起，内地在原有 CEPA 及补充协议对香港开放服务贸易承诺的基础上，在铁路运输、研究开发等领域进一步放宽市场准入条件，CEPA 的实施使香港与珠三角地区的产业融合进一步升级，其主要特点是加速服务业相互融合，香港生产性服务企业的进入使得珠三角制造业嫁接了一个国际化服务业体系，加速了珠三角地区制造业结构的升级和服务业链条的延伸，同时，随着珠三角的制造业聚集，对融资服务、科技研发、设计管理、仓储运输、物流配送、会计、法律等生产性服务需求日益增多，香港生产性服务业也将发挥越来越重要的带动作用，这都为香港服务业进一步发挥产业带动和辐射功能提供了更多的选择，有助于巩固香港在金融、商贸、物流和专业服务的领导地位。

（4）扩容"自由行"助推香港旅游业发展。内地居民赴港"自由行"扩容也为香港旅游业发展提供了有力的支持。中央对香港非广东籍的深圳常住居民，可以在深圳办理到香港个人游，符合一定条件的深圳户籍居民，可以办理一年多次往返香港旅游签证。同时，中央决定增加个人游的内地城市数目，目前居民可以"自由行"赴港澳的城市已达49个，总人数增至约2.5亿至3亿人。这次迄今规模最大的"自由行"扩容，为香港带来过亿内地新客源。

（二）支持澳门的措施

中央支持澳门的政策措施具体分为六大方面，主要包括：1. 推动内地与澳门加强金融合作（即扩大澳门开办人民币业务试点）；2. 加快推进涉澳基础设施项目建设；3. 促进粤澳深化经济合作；4. 帮助澳资中小企业缓解经营困难；5. 进一步扩大服务业对澳门开放；6. 全力确保供澳食品等供应安全。[1] 在六大政策措施之中，以鼓励澳门参与横琴岛开发建设、港珠澳大桥和深化粤澳经济合作则成为澳门社会关心的焦点所在。

首先，横琴开发推动经济适度多元化。2009 年 6 月，国务院原则通过了《横琴总体发展规划》，提出重视对澳门产业的对接工作，包括注重发展与澳门博彩旅游业对接及错位的旅游休闲业；注重发展与旅游业相配套的商务服务等现代服务业；支持澳门大学迁址横琴；注重发展与此相适应的科教研发产业；以横琴为平台探索构建澳珠科技创新合作机制。与此同时，中央政府亦同意澳门特区政府有关澳门大学迁址于横琴的请求，将横琴环岛面积为1.09 平方公里的土地，以租赁的方式租借给澳门特区政府，以作为澳门大学的新校区。人大常委会做出了突破性的管理授权，此项目即成为横琴开发的第一个标志性项目。[2] 横琴开发的重要战略价值在于能弥补澳门土地资源不足、解决产业结构过于单一的问题，为推进澳门经济的多元化和持续发展提供了新的机遇。澳门借着横琴开发不但可以突破区域的空间，融入到整个区域之中去发展，而且使整个产业链得以伸延。与博彩旅游业相关联的餐饮酒店业、批发零售业以及近年新兴的会展业等都是澳门经济多元化的主要方向，

---

① 《2008 年本地大事回顾》，澳门广播电视股份有限公司，http：//www.tdm.com.mo/c_ news/news.php? p = recalling2008。

② 澳门发展策略研究中心区域合作课题小组：《横琴开发与澳门新机遇—— < 横琴总体发展规划 > 解读》，第 2 ~9 页。

以现有的产业基础和资源优势来延伸或扩充产业链是解决澳门经济多元化问题的根本。

第二，港珠澳大桥项目将有效加强粤港澳三地间的区域合作。港珠澳大桥的启动标志着粤港澳区域合作找到了新的定位，从过往的珠澳或港澳合作，推至整个珠三角地区的区域合作，真正把三地连在一起来发展。以旅游业为例，待港珠澳大桥通车后，三地的旅游产业从本地区旅游产品多元发展慢慢转向了区域合作旅游产品的多元发展。对澳门而言，澳门则可以利用自己的相对优势，专注发展博彩娱乐、历史文化、专题会展和特色美食等方面的旅游产品，扩大相关项目的优势。澳门旅游的定位将不仅仅局限于 28 平方公里的土地，而是作为整个区域旅游的一部分。粤港澳未来发展中长线入境旅游目标市场，旅客的多天行程将不只局限于访澳，他们的行程可包括香港和广东省，港珠澳大桥的落成必将进一步促进区域旅游经济活动的总体发展。[①]

专栏 12 - 1　港珠澳大桥

港珠澳大桥（Hong Kong-Zhuhai-Macao Bridge）的建设计划构想最初在 1983 年提出。

规划中的港珠澳大桥是一座连接香港、珠海和澳门的大型桥梁，它以公路桥的形式连接香港、珠海和澳门，起点是香港大屿山，经大澳，跨越珠江口，最后分成 Y 字形，一端连接珠海，一端连接澳门。整个大桥规划长约 29 公里，将按 6 车道高速公路标准建设，设计行车时速每小时 100 公里，建成后将成为仅次于庞恰特雷恩湖桥和宁波杭州湾大桥的世界第三长桥。

港珠澳大桥预计耗资 20 亿美元，其中，口岸及连接线部分由粤港澳三地政府投资兴建，总投资约 350 亿元；主桥部分总投资约 376 亿元，其中，中央政府和粤港澳政府共同出资 157.3 亿元，银行贷款融资约 220 亿元。

港珠澳大桥确定于 2009 年 12 月 20 日动工。

资料来源：维基百科："港珠澳大桥"，http://zh. wikipedia. org/wiki/% E6% B8% AF% E7% 8F% A0% E6% BE% B3% E5% A4% A7% E6% A9% 8B 在线资料。

第三，粤澳互动合作是维持澳门经济可持续发展的基本途径。首先，粤澳合作保证了澳门居民的基本生活。如 2006 年正式动工的"西水东调"工

---

① 唐继宗：《澳珠发展论坛第四次会议要纪》，《澳门研究》，第 50 期，第 185～186 页.

程，在一定程度上改善了两地咸潮期间的供水情况。另外，澳门政府与南方电力公司达成购电计划，预计2015年，澳门可以从广东省购入十成电力。另外，粤澳经贸合作主要体现在"9＋2"合作和珠澳合作等方面。"9＋2"构想的提出除了使广东省珠江三角洲的可持续发展能得到更好的保障之外，也为澳门经济的结构调整和多元化发展提供了很大的空间。既然澳门政府把澳门定位为珠江三角洲西部地区的服务中心，把澳门发展成为世界上有吸引力的旅游博彩中心、区域商务合作的服务平台，澳门就有必要充分利用泛珠三角经济整合的机遇来拓展空间，特别是在金融海啸的影响之下，应利用其自由港的优势，积极发挥与国外如欧盟或葡语系地区的平台作用，提高综合竞争力和产业多元化，在互惠互利的基础上把经济规模做大，确保真正可持续发展。

综上所述，无论是横琴开发、港珠澳大桥工程还是粤澳合作，都是一些关于区域合作的议题。区域经济合作的最终目标是把经济的发展建立在若干个经济增长点之上，并且能够适时地更新和发掘出新的增长机会，从而使区域的经济发展能够持续和多元化。对于澳门而言，积极寻求和参与区域合作不单单是为了应对金融危机，思考如何通过区域合作来将博彩旅游产业链进行适当的延伸，实现产业适度多元化也是澳门经济得以持续发展的必然选择。

结　语

国际金融危机给香港经济带来了巨大的创伤，整体经济、就业、进出口贸易等都遭遇打击。作为开放的经济体系，香港与世界经济高度融合。因此，未来香港经济的表现极大的受到外部环境的影响。但是，从上面分析可以看出，在香港有效的金融监管之下，香港的金融秩序较为稳定。随着内地经济恢复增长，以及外部环境稍微回稳，香港经济在2009年第二季度已经好转。未来，尽管香港经济回升的基础还不稳固，国际金融危机对香港的不利影响并未减弱，外需严重萎缩的局面仍在持续，一些行业、一些企业生产经营还比较困难，但是随着政府推出稳定金融市场、支援企业以及创造就业等措施，加上内地经济的进一步增长，以及中央政府推出的支援香港港经济发展的措施的效果逐渐显现。我们有理由相信，在当前金融危机过后，香港中长期的经济发展前景仍然乐观。

澳门经济也受到了全球金融危机的巨大影响。如前所述，自 2008 年第四季度起至 2009 年首两季度，澳门多项主要经济指标均持续向下，包括本地生产总值、固定资本形成总额、货物出口和博彩毛收入等，反映澳门经济仍未走出金融海啸的阴霾之中。作为一个高度外向的微型经济体系，除了外需减少影响澳门经济放缓之外，其他因素还包括澳门本身的结构性问题、甲型流感的持续漫延和中央收紧对澳门的"自由行"政策（即取消原持往香港签证的内地旅客可以同时来澳门而不用另签的优惠）等。赌权开放为澳门经济带来急速增长的同时，也带来了不少的挑战，比如过量的访客压力和基础设施瓶颈等。金融危机对澳门经济的影响程度也进一步说明依赖单一产业的高风险性。因此，金融危机的发生给炽热的澳门经济一个喘息的机会，借以调整产业结构，完善基础设施，积极利用周边地区的资源和市场等来弥补自身不足。从长远来说，这无疑是一个拓展市场和实现适度多元化的契机。总的来说，澳门应从本地的实际情况出发，制定相关产业的发展战略，力求将这次金融危机所带来的负面影响减到最低，相信这一点是澳门有能力而且有信心能做到的。

主要参考文献

[1] 澳门发展策略研究中心区域合作课题小组. 横琴开发与澳门新机遇——《横琴总体发展规划》解读 [R]. 2009.

[2] 澳门研究编辑部. "'一国两制'下澳珠合作与发展"圆桌会议纪要 [R]. 澳门研究, 2009 (51).

[3] CEPA 补充协议六在香港签署 9 条措施在广东先行先试 [N/OL]. 中华人民共和国国家发展和改革委员会官网, 2009 - 05 - 12, http: //www. sdpc. gov. cn/dffgwdt/t20090512_ 278135. htm.

[4] 董建华: 泛珠三角区域合作有利于发挥香港优势 [N/OL]. 中国网, 2004 - 6 - 1, http: //www. china. com. cn/chinese/2004/Jun/576363. htm.

[5] 2009 至 2010 年度政府财政预算案演辞 [EB/OL]. 2009 - 2 - 25, http: //www. budget. gov. hk/2009/chi/speech. html.

[6] 郭永中. 第三任行政长官面对的挑战与机遇 [R]. 澳门研究, 2009 (50).

[7] 何钟, 谢亚轩, 赵文利. 海外宏观经济点评——中央政府提出七个方面 14 项措施支持香港应对金融危机 [R]. 招商证券（香港）宏观报告, 2008, 12.

[8] 经济要闻. 参加中小企展悭＄5400［N］. 澳门日报, A10 经济, 2009－07－31.

[9] 跨境物流业受金融危机影响剧烈 4000 货车已停运［N/OL］. 中国新闻网, 2009－03－23, http：//www. chinanews. com. cn/ga/fzsj/news/2009/03－23/1613608. shtml.

[10] 梁安琪. 2008 年本地大事回顾［Z］. 澳门广播电视股份有限公司, 2009, http：//www. tdm. com. mo/c＿news/news. php？p＝recalling2008.

[11] 李晓西. 澳门回归十年之国际学术研讨会：我对澳门经济适度多元发展的理解［R］. 北京师范大学经济与资源管理研究院, 2009.

[12] 柳智毅. 金融海啸冲下的澳门特区人力资源问题与对策［R］. 澳门研究, 2009（51）.

[13] 签署 CEPA 补充协议 6 大陆对港扩大开放服务贸易及金融证券业［N/OL］. 联合早报网, 2009－05－10, http：//www. zaobao. com/special/china/hk/pages2/hk090510. shtml.

[14] 唐继宗. 澳珠发展论坛第四次会议要纪［R］. 澳门研究, 2009（50）.

[15] 危机下香港银行金融业收益锐减近三成［N/OL］. 中国金融理财网, 2008－12－15, http：//www. 51cfp. net/CFP/skill/200812/32729. html.

[16] 危机影响香港金融业一季度业务收益大幅缩水［N/OL］. 腾讯财经, 2009－06－12, http：//finance. qq. com/a/20090612/017536. htm.

[17] 吴婷. CEPA 签署 6 年香港与内地进出口总值年均增长 18.4%［N/OL］. 中国证券网, 2009－06－25, http：//finance. sina. com. cn/roll/20090625/02086395193. shtml.

[18] 香港房地产遭金融危机重创［N/OL］. 市场调查报告网, 2008－11, http：//www. 164. com. cn/industrynews/200811/xianggangfangdichan301315. htm.

[19] 香港旅游业 2008 年回顾与 2009 年展望［N/OL］. 中旅月刊网, 2009－04, http：//www. hkcts. com/yuekan/200904/ywsx1. htm.

[20] 香港特别行政区政府政府统计处香港统计资料［DB/O L］. http：//sc. info. gov. hk/gb/www. censtatd. gov. hk/home/index＿tc. jsp.

[21] 曾忠禄, 张冬梅. 澳门游客：分析与预测［M］. 澳门理工学院出版, 2007.

［22］ZHANG Yang & KWAN Fung. MACAO'S ECONOMY IN THE FI-NANCIAL CRISIS ［J］. EAI Background Brief, 2009 (456).

［23］中央采取积极措施内地香港联手应对国际金融危机 ［N/OL］. 泛珠三角合作信息网, 2009 - 06, http：//www. pprd. org. cn/zhuanti/twelve/dkjrwj/200906/t20090630_ 61676. htm.

［24］中央财政新增16亿元帮助中小企业破解融资难 ［N/OL］. 香港国际投资促进会官网, 2008 - 11 - 19, http：//www. hkiipa. com/shownews. asp? id = 246.

［25］中央推出14项支持香港措施 ［N/OL］. 人民日报海外版, 人民网, 2008 - 12 - 20, http：//politics. people. com. cn/GB/1026/8550889. html.

［26］祖国后盾、伟岸如山——中央政府支持香港经济繁荣发展纪实 ［N/OL］. 新华网, 2009 - 06 - 30, http：//news. xinhuanet. com/gangao/2009 - 06/30/content_ 11627944_ 3. htm.

评论

我看港澳应对国际金融危机

孙　勇

第十二章主要阐述了 2008 年以来国际金融危机对香港和澳门经济的冲击和影响，以及香港和澳门政府应对金融危机的措施，同时也分析了中央政府的相关支持政策对香港和澳门应对国际金融危机的积极影响。本章共分三节，第一节介绍了国际金融危机对香港和澳门经济的冲击和影响，文章是从整体经济和代表性行业两个方面来展开分析的；第二节分别介绍了香港政府和澳门政府在应对金融危机方面所采取的主要措施，主要包括扶持银行业、促进就业、扩大公共投资、改善民生等方面的具体政策与措施；第三节是中央政府对港澳的支持措施，包括拓展人民币业务用以巩固香港国际金融中心地位、建设港珠澳大桥促进香港和澳门经济发展以及扩容"自由行"助推香港和澳门旅游业，等等。概括来说，本章有三大显著特点：

一、以详尽权威的数据和图表来描绘金融危机对香港和澳门经济的巨大冲击

本章的一大特点是使用较多的图表和数据，向读者展示了一幅港澳经济画卷。这些图表和数据反映香港和澳门在国际金融危机冲击下，无论是整体经济还是主要行业都出现了明显下滑。举例来说，本章表 12 - 4 反映了香港服务行业/界别业务收益指数的增减率。从表中我们很容易发现，自 2008 年第四季度以来，几乎所有的主要行业都出现了下滑，特别是金融行业，下滑约 60%。这些数据有力地说明了国际金融危机对香港经济的冲击。特别是香港作为国际金融中心，金融业受到的冲击最大。表 12 - 6 反映了到澳门入境旅客总数的变化，表中数据清楚地反映出 2008 年以来到澳门旅游人数出现大幅下滑的情况。作者采用大量详实权威的数据和清晰的图表，有力地支持了本章的结论，也就是，作为非常开放的香港和澳门经济，无论是整体经济还是主要行业，各项指标都出现了大幅下滑，国际金融危机对其产生了巨大的

影响和冲击。因此，无论是香港和澳门政府，还是中国中央政府，都非常有必要采取果断有力的措施来应对国际金融危机带来的负面影响。

二、条理清晰，层层推进，便于读者理解政府应对国际金融危机的重大举措

本章的另外一个特点就是层次清楚，不断深入，使读者在首先认识到国际金融危机带给香港和澳门经济的巨大冲击下，进一步理解香港和澳门政府以及中央政府采取果断有力措施的必要性。本章首先分析了国际金融危机对港澳经济的冲击；在描绘国际金融危机对港澳经济的巨大冲击方面，分别从整体经济和代表性行业两个方面入手，深入浅出地层层推进，辅以详尽权威的数据和图表，象一幅徐徐展开的画卷，向读者逐步展示了在国际金融危机下的港澳经济的画面。

接下来，作者分别介绍了香港政府和澳门政府在应对国际金融危机冲击时采取的措施。鉴于香港和澳门经济结构的不同，香港和澳门政府采取的措施也不一样。鉴于香港的国际金融中心地位，香港政府主要是稳定金融，保障民生，扶持中小企业发展；澳门政府则主要是扩大公共投资，保障民生，扶持非博彩中小企业渡过难关。香港和澳门政府的应对举措虽然有所差别，但是都注重保障民生和扶持中小企业发展。本章最后提到了中央政府的支持政策，包括拓展人民币业务巩固香港国际金融中心地位，扩容"自由行"助推香港旅游业发展，以及建设港珠澳大桥和开发横琴岛建设。中央政府的支持政策突出了内地特别是珠三角地区和香港澳门的合作，而且从基础设施建设入手，缩小香港和澳门和内地的空间距离，为经济的紧密合作奠定基础。本章从整体结构来说，先介绍香港和澳门经济受到国际金融危机冲击的严重性，接着介绍香港和澳门政府采取的有力措施，最后是中央政府的大力支持政策。这样的不断深入，层层推进的结构和格局，让读者更加容易理解和接受。

三、以政府政策为主线贯穿始终，抓住问题的最主要部分

本章的显著特点之一是围绕政府的支持政策和采取的措施来展开。在应对国际金融危机的冲击时，政府责无旁贷地站在最前面，这不仅因为政府掌握着最多的资源，也因为政府能够从社会整体利益的角度考虑问题，而不是从某个利益集团的角度来考虑问题。因此，抓住政府的支持政策和应对举措

这条线，就是抓住了应对国际金融危机措施的最主要和最重要的部分。本章先是描绘了国际金融危机对港澳经济的冲击，在描绘国际金融危机对港澳经济的巨大冲击的基础上，介绍了从香港和澳门的地方政府到中央政府的具体应对措施和具体支持政策，由小到大，由下至上，由点到面，非常详尽地阐述了香港和澳门的地方政府以及中央政府不遗余力地化解国际金融危机对香港和澳门经济的巨大冲击的努力。在介绍香港和澳门的地方政府以及中央政府的具体应对措施和具体支持政策方面，作者既阐述了各级政府采取的措施的侧重点，也有其共同点。鉴于香港的国际金融中心地位，香港政府主要是稳定金融，保障民生，扶持中小企业发展；澳门政府主要是扩大公共投资，保障民生，扶持非博彩中小企业渡过难关。香港和澳门政府的应对举措虽然有所差别，但是都注重保障民生和扶持中小企业发展。本章最后提到了中央政府的支持政策，包括拓展人民币业务巩固香港国际金融中心地位，扩容"自由行"助推香港旅游业发展，以及建设港珠澳大桥和开发横琴岛建设。中央政府的支持政策突出了内地特别是珠三角地区和香港澳门的合作，而且，从基础设施建设入手，缩小香港和澳门和内地的空间距离，为经济的紧密合作奠定基础。中央政府的支持政策突出地体现在面上，从全国一盘棋的角度考虑，以加强内地和香港澳门的合作来帮助香港和澳门渡过难关，同时以香港和澳门的开放经济带动内地经济的发展。因此，本章从始至终着眼政府采取的措施和颁布的支持政策这条主线，让读者感受到在应对国际金融危机时政府起到的决定性和关键性的作用。

虽然本章有着以上的显著优点，然而，本章也有不足之处。虽然文章在宏观层面上对政府应对金融危机的新举措作了详尽的阐述，但是忽略了银行和公司甚至个人对金融危机采取的应对措施。从微观层面上讲，银行和公司甚至个人也会对金融危机采取应对措施，因为这关系到他们的切身利益。从根本上来说，政府应对金融危机的举措最终还是要使银行、公司和个人受益，从而改善银行流动性和推动个人消费，促进经济良性发展。更进一步说，政府应对金融危机的举措产生的最终效果如何，还是要取决于经济个体的反应，也就是银行、公司还有普通消费者的信心和对未来经济的展望。

参考文献

[1] Asia's Las Vegas, Macau, Fights The Economic Crisis. *The Independent*, January 2009.

[2] HK Stock Market Capitalization Halved in 2008. *Xinhua net*, 2009 - 03 -

03.

［3］Macau economy：Unemployment creeps up. *THE ECONOMIST INTEL-LIGENCE UNIT*, April 2009.

［4］Zhang Yang and Kwan Fung. Macao's Economy in the Financial Crisis. *East Asian Institute Background Brief No. 456*, June 2009.

［5］Zhang Yang and Sarah Y. Tong. Hong Kong's Economy in the Financial Crisis. *East Asian Institute Background Brief No. 448*, April 2009.

［6］Macao Special Administrative Region Economic Services.

［7］Hong Kong Census & Statistics Department.

［8］Statistics and Census Service（DSEC）, Macao SAR Government.

（孙勇，美国 Old Dominion University 博士，现为西南财经大学经济与管理研究院副教授）

后 记

·

　　呈现在读者面前这本《中国经济与资源管理研究报告 2010：国际金融危机下的中国经济发展》是用 3 个月时间完成的。从 7 月初到 10 月初，我就像带领着一支队伍在打仗，紧张得快喘不过气来。记得是 7 月 9 日提出了报告的初步提纲，7 月 12 日召开子课题负责人会修订了提纲。7 月 22 日再开各章负责人会议，明确了分工和写作体例要求。各章初稿完成后，8 月 28 日课题组全体人员进行了集中讨论。根据修改意见，9 月 9 日各课题组完成了初定稿，同时交送西南财经大学的学者进行评论。9 月 22 日评论稿和各章再次修改稿全部交回，进行了统审。国庆假期里，在完成《自然资源和能源经济学手册》翻译本第三卷终审定稿的同时，我写完了本报告的"总论"部分。10 月 12 日，与中国大百科全书出版社裴越芳编辑一起最后审稿，并补交上了"序言"和"后记"。

　　交稿之际，首先要感谢美国纽约 NOVA 出版社和中国大百科全书出版社。两家出版社分别于 7 月 6 日和 7 月 8 日与我们签署了出版合同，提供了优厚的出版条件，并商定中文稿和英文稿分别在 10 月和 11 月交付出版社。这一下子就点燃了我们此项研究工作的发动机。我要特别感谢 NOVA 出版社 Frank Columbus 总编先生和中国大百科全书出版社学术著作部郭银星主任。他们对本报告的出版给予了极大的支持和信任，让我们自行确定并修改提纲，自主确定写作内容。本报告如果能得到社会认可，首先要归功于他们。

　　我还要感谢北京师范大学和西南财经大学的领导。他们非常支持本课题的研究与写作，提供经费保证了研究工作顺利地推进。两校领导层委托了史培军副校长与边慧敏副校长来具体指导我们这项研究，提高了协调的力度，促进了课题的进展。

这里，我还要对参加本项研究工作的全体专家、老师和同学表示感谢与祝贺。感谢大家全力以赴、精诚合作，保证了高质量完成本报告的中英文全稿。各章负责老师非常认真，他们结合金融危机的影响去全面、深入地介绍中国经济发展现状，凸现中国经济发展的亮点，剖析最新的、具有较大影响的经济事件和实例，研判最新的政策导向及发展趋势，并用数据图表和专栏形式使文章通俗易懂。我感怀于每一位老师的认真努力与真诚合作精神，同时也祝贺大家在学术研究上又上了新的台阶。这里，我要重点介绍一位老师，就是刚从哈佛大学博士后学习回来的胡必亮教授，他在此次报告组织活动中的表现，给我留下了非常深刻的印象。他思路敏捷，充满激情，工作勤奋且极有效率。不论是对本书的总题目、提纲、写作体例的意见，还是对评论文章的写作意见和仔细审校，都非常细致与高效。他还组织了哈佛大学和麻省理工一批经济学博士认真审校英文译稿。他从哈佛大学发来的审校稿信函，经常是在美国的半夜，我这里要对其名字开句玩笑了：京师古时月，哈佛必亮灯。

　　西南财经大学一批海外学成归来的学者，在甘犁和刘方健二位院长协调组织下，在樊纲治老师具体安排下，积极参与了本次报告的评论工作。他们结合国内外情况，从国际视野进行点评，及时、高效地完成了评论文章的写作。还要特别感谢美国哈佛大学公共卫生学院刘远立教授、美国芝加哥气候交易所全球副总裁黄杰夫先生以及北京师范大学生命科学学院牟溥教授。他们高度重视并认真对待此次合作，为本报告相应部分写了非常精彩、中肯的评论，大大加重了本书的学术份量。

　　需要感谢或表扬的人太多了。如办事极有效率的 NOVA 出版社的 Nadya Gotsiridze 女士和 Stephanie Gonzalez 女士，工作极为负责的裘越芳编辑，承担中译英工作的西南财大翻译中心江佳惠、吕梅、肖容等师生，本报告组织协调中付出了辛勤劳动的曾学文副教授，为本报告提出宝贵修改意见的《改革》杂志总编王佳宁先生，为完善本报告提纲提出具有启发性建议的赵少钦博士，代我起草评论邀请函的王诺博士，高效翻译完"新兴市场国家"文稿的郑艳婷、任苒博士等师生，及时为本报告提供了重要资料的刘韬、谭淞、王雪磊、张坤等，协助翻译 NOVA 出版合同和写作体例的张艾硕士，配合课题经费使用和报销而付出辛勤劳动的贾立民、王颖和晏凌等老师。

　　这里还要特别表扬作为课题联系人的林永生和刘一萌两位博士。林永生承担与所有作者和评论人的联系工作，认真且高效。刘一萌负责与 NOVA 出版社联系，前后大约有 20 多封信件，包括填写申请表和翻译合同工作，细致并耐心。他俩还协助我一起顺利完成了 NOVA 出版社特约的关于"新兴市场：定位、新发展和新投资"的一篇稿件，这是在本报告之前我们与 Nova 出版社的前期合作。

给我留下难忘记忆的人和事很多，就不一一提及了。

期待着我们下一次的成功合作！

李晓西

2009 年 10 月 12 日